Abyss

J'AI LU

ORSON SCOTT CARD
d'après un scénario de James Cameron

Abyss

TRADUIT DE L'AMÉRICAIN
PAR FRANCE-MARIE WATKINS

ÉDITIONS J'AI LU

En mémoire de Ray Spencer qui a vécu une vie digne d'être vécue et qui est mort dans l'amour et l'honneur, là où il l'aurait souhaité.

Quiconque lutte contre des monstres devrait prendre garde, dans le combat, à ne pas devenir monstre lui-même; et quant à celui qui scrute le fond de l'abysse, l'abysse le scrute à son tour.

Friedrich NIETZSCHE

Ce roman a paru sous le titre original :

THE ABYSS

Buddy

Buddy aurait pu écrire le scénario de cette matinée avant qu'elle ne commence. Junior, son frère aîné, demanderait s'il pouvait se servir de la camionnette pour aller à la plage. Papa allait dire non, Junior discuterait. Papa sermonnerait, Junior se mettrait en rogne et dirait des gros mots. Papa ôterait sa ceinture et lui courrait après. Toujours la même chose.

– On est en octobre, bien trop froid pour la plage, dit papa, si fort que le bébé eut peur, dans son berceau, et se mit à hurler.

– Écoute cette mioche, dit Junior. On dirait une souris en chaleur.

Maman, tout en courant calmer le bébé, balança une gifle à Junior.

– Fais attention à ce que tu dis dans cette maison, jeune homme !

– Pardon, m'man.

Junior se tourna de nouveau vers papa, qui s'était replongé dans son journal et cherchait des raisons de rouspéter contre Kennedy, le plus lamentable démocrate qui ait jamais réussi à se faire élire président.

– J'ai eu mon permis hier, insista Junior. C'est samedi. J'ai promis à mes copains.

– Tu as été reçu à ton permis un vendredi 13, dit papa sans lever les yeux de son journal. Ce qui est bien la preuve que la superstition a raison parce que le jour où tu as eu ton permis est le jour le plus sinistre pour les conducteurs américains, sans parler des malheureux piétons américains sans défense.

Buddy entendait tout cela assis par terre devant la télévision qui diffusait les dessins animés du samedi matin, avec le son tout bas pour ne gêner personne. Jusqu'à présent, papa plaisantait et Junior ne jurait pas encore, mais ça n'allait pas tarder.

À moins que Buddy ne dise quelque chose.

Comme toujours, ce qu'il fallait faire était si vague dans son esprit qu'il ne savait même pas ce qu'il dirait, mais il savait que ça marcherait, comme chaque fois, qu'il n'y aurait pas de cris, que papa ne prendrait pas sa ceinture et ne dirait pas des choses terribles qui feraient encore mal bien après que les marques des coups se seraient effacées. Alors, très vite, il prononça les premiers mots qui lui passaient par la tête :

– Papa, est-ce que je ne peux pas aller à la plage avec Junior ? Tu ne m'y as jamais emmené, la fois où tu avais promis, en août.

Seulement maintenant, une fois les mots sortis de sa bouche, Buddy comprit où il voulait en venir. Sa mère, qui faisait téter le bébé à la cuisine, lança :

– C'est vrai que tu lui avais promis, Homer.

Junior avait l'esprit vif. Il pigea tout de suite, presque aussi vite que Buddy lui-même. Ils s'entendaient toujours bien, ils se comprenaient à demi-mot, les deux frères, et Buddy aimait ça. Comme s'il y avait un pipeline qui pompait les idées d'un cerveau pour les introduire dans l'autre.

– Allez, j'ai pas envie d'emmener un petit môme de dix ans, quand même ! Faut que je l'emmène ?

Papa mordit à l'hameçon. C'était de cela que dépendait le plan. Papa et maman se comportèrent exactement comme l'avait prévu Buddy.

– Qu'est-ce que tu as, Junior ? gronda papa. Tu veux emprunter la bagnole de la famille, consommer l'essence de la famille, et tu crois que tu peux faire ça sans aucune obligation familiale ? Tu te figures que le monde entier est à ton service et que tu n'as surtout pas à te gêner ?

Aussi simplement que ça, la discussion n'était plus de savoir si Junior pouvait aller à la plage avec la voiture mais de savoir s'il devait emmener Buddy. Et comme Buddy savait que Junior l'emmènerait quand même, ils ne risquaient rien.

– Oh, ça va, ça va, d'accord, je l'emmènerai, bougonna Junior en prenant de mauvaise grâce les clefs que lui tendait papa, et il sortit sans faire du tout attention à Buddy.

Mais une fois sur la route, Junior poussa un hourra et accéléra à fond.

– Ah dis donc, merde, comment que tu l'as embobiné, le vieux ! J'aimerais bien savoir comment tu fais !

Buddy se contenta de rire et de tourner le bouton de la radio pour passer de la station country de papa à de la bonne musique d'ados. Il ne pouvait pas presser simplement sur un bouton de présélection parce que papa piquait une rogne chaque fois qu'il trouvait un de ses boutons réglé pour cette merde de rock'n'roll.

Ils s'arrêtèrent pour prendre Todd, Dennis, Larry et Frank. Todd, qui conduisait généralement, apportait du bois à brûler, Dennis des hot dogs et Larry un grand sac de marshmallows, Frank fournissait la bière. Tout un grand sac isotherme. Ils se servirent du bois pour camoufler la glacière, à l'arrière de la camionnette.

– Regardez-moi ça ! s'exclama Junior. De la bière de la maison, ouvertement, pas de discussion, pas de faux papiers. J'ai du mal à croire que tes parents te laissent faire.

– Et pourquoi pas ? répliqua Frank. Ils s'en foutent.

– Oh, je te crois, Frank. J'entends d'ici ta maman, dit Dennis d'une voix de fausset. Voilà ta bière, Frank. Ne bois pas tout à la fois !

Ils se tordirent de rire. La maman de Frank passait ses journées à se plaindre et à gémir qu'il irait en enfer s'il prenait de mauvaises habitudes.

– Ils sont en voyage et ils ont laissé la bière, expliqua Frank. (Puis, jetant un coup d'œil à Buddy :) Il va rapporter, lui...

– Mais non, dit Junior.

– Mon cul ! grommela Frank. Regarde-le, assis là qui regarde tout et qui ferme sa gueule.

– Qu'est-ce que tu veux qu'il fasse ? Qu'il regarde le soleil et qu'il chante un opéra ?

– Je ne dirai rien, Frank, promit Buddy.

– En tout cas, t'en boiras pas, répliqua Frank. Alors ne va même pas y penser. Ne respire même pas près de la glacière.

– O.K., fit Buddy.

Tout allait bien pour lui. Frank pouvait dire ce qu'il voulait, Buddy s'en fichait parce que Junior avait pris son parti. Aucun des copains de Junior ne le taquinait pour ça, d'ailleurs, car ils savaient tous que ce que faisait Junior, c'était O.K. Alors Buddy resta tranquillement à l'arrière avec Dennis et Todd et les regarda fourrer des francforts dans leur braguette et rire de ce qui se passerait quand ils se mettraient debout et que les autres conducteurs les verraient. Naturellement, ils ne se levèrent pas et ils enlevèrent les saucisses la première fois qu'ils pensèrent qu'on pouvait les voir. Mais c'était rigolo quand même.

Il leur fallut quarante-cinq minutes pour aller de Jacksonville à la plage de Topsail Island en passant par Camp Lejeune. C'était une plage minable, sale et abrupte, avec le drapeau rouge « défense de se baigner », mais elle n'était pas loin et d'ailleurs personne n'avait envie de se baigner. Ils firent une flambée aussi vite qu'on pouvait l'attendre d'anciens scouts et en un rien de temps ils eurent ouvert la glacière et éclusé la bière aussi vite qu'on pouvait l'attendre de fils de sous-off des Marines US.

Buddy n'avait jamais été à une réunion où tout le monde buvait. Au début, ils étaient drôles, ils racontaient des histoires drôles et des blagues cochonnes, et puis des blagues à la fois drôles et cochonnes. Mais au bout d'un moment les histoires devinrent de plus en plus filandreuses et Frank menaça Buddy, si jamais il en soufflait mot, et puis Dennis et Larry commencèrent à se bagarrer et firent pleuvoir du sable sur les hot dogs. Buddy partit se promener le long de la plage.

C'était un coin assez dangereux, avec un courant rapide qui passait devant l'île par le travers. Le sable était emporté, alors la plage plongeait rapidement et les vagues étaient plus hautes et plus violentes que partout ailleurs sur les côtes de Caroline du Nord. Plus tard, il aurait l'occasion de voir couramment des vagues de cette hauteur en Californie, mais ce 14 octobre 1961, Buddy trouvait qu'elles étaient les plus énormes, les plus terribles du monde.

Il ne pouvait en détacher ses yeux. Il voyait les rouleaux arriver du large, s'élever, puis s'enrouler pour se briser et s'écraser à grand fracas sur la plage; il s'imaginait à l'intérieur de la vague, au creux, comme un petit poisson, avec la muraille d'eau derrière lui et l'écume qui se rabattait par-dessus sa tête. Il sentait la puissance de l'océan comme si c'était sa propre force, son propre corps.

Il mourait d'envie d'être dans l'eau. Pas pour nager, non. Il n'allait pas se rapprocher des brisants mais il avait besoin de sentir le ressac déferler sur ses pieds nus. C'était trop dur de rester sur le sable sec, avec des chaussures. Il lui fallait s'enraciner dans la mer. Même si l'eau était glacée. Même s'il se faisait attraper.

Il ôta ses souliers et les posa côte à côte, avec ses chaussettes dessus. Le vent était froid, sur ses pieds nus, et quand il avança là où le sable était mouillé, ce fut encore plus froid. Au début, il resta là où les vagues achevaient de mourir et venaient à peine le chatouiller. Il avait toujours aimé sentir le reflux qui aspirait le sable de sous ses pieds, comme si la terre se déplaçait vers l'océan. Le reflux était fort mais la marée descendait et en longeant la plage il devait se rapprocher de plus en plus des vagues pour garder les pieds mouillés.

Il crut entendre qu'on l'appelait. Quand il se retourna, le feu de camp était hors de vue. Il était allé plus loin qu'il ne le pensait, alors il rebroussa chemin en courant, ses pieds nus éclaboussant autour de lui.

– J'arrive ! cria Buddy.

Mais quand il revit le feu, rien n'avait changé, les garçons étaient tranquillement assis autour, sur leurs vestes. Buddy se sentit idiot d'avoir crié. Personne ne l'avait appelé. Mais Junior se levait, venait vers lui en titubant un peu. Ivre.

– Qu'est-ce qu'il y a ? bredouilla-t-il.

– Rien, répondit Buddy, et il se retourna pour s'engager un peu plus dans le ressac, en renvoyant Junior d'un geste.

– Quoi ? cria Junior.

Buddy regarda son frère. Junior ne tenait même plus debout; il chancelait tout en essayant de garder son équilibre. Quand une vague s'écrasa juste derrière lui, Buddy hurla :

– Y a rien ! Retourne là-bas !

Junior cria quelque chose et agita un bras, mais Buddy ne put l'entendre. Il sentit le déferlement de la grosse vague s'abattre contre ses mollets, le creux de ses genoux. Il était déjà allé trop loin. Celle-là devait être vraiment énorme, il avait de l'eau jusqu'aux cuisses. Il se mit en marche vers la plage, mais ses jambes avançaient trop lentement et le reflux commença avant qu'il ait fait deux pas. Le sable s'écoula de sous ses pieds et il tomba à plat ventre, de l'eau par-dessus la tête. Il se débattit, pour se redresser, rouler sur lui-même; pendant une minute, il eut la tête hors de l'eau, il entendit Junior jurer et se dit : « Ce coup-ci, je suis bon pour les ennuis ! » Puis son corps fut secoué par les brisants et il se sentit sérieusement entraîné. Il ne trouvait plus le fond, il ne se rappelait plus de quel côté était la surface, il n'avait pas d'air dans les poumons, il n'avait pas eu le temps de les remplir avant d'être submergé.

Tout à coup, ses pieds gigotèrent en l'air. Il était la tête en bas sans le savoir. Il se ramassa sur lui-même et rua des deux jambes; sa tête émergea, il ouvrit la bouche et respira, une grande bouffée d'air qui se termina par de l'eau dans son gosier. Il ravala, cracha et remonta à la surface en essayant de nager et de rester au-dessus de l'eau. Il était bon nageur. Papa s'était assuré que ses deux garçons deviennent de bons nageurs.

Un rouleau le souleva. Pendant un moment, il fut assez haut pour voir sur la plage Junior qui enlevait sa seconde chaussure et se jetait à l'eau. C'est bien, pensa-t-il. Junior va me sauver. Tout sera O.K.

Mais en glissant dans le creux de la vague, il se souvint que Junior était ivre. Il ne pourrait sauver personne. Va-t'en, pensa-t-il. Reste sur la plage !

Le courant avait déjà entraîné Buddy si loin que, lorsque le rouleau suivant le souleva, le feu n'était plus qu'une minuscule flamme de bougie avec des ombres d'araignées sautant tout autour. Ce serait stupide de lutter contre le courant et d'essayer de gagner la plage. Il ne pouvait même pas nager en direction de la terre, le courant l'emportait vers le sud, le long de la côte et au large. Son seul recours était de nager pour rester à flot et de tenter de se diriger vers l'ouest pour échapper au courant. Il était glacé. Ses vêtements étaient si lourds qu'il avait l'impression que des algues l'enlaçaient et le tiraient vers le fond.

– Par ici !

Buddy regarda vers la côte… dans la direction qu'il croyait être celle de la côte.

– Par ici, petit ! Vers le bateau !

Il pivota sur lui-même et aperçut un peu de rouge et de bleu. Un bateau de pêche. Mais il était dans la mauvaise direction. Les vagues furent contre lui quand il essaya de se diriger vers le bateau. Il avait de plus en plus de mal à respirer, de l'eau s'engouffrait à tout instant dans sa bouche. Jusqu'à ce qu'il respire de l'eau et s'étrangle. On ne peut pas nager quand on étouffe. Il coula, toussa convulsivement; contre sa volonté il aspira encore de l'eau dans ses poumons. Il avait l'impression d'avoir un poing dur et glacé dans la poitrine.

Je vais mourir.

Mais alors qu'une réaction instinctive le tuait, une autre le maintenait en vie. Ses jambes continuaient de ruer, ses bras de nager. Et il resta ainsi à la surface assez longtemps pour que les pêcheurs le saisissent, le hissent à bord, le couchent sur le pont et pressent l'eau hors de ses poumons.

L'eau jaillit par son larynx, il eut des haut-le-cœur, c'était pire que de vomir, plus douloureux, plus terrifiant que la noyade elle-même. Quand l'air se précipita dans ses poumons, cela lui fit mal. Et puis les grosses et fortes mains du matelot lui pressèrent de nouveau les côtes, lui faisant encore cracher de l'eau. Il s'étrangla, il voulut crier de douleur et enfin il le fit réellement; il était donc vivant. Si puissant que fût l'océan, Buddy l'avait vaincu.

À ce moment il se souvint.

– Junior ! cria-t-il.

Les marins le retinrent.

– Bouge pas, repose-toi un moment, petit !

– Mon frère !

Alors ils le laissèrent se relever tandis qu'ils se précipitaient pour regarder. Respirant encore avec peine, Buddy les rejoignit à la rambarde, se tourna de tous côtés. Mais ils devaient scruter dans la mauvaise direction car Junior n'était pas là.

Junior n'était pas non plus dans les autres directions; il n'était nulle part. Et quand les pêcheurs ramenèrent Buddy à Topsail Beach et qu'un homme le conduisit en voiture le long de la côte, où la camionnette était garée près du feu mourant, Junior n'était pas là non plus. Todd, Dennis et Larry avaient visiblement trop bu mais ils étaient sérieux et graves; Frank tempêtait et criait que, s'ils ne l'avaient pas retiré de l'eau, il aurait sauvé Junior et aussi le petit morveux. Buddy ne se vexa pas d'être traité de petit morveux. Il ne s'intéressait qu'à l'eau ruisselant des vêtements de Frank. Lui, au moins, il avait fait un effort.

Les clefs de la camionnette étaient dans la poche de Junior. Ils attendirent près d'une heure l'arrivée de leurs parents. À ce moment-là, ils avaient déjà fait des dépositions à la police et parlé à un journaliste. Personne n'avait eu l'idée de cacher la bière. Le reporter compta vingt-deux petites bouteilles vides et deux qui ne l'étaient pas tout à fait. L'histoire était dans le journal, le lendemain. Il y eut un service funèbre à la base navale. Tout le monde était en uniforme blanc de parade. Dans le temps, Buddy, en voyant ces uniformes, se sentait en sécurité. Maintenant, il savait qu'ils n'étaient rien, comparés à la puissance de la mer. De petits hommes, dans de petits bateaux, avec de petits canons. Ils n'étaient rien.

Quinze jours après Noël, papa fut affecté comme conseiller pour entraîner les soldats sud-vietnamiens. La famille alla s'installer à Hawaï. Papa emmena Buddy à Topsail Island une dernière fois, la veille du départ. Il ne dit rien à Buddy et Buddy ne demanda rien, mais ils savaient tous deux qu'ils allaient là-bas pour dire adieu. Ils n'échangèrent pas un mot pendant le trajet. Buddy revivait la dernière fois qu'il avait pris cette route. Il se voyait ouvrir le sac isotherme et jeter toutes les bouteilles dans le fossé, une par une. Il se voyait assis sur le sable, en train de lacer ses chaussures au lieu de les ôter. Revenir vers le feu. Il se voyait remonter avec les copains dans la camionnette et rentrer tous ensemble, en riant, ivres et stupides, mais vivants, bon Dieu !

Papa se gara à l'endroit précis. Le bois à moitié calciné de leur feu était encore là. Ou peut-être d'un autre feu. Les vagues s'écrasaient avec fracas, comme l'autre fois, mais il faisait encore plus froid et le ciel était lourd de nuages d'hiver. La mer, elle, était toujours la même, elle se soulevait sous le ciel comme si elle cherchait à rejeter toute l'atmosphère de ses épaules, à briser chaque parcelle de terre pour que le monde entier ne soit plus que des rouleaux, des creux, des courants sans aucun brisant nulle part, parce qu'il n'y avait rien d'assez solide et fort pour briser la mer.

Papa mit une main sur l'épaule de Buddy.

– Mes deux garçons sont allés dans la mer, dit-il, mais la mer m'en a rendu un. Je remercie tous les jours ce Dieu miséricordieux, Virgil.

Buddy ne remerciait Dieu de rien. Buddy ramassa le plus gros des morceaux de bois à demi calcinés et s'éloigna de son père, vers la mer. Il entendit les pas de son père derrière lui, mais cela lui était égal. Il s'arrêta tout au bord de l'eau, puis il entra, chaussures et tout. Il s'avança jusqu'à ce que l'eau monte plus haut que ses chevilles et que le reflux aspire ses pieds.

Aspire tant que tu voudras, sale garce.

Buddy leva le vieux tison au-dessus de sa tête, comme une massue, et l'abattit dans le déferlement d'une vague brisée. Le bois frappa l'eau et toucha le sable. Buddy en fut tout éclaboussé. Il frappa encore, de toutes ses forces. Et encore, encore, il battit la mer mais sans laisser de marque, pas de blessure, pas de cri de douleur. L'eau s'enfuyait en cherchant à l'entraîner, tout comme avant.

Il leva encore une fois le gourdin mais son père retint son bras.

– Elle gagnera toujours, dit papa. Si elle le veut.

Buddy lâcha la massue. Le bois glissa et lui écorcha le mollet en tombant. La douleur fut cuisante, mais bonne.

– Ta maman va nous sonner les cloches à tous les deux en voyant nos chaussures mouillées.

Ils pataugèrent hors de l'eau et rentrèrent à la maison.

Papa fut tué à Saigon par une grenade attachée sur un gosse de cinq ans. Maman se remaria avec un comptable et Buddy alla vivre avec eux à Modesto, pendant deux ans, jusqu'à ce qu'il soit mobilisé en 1968. On l'envoya en Corée et il ne participa à aucun combat. Quand il quitta l'armée, il ne retourna pas chez sa mère, sa sœur et ses demi-frères, mais se rendit au Texas où il trouva un emploi dans une exploitation pétrolière. Il se disait que c'était aussi loin de l'océan qu'il pût l'être. Mais cinq ans plus tard, il était le chef d'une équipe de prospection off-shore dans le Golfe, avec la mer autour d'eux tous les jours, pendant des mois.

Allez savoir.

Lindsey

Pour bien comprendre Lindsey Brigman, il faut d'abord savoir une chose ou deux de sa mère, Cathy Thomas. C'est sans doute vrai d'à peu près tout le monde, j'entends par là que nous passons notre vie à copier tout ce que nos parents disent ou font ou alors à faire délibérément tout le contraire. Ce qui importe, à propos de Lindsey Brigman, c'est qu'elle n'est *pas* comme sa mère. C'est du moins ce qu'elle pense.

La dernière fois que Catherine Mary di Angeli invita une amie chez ses parents, c'était en 1937, quand elle était encore à l'école élémentaire. La jolie petite Debbie Benchley s'arrêta net à la porte de la cuisine, chez les di Angeli à Queens, et resta bouche bée tandis que les cinq frères et les trois sœurs de Catherine Mary, ses parents et ses grands-parents allaient et venaient et se disputaient en italien. Catherine Mary ne comprenait pas pourquoi son amie avait cette mine terrifiée, ces yeux exorbités; elle ne comprit pas pourquoi, sans dire un mot, elle tourna les talons et prit la fuite. Catherine Mary la suivit dans la rue, l'appela, lui demanda ce qu'elle avait, mais Debbie ne fit que presser le pas en secouant la tête.

Chagrinée, Catherine Mary rentra chez elle avec un sentiment d'échec. En quoi l'ai-je offensée ? Qu'est-ce qu'elle me reproche ? Debbie était très jolie, blonde, son père était un pharmacien prospère; elle avait toujours des robes ravissantes, elle souriait timidement et tout le monde l'admirait. Catherine Mary rêvait de se réveiller un matin, de se regarder dans la glace et de voir le visage de Debbie Benchley.

Quand elle rentra, elle alla directement, comme d'habitude, à la porte de la cuisine, qui donnait sur le côté de la maison. Mais à présent, elle essayait d'imaginer ce que Debbie en avait pensé. La famille de Debbie entrait sûrement par la porte de devant. La famille de Debbie n'avait pas cinq garçons dormant dans le living-room.

Catherine Mary s'arrêta sur le seuil et contempla le capharnaüm avec les yeux de Debbie : tant de personnes courant çà et là, parlant et gesticulant... La musique d'une douzaine de personnes criant en italien, avec passion, se querellant... Catherine Mary s'efforça de subir ce bruit comme Debbie l'avait subi, sans chercher à comprendre; c'était un charabia insensé, hargneux, autoritaire, pas du tout la façon de parler si douce de Debbie.

Et la mère de Catherine Mary, en larmes parce qu'elle épluchait des oignons dans l'évier tout en discutant aigrement avec Johnny – Giannino – pour savoir s'il devait quitter son emploi chez le marchand de légumes juif. Catherine Mary ne savait pas si Debbie avait un frère mais, si elle en avait un, il ne travaillait certainement pas comme commis chez un marchand de légumes, et encore moins chez un juif. Pas plus que la mère de Debbie ne faisait des gestes grandiloquents avec un couteau, les yeux au ciel, en invoquant les saints et en se signant avec un oignon.

Catherine Mary eut un sentiment de honte. Elle venait de voir sa famille par des yeux protestants horrifiés et, comme elle s'identifiait totalement à Debbie Benchley, elle ne put jamais plus voir les siens autrement.

À dater de ce jour, Catherine Mary cessa de parler italien, elle n'invita plus jamais aucune camarade à la maison, elle ne répondit plus jamais à un autre nom que Cathy. En grandissant, elle écouta avec grande attention la radio et élimina de son accent toute trace de l'Italie et de New York. Elle apprit à marcher avec dignité. Elle n'agitait que très rarement les mains, et dans ce cas avec de jolis gestes délicats, élégants. Elle s'habillait et se coiffait comme les plus jolis mannequins des magazines de mode. Après le lycée, elle alla à l'université de Columbia, ne prit au sérieux que les cours de musique et d'art dramatique et consacra le reste de son temps à chercher un mari « comme il faut ». En 1950, à dix-huit ans, elle choqua sa famille en épousant un protestant de vingt-cinq ans.

Pour Cathy, Frank n'était pas un protestant. C'était un Américain, doté d'un diplôme d'ingénieur, un emploi chez Kodak avec un salaire intéressant et un nom de famille qui ne se terminait pas par une voyelle. Il avait aussi des cheveux blonds et un visage lisse au teint clair, sans les gros sourcils et la barbe drue qui durcissait le menton de ses frères et de ses cousins. En un mot, il était exactement le genre de mari que Debbie Benchley aurait épousé, si elle n'était pas morte des suites d'une polio en sixième.

Cathy entreprit de créer exactement le genre de foyer que, dans son idée, Debbie aurait choisi. Le living-room ne servait que lorsqu'on avait des invités et il avait l'air en permanence d'une illustration de magazine. Le soir, lorsqu'il rentrait du travail, Frank trouvait le couvert joliment mis pour le dîner, sa femme souriante et bien coiffée et ses filles prêtes à l'accueillir en lui sautant au cou. Cathy était l'épouse américaine parfaite.

Mais Cathy jouait un rôle. Cathy était une imposture. Elle avait volé la place de Debbie Benchley. Au fond de son cœur, elle était toujours Catherine Mary et dans ses plus mauvais rêves elle parlait encore italien. Elle savait qu'aucune de ses amies ne l'aimerait, si elles savaient ce qu'elle était réellement.

Tout serait différent pour ses cinq filles. Elles grandiraient en sachant qu'elles faisaient partie de l'élite, elles n'auraient pas le moindre doute à ce sujet.

Cela commença par leurs prénoms. Frank voulait appeler une de ses filles comme une parente à lui, mais elles avaient toutes des noms bizarres et fabriqués, comme LaDelle ou DeElsa. Cathy ne songeait pas davantage à appeler ses filles d'après les saintes du calendrier. Ils finirent par adopter un compromis : elle choisirait les prénoms de leurs filles et lui ceux de leurs fils. Ils n'eurent jamais de garçon. Leurs filles s'appelaient Dana, Christa, Corey, Lindsey et Gail.

Dès l'âge de trois ans, elle les fit coiffer par des stylistes. Elles firent de la danse classique presque avant de savoir marcher et elles étudièrent le chant avant d'apprendre à lire. Quand le moment vint des instruments de musique, elles eurent un certain choix entre le piano, la flûte et le violon. Les cuivres et les instruments à percussion furent jugés trop vulgaires, la clarinette et le violoncelle d'une laideur obscène.

Le mal que se donna Cathy pour élever ses filles fut presque entièrement couronné de succès. Dana épousa un banquier de Manhattan et voyagea avec lui dans le monde entier. Christa devint cantatrice et chanta l'opéra en Europe. Corey réussit au théâtre avant d'obtenir un rôle de premier plan dans un feuilleton télévisé qui dura six ans; chacun des trois maris était l'homme à la mode l'année de son mariage. Quant à la petite Gail, elle écrivit de la poésie féministe obscène sous son propre nom, ce qui lui valut un grand prestige littéraire, et une douzaine de romans historiques sous le pseudonyme d'Angelle de Brise, qui lui valurent une fortune ahurissante.

Quatre filles sur cinq avaient exactement le genre de vie rêvée par leur mère et toute autre femme eût été amplement satisfaite. Mais Cathy ne se pardonnait pas son échec avec Lindsey.

Comment Lindsey avait-elle pu mal tourner ? Cathy ne le comprit jamais mais Lindsey, elle, le savait. Sa transformation se produisit quand elle avait sept ans. C'était un samedi et son père cherchait quelque chose au grenier. Lindsey, au pied de l'escalier, écoutait les bruits mystérieux; elle s'aperçut qu'elle n'avait aucune idée du travail de son père, de ce qu'il faisait pour se distraire, ni même, dans le fond, qui il était au juste. Elle l'entendait fourrager en fredonnant et se dit qu'elle n'avait jamais entendu son père chanter. Tous les matins, il partait à son travail, avec un mot ou deux si elle était levée, et tous les soirs c'étaient les devoirs et les leçons et tout tournait autour de maman. Elle allait docilement embrasser son père en montant se coucher mais ils ne se disaient jamais rien.

Elle monta au grenier. Il dut entendre son pas car le fredonnement cessa. Mais quand elle arriva au sommet, il ne la regarda pas. Il avait le dos tourné et contemplait un objet fait de petits morceaux de bois, imbriqués dans un treillis, si bien que cela paraissait léger et aérien, malgré son mètre soixante de long et ses soixante centimètres de haut. Ce n'était pas un meuble, ni une sculpture; Lindsey avait visité assez de demeures et de musées pour les reconnaître.

C'était un pont. Une maquette de pont.

– Mon projet de quatrième année, lui dit son père. Quand je faisais mes études d'ingénieur.

– Tu construis de *vrais* ponts ?

– Je construis des assemblages spéciaux et des structures qui soutiennent les ponts et les machines de précision qui les déplacent.

Lindsey ne comprenait pas du tout ce que cela voulait dire.

– Ah, fit-elle.

– Merci d'avoir posé la question.

Si elle avait été un peu plus grande, elle aurait

sans doute perçu la douleur dans la voix, la solitude, car il avait compris depuis longtemps qu'il n'était qu'un accessoire inévitable dans la vie de Cathy. Il fallait un père, mais personne ne savait exactement à quoi il servait, une fois que l'argent était à la banque et les enfants conçus. Lindsey ne pouvait pas deviner qu'il était ce jour-là dans le grenier pour réfléchir à sa première infidélité, l'après-midi précédent; elle ne pouvait se douter de son bouleversement, de son remords, de sa rage, de son soulagement, de sa peur que cela ne se reproduise, de la crainte que cela ne se reproduise pas.

Lindsey n'avait que sept ans, alors elle ne vit que ce qui l'intéressait. Malgré l'apparente fragilité du pont, elle comprenait instinctivement qu'il était très solide.

– Comment ça marche ?

Il la regarda, il vit qu'elle contemplait le pont, alors il lui expliqua que le véritable pont serait en acier, et pourquoi l'acier était plus solide que le bois; mais ce n'était pas ce qu'elle voulait savoir.

– Il n'y a presque rien, là. C'est si léger. On dirait que c'est fait avec de l'air.

Cette réflexion le frappa. Il était très fier que son pont tirât le maximum de force d'un minimum de matériaux. Une enfant de sept ans sans instruction particulière n'aurait pas dû le remarquer. Pendant un instant de vertige, il se dit que, peut-être, une de ses enfants avait hérité quelque chose de *lui*. Et comme c'était une question d'ingénierie, il répondit par réflexe comme il le faisait devant les équipes d'ingénieurs travaillant avec lui :

– Pourquoi, à ton avis ?

Lindsey réfléchit un moment.

– Je suppose que si tu le faisais trop lourd, le pont utiliserait toute sa force pour se tenir debout lui-même.

Elle fut très étonnée quand son père éclata de

rire, avec un ravissement qu'elle ne lui avait jamais connu. Il la prit dans ses bras et la serra sur son cœur, ce qui était très inconfortable mais aussi tout à fait intéressant et même très agréable. C'était une étreinte à un moment inattendu, différente des baisers paternels de commande. Mais elle ne pouvait se concentrer sur son père, pas pour longtemps. Le pont retenait toute son attention.

– Est-ce que tu peux m'apprendre, à moi, à construire des choses ?

– Des ponts ?

– Construire des choses.

Elle n'avait jamais rien construit de sa vie, depuis que toute petite, elle avait empilé des cubes avec les lettres de l'alphabet et elle ne s'en souvenait même plus. Mais à présent, en voyant le pont, sachant que quelqu'un l'avait construit, quelqu'un qu'elle connaissait... elle brûlait de construire quelque chose par elle-même. Elle ne savait même pas ce qu'elle voulait fabriquer, mais elle sentait qu'il lui fallait construire quelque chose tout de suite, n'importe quoi.

– Veux-tu que je t'achète ces pièces de construction qu'on importe d'Europe ? Les Lego ? J'ai toujours eu envie d'y jouer moi-même. Je pourrais en apporter une boîte lundi, en rentrant du bureau ?

– Oui. Merci.

Mais derrière le paravent de ses excellentes manières, Lindsey se disait : « C'est dans deux jours, et c'est maintenant que je le veux, aujourd'hui ! »

Il la scrutait du regard et finit par dire :

– Mais lundi c'est bien loin, hein ? Si on allait tout de suite au magasin de jouets ?

– Oh oui ! S'il te plaît !

Aussitôt, elle fit demi-tour et dévala l'escalier.

Frank Thomas la suivit en riant. Il riait en

partie pour se moquer de lui-même parce qu'il savait bien que ce n'était pas à *lui* que la petite s'intéressait, mais à la construction; il riait aussi de plaisir parce qu'il venait de lire au fond de sa fille et d'y voir une partie de lui-même, à savoir ce qui lui permettait de vivre avec une femme qui ne l'aimait pas et des enfants qui ne le connaissaient pas, parce que, lorsqu'il travaillait à un projet, rien de tout cela n'avait d'importance, il n'y avait que le projet, trouver la solution des problèmes et créer quelque chose qui fonctionne, qui soit économique, pratique et beau. Tant qu'il avait cela, tout le reste était supportable. Et il avait apparemment transmis ce don à Lindsey.

Ou était-ce une malédiction ? Le don de la création, la malédiction de la monomanie ?

Ils sortirent pour acheter une boîte de Lego. Quand ils revinrent, Cathy était en pleine panique.

– Comment veux-tu arriver à l'heure à ta leçon de danse, si tu t'en vas comme ça sans me prévenir ? cria-t-elle à Lindsey. (Puis à son mari :) Tu sais très bien que tu ne peux pas emmener les filles où tu veux, quand l'envie t'en prend ! Va tout de suite dans la voiture, ma chérie. Ton justaucorps et tes chaussons sont sur le siège arrière. Tu te changeras en route. Nous serons au moins à temps pour la seconde partie de ton cours !

– Non, merci, maman, dit Lindsey. Papa et moi allons construire quelque chose avec des Lego.

Cathy s'emporta.

– Je n'ai jamais rien entendu d'aussi ridicule ! Tu n'arriveras jamais à rien dans la vie, Lindsey, si tu négliges tes leçons, comme ça. Ton père sait très bien…

Frank lui mit un doigt sur les lèvres et s'approcha tout près, pour chuchoter d'une voix que Lindsey, espérait-il, n'entendrait pas :

– Ses leçons, tu peux te les mettre au cul.

Puis il sourit, prit la main de Lindsey et ils coururent tous deux dans l'escalier. Plusieurs décisions furent prises à ce moment-là. Premièrement, Cathy pouvait avoir les quatre autres filles, mais Lindsey était la fille de son père; désormais il se chargerait de son éducation. Deuxièmement, Frank pourrait poursuivre sa liaison sans faire de complexe de culpabilité. Cathy avait la libre disposition de 80 % de son argent et de 80 % de leurs enfants; mais il y avait bien assez de place pour le bonheur dans les 20 % restants.

Lindsey ne comprenait pas grand-chose à cela. Elle savait simplement qu'à présent, quand ses sœurs devaient aller à des leçons, à des pièces de théâtre classiques ou dans des musées, il lui suffisait de commencer à construire quelque chose avec ses blocs Lego ou son Erector pour être exemptée, même si papa n'était pas là pour intervenir. Progressivement, elle devint responsable de sa propre vie d'une manière interdite à ses sœurs. En troisième année de lycée, elle était tellement en avance sur le programme que son père la fit admettre à mi-temps à l'université de Rochester, où elle suivit des cours de mathématiques supérieures et de génie civil avant d'avoir terminé ses études secondaires. Elle remporta le prix de la Foire scientifique de l'État de New York avec un appareil respiratoire réglable à volonté pour les casques de plongée. C'était bien rudimentaire à côté de ce qu'elle allait créer par la suite mais elle le garda et le vénéra, tout comme son père avait gardé sa première maquette de pont.

Lindsey s'apercevait à peine que sa mère la détestait et que ses sœurs se moquaient d'elle, généralement derrière son dos. Ces personnes n'avaient guère d'importance pour elle, avec leur musique, leur théâtre, leurs livres, leurs maris et toutes leurs futilités. Ce qui comptait, c'était son père qu'elle adorait et le talent qu'elle avait de construire ce qui n'avait encore jamais été fait.

Elle finit par concevoir des structures capables de supporter la pression des grandes profondeurs marines. Ses idées étaient remarquables mais, comme tous les ingénieurs, elle pensait qu'il était inutile de dessiner des choses qui ne seraient jamais construites. Alors elle chercha et trouva une application pour ses modules de grande profondeur : la prospection pétrolière en mer. Et elle obtint des crédits pour faire démarrer la construction de *Deepcore*. Elle obtint aussi autre chose.

Quand elle fit partie de l'équipe d'une plate-forme de forage, dans le Golfe, pour apprendre les problèmes et les solutions du forage en océan, elle eut à travailler avec un certain Bud Brigman. Elle découvrit que lorsqu'il était avec elle, tout baignait dans l'huile, tout le monde s'entendait bien, les autres entre eux et avec elle. Cela ne lui était jamais arrivé; elle avait toujours eu à travailler avec des hommes maussades, hargneux, qui la détestaient, et elle avait cru que c'était un problème que devait affronter tout ingénieur. Elle comprenait maintenant que Bud Brigman possédait un don qui lui manquait totalement, la faculté de manipuler les gens. Elle l'examina, l'étudia, essaya d'apprendre ce qu'il faisait. Le peu qu'elle comprenait, elle était incapable de l'imiter. Elle avait pourtant besoin du talent de Bud pour construire *Deepcore* et la rendre fonctionnelle. Il était la première personne, depuis son père, dont elle avait réellement besoin. Faute d'une autre définition du mot, elle prit cela pour de l'amour. Alors elle l'épousa.

Au début, tout alla bien. Les relations sexuelles étaient bonnes, ce qui aidait pour le reste. Ils étaient tous deux fascinés par la création de *Deepcore*, ce qui contribua encore plus à la bonne entente conjugale.

Ils riaient ensemble de l'attitude de la compagnie pétrolière. C'était le projet de Lindsey, elle avait tout conçu, elle allait le construire, c'était à *elle*. Mais quand les bailleurs de fonds vinrent sur place examiner le prototype, ils s'écartèrent d'elle le plus possible. Elle leur faisait peur. Ce n'était pas parce qu'elle était plus intelligente qu'eux, ils avaient l'habitude de travailler avec des scientifiques; ce n'était même pas parce qu'elle parlait le jargon du génie maritime; ce genre de chose est courant, des gens qui ne parlent pas la même langue font des efforts pour se comprendre, trouvent le moyen de contourner ce problème. Si les deux côtés sont des hommes, ils connaissent le langage macho, vulgaire et vaniteux des hommes, les plaisanteries apprises quand ils avaient dix ou douze ans. Si les deux côtés sont des femmes, elles s'expriment dans un langage féminin qu'elles ont appris, elles aussi, à la puberté. Mais quand il y a un homme d'un côté et une femme de l'autre, cela devient plus épineux. Il n'y a pas de langue commune.

Malgré tout, beaucoup de femmes parviennent à s'en accommoder, et beaucoup d'hommes aussi. Mais pas Lindsey. Ce n'était pas par ignorance. Après tout, elle avait vu toute sa vie sa mère manipuler les gens, ses sœurs leurs maris. Mais d'emblée, Lindsey rejetait ces ruses. Quand ces hommes en costume de ville se présentèrent, elle leur parla le langage des ingénieurs, expliqua ce que *Deepcore* pourrait faire pour le forage sous-marin, ce que le forage en profondeur ferait pour les compagnies pétrolières. Plus elle parlait, plus ils étaient nerveux. Une heure dans une voiture fermée avec Lindsey les rendait plus fébriles que dix tasses de café. Elle était belle, elle était intelligente, elle était terrifiante.

Si elle avait été seule, absolument personne n'aurait acheté le projet, moins que tout autre un club masculin aussi fermé que Benthic Petroleum. Mais il y avait Bud. Ils allaient avec Lindsey voir le prototype, *Deepcore I,* ils l'écoutaient dans la voiture, de plus en plus nerveux, puis sur la jetée ils faisaient la connaissance de Bud. Ils le considéraient comme un ange venu les secourir de l'enfer. Ils collaient à lui comme s'il était leur grand frère, ce qu'il était, dans un sens. Ces types portaient constamment un costume de ville, ils allaient se faire couper les cheveux tous les quinze jours, ils jouaient au badminton, ils se faisaient bronzer dans une cabine ou sur la plage. Ils voyaient en Bud un gars qui obtenait son hâle et sa force honnêtement, en travaillant avec son corps dans les intempéries. Ils voyaient un homme qui ne plongeait pas avec un petit scaphandre autonome et un masque pour admirer les poissons; il avait appris à plonger parce que les gars de sa plate-forme descendaient au fond de l'eau et il pensait qu'il n'avait pas le droit de demander à un homme de faire une chose que lui-même n'avait pas faite.

« Ah, Bud, je vous envie ! disaient-ils tous. Vivre si près de la mer, vous remettre constamment à l'épreuve... »

Bud ne discutait pas avec les costumes de ville. Il les laissait dire et n'en pensait pas moins : seul un imbécile se mesure à la mer. La mer gagnait à tous les coups. On ne descendait pas là-dedans à moins de savoir qu'on avait déjà battu l'océan. On devait être certain que tout ce qui composait votre matériel marchait à la perfection, on devait savoir exactement de quoi était capable ce matériel et de quoi il était incapable. On ne descendait pas au fond pour se mettre à l'épreuve. Et quand on remontait, on pouvait se permettre de regarder la mer et de lui dire : « Je t'ai eue, sale garce affamée. Ce coup-ci, tu ne m'as pas avalé. »

C'était ce que signifiait *Deepcore* pour Bud : descendre au fond, vivre sous l'eau avec toute cette pression en soi, tout autour de soi, ces trente, quarante ou cinquante atmosphères assaillant les poumons, le sang, toutes les cellules du corps, mais on peut respirer, on est vivant, et quand tout est fini, on remonte et on sent le soleil sur sa peau et on a encore gagné. Pas une épreuve sportive.

Bud n'aimait pas les épreuves sportives.

Et ce fut pour cette raison que le mariage fut un échec. Lindsey traitait tout ce qu'elle faisait comme une épreuve. Ce qui l'agaçait le plus, c'était qu'elle gagnait toujours. Elle rentrait furieuse à la suite d'un contretemps et Bud l'écoutait patiemment, d'un air compatissant, sans rien dire. Peu importait, elle finissait toujours par s'en prendre à lui, par lui dire des choses horribles, impardonnables, et alors là, il ripostait, c'était la vraie bagarre... et puis il quittait la pièce et quand il revenait c'était fini, il ne voulait plus se disputer. Ça la rendait folle, sans qu'elle sache trop pourquoi.

Le pire, c'était quand il la manipulait.

Elle avait *horreur* de ça. Il était exactement comme sa mère, qui manœuvrait les gens pour leur faire faire ce qu'elle voulait. Ce que Lindsey ne comprenait pas, c'était la différence entre sa mère et Bud. Cathy Thomas manipulait les gens pour imposer sa propre volonté alors qu'il le faisait pour les *aider* à obtenir ce qu'ils voulaient. Elle volait leur âme aux gens, Bud les aidait à vivre en commun, à bien s'entendre, à réussir ce qu'ils entreprenaient. C'était toute la différence entre un guérisseur et une empoisonneuse, mais Lindsey ne voyait que la manière subtile qu'ils avaient tous deux d'administrer leurs potions.

Il n'y avait qu'un sujet sur lequel Bud ne cédait jamais à Lindsey, c'était son équipe. Elle pouvait le harceler, l'injurier à la maison, il continuait de l'aimer. Mais si jamais elle faisait quelque chose qui portait atteinte au moral de l'équipe – accuser un homme de mauvais travail, critiquer à tort –, Bud la remettait si vite à sa place qu'elle en restait elle-même muette de stupeur. Elle ne comprenait pas qu'il refuse de se battre pour lui-même mais qu'il n'hésite pas à se battre pour protéger ses hommes.

Elle se persuada donc qu'il ne l'aimait pas vraiment. Elle ne se rendait pas compte que l'équipe de Bud était aussi importante pour lui que l'était pour elle *Deepcore*. Son équipe était l'unique chose qu'il avait créée, dans sa vie : un groupe d'hommes et de femmes qui se faisaient confiance, qui s'appréciaient mutuellement, qui s'entendaient tous assez bien pour ne pas se prendre à la gorge alors qu'ils avaient à vivre ensemble pendant des semaines d'isolement, et cela sans aucune discipline militaire, sans perdre le sentiment de leur liberté et de leur indépendance. C'était très délicat d'amener une bande d'individus disparates à travailler ensemble en harmonie. Il n'avait pas besoin qu'une intruse comme Lindsey vienne faire le chef et essayer de diriger tout le monde. C'était désastreux pour le moral. Bud devait protéger son équipe de Lindsey sous peine de perdre tout le fruit de son travail.

Le résultat était inévitable. Comme c'était le seul point sur lequel il lui tenait tête au lieu de la manipuler, ce fut sur ce point qu'elle attaqua. Elle le critiqua devant son équipe, le rendit responsable de tout ce qui n'allait pas, et cela affaiblissait l'équipe, ce qui était ce qu'elle pouvait faire de pire à Bud. Il ne le lui pardonnerait jamais.

Elle savait qu'elle avait tort et se disait qu'elle

devait se séparer de lui. Alors elle demanda le divorce, juste au moment où *Deepcore II* était prête pour le premier essai.

Ce fut une bonne chose. Plus de disputes avec Bud à la maison, puisqu'il n'était plus là. Beaucoup moins de tension au travail, puisqu'il n'y avait pas eu de bagarre dans le ménage. Ils n'avaient plus que des rapports de travail. Elle prit même un amant, une aventure de diversion, avec un jeune cadre ambitieux du département de ressources et développement de Benthic.

Et Bud supporta bien la séparation. Pourquoi pas ? Qu'était devenue pour lui la vie conjugale, sinon beaucoup de douleur, beaucoup de tension ? Le divorce ? C'était la fin de tout ça. Un bienheureux soulagement ? C'était ce qu'il se disait. Heureux d'être débarrassé d'elle. Ce mariage avait été la plus énorme stupidité qu'il ait jamais commise.

Tout allait bien, maintenant. Plus rien pour le distraire de l'entraînement avec son équipe. Malheureusement, Bud ne pouvait s'empêcher de penser à Lindsey, de se faire du souci pour elle, de détester le type qui couchait à présent avec elle. Il se dit que ce n'était que le sexe qui lui manquait. Il essaya de mettre quelque chose en train avec d'autres femmes, à Galveston où avaient lieu les essais de *Deepcore II*. Mais quand le moment venait d'en ramener une chez lui, il en était incapable. Il ne voulait pas. Il portait encore son alliance, il était encore marié avec Lindsey. Même quand il la détestait, il l'aimait. Même quand il était tellement furieux contre elle qu'il avait envie de l'assommer avec un madrier, il l'aimait, il voulait la rendre heureuse.

C'est ainsi que les choses se passent, parfois. On aime quelqu'un qu'on ne peut pas supporter. C'est pourquoi Bud espéra qu'il serait désigné pour le premier essai de longue durée en profondeur. Des mois sous la mer avec son équipe. Et sans Lindsey Brigman.

Coffey

Nous devons maintenant présenter une troisième personne. Le lieutenant Hiram Coffey, US Navy, SEAL.

Quand on voit un type en uniforme, on ne voit pas du tout le type, rien que l'uniforme. Quoi qu'on pense des militaires, c'est ce qu'on pense de *lui*. Il est peut-être un héros, pour vous, peut-être un soudard assoiffé de sang ou un robot insensible. Mais le type sous l'uniforme n'est ni un héros, ni un soudard, ni un robot, rien qu'un brave gars. Il a été enfant, il a grandi pour devenir le genre d'homme qu'il est, qui avait une raison de s'engager. Et il y a autant de raisons d'endosser cet uniforme qu'il y a de types pour le porter.

Hiram Coffey n'était pas un enfant brutal. Malheureusement, le quartier dans lequel il avait grandi ne ressemblait pas du tout à ce que l'on voyait à la télé, sauf dans les films policiers. Son père avait abandonné sa famille quand Hiram avait dix ans et lorsqu'il en eut douze sa mère et lui avaient atteint le fond de la misère. Ils vivaient au premier étage d'un petit immeuble vétuste promis depuis longtemps à la démolition, à East L.A.

Même dans les temps les plus durs, Hiram Coffey essayait d'être un bon garçon. Sa définition du mot « bon » était toute simple. Bon, c'était sa maman. Tout ce qu'elle demandait, tout ce qu'il lui fallait, il s'efforçait de le lui donner. Après tout, c'était pour le nourrir et l'habiller qu'elle se tapait un trajet de quarante-cinq minutes en autobus matin et soir pour aller travailler, un emploi miteux de dactylo dans une société miteuse. Alors il ne se traînait pas par terre avec son jean s'il pouvait l'éviter, pour ne pas trop l'abîmer, et s'il éraflait ses chaussures, il se considérait comme le dernier des derniers.

Ce n'était pas comme si sa mère le menait à la baguette, ou quoi que ce soit de ce genre. Elle avait confiance en lui et lui laissait beaucoup de liberté. C'était lui-même qui estimait ne pas avoir le droit de décider de ce qui était bien ou mal. Mais une fois que sa mère lui avait dit ce qui était bien et ce qui était mal, alors il faisait tout son possible pour assurer la victoire du bien.

Cela faisait de lui un enfant sérieux. Bien sûr, il savait rire et plaisanter, mais sa figure reprenait vite son air grave. Il ne chahutait jamais en classe, parce que sa mère avait dit qu'il devait prendre son instruction au sérieux et avoir de bonnes notes sous peine de ne jamais aller à l'université, et c'était là qu'il devait aller s'ils voulaient échapper à East L.A. Il ne traînait jamais dans la rue, parce que maman disait que les gosses qui traînaient comme ça n'arrivaient jamais à rien, qu'à avoir leur figure affichée dans les bureaux de poste avec une liste de faux noms et de sobriquets.

Il y avait un garçon comme ça dans le quartier de Hiram, appelé Darrel Woodward. Il avait une quinzaine d'années, il était costaud et faisait peur aux gens. Pas tant à cause de sa force – il était d'ailleurs plus gras que fort – qu'à cause de ses yeux, toujours à demi fermés, et de sa bouche qui souriait d'une plaisanterie qu'il était le seul à connaître. On le devinait capable de *n'importe quoi*. Le fair-play, la gentillesse, c'était pour les cons. Il tapait sur un bébé s'il en avait envie. S'il se bagarrait avec vous, il continuait de vous frapper, et il était capable de vous arracher un œil si l'envie l'en prenait.

Darrel Woodward traînait donc dans le quartier et Hiram l'évitait soigneusement. Mais de temps en temps, Darrel Woodward le remarquait et l'appelait; comme ce soir-là.

– Hé, Maxwell ! Hé, Nescafé !

Hiram Coffey ne se vexait pas trop des plaisanteries sur son nom. Il s'approcha de Darrel qui était entouré d'une bande de copains. Ils attendaient de voir quel numéro Darrel allait leur jouer, en se servant de Hiram comme cible.

– Dis donc, Coffey, paraît que t'as ce nom-là parce que ton vieux était un mal blanchi ?

Hiram ne dit rien. Il ne protesta pas, il ne confirma rien. Moins il en dirait, plus vite Darrel se lasserait.

– Papa dit que ton papa a une grosse bite noire et que c'est pour ça que ta mère a foutu le camp, parce qu'il la tuait presque avec son gourdin, toute la journée.

Hiram haussa les épaules.

– Même qu'elle s'étranglait dessus, pas vrai, Coffey ? Paraît que c'est pour ça qu'elle l'a quitté, elle en avait marre de boire du Coffey !

Les copains de Darrel hurlèrent de rire. Hiram ne répondit rien.

– T'as une grosse bite noire, Coffey ?

Hiram secoua la tête.

– Allez, Hiram, nous fais pas poireauter, fais-nous voir un peu. Allez, défais ton froc et sors-la-nous qu'on rigole.

Hiram ne bougea pas. Il n'allait pas obéir mais il n'allait pas s'enfuir non plus. Il resta planté là jusqu'à ce que les copains de Darrel le jettent par terre et lui arrachent son pantalon et son caleçon. Il ne chercha pas à se débattre ni à se couvrir. Il ne répondit pas quand Darrel débita quelques grasses plaisanteries à propos du tout petit pénis. Il ne supplia pas quand Darrel ouvrit son couteau et fit mine de lui couper la verge. Finalement, Darrel marmonna :

– Ah merde, elle est trop petite pour qu'on la coupe, quelqu'un l'a déjà fait.

Et quand ils eurent fini de s'esclaffer de celle-là, il ordonna :

– Laissez-le donc filer.

Hiram Coffey se releva. Il ne manifestait toujours aucune colère, il ne cherchait pas à se couvrir. Il était furieux, certainement, mais pas *humilié*. On n'est humilié que si l'on se soucie de ce que pensent les autres, or Hiram se fichait complètement de ce que pensaient Darrel et compagnie. La seule personne dont l'opinion avait du prix pour lui, c'était sa mère. Et la seule idée qu'il avait à présent en tête c'était : « Il faut que je récupère mon pantalon parce que maman n'a pas les moyens de m'en racheter un, et il faut que je rentre à la maison sans qu'elle se doute de ce qu'on m'a fait, sinon elle va tout le temps se faire du souci pour moi. »

– Tire-toi, lui dit Darrel. Qu'est-ce que tu fous là ?

– J'ai besoin de mon pantalon, répondit Hiram d'une voix aussi posée que s'il était armé d'un fusil de dix.

Darrel arracha le jean des mains de celui qui le tenait et le brandit au-dessus de sa tête.

– Viens donc le chercher !

Hiram ne bougea pas.

– Tu dois pas trop le vouloir, si tu ne viens même pas le chercher !

– Maman n'a pas les moyens de m'en racheter un, dit Hiram.

Il ne craignait pas du tout de révéler leur pauvreté. Sa fierté exigeait de récupérer son pantalon, pas de prétendre qu'il n'était pas pauvre. Dans ce quartier, tout le monde l'était. D'ailleurs, il n'y en avait pas un dans la bande qui ne comprenait pas que Hiram avait raison : mettre un gosse à poil dans la rue c'était marrant, mais lui voler son pantalon et forcer sa maman à lui en racheter un, ça ce n'était pas drôle. Darrel n'était pas un imbécile. Il sentit le changement d'humeur de sa bande et jeta le jean à la figure de Hiram.

Hiram vit son caleçon sur le trottoir, alla le ramasser et traversa la rue pour rentrer chez lui. Il ne s'arrêta pas pour se rhabiller, il ne porta pas ses affaires de manière à se cacher, il ne remarqua même pas qu'il avait le cul nu. Il s'en fichait.

Darrel finit par se lasser de s'en prendre aux autres gosses et visa plus haut. Il entraîna sa bande à arracher les sacs des vieilles dames, à voler à l'étalage pour son compte. Et quand les adultes lui criaient après, il leur riait au nez et n'essayait même pas de s'enfuir. C'était une nouveauté dans ce quartier, pareille insolence.

Le pire arriva lorsque M. Ling, qui avait une petite épicerie au coin de la rue, surprit deux des gars de Darrel en train de voler des Coca dans sa glacière et appela la police. Les gamins furent traînés au commissariat et M. Ling déclara à qui voulait l'entendre :

– Il est temps qu'on mette un frein à ces bandes. Je ne supporterai plus rien. Vous ne vous en tirerez plus aussi facilement, mes gaillards !

Le lendemain, Darrel sécha l'école et entra dans le magasin de M. Ling après le déjeuner. Il ne vola rien, il ne dit rien, il resta simplement planté là jusqu'à ce que M. Ling, excédé, le menace d'appeler les flics. Darrel sortit mais resta devant le magasin, goguenard derrière la vitrine, où M. Ling pouvait le voir chaque fois qu'il levait les yeux. Le pauvre homme en devenait fou. Jusqu'à ce que sa femme téléphone et qu'il laisse le magasin à son commis pour courir à l'hôpital parce que sa petite fille de neuf ans avait été attaquée en rentrant de l'école et passée à tabac; elle avait un bras cassé, deux côtes fêlées et sa figure était si amochée qu'il fallut cinquante points de suture pour la lui recoudre. Elle allait garder des cicatrices toute sa vie.

M. Ling savait qui était responsable. C'était Darrel Woodward qui se vengeait. Mais Darrel avait un alibi en béton. M. Ling lui-même l'avait eu sous les yeux pendant que sa fille se faisait tabasser.

Quelques jours plus tard, la maman de Hiram descendit à l'épicerie de M. Ling et la trouva fermée; elle dut faire un long chemin à pied pour acheter du lait et quand elle revint elle se plaignit.

– C'est une honte, dit-elle, s'il faut maintenant avoir une voiture pour aller faire les commissions, parce qu'un brave homme comme M. Ling ne peut même pas garder son magasin ouvert à cause d'une bande de voyous qui font la loi dans le quartier. Et la police ne fait rien, même si tout le monde sait que ce sale Darrel Woodward est responsable. Il est grand temps qu'on fasse quelque chose et qu'on le mette hors d'état de nuire !

Elle ne se rendait pas compte qu'ainsi elle donnait une mission à Hiram. Jusqu'alors, Darrel Woodward n'était pour lui qu'un sujet d'agacement. Mais maman redéfinissait la situation. Darrel devenait un danger pour elle, pour « nous » et il fallait faire quelque chose.

Quelques jours plus tard, Darrel rentrait chez lui tout seul. Il était dans son escalier et montait à l'appartement où son père ivrogne et sa mère se bagarraient. Hiram l'attendait en embuscade à mi-hauteur de l'étage supérieur et quand Darrel arriva sur son palier, il descendit de quelques marches et lui abattit un parpaing sur la tête. Darrel ne vit rien venir, il ne sut pas ce qui lui arrivait. Hiram remonta vivement et sortit par le toit, où il avait préparé le parpaing une semaine plus tôt. Personne ne le vit sur le toit, personne ne le vit redescendre par-derrière. Hiram sortit calmement, sans se presser, pour ne pas se faire remarquer, et rentra tranquillement chez lui. Tout s'était bien passé, comme il le prévoyait. Il avait parfaitement préparé son coup, car il ne laissait jamais rien au hasard.

Darrel Woodward ne mourut pas mais son cerveau fut endommagé. Quand il sortit de l'hôpital, il était incapable de marcher droit et ne savait plus parler. Hiram Coffey n'en dit jamais un mot, même quand les voisins regardaient passer Darrel en disant :

– C'est malheureux, mais il l'a bien cherché, et celui qui lui a fait ça a rendu service à tout le monde. Celui-là mérite des félicitations.

Hiram ne fut jamais félicité.

Quand il eut dix-sept ans, sa mère épousa son patron et ils allèrent s'installer à Sherman Oaks. Hiram ne fut pas long à comprendre ce qui était arrivé. Sa mère et lui ne formaient plus une cellule familiale. Elle était avec son nouveau mari, Burt. Ce n'était plus elle qui prenait les décisions, elle attendait de savoir ce que Burt voulait que l'on fasse.

Si Burt avait aimé Hiram, peut-être tout se serait-il bien passé. Mais Burt ne cacha pas qu'il ne faisait pas confiance à Hiram et n'entendait pas le laisser seul avec ses filles de quatorze et seize ans, pas plus qu'il ne lui aurait confié son portefeuille. Et les faibles protestations de maman sombrèrent bientôt dans le silence.

Pour la première fois de sa vie, Hiram n'appartenait à personne, ne faisait partie de rien. Il ne savait même plus qui il était, s'il ne faisait pas partie de ce groupe appelé maman et Hiram. Il n'avait plus aucun but dans la vie.

Alors les études ne l'intéressèrent plus et, dès qu'il sortit du lycée, il s'engagea dans la marine, pour des raisons qu'il ne comprenait pas lui-même.

Mais c'était la bonne solution pour Hiram Coffey. La marine, c'était une chose à laquelle il était bon d'appartenir, c'était l'Amérique, n'est-ce pas ? Il y avait toujours quelqu'un pour dire à Coffey ce qu'il fallait faire, toujours une mission à remplir.

Au bout de deux ans et après avoir servi dans le golfe Persique, il se porta volontaire pour les SEALS. *Sea, Air and Land,* une unité d'élite « mer, air et terre ». Il fut jugé à la hauteur et on le fit débuter avec un groupe de douze hommes. Pour la plupart, l'entraînement fut un enfer. Coffey l'adora.

Un jour, tout au début, leur instructeur leur montra un poteau télégraphique de trois mètres cinquante.

– Je veux vous présenter à quelqu'un, leur dit-il. Ça, c'est votre dame. Vous l'aimez de tout votre cœur. Vous ne pouvez pas supporter d'en être séparés. Vous la porterez avec vous partout où vous irez. Et je veux dire vous tous, *partout* où vous irez. Si l'un de vous a besoin de pisser, vous emportez tous la dame avec vous et vous attendez là, tous ensemble, pendant qu'il pisse. Si jamais j'apprends qu'un de vous a baisé, alors j'espère bien que je lui trouverai des échardes dans le gland parce que cette perche est votre unique amour, est-ce que c'est bien compris ?

Pendant des semaines, tous les douze transportèrent la perche avec eux, partout. Tout ce qu'ils faisaient, ils devaient le faire d'une main, en gardant l'autre sur le poteau. S'ils avaient besoin des deux mains, un de leurs équipiers devait les aider. Tous les douze étaient totalement, absolument *ensemble,* et ils devaient collaborer ou devenir fous.

Coffey eut le sentiment d'avoir retrouvé une famille. Les douze hommes tenant cette perche étaient maintenant « nous ». Coffey était sans cesse aux aguets, cherchant ce qui était bon pour l'équipe. Alors que la tension de l'entraînement et du manque d'intimité commençait à peser sur les autres, c'était Coffey qui était toujours là pour les aider. Il ne faisait pas de discours pour remonter le moral des hommes, mais sa main était toujours celle qui maintenait le nœud pour vous. Il ne faisait pas de grasses plaisanteries sur la salope – non, pardon, la *dame* – mais c'était sa voix derrière vous qui murmurait, quand on était fatigué à mourir : « Tu peux y arriver, matelot. » Et lorsque Coffey disait cela, on le croyait parce qu'on savait qu'il le croyait, *lui,* qu'il vous croyait réellement capable d'y arriver. Et on y arrivait.

Vers la fin de l'entraînement, ils mirent à profit ce qu'ils avaient appris comme artificiers pour faire sauter le poteau. Le moment venu, l'instructeur remit le détonateur à l'un des hommes, un nommé Monk. Monk ne dit pas un mot, il savait simplement ce qu'ils savaient tous sans avoir besoin de parler. Alors il se tourna vers Coffey et lui donna le détonateur.

Coffey ne remercia pas, ne dit rien. Il regarda autour de lui, pour s'assurer que toute l'équipe était hors de danger, puis il fit sauter ce satané poteau. Alors seulement, tandis que tous les autres riaient, sautaient de joie et s'embrassaient, il se permit de sourire. Il comprenait que ces hommes l'aimaient, il savait qu'ils étaient prêts à mourir pour lui. Et c'était ça, une équipe.

Les instructeurs le remarquèrent, bien sûr. C'était l'équipe la plus parfaite qu'on avait jamais vue à l'entraînement du SEAL, celle qui fonctionnait le mieux. Et la raison en était Coffey. Quand on envoyait l'équipe de Coffey en mission, il n'y avait jamais de pépins, ils ne perdaient jamais un seul homme, ce qui ne s'était jamais vu. Car les missions confiées aux SEALS étaient de celles où l'on avait de la chance si on s'en tirait avec seulement 30 % de pertes.

Les SEALS n'étaient jamais à l'honneur, ils n'avaient jamais droit à des funérailles nationales quand ils mouraient en service commandé. Leur travail était toujours accompli par des mains invisibles. Certains hommes en éprouvaient du ressentiment, ils avaient soif de reconnaissance. Pas l'équipe de Coffey. S'ils avaient son approbation, cela valait toutes les décorations. Quant à lui, il y avait longtemps qu'il avait réglé cette question. Il ne travaillait pas pour la gloire mais pour l'Amérique. La marine lui disait ce dont l'Amérique avait besoin et son équipe le faisait. Il ne vivait que pour cela. Il n'écrivit jamais à sa mère avant qu'un officier lui dise de le faire et, ensuite, il écrivit sans faute toutes les semaines. Il avait toujours en réserve un stock d'une trentaine de lettres écrites à l'avance, dans leurs enveloppes cachetées, ainsi, lorsqu'il était en mission, un SEAL d'une autre équipe les expédiait pour lui chaque vendredi. Jamais elle ne devina qu'il ne l'aimait plus.

Avec son équipe, Coffey n'avait pas de secrets. Il leur raconta les deux incidents avec Darrel Woodward, celui où Darrel l'avait déculotté, et l'autre où il avait assommé Darrel avec le parpaing. Mais ces deux histoires avaient une raison immédiate. Il raconta la première le jour où il emmena un peloton de quatre hommes dans Beyrouth, pour une mission où le danger de capture était énorme. La morale de l'histoire, c'était que l'on peut supporter n'importe quelle torture.

– La douleur n'est rien, leur dit-il. Ce qui vous brise, c'est l'humiliation, le sentiment de votre impuissance. Mais on ne peut pas vous humilier, on ne peut pas vous briser si vous vous en foutez. Ils vous coupent les couilles, et après ? Vous avez ces couilles pour une seule raison, servir votre pays, et c'est maintenant le moment où votre pays en a besoin.

Un tel discours peut paraître comique, pour qui est bien à l'abri chez soi et mène une petite vie paisible. Mais pour des hommes comme Coffey et ses SEALS, ce n'était pas une plaisanterie. Ils risquaient tout, leur corps et leur âme, continuellement, pour que les civils puissent vivre en paix, regarder la télé et râler contre les impôts.

L'autre histoire, le coup de parpaing sur la tête de Darrel, il la raconta quand le bruit courut qu'un ancien des SEALS qui tenait un bar en Floride s'était vanté de certains de ses exploits et que les journaux en avaient parlé. Le lieutenant Coffey n'eut pas besoin d'expliquer la morale de l'histoire. Ils comprirent tous. Fermer sa gueule, disait-il ainsi, ça fait partie du boulot. Ne *jamais* se glorifier de ce qu'on fait, ça fait partie du boulot. Les journaux remplissaient des colonnes avec le débarquement des Marines dans une petite île des Caraïbes, mais ne disaient jamais un mot de l'équipe du SEAL qui avait débarqué en premier et éliminé les installations de radar à quatre heures précises du matin, juste avant l'apparition à l'horizon des premiers navires américains. Et c'était très bien ainsi. Le SEAL était là pour ça. Les Marines roulent les mécaniques et ont la bouche pleine de leur *Semper Fi.* Les SEALS ferment leur gueule et font le travail.

Et Coffey était né pour ce travail. Il donna à tous les hommes de son équipe l'impression qu'eux aussi étaient nés pour ça. Ils étaient absolument loyaux les uns envers les autres, ils obéissaient aveuglément aux ordres, ils formaient, absolument, l'équipe parfaite.

Sauf un. Le plus curieux, c'était qu'il ne le savait même pas. Celui qui aimait le plus Coffey, il ne faisait pas vraiment partie de l'équipe, pas profondément, et il ne s'en douta jamais.

Contact

La Terre n'est pas grand-chose, comme planète, mais elle a beau être petite, la plus grande partie de l'histoire humaine s'est déroulée dans un espace encore plus réduit, une mince couche commençant dans la poussière et s'élevant d'une douzaine de pieds dans les airs, à peu près à la hauteur où un homme à cheval peut brandir une épée. De temps en temps, un bâtiment arrivait à percer un trou dans ce plafond de douze pieds. De temps en temps, le tunnel d'un mineur plongeait un peu. Mais au bout de quelques années, ou quelques décennies, ou quelques siècles, les gens abandonnaient leurs travaux. Alors le vent et la pluie abattaient ce qui se dressait ou comblaient ce qui était creusé, et la Terre se cicatrisait.

Nous pouvions toujours voir un peu de ce qu'il y avait à l'extérieur de cette couche, des nuages, du soleil dans le ciel, des étoiles la nuit. Nous devinions ce qui se passait au-dessous de nous, quand la terre tremblait ou quand de gros vieux poissons remontaient et s'échouaient pour mourir. Mais la hauteur des cieux, les profondeurs de la mer, c'était si loin que des civilisations entières auraient pu y exister que nous n'en aurions jamais rien su.

Elles existaient bien. Et nous ne le savions pas.

Impossible de savoir depuis combien de temps ils étaient arrivés sur la Terre. Aucun être humain n'était capable de remarquer quand ils étaient arrivés mais cela signifie simplement que cette arrivée avait précédé l'invention des télescopes de haute précision et le radar. Ils ne savent même pas depuis combien de temps ils sont là, ni combien de temps a duré le voyage parce qu'ils mesurent le temps comme les petits enfants : ceci est arrivé avant cela et cette autre chose ensuite. Pourquoi tiendraient-ils le compte des années et des saisons ? Quand on vit à six kilomètres sous la mer, il n'y a pas de printemps ni d'automne et même les marées ne sont qu'une légère brise quotidienne que l'on sent à peine. Et pourquoi mesurer le passage des années ? Quand on ne peut pas mourir, il n'y a aucune raison de compter le temps que l'on a vécu.

Pourtant, ils se soucient du passé. Le nom qu'ils se donnent est « Bâtisseurs de Mémoire ». Ils conservent soigneusement tout ce qui leur est arrivé depuis leur première prise de conscience. Cette vaste mémoire est leur entité même. Ils se rappellent leur arrivée sur la Terre, et avant cela leur arrivée sur chacun des mondes précédents, jusqu'à leur planète d'origine. Si nous avions eu de l'importance pour eux, ils se rappelleraient aussi toute notre histoire.

Ils auraient pu nous remarquer si nous avions partagé le même habitat, tout comme nous nous intéressons aux colonies de fourmis ou aux oiseaux migrateurs. Mais notre mince couche de croûte terrestre est aussi hostile pour eux que la Lune l'est pour nous. Notre atmosphère n'est que légèrement plus épaisse que le vide presque absolu de l'espace. La seule partie de notre planète qui les intéressait, c'était le plus profond de l'océan, où l'eau appuie comme des mains de géants cruels. Là seulement, ils se sentirent chez eux et, à ces profondeurs, la race humaine n'avait aucune importance.

Jusqu'à ce que nous fassions des intrusions. Le résidu de nos fleuves pollués commença à s'infiltrer jusque dans les profondeurs, où ils remarquèrent l'odeur nauséabonde, le goût infect. Les poissons se mirent à disparaître de l'océan et de moins en moins de leurs détritus descendirent tout en bas, où les bâtisseurs avaient l'habitude de les récolter et de les utiliser. Des torpilles et des mines provoquaient des explosions dont les ondes de choc fissuraient les fondations de leurs tours graciles.

Au début, comme presque toute leur communication est chimique, ils crurent que ces phénomènes étaient des messages et ils tentèrent de les déchiffrer. Ensuite, quand notre pollution finit par les rendre malades, les infester et les infecter comme une peste, quand il y eut disette de squelettes de poissons et même pénurie de plancton tué par les radiations filtrant par la couche d'ozone amincie, ils commencèrent à penser que nous, les créatures vivant dans cette étroite couche entre la mer et le ciel, étions des ennemis qui cherchaient à les empoisonner ou à les affamer.

Ils furent prudents, cependant. Nous pourrions même dire qu'ils eurent de la patience envers nous. Pendant longtemps, ils se contentèrent d'éviter les endroits où affluaient nos poisons et de nous observer; en essayant de comprendre qui nous étions, ce que nous faisions. Même si rien de ce qui était envoyé dans la mer n'était un message, ils comprirent finalement que les ondes radio que nous émettions étaient bel et bien des messages. Comme ils avaient peu de langage, du moins tel que nous le connaissons, ils mirent des années à déchiffrer puis à trier nos messages, par longueurs d'ondes, et ils découvrirent peu à peu des unités de signification.

Si le concept de langage était difficile, pour eux, l'idée que des membres d'une même espèce puissent avoir des langages différents était pratiquement inconcevable. Des nations ? Des famines ? Des guerres ? Tout cela au sein d'une même espèce ? Quelles espèces de créatures étions-nous donc ? Comme une famille dont les parents sont morts, comme un cancer qui dévore le corps, son unique source de vie. Plus ils en apprenaient sur nous, plus nous leurs paraissions étrangers, répugnants, fous, *monstrueux*.

Ils regrettaient maintenant de nous avoir ignorés pendant des siècles. Au lieu de consacrer une partie relativement réduite de leur attention à notre étude, ils tournèrent toute leur énergie dans notre direction. Dans quelle mesure étions-nous un danger pour les bâtisseurs ? Comment pourraient-ils nous repousser, si le besoin s'imposait ? Ils n'étaient pas équipés pour la guerre. Ils n'avaient perfectionné que les armes nécessaires pour se défendre contre des prédateurs dangereux mais stupides. Nous, en revanche, avions mis au point des armes capables de vaincre des ennemis aussi intelligents que nous, parce que notre plus grande menace venait toujours d'autres êtres humains. Afin d'apprendre l'art de la guerre, pour éliminer ce danger qui les menaçait, ils devaient nous étudier.

Ce n'était pas un travail qui pouvait s'effectuer au fond de la mer. Nos signaux de radio et de télévision n'atteignaient pas ce niveau. La lumière du soleil elle-même ne signifie rien pour eux, ils tirent leur énergie des évents dans la croûte terrestre, de la fission des molécules, des différences de température entre les couches d'eau de mer. Pour nous comprendre, ils devaient donc remonter à la surface.

Ils savaient comment, bien sûr. Ils avaient traversé, après tout, les vastes espaces intersidéraux pour arriver là, et quand leurs villes sous les océans de la Terre parviendraient à maturité, ils construiraient de nouveaux engins stellaires et enverraient de nouvelles colonies dans d'autres mondes de profondeurs marines. Ce jour était encore bien loin mais, en attendant, leur vaisseau originel continuait de tourner autour de la Terre, au-delà de la Lune et toujours derrière elle où aucun télescope terrestre ne pouvait le voir.

Pour la première fois depuis leur arrivée sur la Terre, les bâtisseurs libérèrent certains codes chimiques parmi leurs porteurs, une espèce apparentée qu'ils avaient domestiquée depuis longtemps. Quand les petits firent éclosion et tombèrent des porteurs modifiés, ils étaient différents. En grandissant, ils ne prirent pas la forme des portefaix rampant sur le fond ni des petits messagers rapides le plus communément utilisés. Ils devinrent des glisseurs, capables de foncer dans la mer à des vitesses que ne pourraient jamais atteindre les créatures terrestres, et puis de s'élever dans les airs en captant leur énergie de n'importe quelle source ambiante, de quoi leur faire survoler nos villes et nos campagnes, nos voies maritimes et nos lignes aériennes tandis que les bâtisseurs, à l'intérieur de chaque glisseur, nous observaient, nous écoutaient, essayaient de comprendre quelle espèce de créatures nous étions.

Nos mouvements leur étaient incompréhensibles. Ils ne pouvaient imaginer des individus choisissant de vivre où ils voulaient, alors ils ne comprenaient pas pourquoi nous gaspillions du temps et de l'énergie en voyages improductifs. Même nos bâtiments leur paraissaient absurdes. La notion d'abri leur était inconnue puisqu'ils vivaient dans un espace sans intempéries. Construire un bâtiment creux, uniquement pour qu'il contienne quelque chose, était déjà assez bizarre, mais quand ils s'aperçurent que ces bâtiments restaient vides la plupart du temps, ils nous jugèrent incroyablement stupides. Tout ce qu'ils construisaient était totalement plein et totalement utilisé. Quand ils n'en avaient plus besoin, ils le démolissaient et se servaient des matériaux pour créer autre chose. Leur mépris pour nous fut absolu.

Quand nous commençâmes à lancer des satellites, leur étude fit un bond en avant. Là-haut dans l'espace, ils pouvaient enfin toucher une chose que nous avions fabriquée, pénétrer dans l'enveloppe de métal pour explorer. Ils y découvrirent beaucoup de nos secrets. Les circuits électroniques. Les cerveaux calculateurs de nos ordinateurs.

Et, aussi, le secret le plus menaçant de tous, la puissance nucléaire. Pour eux, elle était plus vive et plus terrible que le soleil. Ils savaient maintenant que nous étions infiniment plus dangereux qu'une race de limaces terrestres stupides et polluantes qui souillait les abords de leur habitat. Nous détenions le pouvoir de tuer le monde. Leur monde aussi, l'océan. Nous étions bien plus redoutables qu'ils ne le craignaient.

Ce fut pourquoi, par un certain matin en pleine saison des cyclones, un glisseur s'enfuit du satellite qu'il étudiait et plongea vers la Terre. Le glisseur absorba aisément toute la chaleur de la rentrée dans l'atmosphère, emmagasina l'énergie dans ses structures internes complexes afin de s'en servir pour accélérer ses mouvements sous la mer ou aider à construire plus tard des tours sous-marines, ou encore aider un autre glisseur à échapper à la gravité lors d'un vol futur. Presque invisible à l'œil et complètement invisible au radar, il piqua vers le golfe du Mexique à quatre fois la vitesse du son, survola la corne du Yucatan et plongea dans la mer des Caraïbes. Sa pénétration fut si parfaite qu'il n'y eut même pas une éclaboussure. La mer s'ouvrit simplement pour le recevoir.

À présent, dans l'obscurité des profondeurs, l'énergie emmagasinée lors de la rentrée produisait une luminescence visible, alors qu'il naviguait relativement près de la surface. Tout en étant dans l'eau, techniquement, il n'était pas mouillé. Pas une molécule d'eau salée ne touchait physiquement la surface du glisseur. Elle s'écartait autour de la coque comme si elle était repoussée. Il n'y avait presque pas de friction. Les bâtisseurs se déplaçaient plus facilement dans l'eau que dans les airs.

Le glisseur rentrait au bercail. La plus ancienne et la plus grande des villes des bâtisseurs était là dans les Caraïbes, tout au fond de la Fosse des Cayman, où presque aucune vie terrestre ne pouvait pénétrer. Le glisseur était piloté par réflexe. Son cap avait été réglé, aucun pilotage intelligent n'était nécessaire. L'entité bâtisseuse, à l'intérieur, était grièvement blessée.

Le satellite qu'elle venait d'étudier avait été lancé quelques jours auparavant seulement. Il faisait ce qu'aucun satellite n'avait encore été capable de faire : traquer tous les sous-marins. La position exacte de chaque submersible, au port ou en manœuvres, en surface ou en plongée, était détectée et transmise en messages chiffrés à diverses stations terrestres, heure par heure. L'existence d'un tel satellite-espion signifiait que pour la première fois depuis l'invention des missiles une première attaque pouvait supprimer des armes nucléaires au sol et en mer.

La surface de la Terre venait de devenir encore plus dangereuse.

On prête généralement aux bâtisseurs une grande intelligence et un bon jugement, surtout s'ils doivent être séparés de leur ville pendant de longues périodes, pour des missions délicates et périlleuses. Ce bâtisseur-là comprit que ce nouveau satellite était l'objet le plus redoutable de l'espace et que si on le laissait fonctionner ne fût-ce qu'une heure il risquait de déclencher l'effroyable guerre finale. La nation qui le contrôlait s'en servirait pour lancer une attaque préventive ou les pays qui ne l'avaient pas allaient apprendre son existence et passer tout de suite à l'offensive, en pensant que, s'ils ne se servaient pas de leurs armes nucléaires, ils les perdraient.

L'observatrice n'avait pas le temps de retourner à sa base, de transmettre l'information et d'attendre que la ville prenne une décision. Elle la prit donc elle-même. Le satellite devait être détruit.

Avec prudence, elle isola ses mémoires derrière une partie du glisseur formant écran. Malheureusement, elle ne pouvait abriter ainsi son jugement et son intelligence, puisqu'elle en avait besoin maintenant. En se servant des membres et des outils qu'elle avait fait pousser hors du ventre du glisseur, elle pénétra dans l'enveloppe du satellite et chercha son cœur nucléaire brûlant. Son réflexe était d'en absorber toute l'énergie mais cela l'aurait instantanément tuée. Elle canalisa donc le flot d'énergie dans les parties les plus délicates de l'ordinateur du satellite. Alors seulement, elle libéra la puissance, rapidement mais pas assez pour provoquer une explosion nucléaire. Il y eut une flambée de chaleur et de lumière, visible de toutes les stations de contrôle de cette face de la Terre. Ce qui fut plus grave pour l'entité, c'est que cette flambée s'accompagnait d'une quantité mortelle de radiations. Les molécules complexes qui composaient son intelligence furent irrémédiablement brouillées. À part ses mémoires soigneusement abritées, elle était intellectuellement morte.

C'était pourquoi le cap de retour du glisseur était si direct. Les porteurs ont une intelligence comparable à celle d'un chien. Assez pour obéir à des ordres simples – va chercher, assis, rentre à la maison –, mais pas pour des manœuvres compliquées. Comment la bâtisseuse aurait-elle pu prévoir qu'il y aurait une autre rencontre avec un engin humain, sur le chemin du retour ? Il n'aurait fallu qu'une fraction de l'intelligence et du jugement qu'elle avait utilisés pour prendre sa décision à propos du satellite, mais il lui manquait jusqu'à cette fraction, et une décision dépassait totalement le faible intellect du porteur. Ainsi advint-il qu'au moment où toutes les stations de contrôle en surface cherchaient à comprendre la brusque flambée de lumière et de chaleur émanant du satellite-espion nouvellement lancé une autre rencontre était sur le point d'avoir lieu, entre humains et bâtisseurs, encore plus directe et fatale.

Ce jour-là, le cyclone Frederick se déplaçait dans les Caraïbes sur un cap est-sud-est et devait passer au-dessus de cette région de la mer dans les vingt-quatre heures.

Bud Brigman et son équipe étaient à vingt-deux milles de là, pour effectuer la troisième partie du premier essai en profondeur de *Deepcore,* la plate-forme de forage sous-marine qui représentait l'apogée de la carrière de Lindsey.

Lindsey Brigman elle-même était à Houston, pour le travail à terre, et fort impatiente de retourner sous la mer.

Hiram Coffey était aussi à Houston, avec trois hommes de son équipe de douze SEALS, et se préparait à pénétrer dans un certain État des Antilles pour détruire, avec une précision chirurgicale, le quartier général d'une opération de guérilla marxiste menaçant la sécurité des États-Unis, telle qu'elle était définie par les supérieurs de Coffey.

Une heure après l'instant où le glisseur avait plongé dans les eaux de la mer des Caraïbes, ils allaient tous être détournés du travail qu'ils s'apprêtaient à accomplir.

Aaron Barnes était de service au sonar du *Montana,* un sous-marin lance-missiles balistique

SSBN de classe *Ohio,* rentrant au port après une mission de soixante-dix jours. Quand ils étaient en plongée, c'est-à-dire la plupart du temps, Barnes était les yeux et les oreilles du sous-marin. Il prenait son devoir très au sérieux. Jamais il ne laissait faiblir sa concentration. Il savait que s'il commettait la moindre erreur, ils étaient tous aveugles et sourds dans le ventre de la mer.

Par conséquent, quand le glisseur, encore assez éloigné, commença à émettre un léger bourdonnement en fendant les eaux, Barnes mit moins d'une seconde à le percevoir et il ne fallut que quelques secondes de plus pour que le sonar et lui arrivent à la conclusion, d'après le cap et la vitesse de la source du bruit, que ce n'était pas un poisson.

En quelques instants, tout l'équipage fut aux postes de combat; le capitaine Kretschner et son second étaient tous deux dans le centre d'attaque et Barnes devenait l'homme le plus important du *Montana.* Il devait identifier le contact avant que la chose ne présente un danger pour le bâtiment. Il n'y avait pas tellement de pays au monde qui possédaient des sous-marins et aucun n'était neutre. Pas à cette vitesse, pas à cette profondeur, pas à ce moment, pas dans ces eaux.

Un instant ! Quelle vitesse ? Barnes revérifia.

– Soixante nœuds, souffla-t-il.

– Soixante nœuds ? répéta le capitaine Kretschner d'une voix assez calme car, tout simplement, il ne croyait pas à cette information. Impossible, Barnes. Les Rouges n'ont rien d'aussi rapide.

– J'ai vérifié deux fois, commandant. C'est une signature unique. Pas de cavitation, pas de bruit de réacteur. Ça n'a même pas l'air d'un bruit d'hélices.

À vrai dire, le bruit était celui d'un poisson aux battements de cœur extraordinairement forts. Mais soixante nœuds ? Il n'y avait pas un seul poisson dans la mer capable de nager à cette vitesse-là même s'il pissait du carburant à fusées. À pareille vitesse, le contact aurait dû hurler de tout le bruit de ses moteurs. L'hélice ou la turbine ou la fusée, ou quoi que ce soit qui le propulsait si vite, aurait dû brasser l'eau plus bruyamment que mille gosses sautant dans une piscine. Barnes brancha le signal sur haut-parleur, pour que tout le monde l'entende. Que le pacha y comprenne quelque chose, s'il le pouvait.

Il ne le pouvait pas. Kretschner n'avait jamais rien entendu de pareil. Depuis l'instant où Barnes avait signalé le contact, il était sûr que c'était un Russe. Aussi près de Cuba, il fallait que ce soit eux ou nous. Et si c'était un des nôtres, il ne ferait pas ce bruit-là. Pas plus qu'un SM d'attaque russe de classe *Alfa,* ce qu'ils avaient de plus rapide.

Malgré tout, d'après le tableau électronique de position, la chose, quelle qu'elle soit, suivait un cap qui allait la mettre à portée de la main en moins d'une minute. Les options étaient réduites. Kretschner en eut fait le tour en un instant. Il ne pouvait absolument pas distancer un engin qui se déplaçait à une telle allure. Et pas beaucoup de place pour manœuvrer. Nous avons les parois de la Fosse des Cayman, comme une gorge étroite, de chaque côté, alors nous ne pouvons que monter ou plonger. En remontant, nous nous trouverons posés sur l'eau comme un appât pour les requins; si le contact est un SM ennemi, nous sommes de la viande froide, là-haut.

Et ce que Kretschner ne pouvait oublier, pas un seul instant, c'était qu'il avait à bord un plein chargement de missiles nucléaires. Le plus énorme butin qu'un bâtiment russe pouvait espérer, c'était un « boumeur » de ce type, là à la surface, prêt à être pêché et ramené à la maison, à Arkhangelsk, pour l'étudier. Qu'est-ce qui lui disait que ce n'était pas un Soviétique qui rôdait en ce moment dans l'ombre de Cuba en attendant qu'il se montre ? Le pire – plus grave que la mort, plus grave que la perte du navire –, c'était de laisser l'autre camp mettre la main sur une seule ogive, ou sur le chiffre, ou sur l'électronique.

Donc, pas question de remonter pour éviter le contact, pas question de virer à bâbord ou à tribord, restait la plongée. Le maximum, pour son bâtiment, était de trois cents mètres mais il en connaissait, de sa classe, qui étaient descendus à moins cinq cents. Plus bas, on risquait l'écrasement.

Le bruit persistait.

– Bon Dieu, mais qu'est-ce que c'est ? gronda Kretschner.

– Je peux vous dire ce que ça n'est pas, répliqua son second. Ce n'est pas un des nôtres !

Il n'osait pas non plus lancer un appel au secours, sous peine de trahir sa position. Il y avait quand même une chance que le contact ignore sa présence. Il y avait même une chance que le contact n'existe pas du tout, après tout. Si le sonar le pointait à soixante nœuds, ce qui était grotesque, c'était peut-être un défaut de fonctionnement qui, aussi bien, créait le contact de toutes pièces. Il voyait d'ici le haut commandement prendre connaissance de son rapport : le capitaine Kretschner a rompu le silence radio à cause d'un sonar signalant un objet se déplaçant à soixante nœuds. C'était le genre de connerie qui pouvait vous coûter une carrière.

Alors quel choix avait-il ? Ne pas chercher la bagarre mais ne pas s'enfuir non plus; pas encore. Peut-être, en ne fuyant pas, réussirait-il à faire changer de cap à l'autre gars, s'il existait, montrer un peu quel bizarre bâtiment il était. S'il existait réellement un engin capable de naviguer à soixante nœuds en plongée, alors autant en savoir le plus possible sur lui. L'US Navy aurait besoin d'apprendre que pareille chose existait.

Barnes n'essayait même pas de deviner ce qui se passait dans la tête de son commandant. Les décisions, c'était à lui de les prendre. S'assurer que le sonar lui donnait des renseignements précis, cela suffisait à occuper son esprit. *Rien* ne devait lui faire perdre sa concentration, pas même le fait que les Russes étaient fichus de construire quelque chose capable de se comporter comme ce machin sur l'écran de son ordinateur.

À l'instant précis où le contact changea de cap, Barnes l'annonça. Calmement. Ne pas se troubler. Transmettre simplement l'information :

– Changement de cap du contact à deux-un-six, en plongée. Vitesse quatre-vingts nœuds.

Il n'était pas certain d'être compris. Vingt nœuds, c'était croyable, ils entendraient vingt. Alors il répéta :

– Quatre-vingts nœuds !

Le second vint se pencher sur l'épaule de Barnes, il regarda l'écran comme s'il pouvait y voir quelque chose qui aurait échappé au capitaine et à Barnes.

– Quatre-vingts nœuds, dit-il à son tour.

Il ne le croyait pas. Il le voyait de ses yeux mais n'y croyait pas.

Kretschner passa à la table des cartes. Le navigateur rapporta leur propre position :

– Toujours en plongée. Profondeur, deux cent soixante-quinze mètres. Passage bâbord jusqu'à la falaise, quarante-cinq mètres.

Kretschner fit le tracé de la profondeur actuelle du *Montana* par rapport à l'angle d'approche du contact. Le contact cherchait-il la collision ou non ? Difficile à dire. Apparemment, il allait passer juste au-dessus du *Montana*. Mais si le contact ne cherchait pas la collision, il n'était peut-être pas hostile, et dans ce cas ils devraient peut-être s'en approcher pour capter davantage de renseignements, à son passage. De quoi permettre à l'état-major de deviner ce que ça pouvait bien être.

– Nous pouvons encore le raser de près, dit le commandant.

– Barre à droite deux-zéro-six-neuf, profondeur cinq degrés.

Cela déplut au navigateur. La paroi de la Fosse des Cayman était trop rapprochée.

– Espace bâbord 36 se réduisant à 25. Le voyant de proximité est allumé, commandant.

– C'est beaucoup trop près ! protesta le second. Nous devons reculer.

Barnes annonça :

– Portée contact 61. Cap deux-six-zéro accélérant à cent trente nœuds !

Kretschner se retourna pour regarder Barnes.

– Rien ne navigue à cent trente !

Il ne savait pas s'il était effrayé par quelque chose d'aussi anormal ou déçu parce que cela ne pouvait absolument pas être réel.

Durant les dernières secondes avant l'arrivée du contact, une réplique d'un vieux film passa par la tête de Kretschner, une voix d'enfant : « Maman, ils sont iciiiii ! » Il aurait ri, s'il en avait eu le temps. À l'approche du contact, les lumières baissèrent; ce n'était pas un simple clignotement mais une baisse de tension régulière qui dura une seconde entière, sinon plus. L'objet ne les avait pas touchés, et pourtant il faisait quelque chose à leur courant. Si les Russes étaient capables de drainer le courant à distance, alors rien ne les arrêterait. Ils pourraient nous rire au nez si nous leur promettions de leur donner l'Alaska à condition qu'ils ne nous fassent pas sauter.

Le contact passa au-dessus d'eux. Toujours avec le même bourdonnement. Une légère palpitation. C'était incroyable qu'il puisse se déplacer à une telle vitesse sans faire de bruit !

Ce qui n'était pas venu à l'idée de Kretschner, à l'idée de personne d'ailleurs, parce que jamais personne n'avait imaginé un engin se déplaçant à plus de cent nœuds, c'était que si le contact naviguait sans turbulence, les lois normales de la physique continuaient de s'appliquer au *Montana*. Quand le sillage lisse de l'inconnu passa au-dessus du sous-marin, ce fut soudain le chaos.

Les ponts basculèrent sous les pieds et tous ceux qui étaient debout se retrouvèrent couchés, certains violemment projetés contre les obstacles métalliques. Le second hurla ce que tout le monde avait compris :

– Turbulence ! Nous sommes dans son sillage !

Peu importait que ce fût en réalité le *Montana* qui provoquât la turbulence. Autour du bâtiment, la mer devenait folle, imprévisible. Des sirènes se mettaient en marche spontanément, un peu partout : Alertes. Instabilité. Trop près de la paroi. Perte de contrôle.

– Arrêt total machines ! cria Kretschner. Gouvernail droit toute !

Selon le manuel. Les types qui avaient rédigé le manuel n'avaient jamais connu une turbulence pareille. Il savait qu'ils se déplaçaient rapidement, mais ne pouvait même pas deviner dans quelle direction.

L'homme de barre répéta le commandement puis il rapporta :

– Panne hydraulique. Plus de réactions, commandant !

La turbulence se calmait. C'était la bonne nouvelle. L'écran bâbord annonçait la mauvaise. La paroi de la fosse et l'avant du bâtiment essayaient d'occuper le même espace en même temps. Même s'ils retrouvaient le contrôle total, il était trop tard. La roche était plus dure que le sous-marin.

– Hydraulique restaurée, commandant.

Peut-être passeraient-ils, pensa Kretschner. Au même instant, le *Montana* heurta la paroi. Le bruit fut épouvantable. Du métal incassable, qui se cassait. Tout le bâtiment se replia, des joints dans la tuyauterie interne cédèrent et de l'eau jaillit dans le poste de combat. Cette fois, l'équipage ne fut pas secoué comme des dés dans un cornet. Cette fois, tout le monde fut projeté dans la même direction, vers la falaise. Quelques hommes eurent la malchance de retomber à faux, de se coincer la tête, de se tordre le cou d'une manière que la nature n'avait pas prévue. L'œuvre de mort était déjà commencée.

Dans le poste de combat, le navigateur recevait encore des infos du reste du bâtiment.

– La chambre des torpilles bâbord est inondée !

Kretschner savait que le temps n'était plus aux subtilités. Ils embarquaient de l'eau. Ils n'avaient qu'une quantité limitée d'air comprimé à utiliser pour la flottaison. À cette profondeur, la pression était telle qu'il fallait dix fois plus de compression d'air pour expulser l'eau dans les réservoirs de flottaison, tandis qu'à chaque instant une nouvelle paroi étanche, un nouveau panneau cédait et laissait entrer une trombe d'eau qui repoussait le reste d'air. Ils devaient tenter de regagner la surface, tout de suite, là où la pression était moins forte, avant que tout le reste se casse, avant qu'ils embarquent encore plus de mer. Mais ce n'était plus possible.

– Arrière toute ! cria Kretschner.

Bien sûr. Le *Montana* piquant du nez à un tel

angle, les hélices à plein régime l'aideraient à s'élever vers la surface. Mais le bâtiment ne répondit pas. Il y avait trop d'eau à bord, pas assez de pression d'air. Le Russe de classe *Mike* qui avait sombré dans la mer de Norvège en avril 1989 avait pu remonter un moment à la surface, sauver quelques vies, mais le *Montana* n'aurait pas cette chance.

Kretschner et son second se regardèrent un moment. Pas le temps de dire vous aviez raison, désolé; j'aurais dû nous tirer de là, croire la vitesse rapportée par le sonar, penser à la turbulence. Pas le temps de faire autre chose que leur devoir.

– Nous perdons le bâtiment. Lancez la bouée.

Le second ouvrit le caisson et pressa le bouton. Tout le monde, dans le poste de combat, savait ce que cela voulait dire. Au cours d'une mission de soixante-dix jours, la marine ne sait pas où sont ses « boumeurs », ses SM nucléaires; le capitaine calcule son propre cap. Si le *Montana* sombrait sans effectuer de contact au dernier moment, il ne serait probablement jamais retrouvé. Alors on ne lançait la bouée que pour marquer cette position finale. Elle s'élevait à la surface et diffusait cette position en une seule émission chiffrée. Ce n'était pas un appel au secours. C'était la pierre tombale du *Montana*.

L'homme de barre annonçait la sonde. Quatre cent quatre-vingts mètres. Cinq cent cinq mètres...

Avant de se rompre totalement, les caissons de l'arrière fournirent assez de flottabilité pour que le sous-marin pique fortement sur le nez. Barnes trouva un point d'appui pour ses pieds sur les instruments qui avaient été à sa gauche et se trouvaient maintenant sous lui. L'habitacle du sonar avant avait été écrasé lors du premier impact et ce matériel était inutilisable, mais il se dit qu'il fallait faire quelque chose, redresser le bâtiment. Comment ? Le seul moyen de remettre le sous-marin à l'horizontale était d'inonder l'arrière pour équilibrer l'avant. Ou toucher le fond. Là, ils seraient à l'horizontale, si jamais ils arrivaient au fond. Mais est-ce qu'il y avait un fond, dans la Fosse des Cayman ? C'était une vieille plaisanterie de sous-mariniers, qui disaient que c'était le trou du cul de la Terre. Un submersible pouvait disparaître là-dedans comme un suppositoire et ne jamais en ressortir.

Barnes entendit le capitaine donner l'ordre, il vit le second larguer la bouée. Ils renonçaient. Pas lui. Ses mains travaillaient si dur qu'il en avait mal aux bras, dans les épaules, mais il avait l'esprit ailleurs. C'était complètement fou. Il savait qu'il allait mourir, son corps s'acharnait à en crever pour faire ce qui ne pouvait être fait et pourtant il pensait à quelque chose de si éloigné que tout cela aurait pu arriver à quelqu'un d'autre. Non, le contraire. C'était *ceci* qui arrivait à quelqu'un d'autre. Le véritable Barnes était ailleurs.

Il était de retour à Gaffney, en Caroline du Sud, dans une vieille maison de bois peinte en blanc, dans Floyd Baker Boulevard, où Deena avait soulevé son tee-shirt pour laisser le bébé téter comme un affamé, en faisant des bulles de lait toutes blanches sur sa petite figure d'acajou et le sein chocolat. Le tableau était très net à l'esprit de Barnes, si net que s'il tournait juste un peu la tête il verrait la Mama de Deena dans la cuisine en train de jeter de la pâte à beignets dans de l'huile bouillante, en marmonnant ses plus noires malédictions quand l'huile giclait et la brûlait. Dehors, des gosses criaient et se bagarraient à l'ombre des arbres, comme s'il ne faisait pas déjà assez chaud !

Le *Montana* n'exécuta pas cette terrible chute libre jusqu'au fond de la Fosse des Cayman. Il rencontra un éperon à environ cinq cents mètres de profondeur. Il s'y planta comme un ballon de rugby lors d'un bel essai. Mais il ne rebondit pas, il se froissa, il se déchira, puis il roula comme une bûche le long de la paroi de la gorge jusqu'à ce qu'il se pose sur une étroite corniche sous-marine à six cent cinquante mètres. Une énorme bulle monta à la surface. Le dernier soupir du sous-marin.

Longtemps avant d'atteindre la corniche, l'équipage était mort. L'eau pénétrait dans le bâtiment, de l'avant à l'arrière. Les hommes qui n'avaient pas été tués par les nombreux tonneaux quand le sous-marin avait dévalé la paroi étaient morts noyés ou gelés dans l'eau glacée alors qu'ils inspiraient désespérément ce qui restait d'air, de l'air soumis à une telle pression qu'ils avaient l'impression de respirer du feu.

Seulement ils ne moururent pas totalement, pas tout de suite, en tout cas. Le corps humain ne se débranche pas aussi vite. Encore moins dans des profondeurs sous-marines glacées. Dans le froid, tout se ralentit, simplement. On meurt, bien sûr, mais l'arrêt de fonctionnement des cellules du cerveau est assez lent et pour un moment – une heure, ou dix minutes, ou deux heures, ou trente secondes –, on reste en suspension dans l'eau, sans connaissance; le cœur ne bat plus, les poumons ne pompent plus mais le cerveau est encore vivant, les pensées y sont toujours enfermées, avec les souvenirs, en attendant que la mort claque une fois pour toutes la porte du coffre-fort.

Tel était l'état de l'équipage, de quelques hommes, quand les bâtisseurs vinrent examiner le sous-marin. Le glisseur dont le sillage avait détruit le *Montana* était arrivé à bon port presque au moment où le submersible se posait sur la corniche. Il ne fallut à la ville qu'un instant pour comprendre que l'entité dans le glisseur était morte ou presque. Ses mémoires furent trouvées et absorbées et on apprit ainsi l'existence du nouveau satellite et ce qu'elle avait tenté de lui faire. Ensuite, ils goûtèrent les souvenirs beaucoup plus rudimentaires du glisseur pour savoir si le travail avait été accompli. Il l'avait été. Ils apprirent aussi la collision évitée de justesse avec le *Montana.*

La ville était si près, les bâtisseurs si rapides que, lorsqu'ils arrivèrent au sous-marin, il y avait encore de la vie, encore des souvenirs enfermés dans le cerveau des hommes presque morts de froid. Ils étaient impossibles à ranimer et d'ailleurs les bâtisseurs ne l'auraient pas tenté. Pour eux, il ne s'agissait que de préserver les mémoires des morts et de les reconstruire dans la ville. Ils faisaient pour l'équipage du *Montana* exactement ce qu'ils auraient fait pour leurs semblables.

La seule différence, c'était qu'ils ne comprenaient rien à la mémoire humaine. Elle était différemment emmagasinée, bizarrement organisée. Ils explorèrent le *Montana* comme des archéologues essayant de sauver et de déchiffrer l'écriture d'une civilisation perdue et enfouie depuis longtemps, mais seulement ils ne savaient pas quels artefacts étaient de l'écriture et lesquels des détritus. Alors ils prirent note de tout, des circuits électriques et des schémas chimiques, des rapports entre elles de toutes les cellules des cerveaux. Cinq cents mètres étaient une bien trop faible profondeur pour eux – aussi dangereuse que, pour nous, l'escalade d'une montagne de six mille mètres sans oxygène – mais malgré tout ils persévérèrent.

Ils travaillaient à une vitesse inimaginable. Chaque bâtisseur absorbait la tête d'un mort récent dans son propre corps et puis fouillait le cerveau avec des tentacules microscopiques, fluides, sondait avec des doigts effilés autour des cellules cérébrales et même à l'intérieur. Et cette délicate opération, ils ne l'exécutaient pas avec deux, trois ou cinq doigts à la fois mais avec dix mille; ils le faisaient par réflexe; ils obtenaient une parfaite image tridimensionnelle du cerveau humain à un niveau moléculaire, aussi facilement que nous nous rappelons une mélodie après l'avoir entendue une seule fois. Longtemps avant de subir des dégâts irréversibles sous les basses pressions de moins cinq cents mètres seulement, ils avaient terminé leur exploration et avaient plongé au fond de la fosse, là où ils étaient à l'aise, dans leur ville. Pas un seul bâtisseur ne fut blessé.

Même s'ils avaient eu des pertes, la tentative valait le risque. Ils savaient que s'ils rassemblaient suffisamment d'informations, ils arriveraient probablement à les déchiffrer, à les comparer avec des renseignements déjà amassés et apprendraient éventuellement à goûter nos mémoires comme ils goûtaient mutuellement les leurs, pures, fortes et claires. Ils verraient notre vie de bout en bout, ils nous connaîtraient enfin, ils pourraient alors découvrir comment nous empêcher de détruire la Terre.

Pas pour nous, mais pour eux. S'ils n'arrivaient pas à nous en empêcher, ils seraient forcés d'abandonner ce monde. Et leur cycle de vie sur cette planète n'était même pas à moitié écoulé, aucune des villes n'était encore terminée. Leur colonie serait un échec et il ne leur resterait qu'à retourner sur leur planète natale les mains vides, dans la honte. Ce serait pire que la mort.

Ils enverraient naturellement d'autres bâtisseurs dans l'épave du *Montana* pour étudier les structures, les systèmes de contrôle et de pilotage, les torpilles, les missiles, les ogives nucléaires capables de détruire le monde, mais c'était un travail secondaire. Ils avaient déjà découvert les principes de notre mécanique et de notre électronique.

L'information la plus précieuse fut celle que récolta la première vague des bâtisseurs. Elle comprenait l'esprit d'un certain spécialiste du sonar nommé Aaron Barnes, qui n'était pas réellement dans son corps lorsqu'il était mort; il était en réalité vivant dans une maison de Floyd Baker Boulevard à Gaffney, en Caroline du Sud, où un bébé tétait et une femme lui souriait en disant : « Une bonne chose que tu sois revenu, Ary, parce que le souper est presque prêt et y aurait pas moyen de finir tout ce que Mama a cuisiné si tu ne mangeais pas ta bonne part, tu entends ? »

Est-ce que ça vous dit quelque chose, que je vous raconte qu'Aaron Barnes n'était pas vraiment là ? Eh bien, je peux vous dire que ça avait une grande signification pour les bâtisseurs, une fois qu'ils eurent découvert la manière de fonctionner de notre cerveau. Le corps d'une personne peut se trouver dans un endroit tandis qu'en pensée son identité véritable est là-bas chez lui, où se trouvent ses plus chers souvenirs; tout ça, pour eux, c'était parfaitement normal. S'ils n'avaient trouvé que des esprits luttant pour survivre, ou pleins de désespoir et de regrets comme celui du capitaine Kretschner, si tout ce qu'ils avaient trouvé n'était que des pensées du moment présent, alors nous n'aurions été pour eux que de simples animaux et ils nous auraient traités comme des animaux.

Mais ils découvrirent Aaron Barnes, un homme qui s'était placé ailleurs, en dehors de son corps. Ce n'était pas aussi clair que ça, pour eux. Ils ne pouvaient pas regarder nos pensées défiler, comme dans un film ou un livre, ils ne pouvaient être certains de ce qu'ils trouvaient, mais Aaron Barnes, mort, leur fournissait une petite indication donnant à penser que les êtres humains pouvaient être vivants dans le sens où les bâtisseurs étaient eux-mêmes vivants. Barnes n'en sut jamais rien, bien sûr, mais sa présence et sa mort dans ce sous-marin, ses pensées à ce moment-là, ce fut juste assez pour faire espérer aux bâtisseurs qu'il leur serait possible de partager cette planète avec nous.

À la surface de la mer des Caraïbes, la bouée de détresse du *Montana* émergea et commença aussitôt à diffuser ses signaux.

Secours civil

Quand le Pentagone découvre que la bouée de détresse d'un sous-marin nucléaire est en train de lancer des appels affolés dans un coin du globe, la bureaucratie se secoue et s'aperçoit, comme un ours sortant de son hibernation, qu'elle est capable d'agir vite. C'est en partie parce qu'on espère qu'en agissant vite on pourra sauver des vies humaines. En partie seulement parce que, dans la froide réalité de la stratégie nucléaire, les pertes en hommes sont bien moins graves pour les États-Unis que la perte des manuels du chiffre et de l'intelligence électronique. Un sous-marin, même mort, est un butin précieux que l'ennemi présumé tenterait de s'approprier à n'importe quel prix. Alors, que l'équipage respire ou non, le sous-marin doit être retrouvé et protégé pendant que la situation est examinée et des décisions prises.

Un quart d'heure après l'émission du premier signal, un navire scanner de profondeur appareilla de GITMO – la base US de Guantanamo à Cuba – avec assez de bâtiments d'escorte pour défendre le site contre toute observation et intervention ennemie. Le groupe mit un certain temps à arriver au *Montana,* car il devait feindre d'aller autre part pour éviter la reconnaissance cubaine, mais une fois sur place tout alla rapidement et bien. Le navire scanner effectua plusieurs passes en remorquant une caméra et un sonar; cette mission accomplie, les militaires purent établir une photomosaïque du *Montana*.

Le sous-marin était à une profondeur de six cent cinquante mètres, posé, presque sur le flanc, sur une étroite corniche contre la paroi de la Fosse des Cayman. La coque avait manifestement été percée. À cette profondeur, les militaires savaient qu'il n'y avait aucune chance pour que des hommes aient survécu plus de quelques minutes. On ne pouvait pas dire cela aux civils, bien sûr; le gouvernement se remuerait bien plus vite si on pensait qu'il y avait des vies à sauver, même si les manuels du chiffre et les ogives étaient plus importants.

Il fut tout de suite question de faire venir le vieux *Glomar Explorer,* de le sortir de sa naphtaline. La gigantesque grue flottante de la Hughes Corporation avait hissé un morceau d'un sous-marin soviétique hors du Pacifique, il y avait plus de dix ans, et, depuis, le gouvernement n'avait pas pu s'en servir; la couverture commerciale donnée à l'opération avait été grillée dans la presse, alors maintenant, chaque fois que le *Glomar* bougeait, tout le monde pensait à une mission de la CIA ou à une opération militaire. Mais, grillé ou non, le *Glomar* saurait effectuer le travail. L'ennui, c'était qu'il se trouvait sur la côte Ouest et qu'il faudrait des mois pour le remettre en état et l'amener sur place. On ne pouvait pas espérer des Russes qu'ils resteraient tranquilles et attendraient poliment que les USA aient fini d'essayer de renflouer leur *Montana*. Quelque chose devait être fait immédiatement pour récupérer et mettre à l'abri le contenu le plus précieux du bâtiment.

La marine avait des navires de secours en profondeur – les *deep-submergence rescue vehicles* ou DSRV – spécialement conçus pour ce genre de travail mais le portrait-robot révélait que le *Montana* avait roulé et qu'il gisait maintenant à un angle de quarante-cinq degrés, ce qui empêcherait tout DSRV de se fixer correctement sur la coque. Et puis, même si la marine trouvait un moyen de les adapter, les DSRV n'étaient pas disponibles. Il y en avait un en cale sèche à Norfolk pour réparations et l'autre était à San Diego; il ne pourrait absolument pas arriver à temps, alors que le cyclone Frederick se ruait vers l'endroit où avait sombré le *Montana*. Dans vingt-quatre heures, la petite escadre protégeant le SM aurait à se disperser pendant toute la durée de la tempête.

Ce qui compliquait tout, c'était que personne n'était capable de deviner pourquoi le *Montana* avait coulé. Une attaque ennemie ? Aucun ennemi n'avait été signalé dans les parages, mais il y avait eu une flambée de lumière et de chaleur provenant du tout dernier satellite-espion russe, quelques minutes avant que la bouée de détresse du *Montana* ne diffuse le signal. Y aurait-il un rapport ? Le satellite était sur une orbite polaire et, à l'instant où il avait lancé son éclair, il se trouvait à la verticale du Venezuela, assez près pour avoir pu faire quelque chose au *Montana*.

– Faire quoi ? demanda le Président. Un satellite tueur de sous-marins ? Si un tel engin est possible, pourquoi n'en avons-nous pas ?

– Je ne crois pas que ce soit possible, répondit le président de l'état-major inter-armes. Mais nous ne savons pas non plus si c'est *im*possible.

– C'est une coïncidence, assura le directeur de

la CIA. Il n'y a aucun rapport plausible entre l'éclat du SL-420 et le naufrage du *Montana*.

– Vous n'en savez pas plus que nous, riposta le ministre de la Défense. Aussi bien, les Russes sont en train de nous regarder en rigolant. Ils pourraient bien avoir calculé leur coup pour que le cyclone nous balaie du coin demain.

– S'ils l'ont fait, reprit le Président, cela signifie qu'ils ont la faculté de traquer nos sous-marins, de l'espace...

Cette réflexion fut suivie d'un silence pesant. Ils savaient tous que ce serait une situation intolérable, aboutissant à la décision la plus dure pour un président depuis que Harry Truman avait pris celle de lâcher la bombe-A sur le Japon. Seulement cette fois, l'autre camp n'allait pas rouler sur le dos et faire le mort.

– Ce qui importe pour le moment, intervint le chef de la marine, c'est que nous n'avons pas la capacité de faire quoi que ce soit là-bas qui nous aiderait à minimiser les dégâts avant le cyclone.

– Ça consiste en quoi, minimiser les dégâts ? demanda le Président.

– Phase Un, nous extrayons de l'épave les manuels du chiffre, l'intelligence électronique, les systèmes guideurs et toute information sur ce qui a causé la perte du bâtiment.

– Et, naturellement, on sauve les survivants.

– Cela va sans dire, répondit le chef de la marine. Quand nous aurons nettoyé le SM, alors nous neutraliserons les parages jusqu'à ce que nous puissions le renflouer ou, si jamais les Russes ont l'air de comprendre ce que nous faisons et cherchent à intervenir, nous passerons à la Phase Deux. Et à la Trois si besoin est.

– Qui sont ?

– Nous préparer à faire sauter la corniche pour laisser la Fosse des Cayman s'occuper de la sécurité de ce qui reste à bord.

– Mais nous ne pouvons rien faire de tout ça, c'est ça que vous voulez me dire ?

– Je dis que nous n'avons aucun moyen de faire venir nos propres équipements sur place avant le cyclone.

– Et vous pensez aux équipements de qui ? demanda le directeur de la CIA.

Il ne voyait, lui, aucune puissance étrangère dans la région possédant un matériel capable de ce travail et ce serait une sacrée gifle si les SR militaires avaient découvert ce renseignement alors que la CIA ne l'avait pas, mais le chef de la marine le rasséréna :

– Des Américains. Un équipement civil, bien entendu. La Benthic Petroleum se livre à une opération de forage expérimental en profondeur, à vingt-deux milles nautiques du site. Nous pourrions les faire venir sous la tempête, mettre à leur bord une équipe de SEALs et ils auraient vidé le *Montana* et assuré sa sécurité avant le départ du cyclone.

– Je croyais que *Deepcore* avait besoin d'un ombilical, observa le directeur de la CIA, une manière de faire savoir à tout le monde qu'il n'ignorait rien de la station de forage en profondeur de la Benthic. Le *Benthic Explorer* est le navire mère, n'est-ce pas ? Nous ne pouvons tout de même pas leur demander de rester là en plein cyclone.

– Le flexible ombilical est infiniment plus résistant qu'il n'aurait normalement besoin de l'être, expliqua le chef de la marine. Et le *Benthic Explorer* est conçu pour affronter de sacrées tempêtes. Mais...

– Rien ne peut rester tranquille sur l'eau pendant un cyclone, déclara le Président qui avait servi dans sa jeunesse à bord d'un porte-avions et qui faisait de la voile tous les étés.

Le chef de la marine le reconnut; il allait d'ailleurs faire cette objection mais c'était encore mieux qu'elle vienne du Président.

– Le concepteur en a tenu compte. Si la tempête est vraiment terrible, *Deepcore* peut se séparer de l'ombilical et survivre par ses propres moyens pendant quatre jours, pendant que l'*Explorer* se met à l'abri et revient derrière le cyclone.

– Il s'agit de savoir, dit le secrétaire de la Défense, si Benthic voudra bien nous prêter son matériel.

– Ils nous le prêteront, j'y veillerai, promit le Président.

– Vous vous figurez que ces salopards des compagnies pétrolières sont de tels patriotes qu'ils répondront à l'appel de la patrie ? ironisa le directeur de la CIA.

– Je me figure qu'ils ne voudront pas d'une publicité révélant que la Benthic a refusé de nous aider à sauver l'équipage d'un sous-marin américain, riposta le Président. S'il y a quelque chose que le peuple déteste encore plus que les politiciens, c'est les grosses sociétés. La marine connaît peut-être la mer mais le Président connaît la politique et, vue de Washington tout au moins, la politique paraît bien la plus dangereuse des deux !

– Ce con a dit *quoi,* au Président ?

L'idée ne vint même pas à Lindsey qu'elle s'adressait au président du département de la recherche et du développement de la Benthic Petroleum, et que le con dont elle parlait était le grand patron en personne, qui avait le pouvoir de couper les crédits de *Deepcore* quand il voudrait.

– On ne peut pas interrompre comme ça un forage pour s'en aller courir à je ne sais quelle connerie ! protesta-t-elle.

– Si, nous le pouvons, affirma Deeter. C'est la

meilleure pub que Benthic pourrait se faire. Une importante compagnie pétrolière est quand même une entreprise américaine loyale, toujours à la disposition de la nation.

– Ils n'ont qu'à se servir de leurs foutus plongeurs !

– Ma foi, je ne sais pas, je ne sais rien de l'affaire.

– Nous interrompons le forage alors que nous arrivons tout juste à la profondeur de contact *et vous ne savez rien de l'affaire* ?

La voix de Lindsey ruisselait d'un mépris écrasant, comme si elle considérait Deeter comme la plus stupide lavette qui eût jamais réussi à accéder à un poste de direction d'une multinationale. Il ne l'était pas, naturellement; on ne devient pas président d'un département majeur dans une société comme la Benthic, à moins d'avoir au cul le feu de l'ambition. Mais Lindsey prenait la mesure des gens avec un étalon fort simple : s'ils l'aidaient dans son travail, ils étaient bons et intelligents; s'ils lui faisaient obstacle, ils n'étaient que de la merde.

Les dactylos écoutaient avec stupeur. Personne ne parlait à Deeter autrement qu'avec le plus grand respect, comme s'il était le bon Dieu. Et voilà que cette fille, un simple ingénieur de projet, je vous demande un peu, le traitait comme un gosse de la maternelle qui vient de mouiller sa culotte !

– Elle peut dire adieu à sa prime de Noël, chuchota l'une d'elles.

Mais Deeter n'était pas homme à se vexer par amour-propre déplacé.

– La marine a demandé si nous avions quelqu'un qui connaissait *Deepcore* à fond, comment c'est construit, quelles pressions ça supporte. Je leur ai dit que McBride avait les spécifications, à bord de l'*Explorer*, mais que notre ingénieur du projet était...

– J'espère que vous ne pensez pas que je vais téléphoner et donner à je ne sais quel connard de moussaillon des renseignements sur ce qui me coûte sang et eau depuis cinq ans !

– Non, répondit Deeter. Je pense que vous allez sauter dans l'hélicoptère le plus rapide de l'aéronavale, ici à Houston, et aller au *Benthic Explorer* où vous répondrez à toutes les questions que vous posera le connard de moussaillon.

C'était différent. Elle irait là-bas. Elle serait sur place. Elle pourrait même les empêcher de commettre une erreur stupide capable de détruire *Deepcore*.

– D'accord, dit-elle. Je pars quand ?

– Vous êtes déjà partie, déclara Deeter, et comme il ne pouvait résister à l'envie de la remettre à sa place, un tout petit peu, il ajouta : Si vous avez vos règles, je vous conseille d'emprunter des tampons à une des filles, parce que l'hélicoptère est sur le toit et ils ont déjà attendu plus longtemps qu'ils ne l'ont dit.

Ce fut seulement quand elle fut assise dans l'hélicoptère de l'aéronavale qu'elle s'aperçut que Deeter l'avait insultée. Cette réflexion sur ses règles ! Elle supposa que Deeter parlait de cette façon à toutes les femmes, en quoi elle se trompait du tout au tout. C'était elle qui l'y avait poussé, en l'exaspérant au-delà de toute limite par son attitude arrogante.

Tout en pestant à part elle, elle regarda les autres passagers de l'hélicoptère. Il y avait deux membres d'équipage et quatre militaires. Ou des marins, allez savoir ? Elle se demanda ce qu'ils faisaient là. Son escorte ? Ils avaient un insigne qu'elle ne connaissait pas, un trident. Et ce n'étaient pas des gosses. Ils semblaient ne plus avoir d'âge et ils avaient une expression dure. Non, pas dure, vide, pensa-t-elle. Totalement impassible. Ce flegme la mit mal à l'aise, comme tout ce qu'elle ne comprenait pas complètement. Faisaient-ils partie de cette opération secrète ? Étaient-ils là pour la surveiller ? Ou se trouvaient-ils par hasard dans cet hélicoptère ? Elle voulut en avoir le cœur net.

– Qui êtes-vous ? demanda-t-elle. Des Marines ?

– Des SEALs, répondit l'un d'eux, et, comme elle était visiblement déroutée, il précisa : C'est un sigle. *Sea, Air and Land.* La marine, mais pas les Marines. Je suis Monk.

– Vous allez aussi à bord du *Benthic Explorer* ?

Monk ne répondit pas. Il ne se tourna pas non plus vers les autres, pour qu'un de ses camarades réponde ou pour demander l'autorisation de répondre. C'était un peu effrayant que pas un seul ne bronche pour indiquer qui était leur chef. Finalement, un homme qui était devant elle se retourna.

– Nous allons à bord du *Benthic Explorer.* C'est vous qui y allez *aussi.* Vous n'êtes pas essentielle à cette mission. Vous nous avez déjà coûté huit minutes de retard, inutilement.

Ce fut tout. Il ne menaçait pas, il n'élevait pas la voix, et pourtant, elle eut l'impression d'avoir reçu la fessée. Elle faillit s'excuser, elle faillit expliquer que les embouteillages de Houston étaient une plaie, qu'elle s'était dépêchée, mais elle se retint à temps. Cet animal se croyait peut-être aux commandes mais personne d'autre qu'elle-même ne dirigeait Lindsey.

Kirkhill était aux anges. Il s'était bien débrouillé pour être celui qui parlerait au commodore DeMarco, le commandant en chef de l'opération navale, quand il aurait opéré le contact radio avec l'hélicoptère. Kirkhill voulait être le seul à parler à l'US Navy. C'est mon boulot, se disait-il, de m'assurer que tout le monde collabore. Je dois donner directement les consignes et les recevoir directement, pour pouvoir les repasser sans anicroches. Une sacrée chance que je me sois trouvé là pour la vérification des comptes de l'*Explorer*, cette semaine !

À vrai dire, Kirkhill adorait être au cœur des événements importants. Bien sûr, la prospection pétrolière et les essais de la nouvelle plate-forme de forage sous-marine étaient importants, mais il savait – comme tout le monde – que le véritable travail se faisait dans *Deepcore II*, tout au fond de la mer des Caraïbes. Là-haut, à bord du bateau mère, ce n'était que du gardiennage. Il était sur les bords, assez près pour voir ce qui se passait, mais trop loin pour exercer une influence.

Naturellement, le secret était si bien gardé que Kirkhill ne savait pas grand-chose de cette nouvelle opération, simplement que Benthic lui avait donné l'ordre de mettre son bateau à la totale disposition de la marine, tant que cela ne compromettrait pas la sécurité de l'équipage. Il avait sa petite idée, cependant, qui n'était pas loin du compte. La marine n'aurait pas tellement de raisons de posséder une installation sous-marine de grande profondeur. Il avait donc son idée mais il entendait bien que le reste de l'équipage n'en ait aucune. Les hommes qui avaient réellement la charge du travail en surface de *Deepcore* – McBride, le chef des opérations de forage, et Bendix, le maître d'équipage – reçurent donc tout simplement l'ordre de se tenir parés et d'attendre de nouveaux ordres.

– Et, par-dessus tout, ne parlez de ça à *personne.*

Bendix et McBride se tenaient maintenant sur la passerelle du *Benthic Explorer* et regardaient les hélicos de l'aéronavale décharger leurs intrus et un mystérieux matériel. Kirkhill était sur le pont pour accueillir tout le monde comme s'il s'agissait d'une fête à bord et qu'il recevait ses invités.

– Facile de ne parler de ça à personne, grommela Bendix, vu que nous ne savons pas de quoi il s'agit.

À voir les militaires prendre possession du pont en écartant l'équipage de l'*Explorer,* Bendix prévoyait beaucoup de problèmes, qu'il allait devoir résoudre tout de suite. Et surtout avec ce con de Kirkhill, qui ne le quitterait pas des yeux.

– Ça pourrait devenir moche, marmonna-t-il.

McBride n'aimait pas non plus la tournure des événements. Il avait quitté l'armée, depuis de longues années, avec une triste opinion des militaires et il était à peu près certain que, quoi qu'il arrive, ces essais et tout le temps et les efforts qui leur avaient été consacrés allaient bel et bien être foutus en l'air.

– Ça ne me dit rien qui vaille non plus, avoua-t-il.

Ce fut alors que Bendix vit une femme descendre d'un des hélicoptères, avec quatre militaires qui n'avaient pas l'air de marins. Il se demanda un instant pourquoi des soldats amenaient une bonne femme pour une telle opération et puis il se rendit compte que c'était l'hélicoptère de Houston et que cette femme était de Benthic.

– Ah dis donc, regarde qui est avec eux !

C'était Lindsey Brigman. Comme s'il n'avait pas assez d'emmerdes pour aujourd'hui ! Est-ce que quelqu'un à Benthic cherchait à l'expédier en préretraite, par exemple ?

Quelques minutes plus tard, Kirkhill monta sur la passerelle avec le commodore DeMarco et les SEALS de l'hélico de Houston. Comme il s'en doutait, tout ce qui les intéressait c'était *Deepcore.*

Ils voulaient tout savoir, les détails pratiques, quel était le rayon d'action des plongeurs de cette base, combien de temps ils pouvaient en rester éloignés et, surtout, à quelle vitesse l'*Explorer* pouvait remorquer *Deepcore* sans la ramener à la surface et quand on pourrait commencer à la remorquer.

– Comme vous le voyez, dit Kirkhill, on peut suivre d'ici même tout ce qu'ils font là en bas. Cela nous fournit autant de renseignements sur les opérations de forage que ce que nous recevons d'une installation de surface.

L'enthousiasme de Kirkhill ne fit aucun effet sur DeMarco. Il regardait l'écran vidéo qui montrait des plongeurs dans le fond, travaillant dans des ténèbres opaques à part quelques flaques de lumière artificielle.

– Pas de lumière de la surface, observa-t-il. À quelle profondeur sont-ils ?

Une question à laquelle Kirkhill ne savait pas répondre. Pas de problème, l'équipage était là pour ça.

– McBride ? dit-il.

– Cinq cent vingt mètres, répondit McBride en pensant que cette tête de nœud ne savait même pas à quelle profondeur était leur installation et qu'il se conduisait quand même comme le type qui dirigeait tout.

Mais il ne laissa pas percer son mépris. À quoi bon ? S'il ne travaillait pas pour Benthic, il serait dans une autre compagnie qui mettrait des têtes de nœud à des postes clefs.

– J'ai besoin qu'ils descendent à plus de six cents, déclara DeMarco.

– Pas de problème, assura Kirkhill. Ils peuvent faire ça.

Ben tiens, pensa McBride, et à combien, au-dessous de six cents ? On pouvait faire confiance à Kirkhill pour promettre la lune sans chercher à savoir si nos gars étaient capables d'aller la décrocher !

Mais si McBride gardait ses réflexions pour lui, ce n'était pas le cas de Lindsey. Elle écoutait tout, plutôt impatiemment, tandis que tout le monde se tenait au garde-à-vous et s'inclinait devant DeMarco. Les hommes n'avaient pas besoin de s'engager, ils se prenaient tous pour des soldats. C'était comme une espèce de culte secret chez les hommes; quand un officier supérieur leur disait : « J'ai besoin de vos couilles », ils ouvraient leur braguette et prenaient leur canif.

Eh bien moi, se dit-elle, je ne fais pas partie du régiment secret ! Je ne vais pas laisser Kirkhill bousiller le projet sans piper.

– Alors c'est comme ça, hein ? Vous remettez tout entre les mains de la brigade du banditisme ?

Kirkhill, naturellement, fut l'image même de l'innocence bafouée.

– J'ai reçu l'ordre de collaborer, je collabore. Rien de tout cela n'est de ma faute, vous savez ! Je ne fais qu'obéir aux ordres. Allez prendre votre douche.

À vrai dire, Lindsey n'était pas trop inquiète. Pas encore. Il existait au moins *un* homme qui ne léchait pas le cul de tout ce qui portait l'uniforme. Bud aurait vite fait de mettre fin à toutes ces conneries. Il lui suffirait de dire non et on n'en parlerait plus. *Deepcore* resterait où elle était et les militaires n'auraient qu'à reprendre leurs hélicos et à rentrer dans leurs trous. On était quand même en Amérique. L'armée ne régnait pas en maître. Malgré tout, Kirkhill s'était si facilement incliné ! Lindsey n'avait jamais été très habile à cacher son mépris et, cette fois, elle n'essaya même pas.

– Vous êtes pitoyable, Kirkhill, dit-elle, et elle s'éloigna.

McBride plaignit presque Kirkhill; se faire publiquement castrer par Lindsey Brigman, c'était arrivé à presque tous les hommes à bord. Tout de même, il la comprenait. Il n'aimait pas non plus voir tous ces types, qui ne connaissaient rien de *Deepcore,* arriver et se comporter comme si le monde leur appartenait. Il n'aimait surtout pas voir tout leur travail bousillé juste au moment où ils étaient si près de la réussite.

– Demandez-moi Brigman au téléphone, ordonna Kirkhill.

Bendix prit l'appareil et, en attendant la réponse de *Deepcore*, il se tourna vers McBride et dit exactement ce que McBride pensait déjà :

– Mon vieux, si jamais Bud marche pour ce truc-là, va falloir abattre Lindsey avec un pistolet à tranquillisants !

Il avait quelqu'un en ligne.

– Hippy ? dit-il. Trouve-moi Bud.

Au fond, à bord de *Deepcore,* c'était la routine habituelle. Bud Brigman était assis au hublot bâbord de la chambre de boue et parlait à Catfish et à Finler, qui travaillaient à l'extérieur ce jour-là. Il les apercevait de temps en temps et aimait ce qu'il voyait. Catfish était un braillard, buveur et coureur de filles, à terre, mais qu'on lui colle un casque et une combinaison de plongée et qu'on lui donne quelque chose à faire sous l'eau, il effectuait le travail à la perfection, en un rien de temps, mais pas vite au point qu'on craigne qu'il ne le fasse pas bien. Et Finler était là avec lui. C'était une bonne équipe.

Catfish nagea près du hublot et regarda à l'intérieur.

– Hé ! fit Bud.

Son casque à écouteurs captait sa voix et la transmettait aux plongeurs par UQC. C'était par ce sigle que la marine désignait les émetteurs-récepteurs à haute fréquence. La radio ne valait rien, dans l'eau, mais près de *Deepcore* on pouvait utiliser l'UQC. On souffrait moins de la solitude, en profondeur, quand on pouvait bavarder un peu avec les copains.

– Vous n'avez pas un peu fini de glander, les gars ? dit Bud.

Une plaisanterie, naturellement. S'ils avaient pensé un seul instant que Bud les critiquait vraiment, Catfish aurait piqué une rage et Finler aurait ruminé son ressentiment pendant des jours. Mais Bud savait dire les choses de manière qu'ils comprennent la plaisanterie. Ou peut-être connaissaient-ils si bien Bud que l'idée ne leur venait pas qu'il pût les critiquer sérieusement. Ils savaient que s'il avait des reproches à faire, il les ferait en particulier et, en plus, il s'arrangerait pour que cela n'ait même pas l'air de reproches.

Néanmoins, ce n'était pas « rien qu'une plaisanterie ». Là dans le fond à bord de *Deepcore* chaque mot comptait, tout ce qu'on disait avait une signification, qu'on le veuille ou non. Ces types effectuaient un travail d'entretien ennuyeux, monotone. Une plaisanterie les aidait à ne pas s'endormir, à garder l'esprit vif, aux aguets. Et puis, surtout, c'était une façon de leur dire qu'il était là, qu'il les surveillait, non pas à la manière d'un contremaître, mais plutôt comme une mère poule. Ils savaient que si quelque chose allait mal, Bud le verrait tout de suite. Ils n'étaient pas seuls.

Le travail sur une plate-forme de forage n'est pas fait pour les faibles, même quand l'installation est solidement plantée dans la terre et se dresse à cent mètres au-dessus du niveau de la mer. Il y a un danger réel, constant. L'océan se moque que vous soyez un baigneur venu passer une journée à la plage ou un pétrolier prospectant jour après jour pendant des mois. À la moindre faute, on risque la mort. Et sur une plate-forme de forage, il y a bien plus d'occasions d'erreurs que sur une plage à touristes.

Mais ce qui distingue les équipes de forage en mer des pieds-plats travaillant à terre, c'est l'isolement, bien plus que le danger. Un type en prospection dans l'Oklahoma peut sauter dans son break et aller quelque part où l'on vend de la bière et *Playboy,* où des gens qu'on ne connaît pas disent des choses qu'on n'a jamais entendues dix fois, autrement dit, ils ne font pas partie de l'équipe. Les copains du forage disent toujours exactement ce qu'on sait qu'ils vont dire jusqu'à ce qu'on ait envie de leur enfoncer un tournevis dans l'oreille, rien que pour leur donner un nouveau sujet de conversation.

Et maintenant prenez cette plate-forme, enveloppez-la dans un cocon de métal et plongez-la à cinq cents mètres sous la mer : vous avez *Deepcore,* la première plate-forme de forage sous-marine fonctionnelle. Infiniment plus dangereuse en cas de bavure et infiniment plus isolée. Sur une plate-forme de surface, au moins, on voit passer de temps en temps un oiseau, un avion, un bateau. On voit le ciel. Mais dans *Deepcore,* tout ce qu'on voit, c'est éternellement les mêmes parois qui vous entourent et le petit bout du fond de la mer dans le rayon de ses lumières.

Et si on juge qu'on ne peut pas supporter cela une minute de plus, si on veut s'en aller, ce n'est pas simplement une petite traversée en bateau ou en hélico. On doit se décompresser. Quand on travaille à ces profondeurs, le corps se remplit d'azote et il faut prendre son temps dans la chambre de décompression si on ne veut pas mourir de la maladie des caissons. Il n'y a pas de retour rapide à la maison. Si on sent qu'on doit absolument sortir de cette boîte à sardines à cette minute même, on ne peut que s'enfermer dans une boîte à sardines encore plus petite et y passer trois semaines, tout seul, à décompresser. Rien que de savoir ça, on devient un petit peu fou.

Alors le choix d'un équipage pour *Deepcore* ne se faisait pas en tirant des noms d'un chapeau. Il fallait des hommes qui avaient déjà l'habitude de travailler ensemble, qui se faisaient confiance jusqu'à la mort et, par-dessus tout, des hommes d'une compétence absolue et qui accordaient à tout ce qu'ils faisaient le soin le plus minutieux.

Il y eut six équipes, qui débutèrent en même temps, à l'entraînement. Trois d'entre elles se qualifièrent. Sur ces trois, deux se relaieraient en permanence : un mois au fond, trois semaines de remontée, une semaine de permission à terre et retour dans l'eau. Et quand le moment vint de choisir la meilleure équipe, celle qui s'en irait actionner le tout premier trépan sous-marin, ce fut celle de Bud Brigman qui fut désignée parce qu'elle était formée de la plus heureuse, la plus amicale, la plus rapide, la plus consciencieuse des bandes qui s'étaient jamais portées volontaires pour vivre toute l'année moins six semaines dans une boîte à sardines au fond de la mer.

Catfish et Finler achevaient leur mission. Bud quitta le hublot et vérifia les jauges. Il entendait le bruit de l'équipe de forage à la table de rotation, à quelques mètres. C'était le cœur de l'installation. Grâce à un matériel semi-automatique de première qualité, cinq hommes suffisaient pour s'occuper du forage proprement dit. Le reste de l'équipage était là pour garder bien en vie l'équipe de forage, au fond de la mer.

Par bien des aspects, *Deepcore* ressemblait à un vaisseau spatial de cinéma. Des cadres métalliques blancs maintenaient les trimodules autour de l'appontement central, toujours parfaitement propres, stériles et froids. Mais là, sur le pont de forage, on savait qu'on ne naviguait pas dans l'espace. C'était une aire de dur travail et les hommes qui l'effectuaient étaient couverts de boue, tout comme dans les puits terrestres, de débris de roche et de déblais. Pas question de rester propre.

– Hé, Bud !

Il se retourna, chercha qui l'appelait. C'était Jammer, le géant qui avait une tête de plus que tous les autres. *Deepcore* n'était pas construite pour une équipe de basket et Jammer n'avait qu'une dizaine d'endroits où il pouvait se tenir droit. Bud le rejoignit, pour pouvoir l'entendre.

– Hippy est au bigo-râleur. Un appel de la surface. Ce nouveau type de la compagnie.

Bud dut réfléchir un moment pour se rappeler le nom.

– Kirkhill ?

– Ouais.

– Plus con que ce type, tu meurs.

Bud se dit que le nouveau mec de Lindsey devait être exactement comme Kirkhill. Le genre à porter une cravate en toute circonstance. Tous les mêmes, ça sortait de l'université, ça se prenait pour quelqu'un !

En allant à son bureau, il échangea quelques mots avec l'équipe de forage.

– Dis donc, Perry !

– Oui ?

– Fais-moi plaisir, tu veux ? Range-moi un peu cette pompe à boue et ces sacs vides. Cette boîte commence à ressembler à mon appartement.

Ce n'était pas tellement drôle mais Perry s'esclaffa. Bud avait la manière, pour donner des ordres sans en avoir l'air. Et sans paraître trop indulgent non plus. Personne ne doutait jamais que c'était Bud le patron, là dans le fond. Personne ne doutait non plus que Bud *devait* être le patron.

Bud se courba pour franchir l'écoutille et ses talons résonnèrent dans le corridor en faisant un bruit de cloches d'église. Maintenant, éloigné du trépan, il entendait la voix de Hippy dans les haut-parleurs :

– Bud, appel de surface, urgent !

– J'arrive, j'arrive, pas de panique, marmonna-t-il.

Il entra dans son bureau, qui était juste assez petit pour qu'on s'y sente gêné aux entournures et juste assez grand pour que personne ne vous écoute si on s'en plaignait. Il y avait des piles de papiers partout, des trucs que les types à cravate voulaient qu'on lise, qu'on remplisse ou qu'on exécute. Il se promettait de s'en occuper dès qu'il aurait une minute mais, en attendant, ça faisait partie du décor.

– Ici, Brigman. Alors, qu'est-ce qui se passe, Kirkhill ?

Kirkhill était toujours gonflé d'importance et d'un sentiment d'urgence, alors il fut incapable de dire simplement ce qu'il avait à dire. Il devait s'assurer auparavant que Bud comprenait bien l'importance capitale de ses mots.

Ouais, ouais, au fait, pestait Bud à part lui.

– Mais oui, je suis calme. Je suis toujours calme. Est-ce qu'il y a une raison particulière pour que je ne sois pas calme ?

Kirkhill lui annonça alors :

– La marine est ici. La Benthic Petroleum a accepté de collaborer pleinement à une opération qu'ils ont en cours et qui comporte le déplacement de cette installation de forage.

Ce fut tout juste si Bud ne s'étrangla pas avec le fil de l'appareil.

– Quoi !

Hippy Carnes était dans le module de commande de *Deepcore* et surveillait par un hublot Petit-Monstre, tout en se trémoussant au rythme de son lecteur de cassettes. C'était l'aspect de son travail que Hippy préférait, le contrôle d'un ROV – véhicule télécommandé – avec une telle précision que c'était comme si une partie de son corps nageait là-dehors. Et même si c'étaient ses propres mains qui dirigeaient l'engin, il considérait Petit-Monstre comme une créature vivante. Une autre personne, mais qui faisait toujours ce qu'il en attendait. Un véritable ami. Un alter ego.

Il manipulait Petit-Monstre en mission d'éclairage; les phares du ROV aidaient le plongeur en dissipant les ombres. Mais Petit-Monstre, comme son grand frère Gros-Monstre, était une torche électrique avec des yeux. Hippy devait regarder l'écran de contrôle avec une concentration absolue parce que le plongeur, Sonny, comptait sur lui pour être averti de tout obstacle, enchevêtrement de câbles ou tout autre danger invisible, et si quelque chose échappait à Hippy, c'était Sonny qui trinquait. Hippy n'oubliait pas non plus qu'Une-Nuit était là-dehors aussi dans Flatbed, le submersible de grande profondeur, et si jamais il laissait faiblir son attention, elle le verrait. Il n'avait aucun goût particulier pour Une-Nuit, il ne la désirait pas spécialement mais, depuis toujours, il était au mieux de sa forme quand il avait un public féminin.

Alors qu'il faisait pivoter Petit-Monstre, Une-Nuit manipulait le bras droit de Flatbed pour donner à Sonny la pièce qu'il avait à monter.

– Pile à l'heure, poupée, dit-il.

C'était bien vrai. Lisa Standing, dite Une-Nuit, était extrêmement attentive, elle savait toujours de quoi on avait besoin et à quel moment précis. Elle en était naturellement assez fière et ne le cachait pas. Mais personne ne lui en voulait. Quand on fait bien quelque chose, c'est normal de s'en vanter un peu.

Hippy savait, lui aussi, qu'il était bon à ce qu'il faisait. Et qu'il se concentrait le mieux quand il y avait un sujet de distraction régulier mais imprévisible. Comme sa musique. Comme son rat blanc, Beany, qui marchait en ce moment sur ses épaules, sur sa nuque, ses petites pattes le chatouillant ici et là, le délicat frôlement de ses moustaches, l'humidité du museau de Beany et son haleine sur le cou. Hippy avait eu des chefs qui ne comprenaient pas que Beany l'aidait, le maintenait sur le qui-vive. Il avait perdu des emplois à cause de Beany. Mais Bud Brigman n'avait jamais fait d'histoires. Il comprenait apparemment que Hippy avait besoin de Beany comme d'autres ont besoin de mâcher du chewing-gum, de lancer des gros mots ou de faire tout autre chose.

Bud fit irruption dans le module de contrôle, si impétueusement qu'il renversa quelque chose. Sans un mot, il referma d'un coup de poing le lecteur de cassettes, arrêtant la musique. Non, il n'était pas du tout calme ! D'un geste rageur, il abaissa la manette de rappel. À l'extérieur de *Deepcore*, le haut-parleur de l'hydrophone hurla de sa sirène d'alerte. Rappel des plongeurs. Et au cas où par hasard quelqu'un n'aurait pas compris, Bud s'empara d'un micro et aboya :

– À tous les plongeurs ! Lâchez ce que vous faites ! Tout le monde dans le bassin !

Hippy écarta immédiatement Petit-Monstre pour dégager la voie aux autres. Il entendit protester Une-Nuit :

– Merde, on vient à peine d'arriver !

Sonny se contenta de soupirer :

– Dans le temps, j'aurais demandé pourquoi.

C'est ça ! Comme si Sonny était vieux comme le monde et avait tout vu !

Hippy remarqua que lorsque Sonny nagea à portée du bras manipulateur de Flatbed, Une-Nuit manœuvra l'appendice pour pincer les fesses du plongeur. Sonny l'évita en marmonnant :

– Non mais sans blague !

Hippy pensa aussitôt : Une-Nuit est en chaleur

et le numéro de Sonny vient de sortir. Mais sans la moindre jalousie, comme si les petits pas de Beany sur ses épaules avaient percé de minuscules trous par où ses émotions s'étaient évaporées.

Sonny se hissa sur le sommet de Flatbed et s'y cramponna pendant qu'Une-Nuit pilotait l'engin entre les pieds de *Deepcore,* en frôlant le fond de la mer. Hippy amena Petit-Monstre juste derrière elle, comme un petit chien fidèle. Il vit Flatbed se glisser dans la portion éclairée sous le bassin lunaire et disparaître en remontant.

– *Deepcore, Deepcore,* appela Une-Nuit. Ici Flatbed qui s'apprête à émerger.

Hippy vérifia la position de Flatbed, surtout sur l'arrière où elle ne voyait rien.

– O.K., Flatbed, tout va bien.

– Merci.

Catfish et Finler saisirent un des filins à la traîne et se hissèrent à la force du poignet. Sonny resta sur Flatbed jusqu'à ce qu'Une-Nuit l'amène juste au-dessous du bassin, suivie de près par Petit-Monstre.

Flatbed s'éleva à la surface du bassin alors que Jammer, Perry et deux autres membres de l'équipe de forage aidaient les plongeurs à sortir de l'eau. À cette profondeur, elle était d'environ six degrés au-dessous de zéro et, malgré leur combinaison thermique, les plongeurs étaient glacés et ankylosés.

Ils se demandaient tous pourquoi ils étaient rappelés. Tout ce qui sortait de l'ordinaire sentait le problème et à cette profondeur tout problème risquait d'être grave. Ils étaient inquiets, irrités, curieux.

– Qu'est-ce qui se passe ? demanda Finler. Pourquoi est-ce qu'on nous rappelle ?

– Va savoir, marmonna Sonny.

Le bassin lunaire avait l'air d'une piscine couverte. À la différence près que ce n'était pas la gravité qui maintenait l'eau dans le bassin, mais la pression de l'air. Comme lorsqu'on pousse un verre vide la tête en bas dans de l'eau de vaisselle. Il y a encore de l'air dans le verre, alors l'eau reste au fond de la cuvette. Mais si un peu d'air s'échappe par le bord, l'eau s'engouffre et le remplit. La même chose se passerait dans le bassin et *Deepcore* tout entière serait inondée. C'était un de ces petits détails qui les tueraient tous, pour peu que quelque chose tourne mal.

Bud arriva au moment où Jammer hissait Catfish hors de l'eau. Tout le monde le regarda. Il devait savoir et, s'il savait, il les tiendrait au courant.

– Alors, Bud, qu'est-ce qu'il y a ? demanda Jammer.

Bud secoua la tête.

– Il y a que nous venons de recevoir l'ordre de boucher le trou et de nous préparer à déplacer le bidule.

– Oh merde ! s'exclama Sonny.

Ils savaient tous qu'un tel déplacement, c'était la fin. Le projet était sabordé. Benthic s'était ravisé et renonçait au forage en profondeur. Des comptables trouillards avaient jugé que ce n'était pas rentable. Tout était fini.

Ou peut-être pas. Bud savait ce qu'ils déduisaient tous – que le projet était victime de la politique des multinationales ou de la stupidité pure – et il tint à dissiper de son mieux cette idée :

– Nous sommes invités à collaborer dans une affaire touchant à la sécurité nationale. Maintenant, vous en savez autant que moi. Alors débarrassez-vous de votre équipement et rassemblement au poste de contrôle. Briefing dans dix minutes.

Il y eut quelques gémissements. Bud battit des mains deux ou trois fois, comme un entraîneur encourageant son équipe.

– Allez, du nerf ! Ne traînons pas.

Ce qu'ils entendirent, ce fut : Ça ne me plaît pas plus qu'à vous mais nous devons le faire, alors quoi, merde, ce ne sera probablement pas trop dur.

Tout l'équipage réussit tant bien que mal à se tasser dans le module de contrôle. On était serré, on manquait d'air, mais personne ne voulait apprendre la nouvelle de seconde main. Il y avait un officier de marine sur l'écran, à bord du *Benthic Explorer,* qui se présenta : Commodore DeMarco. Kirkhill était visible à l'arrière-plan. Si c'était lui qui avait parlé, Bud ne l'aurait pas cru un seul instant. Les types à cravate vous disaient ce qu'ils pensaient devoir dire pour vous faire faire ce qu'ils voulaient. Alors que Bud savait – son père avait été un Marine, après tout – que les types en uniforme gardent peut-être le secret défense mais qu'en général ils vous disent tout ce que vous avez besoin de savoir pour faire du bon boulot.

– À 9 h 22 heure locale, ce matin, annonça DeMarco, un sous-marin nucléaire américain, le *Montana,* a coulé à vingt-deux milles d'ici avec cent cinquante-six hommes à bord. Nous n'avons eu aucun contact depuis avec le bâtiment. La cause de l'incident est encore inconnue. Votre compagnie a donné à la marine l'autorisation d'utiliser votre installation pour une opération de sauvetage. Le nom de code est Opération Salvor.

C'était une transmission émission-réception et Une-Nuit posa une question :

– Vous voulez que nous recherchions le sous-marin ?

– Non, nous savons où il est. Mais il est échoué à une profondeur de plus de six cents mètres et nous ne pouvons pas l'atteindre. Nous avons besoin de plongeurs pour pénétrer dans le sous-marin et y chercher les survivants, s'il y en a.

C'était la partie que Bud n'aimait pas. Son

équipage était entraîné pour travailler avec *Deepcore,* avec un matériel de forage qu'ils connaissaient tous, où tout était à sa place. À l'intérieur d'un sous-marin naufragé, ils trouveraient Dieu sait quoi. Bud eut une vision d'un débris d'épave accrochant un tube respiratoire ou détraquant quelque chose. Il vit un de ses hommes remonté mort.

– Vous n'avez pas votre propre matériel pour ce genre d'opération ? demanda-t-il.

DeMarco jugea la question honnête et répondit honnêtement.

– Avant que nous puissions amener ici nos submersibles de sauvetage le cyclone sera sur nous. Mais vous pouvez venir avec votre installation sous la tempête et être sur place en quinze heures. C'est pourquoi vous êtes pour le moment notre meilleure option.

Bud comprenait que la situation était critique pour la marine, c'étaient ses hommes dans ce sous-marin et, s'il y en avait encore en vie, il fallait les tirer de là. On devait faire n'importe quoi pour les sauver. Il *devait* le faire, parce que c'était ce qu'ils espéraient que la marine ferait pour eux, s'ils étaient en danger.

Mais son équipage ne pensait pas nécessairement de cette façon.

– Pourquoi est-ce que nous irions risquer notre cul pour un truc comme ça ? bougonna Hippy.

DeMarco ne sut que répondre. Pauvre type, pensa Bud, il n'a pas encore appris que les civils se foutent de la vie des militaires. Eh oui, commodore, voilà le type pour qui vous êtes censé mourir, si nous sommes en guerre. De quoi être fier, hein ? Pendant un bref instant, il eut honte de faire partie de cet équipage, tout en sachant qu'il était injuste, que les civils étaient *censés* considérer les militaires comme de la chair à canon.

Mais le silence ne dura pas longtemps. Ce genre de question était tout à fait du ressort de Kirkhill, c'était quelque chose que tout individu à cravate comprenait. Hippy parlait son langage. Kirkhill avança sa figure en gros plan.

– J'ai été autorisé à vous offrir à tous une prime spéciale équivalant à trois fois le salaire normal de plongée.

Il y eut des sifflements, des cris d'approbation et Bud en fut exaspéré. Il était furieux d'entendre Kirkhill soudoyer de la sorte son équipage. Un triple salaire, c'était le salaire de la mort. Il ne voulait pas y toucher. Mais ce fut au commodore DeMarco qu'il s'adressa. Il savait bien qu'il était inutile de discuter avec un costume de ville.

– Écoutez, je ne sais pas quel marché vous avez conclu avec la compagnie mais mes gens ne sont pas qualifiés pour ça. Nous sommes des pétroliers.

Cela c'était du langage militaire, une façon de penser militaire que Bud avait apprise de son père. On ne place jamais des hommes dans une situation dépassant leur entraînement. Et si un officier vous l'ordonne, on l'informe de leurs limites. DeMarco comprit immédiatement.

– Voici à côté de moi le lieutenant Coffey. Son équipe de SEALS vous sera envoyée pour diriger l'opération.

C'était un secours. Ils auraient quelqu'un qui savait faire le travail. Mais cela suggérait un autre danger. Bud n'avait jamais connu de SEAL et il supposait qu'ils étaient des types à la Rambo, des Bérets verts à palmes.

– Vous pouvez nous envoyer qui vous voulez, répliqua-t-il, mais c'est moi le patron de ce derrick, et quand il s'agit de la sécurité de mon équipage, il y a moi et puis il y a le bon Dieu. Vous comprenez ? Si je vois que ça tourne mal, je laisse tout tomber.

DeMarco acquiesça brièvement. C'était conforme; on sauve ses hommes si on peut le faire sans pertes inacceptables.

Kirkhill, lui, était manifestement embarrassé que son employé tienne tête à la marine. Bud paraissait si hostile, si... peu coopératif. Arrondir les angles, mettre tout le monde à l'aise, c'était le travail de Kirkhill.

– Je pense que nous sommes tous sur la même longueur d'ondes, Brigman, alors détendez-vous, dit-il. Maintenant, occupons-nous de découpler ce dispositif, d'accord ?

Bud répliqua à part lui : « Allez vous découpler le cul, d'accord ? » Mais il ne dit rien à voix haute. À quoi bon ? DeMarco et lui se comprenaient et c'était l'essentiel. Il s'apprêta à sortir du module. Personne d'autre ne bougea.

– Au travail, les gars, dit-il.

Ils pigèrent. La réunion était terminée. Bud attendait à l'écoutille et tous les autres lui passèrent devant, chacun allant à son travail. Ils savaient tous ce qui était en jeu. Ils devaient découpler le matériel de forage de manière à pouvoir le remettre en place plus tard. C'était leur seule chance de faire aboutir ce projet. Malgré tout, une fois *Deepcore* détachée du puits, ce serait facile à l'un des adversaires de la tentative – c'est-à-dire à peu près tous ceux, dans la société, qui n'étaient pas en mesure de prétendre à l'honneur de la réussite – de saisir ce prétexte pour tout annuler. Ils devaient donc s'arranger pour que ce soit aussi facile et peu coûteux que possible de tout remettre en état.

Le seul bon point dans cette affaire, pensa Bud, c'était que Lindsey n'était pas là. Et quand elle l'apprendra, se dit-il, je veux être sur un autre continent pour au moins un an. Parce que d'une façon ou d'une autre, Dieu sait comment, elle trouvera un moyen de me rendre responsable.

Syndrome nerveux de haute pression

Le découplement se fit sans autre problème que la répugnance générale. L'enthousiasme du salaire triple était bien tombé. Ils avaient tous calculé la différence entre deux jours à salaire triple et trois mois à salaire normal. Même les moins calés en arithmétique en étaient capables. De plus, ils étaient à quatre jours de la fin de leur période d'un mois. En comptant le temps de décompression, à peu près à la moitié de leur temps de retour à terre. Comment savoir de combien ce détour allait les retarder ?

Bud était aux commandes de *Deepcore* qu'il pilotait sous l'eau avec un manche à balai, comme un avion, à cela près que *Deepcore* ne naviguait pas à plus d'un nœud et demi en profondeur. L'installation était conçue pour descendre au fond de la mer et rester sur place; elle était manœuvrable juste ce qu'il fallait pour trouver le meilleur emplacement, dans un rayon de quelques centaines de mètres. *Deepcore* était équipée de moteurs d'une poussée suffisante pour mettre en mouvement sa masse de cinq mille tonnes, mais il fallait Flatbed et ses câbles de remorque pour la piloter avec assez de précision. C'était en partie pourquoi *Deepcore* avait besoin d'un submersible aussi puissant que Flatbed.

Bud avait donc mis Une-Nuit aux commandes de Flatbed, la plate-forme mobile, en tête pour choisir un cap sûr pendant que Bud s'arrangeait pour rester immédiatement derrière elle. De plus, *Deepcore* était encore reliée au *Benthic Explorer* par le long ombilical. Il se disait que *Deepcore* devait avoir l'air aussi ridicule qu'un doberman amoureux tirant sur sa laisse pour rattraper une chihuahua en chaleur.

– Ohé, Une-Nuit, comment ça va ?

– J'ai la fièvre de la ligne jaune, papa !

Normal. C'était un trajet d'au moins douze heures et on n'avait pas le temps de décrocher les câbles, de ramener Flatbed et de changer de pilotes.

Bud releva la légère correction de cap transmise par l'*Explorer*.

– Environ cinq degrés à gauche, d'accord ?

– Cinq degrés à gauche, on y va.

Hippy entra, vérifia quelques instruments. McBride apparut sur l'écran de contrôle avec les dernières nouvelles :

– C'est officiel, supporters. On l'appelle le cyclone Frederick et d'ici à quelques heures il va mettre un peu d'animation dans notre vie.

Hippy ressortit juste au moment où un nouveau visage apparaissait sur l'écran. C'était bien la dernière personne que Bud espérait voir.

Lindsey n'y alla pas par quatre chemins :

– Je ne peux pas croire que tu les aies laissés faire ça.

Les pires craintes de Bud se confirmaient. C'était sa faute à lui, naturellement. Et Lindsey avait sa voix la plus méprisante. Mais il était décidé à ne pas se mettre en colère. Il sourit. Il ne pouvait pas s'en empêcher, d'ailleurs, car il était heureux de la voir, même quand elle était en rogne, même en sachant qu'elle était là pour lui causer des ennuis, pour le punir de tous les péchés dont elle pourrait l'accabler. Il était heureux, et pas seulement parce qu'il était certain qu'elle rendait la vie impossible à Kirkhill.

– Salut, Lins. Je te croyais à Houston.

– J'y étais. Maintenant je suis ici. Seulement ici, ce n'est plus là où je l'avais quitté.

– Je n'ai pas eu mon mot à dire.

Il essaya de rire à cette idée, de l'aider à voir le ridicule qu'il y avait à lui faire porter le chapeau.

– Nous étions à deux doigts de prouver qu'une plate-forme de forage submersible pouvait marcher. Je ne peux pas croire que tu leur aies permis de s'emparer de mon engin.

– *Ton* engin ?

– Parfaitement, mon engin ! C'est moi qui ai conçu ce foutu machin !

– Ouais, et Benthic Petroleum l'a payé. Alors tant qu'ils allongent la feuille de paie, je vais où ils me disent d'aller.

Mais la feuille de paie ne gouvernait pas Bud, elle le savait bien. Elle n'avait donc pas tout à fait tort de le blâmer. Il aurait pu tout empêcher. Pourquoi ne l'avait-il pas fait ? Ce n'était pas le salaire triple. C'était... le sens du devoir, peut-être. Il y avait un sous-marin dans le fond. Qu'est-ce qu'il pouvait faire ? L'ignorer ? Oublier qu'il était un citoyen américain ? Oublier qu'il était le fils d'un Marine ? Mais il ne pouvait pas expliquer ça à Lindsey, lui expliquer que parfois on n'a pas le choix.

– J'avais tout misé là-dessus. On t'a *acheté*. Non, on t'a loué à bon marché !

Hippy revint dans le poste de contrôle. Mais Bud n'avait aucune intention de laisser Lindsey le clouer au pilori devant un public.

– Je te zappe, maintenant, dit-il gaiement.

Elle s'arrangea quand même pour avoir le dernier mot avant qu'il tourne le bouton :

– Ah, Virgil, tu es une telle saucisse ! Tu...

– Bye Bye, dit Bud d'une voix toujours aussi gaie pour que Hippy ne se doute pas qu'il était blessé.

Mais Hippy venait de faire une découverte.

– Virgil ?

Bon, le gosse avait ignoré son vrai prénom, et

après ? Eh bien, c'était encore une façon que Lindsey avait trouvée pour saper son autorité sur l'équipage.

– Dieu, je hais cette foutue garce ! marmonna-t-il, essayant d'en faire une plaisanterie.

Mais Hippy prit cela au mot.

– Ben alors, tu n'aurais jamais dû l'épouser, probable.

– Tu crois que je n'ai jamais pensé à ça, Hippy ? Tu te figures que l'idée ne m'est jamais venue ?

Hippy dut deviner quelque chose, rien qu'à voir l'expression de Bud. Il tourna le dos et se mit vivement au travail sur les contrôles.

Parler à Bud n'avait servi à rien, comme d'habitude. Il n'avait même pas l'air de se vexer quand elle l'insultait. Elle était ivre de rage et il souriait, il ne perdait pas son sang-froid, toujours baba cool, avec ce foutu sourire !

Et le pire, c'était qu'elle ne pouvait absolument rien y faire, là, à bord de l'*Explorer*. Rien à faire qu'à regarder Kirkhill se pavaner d'un air important pendant que la marine lui coupait les couilles et les lui faisait bouffer à la cuillère... Ce con-là ne savait même pas qu'il était tyrannisé ! Rien à faire qu'à ronger son frein jusqu'à ce qu'ils aient mis *Deepcore* en place. Et à ce moment-là, l'*Explorer* devrait se détacher et s'éloigner pour deux ou trois jours, ou alors se faire secouer comme une salade en plein cyclone. Elle ne saurait même plus ce qui allait se passer, elle devrait se ronger les sangs quelque part dans les Caraïbes pendant que les troufions de Coffey descendraient dans *Deepcore* et l'emmèneraient au bord de la Fosse des Cayman, je vous demande un peu. Là, ou bien la mission réussirait, auquel cas la marine garderait probablement *Deepcore* et classerait toute sa conception secret défense, pour qu'elle ne puisse plus jamais en construire une autre, ou bien elle échouerait en endommageant *Deepcore* si elle ne la bousillait pas complètement. Jamais Benthic ne paierait les réparations. On prétendrait que *Deepcore* n'était manifestement pas assez résistante. Personne n'irait reprendre le projet si Benthic l'abandonnait, personne n'en voudrait. Ce serait la fin.

Plus elle pensait à ce connard de Coffey descendant dans *sa* création, plus elle était furieuse.

Et puis elle se rappela comment ils allaient y descendre. Un des Cabs, bien sûr. Seulement en aucune façon les SEALs ne pourraient le piloter. Elle savait piloter les Cabs, elle. Alors pourquoi ne serait-ce pas elle qui les conduirait ? Ils voulaient avoir l'ingénieur du projet sous la main en cas de problème, n'est-ce pas ? Eh bien, elle serait encore plus sous la main dans *Deepcore*.

Elle eut de la chance. Plusieurs hommes d'équipage traînaient sur le pont sans rien faire. Cab Trois devait être le submersible qu'ils emprunteraient pour tout transfert à *Deepcore*. Il devait être déjà préparé, sinon ces hommes seraient occupés. Donc... qu'est-ce qu'ils attendaient ?

Un pilote. Le pilote n'était pas là. Parfait. Elle n'aurait à discuter avec personne. Pas encore.

Les SEALs étaient prêts à partir; Coffey et Schoenick à côté de Cab Trois tendaient les derniers sacs de matériel à Wilhite et à Monk. Le submersible claquait violemment contre la coque chaque fois que l'*Explorer* roulait dans la mer tumultueuse mais cela ne paraissait pas perturber les SEALs. Cab Trois était tout à fait paré; il n'était plus dans son berceau d'acier que pour le chargement et le câble à hisser était déjà fixé.

Lindsey alla tout droit aux SEALs, bien déterminée à prendre les choses en main et à s'en tirer au bluff.

– Allons-y, messieurs. Nous nous mettons à l'eau tout de suite ou jamais.

Coffey la regarda avec un peu d'étonnement mais ne posa pas de questions. Lindsey grimpa sur le côté dans Cab Trois, saisit la chaîne de levage et fit signe au grutier.

– Ho hisse, Byron !

Byron était un rapide. Byron était un garçon intelligent. Coffey et Schoenick eurent tout juste le temps de faire glisser à l'intérieur les deux dernières caisses. Le câble se tendit et Cab Trois s'éleva dans les airs. Une minute plus tard, il se balançait au niveau du puits de lancement. Lindsey rabattit le panneau d'écoutille d'une main en décrochant le micro de l'autre.

– Ici Cab Trois. Pare à appareiller, McBride !

– Bien reçu. Paré à appareiller, Cab Trois.

Elle entendit la voix de Kirkhill, à l'arrière-plan :

– Comment ça, paré à appareiller ? Qui est-ce qui le pilote ?

Et la réponse de Bendix :

– Bates, je crois.

– Bates est là à côté de moi !

– Alors qui est dans Cab Trois ?

Moi, pensa Lindsey. La seule personne qui ait le *droit* de descendre à *Deepcore.* Plus quatre Rambos à l'arrière. Elle jeta un coup d'œil par-dessus son épaule et les vit tous les quatre en place sur les petits bancs malcommodes. Les panneaux d'écoutilles étaient tous verrouillés, Byron n'avait plus qu'à les mettre à l'eau.

Mais Byron les garda en suspens à trois mètres au-dessus du puits. Chaque coup de roulis et de tangage les balançait trop loin, d'un côté ou de l'autre et, avec les mouvements cahotants du navire, Byron jugeait sans doute qu'il était impossible de les abaisser sans risquer de heurter gravement Cab Trois contre le rebord du puits. Il fallait pourtant que ce soit fait. Qu'est-ce qu'il croyait ? Qu'en attendant assez longtemps, la mer aurait l'obligeance de rester tranquille pour permettre un lancement conforme au manuel ? Et plus ils attendaient, plus Kirkhill ou quelqu'un d'autre risquait de vouloir les retenir, de donner des ordres pour les ramener dans le berceau et tirer de là cette bonne femme infernale.

Toute araignée sait quand il est temps de descendre doucement le long de son fil ou de tout lâcher et de se laisser tomber. Ce que Byron ne faisait pas en abaissant gentiment Cab Trois au bout de son fil, Lindsey pouvait le faire en tirant le levier rouge de décrochement. Elle le saisit et regarda un instant par le hublot, pour voir quand Cab Trois lui paraîtrait en bonne position.

– Cramponnez-vous, messieurs, dit-elle.

De l'assurance, et Coffey n'ira pas penser qu'il y a un pépin ni décider d'intervenir. Mais ce n'était pas une comédie, elle était réellement pleine d'assurance. Elle savait faire cela mieux que personne. Bates ? À quoi aurait servi Bates, dans cette situation ? Il aurait tranquillement attendu que Byron soit certain qu'il n'y avait pas le moindre risque. Il aurait attendu jusqu'à perpète.

Elle tira sur le levier. Cab Trois tomba de trois mètres dans l'eau. La chute ne fut pas dure. Ce fut l'amerrissage qui les secoua tous violemment et fit claquer les dents des gars de l'arrière.

– But ! s'exclama Lindsey. Le stade est en folie.

Elle avait manqué le rebord du puits d'environ cinquante centimètres. Une géométrie très compliquée, descendre à la verticale à l'intérieur d'un bateau secoué en tous sens.

– Ça va, là-derrière ?

Ils étaient irrités par l'amerrissage brutal mais ils ne dirent rien. Ils se contentèrent de regarder

Lindsey d'un air furieux. Sans un mot. Fais les gros yeux tant que tu veux, Coffey. Nous n'avons pas heurté le rebord, nous ne nous balançons plus au bout d'un câble et je profite de la voiture pour aller à *Deepcore.*

Lindsey inonda les ballasts et Cab Trois plongea rapidement, en passant sous les hélices jumelles de l'*Explorer.*

– *Explorer,* ici Cab Trois, dit-elle. Nous sommes en plongée.

– Bien reçu, Cab Trois, O.K., répondit McBride.

Brave type, il ne faisait rien pour la retenir !

Et puis Kirkhill prit le micro. Disparu le cadre de direction courtois, le surtout-pas-de-vagues, le con intégral au parapluie dans le cul.

– Lindsey, qu'est-ce que vous foutez ?

Ce n'était pas là une conversation qu'elle avait envie de poursuivre. Et d'ailleurs, ça n'avait plus d'importance. Comme d'habitude, Kirkhill était arrivé avec un jour de retard et à court d'un dollar. Elle souleva la manette et lui coupa la parole tout net. Puis elle alluma ses projecteurs et manœuvra Cab Trois jusqu'à ce qu'elle trouve l'ombilical à quelques mètres sur bâbord. Il n'y avait plus qu'à le suivre et il la conduirait tout droit à *Deepcore.*

Une-Nuit restait sur le qui-vive dans Flatbed en chantant à tue-tête. Elle chantait *Willing*, une bonne vieille chanson de routiers.

Bud et Hippy étaient dans le poste de contrôle et l'entendaient dans leur casque à écouteurs. Hippy ne put se retenir de reprendre au refrain. Une-Nuit en fut ravie et se mit à rire malgré sa terrible fatigue. Bud souriait lui aussi. C'était la bonne vie, Bud avec ses gens, chacun à son boulot, isolés du reste du monde par l'océan et un cyclone. Planant au fond de la mer comme une raie géante…

Une voix vint interrompre le concert :

– *Deepcore, Deepcore*, ici Cab Trois sur approche finale.

– Ouais, d'accord, Cab Trois, grommela Hippy. C'est vous, Lins ?

– Nulle autre !

– Oh non ! gémit Bud. Non, vous me mettez tous en boîte !

Hippy se fendait la pipe. Ce gosse n'avait donc aucune pitié ? Il allait se régaler du feu d'artifice mais, pour Bud, il n'y aurait pas de quoi rire. Il était censé veiller à ce que tout se passe bien, tranquillement et sans risques, pendant qu'une bande de SEALs accomplissaient une mission pour laquelle *Deepcore* n'avait pas été conçue. Et maintenant on lui envoyait Lindsey ! Lindsey qui essayait de tout diriger, Lindsey qui critiquerait toutes les décisions qu'il prendrait !

Lindsey pilotait Cab Trois à la perfection, en descendant le long de l'ombilical sans jamais risquer le contact. Près de la surface, le long tube flexible ondulait follement alors que l'*Explorer* roulait et tanguait dans la grosse houle, mais plus bas les mouvements s'amollissaient. La surface de l'océan envoie peu de messages aux profondeurs.

Quand ils approchèrent de *Deepcore,* Lindsey ne put résister à l'envie de passer sous le cadre A qui soutenait l'ombilical pour faire le tour de l'engin, sous prétexte d'inspecter les dégâts éventuels. Elle n'en trouva pas. Pourquoi y aurait-il des dégâts, d'abord ? C'était toujours aussi superbe, sa structure était élégante tout en demeurant parfaitement fonctionnelle, pas d'espace perdu, pas une paroi, pas une poutrelle, pas un réservoir qui n'eût une fonction vitale pour l'ensemble. *Deepcore* avait pris naissance dans son esprit et c'était devenu une réalité, au fond de la mer. Elle ne se lassait pas de la contempler et maintenant elle voulait, sans doute, la faire admirer à Coffey et à ses hommes.

Elle manœuvra et mit Cab Trois en place pour le couplage avec la chambre de compression. Elle entendit le claquement métallique annonçant que le collier de pression venait de se verrouiller, à l'arrière de *Deepcore*. Quand les instruments confirmèrent que tout était en ordre, elle revint ouvrir l'écoutille.

Aucun des SEALS ne fit un geste pour l'aider. Lindsey était habituée à ce que les hommes s'imaginent, parce qu'elle était menue et d'aspect fragile, qu'elle avait besoin de leurs bras musclés. Ces SEALS avaient peut-être l'œil plus perspicace ou alors Coffey devinait qu'elle avait piraté le submersible, et il entendait le lui faire payer à la sueur de son front. Aucune importance. Aimez-moi, détestez-moi, tout ce qui m'intéresse, c'est que je sois ici.

Elle glissa par l'écoutille dans la chambre de compression. Les SEALS la suivirent et firent la chaîne entre eux pour débarquer leur matériel. Ils n'étaient pas particulièrement silencieux mais pas particulièrement bruyants non plus. Ils travaillaient efficacement, sans mouvements ni bruit inutiles.

La chambre de compression était un module cylindrique conçu pour être aussi ennuyeux et inconfortable que possible : des bancs d'acier, une table pliante, des masques respiratoires, une trousse médicale. D'un côté, un minuscule hublot à champ panoramique permettait de voir ce qui se passait dans *Deepcore* proprement dite. Ou plutôt permettait à l'équipage de *Deepcore* de surveiller les occupants. Elle reconnut Catfish qui venait les observer.

– Salut, les gars, dit-il, puis il remarqua Lindsey. Par exemple, Lins ! C'est pas vrai ! Vous ne devriez pas être là, trésor, vous risquez de faire filer vos bas.

Lindsey avait une réelle sympathie pour Catfish et elle aimait à croire qu'il était content de la voir.

– Rien n'a pu me retenir. C'est vous qui nous faites le mélange, Cat ?

– Ouais.

– Tant mieux. On ne fait pas mieux.

Le mélange respiratoire devait être constamment surveillé et réglé, durant toute la pressurisation. De moins en moins d'azote, puisqu'il cessait d'être un gaz inerte et se transformait en poison sous la compression. Il était remplacé par de l'argon, et, quant à l'oxygène, il était réduit à 2 %. À cette profondeur, la norme des 21 % d'oxygène était mortelle. On mourait dans des convulsions. Il allait leur falloir huit heures pour s'habituer au nouveau mélange.

Les SEALS s'installèrent sur les bancs et Lindsey se fit l'effet d'une maîtresse de maison accueillant ses invités pour une pendaison de crémaillère.

– Faites comme chez vous, les gars, mettez-vous à l'aise. La mauvaise nouvelle, c'est que nous avons huit heures à passer dans ce cagibi, à changer d'air. Le pire, c'est qu'il nous faudra trois semaines pour nous décompresser, plus tard.

Coffey la regarda froidement :

– Nous avons été parfaitement mis au courant, Mrs Brigman.

Autant pour la main tendue.

– Ne m'appelez pas comme ça, d'accord ? Je déteste cela.

En général, les gens battaient en retraite quand elle prenait ce ton, mais Coffey continua simplement de la regarder en demandant :

– Bon, alors comment dois-je vous appeler ? Chef ?

Un des hommes pouffa. C'était une manière de leur dire dans quelle mesure ils devaient la prendre au sérieux. Aux yeux de Coffey, elle n'était pas plus importante à leur mission que Kirkhill, par exemple, et elle risquait d'intervenir deux fois plus que lui. Il ne se trompait pas sur ce point. Lindsey était bien là pour intervenir, pour protéger *Deepcore* en résistant à tout ce que les SEALS proposeraient qui lui paraîtrait dangereux. Coffey ne voulait pas qu'elle s'imagine un instant que les SEALS allaient se plier à sa volonté. *Deepcore* était peut-être le bébé de Lindsey mais, tant que les SEALS s'en servaient pour l'accomplissement de leur mission au *Montana,* c'était *leur* station et tous ceux qui étaient dedans devenaient des outils ou des problèmes. Les outils ils s'en serviraient, les problèmes ils les résoudraient.

Ils entendirent le sifflement de l'arrivée du gaz et aussitôt tout le monde se pinça le nez, se mit à bâiller, à faire des grimaces, à gémir, à ouvrir les oreilles pour qu'il ne se produise pas un vide relatif risquant de leur faire éclater les tympans. Lindsey, qui se sentait responsable de tous ceux qui embarquaient dans *Deepcore* même si elle ne les aimait pas tant que ça, se crut obligée d'expliquer :

– Nous allons tous nous observer mutuellement, avec attention, pour guetter les signes du SNHP, le syndrome nerveux de...

– Le syndrome nerveux de haute pression, dit Monk, récitant par cœur ce qu'ils avaient appris, des années auparavant, à l'entraînement dans le Groupe de développement sous-marin.

Coffey leur avait déjà fait réciter les principaux passages plusieurs fois, avant que Lindsey les rejoigne. Les SEALS n'attendaient pas que les civils leur fassent la leçon à la dernière minute.

– Frémissements musculaires, poursuivit Monk, généralement dans les mains en premier lieu. Nausée, agitation croissante...

Les autres SEALS reprirent la litanie :

– Désorientation, hallucinations...

Et Coffey conclut en chantant :

– Et la tête, alouette... !

Nous savons tout ça, ma petite dame, faut pas vous figurer que vous allez nous apprendre quelque chose.

– Très bien, dit-elle.

Mais Lindsey ne savait pas saisir les allusions. Elle se dit qu'ils croyaient tout savoir mais elle savait bien que non. Ils connaissaient le manuel, la théorie, mais ils ignoraient la réalité du SNHP. Ça n'avait rien de drôle. C'était un danger de mort. Alors elle ne saisit pas l'allusion et n'abandonna pas le sujet de conversation. Si ces types pensaient qu'il n'y avait pas de problème, raison de plus pour remettre leur pendule à l'heure.

– Une personne sur vingt, environ, ne le supporte pas, vous savez. Ils deviennent fous.

– Écoutez, dit Coffey, ils ont tous opéré à cette profondeur. Ils sont qualifiés.

– Oui, bien sûr, je le comprends bien. Mais ce que je voudrais vous dire, c'est qu'il est impossible de prédire au juste qui...

– Ils sont qualifiés.

Fin de la discussion. Coffey n'eut pas besoin de donner d'ordre. Ses hommes savaient qu'il était temps de repasser les détails de leur mission à l'intérieur du sous-marin naufragé. Ils avaient étudié le plan du bâtiment, ils avaient projeté les voies qu'ils suivraient, selon les avaries, ils s'étaient bien assurés qu'ils connaissaient chaque objet à récupérer. Ils savaient tout sur le bout du doigt... et ils le repassèrent encore une fois. C'était leur riposte à Lindsey. S'ils disaient qu'ils étaient préparés, ils l'étaient, et rudement bien. Ces hommes-là ne laissaient rien au hasard.

Un des inconvénients de la vie à *Deepcore,* c'était que, par moments, on n'avait absolument rien à faire. À la surface, le *Benthic Explorer* souffrait le martyre en tentant de fuir devant le cyclone Frederick, mais là dans le fond, *Deepcore* naviguait tranquillement, lentement, derrière Flatbed qui lui montrait le chemin. À part la petite partie de l'équipage de service, occupée à piloter Flatbed et *Deepcore,* les autres devaient trouver à se distraire comme ils pouvaient.

Et c'était plutôt limité. Seulement la télé retransmise par l'*Explorer* quand il n'y avait rien de plus important à communiquer – c'est-à-dire jamais –, et les cassettes; mais on épuisait quarante albums en trois jours et ensuite ce n'était que les mêmes airs, sempiternellement répétés. C'est pour cette raison que les équipages de stations de forage sont les gens du monde qui lisent le plus. Ce ne sont pas des lettrés mais ils lisent. Ils lisent tout, et puis ils le relisent, et puis ils se le lisent à haute voix, les uns aux autres.

Catfish, Jammer et Hippy se tenaient compagnie devant le module de compression. Catfish surveillait le mélange, Hippy jouait avec Beany en croquant du Capt'n Crunch et Jammer lisait de temps en temps tout haut des passages d'un western de Louis L'Amour que tout le monde connaissait par cœur.

– Dis donc, demanda tout à coup Catfish à Hippy, pourquoi est-ce que tu l'as appelé Beany, ton petit fabricant de crottes ?

Hippy s'esclaffa. C'était une de ses histoires favorites et il croyait l'avoir déjà racontée au moins deux fois à tout le monde.

– Ah non, on ne va pas entendre encore ça ! protesta Jammer. C'est à cause de l'émission de télé, Beany et Cecil.

Hippy était irrité. Jammer n'avait pas le droit de lui casser son coup comme ça, d'autant que Catfish avait posé la question.

– Ce n'est que la moitié de l'histoire, ça, grommela-t-il.

Jammer comprit qu'il avait raté une belle occasion de se taire. Il se replongea dans son western et fit celui qui n'entendait rien.

– J'avais un serpent, tu sais, qui s'appelait Cecil, raconta Hippy. Un bon gros python, pas venimeux, mais les gens chiaient des briques quand ils le voyaient, ils crevaient de trouille parce que les gens s'imaginent que tous les serpents sont dangereux.

– Alors que dans ton cas, ce n'était que le maître du serpent, marmonna Jammer.

– Si je ramenais une fille et si elle ne me traitait pas gentiment, je sortais Cecil du placard. Ça les rendait dingues de me voir le prendre dans mes bras et l'embrasser sur la bouche, avec sa petite langue fourchue qui me chatouillait les lèvres. Le mieux, c'était quand je donnais à manger à Cecil, devant une fille. Il ne mangeait que des rats blancs vivants. J'ai dû faire les affaires de la boutique d'animaux du coin, à moi tout seul, rien qu'en leur achetant des rats.

– Tu veux dire comme Beany ? s'exclama Catfish.

À voir comment Hippy chouchoutait Beany, on ne pouvait pas l'imaginer en train de le laisser avaler tout cru par un serpent.

– Je n'étais encore devenu copain avec aucun rat, à l'époque, expliqua Hippy. Enfin bref, j'avais une fille qui me plaisait assez pour que je la laisse s'installer chez moi, seulement quand je partais au forage où je travaillais, elle faisait venir des amis.

– Des amis hommes, dit Catfish.

– Mon vieux, si tu avais vu ce châssis, tu saurais qu'elle ne pouvait pas avoir d'amie fille ! Elle avait des oreillers jumeaux sur un lit à une place.

– Donc, elle a fait venir un ami.

– Je ne sais pas si c'était par hasard ou si elle l'a fait exprès, comme je faisais, toujours est-il que Cecil est sorti du placard où il passait ses journées à roupiller. Seulement le mec, il roupille pas, il est en train de baiser et il prend peur, c'est sûr, mais au lieu de foutre le camp en criant, il saute du lit et il saute sur Cecil. Il lui a écrasé la tête comme un œuf.

– Avec ses pieds nus ?

– Avec ses godasses, bien sûr.

– Il avait pris le temps d'enfiler ses grolles ?

– Il les avait aux pieds. Cette fille, on ne s'arrêtait pas pour ôter ses pompes quand elle vous attendait. Et quand je suis rentré, la fille était partie, il y avait des traces de pas ensanglantés partout et la cervelle de Cecil éclaboussée dans toute ma chambre. J'ai pas honte de l'avouer, j'ai pleuré comme un bébé.

– Est-ce que la fille est revenue ?

– Je l'aurais étranglée avec la peau de serpent. Une de ses copines, avec qui elle travaillait, m'a tout raconté. Elle m'a dit que la fille a dégueulé pendant trois jours, après ça. Et moi, j'avais ce rat qui me restait, qui devait être le souper de Cecil. C'était la seule chose vivante que j'avais pour me rappeler Cecil. Alors je l'ai appelé Beany.

– Tu veux dire que ce rat, là, a regardé mourir Cecil ? Pas étonnant qu'il soit psycho !

– Pas ce rat-là. Celui-là, c'est Beany Quatre. Ça ne vit pas si longtemps que ça, les rats.

– Les serpents non plus, intervint Jammer. Et on ne peut pas se faire une ceinture avec une peau de rat.

– C'est dégoûtant, ce que tu dis là, Jammer ! protesta Catfish.

– Mais c'est ce qu'il a fait. Il s'est fait une ceinture avec Cecil.

– Ben quoi ? Qu'est-ce que je pouvais faire ?

demanda Hippy. L'enterrer ? L'empailler ? Le couler dans le bronze ?

– J'espère que je ne mourrai jamais à côté de toi, dit Catfish. Tu serais foutu de te faire un blouson avec ma peau.

À ce moment, Jammer découvrit un sous-entendu libidineux dans une phrase de son western et la cita :

– C'était un homme dur, né dans des temps durs où les hommes étaient durs.

– Et les brebis se tenaient à carreau, dit Catfish.

Personne ne rit. Ni de cette réplique ni d'aucun détail sur la mort de Cecil. On n'avait pas besoin de rire aux éclats, après avoir vécu ensemble pendant des semaines. On entendait quelque chose de comique, on l'appréciait, simplement.

Hippy se leva et alla regarder par le judas de la chambre de compression. Il était le seul à ne pouvoir se retenir d'observer les SEALS mais il n'était pas le seul à penser à eux. Lindsey était redoutable mais ils savaient tous dans quelle mesure elle l'était et elle ne leur faisait pas peur. Tandis que les SEALS... ils avaient une réputation ! Jammer avait été dans la marine et il leur avait parlé des SEALS, qu'ils étaient de vrais durs, les plus coriaces des militaires US et par conséquent du monde, probablement. Bien sûr, beaucoup de groupes militaires se prenaient pour de sacrés durs. Les Bérets verts, par exemple, les Marines. Les SEALS considéraient les Marines comme des petits chats mais les Marines – et tout le monde – considéraient les SEALS comme une bande de cinglés, toujours prêts à partir pour des missions suicides. « Et si les durs à cuire te prennent pour un fou, disait Jammer, ça c'est du coriace. »

Mais les SEALS n'étaient pas les plus *mauvais* du monde; c'était réservé au KGB parce que ceux-là n'obéissaient à aucun règlement. Par exemple, dans une fusillade, un KGB était capable de tuer des badauds, pas de problème. Tandis que les SEALs n'iraient jamais abattre des civils simplement parce que les pauvres gens étaient pris de panique et couraient dans leur ligne de tir.

En revanche, si on était un ennemi que le groupe SEAL avait ordre de détruire, on pouvait faire son testament et le mettre en lieu sûr. Jammer avait un copain qui avait été Marine à Beyrouth; il disait que les gens de là-bas ne détestaient pas vraiment les Américains en général, même pas les Marines. Même quand ils avaient fait sauter la caserne des Marines, ce n'était pas parce qu'ils détestaient ces Marines-là, mais simplement ce qu'ils représentaient. Mais les SEALs, ça c'était différent. Les SEALs avaient commis de vrais dégâts à Beyrouth et ils étaient haïs.

– Vous vous rappelez, cet homme-grenouille de la marine qui a été tué dans l'avion détourné à Beyrouth ? avait dit Jammer. Battu à mort, à coups de pied et tout ?

– Tu veux dire que c'était un SEAL ?

– Je ne sais pas, mais deux choses me disent que oui. D'abord, le gouvernement n'a pas voulu l'identifier, on a simplement dit un homme-grenouille de la marine. Le gouvernement n'identifie pas autrement un SEAL quand il se fait avoir au cours d'une mission. Et deuxièmement, leur manière de le tuer. C'était vraiment méchant. C'était personnel. Ils l'ont tué avec leurs mains et leurs pieds. Pas avec une balle, pas avec une bombe, pas en le jetant hors de l'avion. Ils voulaient qu'il meure de leurs mains. Et troisièmement...

– Tu disais deux choses.

– Y en a trois. Il paraît qu'il n'a pas pipé pendant que les Chiites le tuaient. Rien, pas un souffle, sauf quand ils ont rué dans sa poitrine et ont *forcé* l'air à sortir de ses poumons. C'était un SEAL. Coriace comme ça. On ne peut pas les torturer, on ne peut pas les faire gémir parce qu'à part la mort rien de ce qu'on peut leur faire n'est aussi terrible que ce qu'on leur fait à l'entraînement. Voilà ce qu'on dit.

Évidemment, ce genre de conversation rendait les quatre SEALs dans la chambre de compression plus grands que nature, on avait l'impression que, s'ils le voulaient, ils seraient capables de déchirer l'acier de la porte étanche avec leurs mains nues. Hippy était le plus intrigué. C'était plus fort que lui, il devait sans cesse aller les regarder par le petit hublot. Et ensuite, il fallait qu'il dise quelque chose, généralement une stupidité.

– Alors, c'est ça, les SEALs ?

Catfish se retint sagement de répondre : « Non, c'est des plombiers. » Par moments, Hippy était un tout petit peu parano, alors il fallait faire attention de ne pas se moquer de lui trop ouvertement. Tout le monde savait ça. Catfish se garda donc de rire de cette question idiote mais il se crut tout de même obligé de dire quelque chose :

– Bof, ces mecs-là ne sont pas si durs que ça. J'en ai affronté de plus coriaces, va.

Hippy ne savait pas que tout le monde faisait attention de ne pas le taquiner et il ne se privait pas de taquiner les autres.

– Est-ce que nous allons avoir la chance de t'entendre raconter comment tu as été presque champion du monde ? railla-t-il en tirant Catfish par son col de chemise et en lui fourrant dans le dos une poignée de Capt'n Crunch.

C'en fut trop pour Catfish. Une poignée de céréales dans son dos c'était déjà la plaie, mais se moquer du temps où il était boxeur, c'était aller trop loin. Il se retourna d'un bloc et flanqua deux gifles à Hippy avec sa casquette. Puis il lui montra son poing.

– Tu vois ça ? On appelait ce poing-là le Marteau !

– Hippy n'était même pas né, dit Jammer.

– T'es un vieux, Catfish, et Hippy n'est qu'un petit con de morveux. Ne le prends pas au sérieux.

Catfish comprit le message; il se détendit un peu.

– Hippy n'est jamais né, bougonna-t-il en faisant tomber des céréales du bas de sa chemise dans sa main pour les jeter à la figure du gamin. Tiens, bouffe ça !

Hippy ne comprenait toujours pas que Catfish était réellement en colère contre lui. Il lui lança une nouvelle poignée de Crunch qui le frappa à la nuque. Mais Catfish ne faisait plus attention, il s'était remis au travail. C'était en partie pour cela que Catfish était un bon maître d'équipage; même quand il était vraiment fâché, il ne montrait jamais que les dents; si ça ne suffisait pas, il battait en retraite et ignorait l'adversaire. Sans doute avait-il été boxeur, autrefois, mais il ne jouait plus jamais des poings, tout au moins pas au fond de la mer.

Et lorsque Catfish ignora la dernière salve de Crunch, Hippy finit par comprendre que Catfish ne jouait plus. C'était ce qui faisait aussi de Hippy un bon membre d'équipage. Il était peut-être un peu paranoïaque, un petit peu insensible mais il fallait bien être fou et asocial pour accepter de vivre au fond de la mer. Un autre gosse, un gamin de surface, un môme qui ne ferait pas partie d'une équipe de forage en mer aurait sans doute continué de lancer des céréales jusqu'à ce que Catfish explose, jusqu'à provoquer la bagarre. Les gens de la surface peuvent se le permettre parce que après la bataille ils ont la possibilité de s'en aller autre part. Pas sur une plate-forme de forage en mer ou au fond dans *Deepcore*. On se bagarre et puis ensuite on est encore forcé de vivre avec le gars, de manger avec lui, de travailler avec lui, de couvrir ses arrières et d'espérer qu'il couvrira les vôtres. Tout stupide ou fou qu'il fût, Hippy savait quand même s'arrêter avant d'aller trop loin.

Lindsey s'ennuyait à mourir. Venant ainsi sur un coup de tête, elle n'avait rien apporté de personnel, pas de livres, pas de journaux, rien. Les SEALs n'avaient pas ce problème. Ils s'arrangeaient pour avoir constamment quelque chose à faire, en se relayant. En ce moment, Monk et Wilhite dormaient pendant que Coffey et Schoenick étudiaient des documents.

Des rapports ultra-secrets, sans aucun doute, pensa Lindsey. C'était ce qui l'inquiétait le plus, dans cette affaire de prise de possession de *Deepcore* par le gouvernement. Ils devraient eux-mêmes tout dire aux SEALs qui, en échange, ne leur diraient rien du tout, puisque personne, parmi l'équipage de *Deepcore,* n'était habilité au secret. Ces gens-là ne se rendaient donc pas compte des dangers de leur comportement ? Qu'un homme d'équipage pouvait très bien commettre une petite erreur anodine sans se douter des conséquences ? Ou, plus probable encore, que l'équipage pouvait négliger de faire quelque chose, de donner tel ou tel avertissement parce que l'idée ne viendrait à personne de ce que ces gars ultra-secrets allaient faire ? Quelqu'un pouvait mourir à cause de leur foutu secret.

Elle chassa cette pensée. Pure paranoïa. Personne n'allait mourir, à part les gars dans le sous-marin. Et ceux-là étaient déjà morts, certainement. Lindsey le savait bien, même si des imbéciles comme Kirkhill s'imaginaient qu'il y avait encore une chance. Même si elle n'avait pas été au courant de ce que pouvait faire la pression de l'eau à un sous-marin naufragé à une telle profondeur, elle l'aurait deviné à l'attitude de ces quatre

SEALS. Ils ne s'étaient même pas renseignés sur les possibilités d'accueil des survivants de *Deepcore*. Ils n'avaient pas essayé de savoir comment ils s'arrangeraient pour faire passer des survivants d'un quelconque compartiment du sous-marin – sans doute encore à une atmosphère – dans la chambre de compression pour les faire descendre à soixante atmosphères afin d'être capables de vivre dans *Deepcore*. Non, les militaires savaient parfaitement qu'il n'y avait pas de survivants à bord.

Ce qui voulait dire que l'unique but du sacrifice de l'essai qui lui tenait tant à cœur, *son* essai, était de préserver un foutu secret pour le gouvernement. Qu'est-ce qu'ils s'imaginaient ? Que les Russes allaient glisser dans la mer un équivalent ultra-secret de *Deepcore* pour aller repêcher des documents dans le sous-marin ? Voler des ogives nucléaires ? Ridicule ! Ils n'avaient même pas un équivalent de *Deepcore* ! Elle le savait parce que, s'ils en avaient eu un, les États-Unis, pris de panique, se seraient dépêchés de construire le leur pour ne pas se laisser distancer dans une course stupide aux plates-formes sous-marines. Et s'ils l'avaient fait, elle aurait été la première à le savoir puisqu'elle était la seule personne à travailler sur ce genre de prototype. Et *maintenant*, le gouvernement se rendait compte qu'une station comme *Deepcore* avait son utilité. Maintenant, elle devait tout sacrifier à l'État. Et où était l'État quand elle avait désespérément besoin de crédits pour sa recherche ?

Lindsey n'aimait pas les secrets, encore moins des secrets dans *Deepcore*.

Il y avait une petite valise de métal – exactement le genre de mallette que l'on utiliserait pour transporter des secrets – juste sous le banc, à portée du pied gauche de Lindsey. Coffey et Schoenick étaient tellement absorbés par leur lecture qu'ils ne remarqueraient rien si elle allongeait son pied comme *ça,* si elle faisait sauter les moraillons comme *ça,* presque sans bruit, si elle insinuait ses orteils pour soulever le couvercle. Rien que pour jeter un coup d'œil à l'intérieur. Or il n'y avait pas de documents. Que du métal argenté, brillant, guilloché, un cylindre d'environ huit centimètres de diamètre.

Coffey ne leva même pas les yeux. Il abattit son pied sur le couvercle de la mallette, si fort que si Lindsey n'avait pas eu des réflexes aussi rapides, ils auraient eu à soigner cinq amputations d'orteils avec la trousse de premiers secours du module.

Quand le couvercle fut bien fermé, le lourd bottillon de Coffey posé dessus, seulement alors il la regarda avec un demi-sourire et un pétillement dans l'œil.

– La curiosité est un vilain défaut.

Ce qui inquiétait le plus Lindsey, c'était que Coffey n'était pas irrité comme il l'avait été l'autre fois, quand elle avait simplement insulté leur orgueil masculin en leur rappelant les effets du SNHP. Là il avait réagi, mais à présent, alors qu'elle faisait quelque chose de mal, vraiment, il paraissait s'amuser du bref conflit.

Pas un instant elle ne comprit qu'il souriait parce qu'il la comprenait parfaitement, il savait quelle menace elle représentait et aussi comment y remédier.

C'était fini. Dans la chambre de compression, tout le monde respirait le même mélange d'argon et d'un très léger pourcentage d'oxygène et d'azote. Catfish ferma deux clapets et tourna le volant d'ouverture de l'écoutille. La porte s'ouvrit dans un petit soupir de pucelle – la pression n'est jamais absolument égale – et il annonça :

– Vous êtes tous à point et prêts à servir. Tout le monde va bien ?

Les SEALS passèrent devant lui comme s'il n'existait pas, en portant les plus grosses caisses de matériel vers le bassin lunaire, Wilhite et Coffey en tête. Lindsey sortit au milieu du groupe. Elle vit que Catfish était vexé que les SEALS ne lui disent même pas bonjour, n'aient pas un mot de salut pour le gars qui leur avait donné de l'air pendant huit heures et leur permettait de respirer. Elle lui tapota l'épaule en murmurant :

– Au fond, ce sont des amours.

Il sourit largement. Presque aussitôt, elle se heurta à Jammer, qui la dépassait de la tête et des épaules.

– Je ne me souviens pas d'avoir prévu un mur, là. Ça va, Jammer ?

– Pas mal. Et vous, ma petite dame ?

– Je suis en pleine forme.

Monk et Schoenick sortirent, en portant à eux deux une énorme cantine grise. Lindsey causant avec Jammer, ils n'avaient pas la place de passer. Ils passèrent quand même, sans un mot d'excuse. La cantine frôla les fesses de Lindsey.

Ils allèrent déposer leur matériel dans la cale du submersible, l'aire entourant le bassin lunaire. Coffey parlait et elle nota qu'il ne s'adressait qu'à ses hommes :

– Va falloir vérifier à fond tout ce matériel.

– Ces types sont aussi désopilants qu'un contrôle fiscal, dit-elle à Catfish.

Il approuva de la tête, sans dire que Lindsey elle-même n'était pas précisément une partie de rigolade.

Coffey entendit la réflexion de Lindsey mais il s'en fichait complètement. Son équipe n'était pas là pour amuser des madame-je-commande comme elle. Il en savait plus long sur Lindsey qu'elle ne le croyait. Par exemple, dès qu'il l'avait vue, sur le pont de l'*Explorer,* arriver à Cab Trois, il avait deviné qu'elle n'avait aucune autorisation d'être leur pilote. Avant même qu'elle lève la main pour faire signe au grutier, il avait réfléchi à ce qu'il devait faire. Il avait été parfaitement mis au courant de Lindsey et de sa personnalité, bien avant que l'hélicoptère aille la chercher à Houston; s'il n'avait pas jugé qu'elle pourrait être utile, il aurait refusé de l'emmener, dès ce moment. Il savait donc qu'elle était une femme-grenouille expérimentée et qu'elle connaissait *Deepcore* mieux que n'importe qui. Elle pouvait les faire descendre et, si jamais il y avait quelque avarie à *Deepcore* ou s'ils avaient à improviser quelque chose de mécanique, elle serait précieuse. S'il avait pensé autrement, il aurait dégainé et l'aurait arrêtée sur-le-champ; et si elle avait résisté, il l'aurait mise hors de combat. Elle croyait l'avoir bluffé mais on ne bluffait pas Coffey. Il savait de quoi on était capable et, s'il ne le savait pas, il se dépêchait de l'apprendre.

Il se baissa, souleva la mallette que Lindsey avait tenté d'examiner et la posa sur le banc. Il remarqua alors le tremblement de ses mains.

Les mains de Coffey ne tremblaient jamais. Il comprit immédiatement ce que cela voulait dire; il avait tout autant que Lindsey conscience du danger du SNHP. Il avait peur. Était-il gravement atteint ? Allait-il avoir des hallucinations ? Il se redressa, réfléchissant à la situation. Est-ce qu'il le saurait, si son jugement lui faisait défaut ? Il devait immédiatement remettre le commandement à... à qui ? Wilhite serait fidèle à la mission mais il manquait d'initiative, d'autorité, il ne saurait pas forcer ces civils à faire ce qu'il fallait. Schoenick était assez fort pour ça mais il péchait par l'intellect. Il était incapable de se faire rapidement une idée d'une situation et de prendre une décision. Monk ? Monk ferait l'affaire mais Coffey était un peu mal à l'aise à son sujet : il avait l'impression que Monk cachait quelque chose. Pas beaucoup, ce n'était qu'une toute petite partie de Monk qui ne faisait pas corps avec l'équipe. Une minuscule partie qui résistait à la discipline. Pourtant, Monk n'avait jamais rien fait de mal, jamais désobéi, jamais contesté. Mais Coffey avait senti, même quand Monk travaillait avec les autres, suait sang et eau comme eux, qu'il y avait quelque chose en lui qui observait et n'appartenait pas à l'équipe.

À moins que je ne sois paranoïaque, se dit-il. Le SNHP fait peut-être que je trouve des faiblesses chez tous mes hommes. Trouver des raisons de ne pas leur faire confiance. Après tout, je devais avoir suffisamment confiance en eux pour les choisir en vue de la mission initiale dans les montagnes d'Amérique centrale. Je n'avais pas la moindre réserve à leur sujet avant que nous arrivions ici, avant que je sois pressurisé.

Non. Coffey se connaissait. Il savait exactement de quoi il était capable et il connaissait ses hommes. Son jugement n'était *pas* fautif. Il était le seul, sur place, à comprendre tout ce qui était en jeu, le seul capable de faire face à toute éventualité. Si on voulait que la mission soit un succès, il devait la commander.

Ce que Coffey ignorait, sur son propre caractère, c'était qu'il était absolument incapable de déléguer ses pouvoirs. Il obéissait aux ordres généraux, à l'ensemble des instructions, mais quand il s'agissait de prendre des décisions tactiques ou stratégiques, sur le terrain, il ne s'était jamais, jamais fié au jugement d'une autre personne. Cela n'avait d'ailleurs jamais été nécessaire, il ne s'était jamais trouvé dans une situation où des décisions avaient de l'importance et où ce n'était pas à lui de les prendre. Il ne se rendait pas compte de la difficulté qu'il aurait à céder le commandement, même s'il était parfaitement maître de lui-même.

Et en ce moment il n'était pas parfaitement maître de lui-même.

Il crispa ses doigts tremblants, serra le poing. Personne ne devait s'en apercevoir. La mission serait terriblement compromise si on se doutait qu'il avait la tremblote. Il souleva la cassette et la porta à la cale du sous-marin en se répétant que tout se passerait très bien.

Fluide respiratoire

Lindsey aurait probablement dû voir Bud dès son arrivée. Il était le chef à bord de *Deepcore,* après tout. Comme on se présentait au rapport au capitaine, quand on embarquait à bord d'un navire. Le commandant avait le droit de savoir au juste qui était dans son bateau, à tout moment. Mais Lindsey ne considérait *Deepcore* comme le bâtiment de personne : c'était le sien, uniquement le sien.

Alors elle alla tout droit au vestiaire. Les diverses équipes d'essai de *Deepcore* se gardaient bien de vider son casier, même quand on savait qu'elle n'allait pas venir. Et comme ses visites étaient aussi répétées qu'imprévues, elle y gardait toujours de quoi se changer.

Elle retira ses vêtements de l'armoire. Ils empestaient. Mais ceux qu'elle portait depuis le matin – à bord de l'*Explorer,* dans Cab Trois, dans la chambre de compression – sentaient encore plus mauvais. Elle s'habituerait vite aux mauvaises odeurs, mais il était encore tôt. Elle ôta sa combinaison orangée et enfila la bleue qu'elle avait en réserve. L'idée lui vint alors qu'il était un peu tard pour s'habiller afin de plaire à Bud.

Cette pensée lui parut absurde. Elle ne s'habillait pas pour Bud mais pour elle-même ! Elle n'était pas du tout inquiète de le revoir. Elle ne se changeait pas non plus pour gagner du temps et retarder cette rencontre. D'ailleurs, c'était plutôt *lui* qui devait redouter de lui parler. C'était lui qui les laissait prendre sa station de forage, à elle, la sienne, pour je ne sais quelle ridicule mission, pour récupérer des codes ! C'était pour ça qu'il n'était pas venu la voir dès qu'il avait su qu'elle était là. C'était pour ça qu'il n'était pas venu bavarder pendant les huit heures assommantes de compression.

Une fois changée, elle ressortit sur l'aire du sous-marin, derrière la plate-forme de plongée. Les SEALS étaient encore là avec leurs jouets. Elle s'engouffra dans le corridor et le suivit jusqu'au bout. En tournant à gauche, elle se serait trouvée dans le trimodule de l'infirmerie abritant aussi le carré et le mess, alors naturellement ce serait plein d'hommes d'équipage flemmards, inactifs et diseurs de mauvaises plaisanteries. Elle tourna à droite.

Bud était dans le poste de contrôle, avec Hippy d'un côté dans l'alcôve du sonar. Bud paraissait occupé. Lindsey chercha ce qu'elle lui dirait, un mot qui ne déclencherait pas une bagarre mais qui n'aurait pas l'air non plus d'une capitulation.

Hippy portait le rat blanc à ses lèvres et l'embrassait ou le mordillait.

– Hippy, dit-elle, vous allez coller une maladie à ce pauvre rat.

Ils ne parurent pas surpris de la voir. Bud se retourna lentement.

– Tiens, tiens, Mrs Brigman.

– Pas pour longtemps ! répliqua-t-elle.

C'était tout lui, ça, chercher la dispute dès le premier mot. Il se servait de ce nom comme d'une étiquette de valise, pour affirmer sa propriété. Eh bien, elle n'allait pas se disputer. Elle allait l'ignorer, tout simplement. Elle s'approcha du panneau des commandes et examina les écrans de contrôle, les cadrans, les jauges. Un seul coup d'œil lui suffisait pour savoir ce que chaque instrument lui disait. Comme une mère regardant son bébé sait tout de suite ce qui ne va pas.

– Tu n'as jamais aimé qu'on t'appelle comme ça, pas vrai ? dit Bud, comme si elle l'avait oublié. Pas même quand cela signifiait quelque chose.

Elle regarda par le hublot d'observation et vit les lumières de Flatbed guidant *Deepcore* dans la nuit permanente des profondeurs. Elle se demanda qui Bud avait affecté à cette mission d'éclaireur.

– C'est Une-Nuit, dans Flatbed ?

– Qui veux-tu que ce soit ? Tiens, dis-lui bonjour, dit-il en lui offrant le casque d'écoute.

Elle le tint d'une main, de manière à avoir le micro devant la bouche et un écouteur sur l'oreille gauche.

– Une-Nuit ? C'est Lindsey !

– Ah ? Salut, Lindsey ! répondit la voix joyeuse d'Une-Nuit.

Mais dans Flatbed, là où personne ne pouvait la voir, elle faisait une horrible grimace.

Lindsey n'avait pas besoin de la voir. Elle savait qu'Une-Nuit n'était pas du tout enchantée d'entendre sa voix. Jammer et Catfish plaisantaient peut-être avec elle, Une-Nuit répondait gaiement, mais Lindsey savait qu'elle était une intruse – pire –, la femme qui divorçait de leur patron bien-aimé, Virgil Brigman. J'ai brisé le cœur de leur pauvre héros, alors je suis de la merde. Va te faire foutre, Une-Nuit.

Elle rendit le casque et tourna les talons. Autant faire tout de suite le tour de *Deepcore* pour voir tout ce qui clochait. La précieuse équipe de Bud n'était pas exactement parfaite. Ils laissaient aller les choses. Tout le monde laissait aller, au bout d'un moment. Personne ne gardait son acuité d'esprit, au fond de l'eau. Excepté Lindsey. Elle avait *toujours* l'esprit aigu.

Derrière elle, Bud fit signe à Hippy de prendre le manche à balai et, pour une fois, Hippy eut la bonne idée d'obéir en silence.

Bud suivit Lindsey hors du module. Elle était un problème, par sa présence, mais Bud savait qu'il devait le résoudre, comme tous les autres problèmes. Il l'avait déjà fait, quand leur mariage était encore solide et même avant. Il la taquinait un peu, juste assez pour qu'elle retrouve le sens du ridicule. Cela avait toujours marché. Il suffisait de transformer un point de discorde en jeu, en karaté verbal, mais en faisant attention de ne pas frapper trop fort pour blesser.

Cette fois, cependant, cela n'allait pas marcher. La situation avait changé, d'abord. Rien que de l'avoir là près de lui dans le fond, Bud perdait un peu la tête. Tous ces mois sans elle... À l'imaginer avec ce con de produit de l'université, au lit. Essayer de comprendre ce qui avait mal tourné. Faire semblant de ne plus l'aimer, comme si elle n'avait rien d'aimable, qu'elle ne valait pas la peine de se ronger les sangs... et puis il se rappelait le bonheur de travailler ensemble, en parfait accord, sans le moindre effort, comme des rouages bien entretenus, au travail et dans les loisirs...

Alors, tout en ne voulant que la taquiner pour la mettre de meilleure humeur, Bud ne put s'empêcher d'aller trop loin. Il parla avec une espèce de demi-sourire, pour montrer qu'il plaisantait. Seulement ce n'était pas une plaisanterie :

– Je n'arrive pas à croire que tu aies été assez idiote pour descendre ici. Maintenant tu es coincée pour la durée de la tempête. C'est vraiment le comble de la connerie.

Je rigole, je te taquine, mais c'était con.

– Je ne suis pas venue pour me disputer avec toi, répliqua-t-elle, en continuant de marcher dans le couloir. Tu as besoin de moi. Personne ne connaît mieux que moi les systèmes de cette station. Une fois que vous serez décrochés de l'*Explorer,* vous serez livrés à vous-mêmes, tant que ce cyclone durera. Et s'il y a un pépin, une fois que le soutien de surface sera parti ? Qu'est-ce que vous ferez ?

– Ah dis donc ! Tu as raison, dit Bud en descendant derrière elle par l'échelle au niveau du forage. Nous tous, cons comme nous sommes, il nous faudrait essayer de réfléchir. Ç'aurait été la catastrophe.

Qu'est-ce qu'elle se figurait qu'ils avaient fait, pendant un an et demi d'entraînement ? Comment pensait-elle qu'ils s'étaient débrouillés pendant leur premier mois d'essai et presque tout le second ?

Elle se dirigea vers le module de compression et examina les systèmes de maintien de la vie.

Les plaisanteries restaient sans résultat. Bud n'était pas idiot, il comprenait qu'elle était encore plus furieuse qu'il ne l'avait pensé.

– Tu veux savoir ce que je pense ?

– Pas particulièrement, dit-elle en s'éloignant, et il continua de la suivre.

– Je crois que tu te faisais du souci pour moi.

Là ! Ça, c'était une plaisanterie. Ça devait la faire rire !

– Ce doit être ça.

Pas précisément un rire, non, mais une assez bonne réaction. La taquinerie commençait à marcher. Bud poursuivit cette conversation, sur le même ton.

– J'en suis certain. Allez, avoue-le, va ! dit-il pour la faire rire.

Ce fut une supplication qu'elle entendit, pas le ton badin. Alors elle lui expliqua, comme à un enfant de trois ans pas très doué :

– Je me faisais du souci pour l'installation. J'ai consacré quatre ans de ma vie à ce projet.

– Ouais, et à moi tu n'en as consacré que trois.

– Que veux-tu, nous avons tous nos priorités.

Sur ce, elle tourna les talons et sortit du module.

Je l'ai bien cherché, se dit Bud. Je m'y suis exposé en la suppliant de me dire qu'elle se fait du souci pour moi et elle refuse. Elle ne peut pas me le dire parce qu'elle ne s'en fait pas. Ce n'est pas compliqué mais je suis trop stupide pour le comprendre parce que j'ai trop besoin d'elle, je l'aime trop, je ne cesse de penser à elle, j'oublie que ce n'est pas réciproque. Jamais elle ne pense à moi. Rien qu'à la station; pour elle c'est tout ce qui compte. Elle n'est même pas humaine ! Et je l'ai toujours su.

Il ôta sa casquette, s'adossa contre un support et respira profondément, deux ou trois fois. Ce n'était pas le moment de s'apitoyer sur son sort. Et ce n'était pas prudent de laisser aller les choses comme ça avec Lindsey. Ils allaient être ensemble dans *Deepcore* pendant des semaines. La taquinerie ne marchait pas, alors il décida d'essayer la franchise.

Il la suivit, la trouva en train de vérifier la chambre de forage, de s'assurer que tout était correctement rangé et emmagasiné pour reprendre le travail sans avoir à retourner chercher des fournitures à Galveston.

– Tu dois dormir quelque part, dit-il, sans plaisanter cette fois. Nous arriverons dans quelques heures, tu dois avoir besoin de te reposer.

C'était vrai, elle était fatiguée; la chambre de compression n'était pas un salon de repos et elle s'inquiétait trop pour dormir.

– Ma chambre, proposa-t-il. Je n'y serai pas.

Elle prit la proposition pour ce qu'elle était, une offre de paix.

– D'accord. Merci.

– Tu auras le temps de vérifier tout le reste quand tu te lèveras. Je te ferai réveiller quand nous serons presque sur place, O.K. ?

Elle acquiesça. Il passa devant elle et alla ouvrir la porte de l'unique cabine privée de la station. C'était rudimentaire, mais au moins il y était seul.

Il s'appuyait d'une main sur l'encadrement de la porte et, quand Lindsey entra, elle vit cette main à hauteur de ses yeux. Il portait encore la grosse alliance en titane qu'elle lui avait offerte. C'était pour ça qu'ils allaient si bien ensemble, au début. Beaucoup de garçons qu'elle connaissait au MIT savaient que le titane était le métal le plus dur, qu'il symbolisait ce qui était fait pour durer. Bud le savait aussi, mais l'anneau allait bien à sa main, si forte elle aussi. Il était aussi fort que le titane. Elle pouvait compter sur lui. C'était cela que voulait dire l'alliance en titane et, à l'époque, elle disait la vérité. Bud était toujours là quand Lindsey avait besoin de lui. Mais l'alliance devait également dire qu'*elle* était tout aussi fidèle. Seulement c'était avant qu'elle sache qu'elle n'était pas faite pour le mariage. On doit renoncer à trop de soi-même.

Mais ce n'était pas ça du tout, à vrai dire. Ce qui la rendait folle, chez Bud, ce n'était pas qu'il exigeait trop d'elle mais trop de lui-même; il lui donnait trop et jamais, jamais elle ne pourrait le mériter.

– C'est plutôt en désordre, mais je te garantis que c'est la seule couchette qui ne sera pas occupée.

Bud ramassait son linge sale qui traînait, mettait un peu d'ordre, pour elle. C'était ce qu'il faisait toujours, il veillait à ses besoins, il s'occupait d'elle. Par exemple, il avait su qu'elle était fatiguée avant qu'elle s'en rende compte elle-même. Il lui donnait son lit, il faisait un peu de ménage.

– Tu pourras te reposer deux heures, au moins, avant que nous arrivions.

Non ! pensa-t-elle tout à coup. Il ne lui donnait rien du tout, il la manipulait, comme il l'avait toujours fait. Jusqu'à porter cette foutue alliance, pour lui faire honte d'avoir rompu sa promesse.

– Pourquoi est-ce que tu portes toujours ce truc-là ? demanda-t-elle.

Il regarda son doigt, comme s'il avait oublié cet anneau.

– Je ne sais pas. Le divorce n'est pas prononcé. J'ai oublié de l'enlever.

– Ça fait des mois que je ne porte plus la mienne, déclara-t-elle, sans méchanceté voulue, mais naturellement il le prit mal.

– Ouais, Machin-Chose n'aimerait pas ça, probable. Le Costume-Cravate.

Il faisait semblant de plaisanter, mais ce n'était pas drôle. Était-il jaloux ?

– Est-ce que tu dois absolument l'appeler comme ça ? Il a un nom, il s'appelle Michael.

– Alors comment va Michael, hein ? M. Brooks Brothers ? M. BMW ? railla-t-il. (Et comme elle ne souriait même pas, ne réagissait pas, il envisagea une possibilité :) Tu le vois toujours ?

Telle que je connais ta façon de penser, se dit-elle, ce que tu veux dire, c'est si nous baisons toujours !

– Ça fait quelques semaines que je ne l'ai pas vu.

Il sourit, enchanté de l'apprendre.

– Ah, comme c'est malheureux ! Je suis navré. Qu'est-ce qui s'est passé ?

Il se raccrochait à cela, comme un homme qui se noie à une bouée.

– Ça ne te regarde pas.

Elle arrangeait un peu la couchette, pour s'y

allonger, rabattait une couverture. Il passa derrière elle, se pencha sur elle, imita ses mouvements comme une ombre, comme s'ils dansaient. Il s'amusait, il plaisantait avec elle. Et en même temps il ne plaisantait pas.

– Je vais te dire ce qui s'est passé. Tu t'es réveillée un matin dans des draps de satin, tu as tourné la tête et tu as vu un beau garçon. Bien soigné, avec une montre de luxe au poignet. Et tu t'es aperçue que ce type ne te faisait jamais rire.

Finalement, à la longue, elle perdit son sang-froid. Plus de calme affecté, plus de voix basse.

– C'est ça, Bud ! C'est ça. Comme tu es intelligent ! Tu devrais avoir ton émission. Docteur Bud, conseils aux cœurs brisés en direct de trois cents brasses !

Il se redressa, vaincu, recula, sortit de la cabine. Allons, voyons ! Ce n'était qu'une blague, une plaisanterie, pas d'offense. Allons donc !

– Merci, dit-elle froidement. Merci.

Dès qu'il eut fermé la porte, elle tourna le volant pour la verrouiller. Puis elle retourna au lit, s'y assit et poussa un petit cri, bien contenu. Quel imbécile ! Michael la faisait rire tout le temps, qu'est-ce qu'il s'imaginait ? Qu'elle l'avait aimé, lui, parce qu'il la faisait rire ? Elle l'aimait parce qu'il était le seul homme avec qui elle pouvait être sérieuse, avec qui elle pouvait travailler, pas comme Michael pour qui les femmes devaient être distrayantes, décoratives et une affaire de lit. Et quand Michael parlait de ses affaires c'était toujours d'un ennui total, d'une insupportable stupidité. Elle avait fini par rompre justement parce qu'il la faisait rire tout le temps, mais seulement quand il n'était pas là.

Elle prit distraitement un flacon de lotion après rasage sur la petite table de chevet. La même marque. Bud n'aimait pas le changement. Elle le déboucha, renifla. C'était lui. Elle en eut le vertige, rien qu'un instant, comme s'il était là près d'elle... dans un moment il la toucherait, il ferait glisser la combinaison de ses épaules, il la prendrait par la taille et la renverserait...

Elle reboucha le flacon et le reposa, furieuse contre elle-même.

– Merde, marmonna-t-elle.

Je n'ai plus quinze ans, je n'ai jamais eu quinze ans, je ne vais pas foutre ma vie en l'air parce que j'ai encore un béguin ridicule pour mon mari. Mon ex-mari. Mon bientôt ex-mari...

Bud alla tout droit de sa chambre aux toilettes. Pourquoi faisait-il cela ? Il ne la taquinait pas, quoi qu'il s'imagine. Il n'avait pas avec Lindsey son contrôle habituel de toutes les situations. Il finissait toujours par la harceler, la piquer jusqu'à ce qu'elle se mette en colère, en la poussant à bout. Quel besoin avait-il de se prouver encore une fois que tout était fini entre eux ? Bon, maintenant ça y est, se dit-il, je sais que tout est fini. Je ne vais plus porter cette foutue alliance une minute de plus !

Il eut beaucoup de mal à la retirer; l'alliance n'avait pas quitté son doigt depuis qu'elle l'y avait glissée. Mais il finit par l'ôter et pour y arriver il aurait volontiers arraché la peau. Puis il la jeta dans l'eau chimique bleue de la cuvette.

Il devait avoir fait deux pas quand il s'arrêta. Non, il ne pouvait pas. C'était ridicule, il s'en voulait, mais il ne pouvait pas laisser partir cette bague d'un coup de chasse d'eau. Même si l'alliance ne signifiait rien pour elle, même si elle s'en moquait, cela symbolisait quelque chose pour lui. Trois ans avec Lindsey, cela avait été une réalité et l'anneau en faisait partie, faisait partie des meilleurs moments.

Alors il retourna dans les toilettes, il s'agenouilla

à côté de la cuvette et il plongea la main dans le produit chimique où il tâtonna jusqu'à ce qu'il retrouve l'anneau. Il ne pensa même pas à le rincer avant de le remettre à son annulaire gauche.

Puis il regarda sa main droite. Bleue jusqu'au poignet et la couleur avait l'air de tenir, elle ne se diluait pas, elle ne coulait pas avec l'eau. Comme c'est intelligent ! Non seulement j'ai l'alliance à la main gauche pour me ridiculiser mais j'ai la droite teinte en bleu. *Définitivement* teinte en bleu; on les avait avertis que le produit dissolutif de déchets était indélébile. Il mourrait probablement avec une main bleue. « Qu'est-ce qui est arrivé à ce pauvre Virgil Brigman ? – Oh, vous savez, il aimait patouiller dans les cabinets. C'est là qu'il a trouvé son alliance, vous savez ? »

– Ah merde, marmonna-t-il très sincèrement.

Ils arrivèrent. Une-Nuit aperçut la pente abrupte aboutissant à la corniche dans la Fosse des Cayman, à peu près au même moment où McBride annonçait que le sonar de l'*Explorer* les situait sur la position exacte.

Bud était aux commandes. Il envoya Hippy réveiller Lindsey pendant qu'il ordonnait à Une-Nuit de larguer les câbles de remorque, de faire demi-tour et d'aller examiner le site de l'atterrissage pour s'assurer qu'il était aussi plat que possible, sans éperons rocheux ni autres obstacles risquant d'endommager un module, ni d'inclinaison qui ferait basculer la station. Lindsey arriva alors qu'ils étaient prêts à poser *Deepcore*. Comme un vaisseau spatial atterrissant sur une planète inconnue, *Deepcore* descendit lentement se mettre en place dans la vase du fond.

Une-Nuit ramena Flatbed sous la station et remonta dans le bassin lunaire.

Bud pensait qu'ils prendraient du temps pour

dormir avant de commencer à travailler sur le sous-marin. Il se trompait. Les SEALS n'avaient aucune intention de faire de l'exploration du *Montana* une aventure solitaire. Ils entendaient bien utiliser toutes les installations et le personnel de *Deepcore,* les ROV, Flatbed, les Cabs. Et les plongeurs. Coffey rassembla immédiatement tous les plongeurs dans la petite aire de Flatbed et leur fit étudier la topographie du terrain autour du sous-marin et les plans du *Montana,* pour les préparer tout de suite à l'opération.

Bud écouta, d'abord fasciné, puis de plus en plus frustré. Coffey oubliait que les plongeurs entraînés étaient ceux-là mêmes qui avaient fait fonctionner et avancer *Deepcore,* c'étaient eux qui étaient restés sans dormir pendant des heures pour guider Flatbed et *Deepcore* dans les ténèbres. Le seul personnel reposé de la station, c'était l'équipe de forage et ils n'étaient bons à rien pour cette opération. Coffey devrait attendre.

Il avait étalé le relevé de topographie du sonar, indiquant où se trouvait l'épave, avec le site précis bien marqué et les contours repassés en traits foncés.

– Je veux revoir avec vous quelques points, pour la dernière fois, dit-il. Nous sommes ici, juste au bord de la Fosse des Cayman. Et là, c'est le *Montana,* à trois cents mètres, à soixante-dix mètres au-dessous de nous. Nous pensons qu'il a glissé le long de la paroi et qu'il est maintenant logé sur cette saillie.

Pendant ce temps, Wilhite distribuait à tout le monde de petits badges en plastique, à pince. Une-Nuit regarda le sien. Il n'y avait pas de photo, alors ce n'était pas un insigne d'identité.

– Ça nous dira combien de radiations nous recevons ?

C'était la première fois que la majorité de l'équipage se souvenait qu'il s'agissait d'un sous-marin nucléaire. S'il y avait de très graves avaries, des éléments dangereux risquaient d'en suinter.

– Ouah ! Doucement ! cria Hippy. Je ne vais pas dans les radiations, pas question !

– Hippy ! Lavette ! lança Catfish avec mépris.

– À quoi bon l'argent si dans six mois tu perds ta bite ? rétorqua Hippy en s'éloignant.

Coffey crut pouvoir résoudre ce problème en expliquant rationnellement les choses. Cela marcha avec la plupart, mais il faut dire que la plupart ne s'en inquiétaient pas. Hippy si, et Bud savait que Hippy était plutôt imperméable au rationnel. Alors il attendit patiemment, pendant que Coffey faisait de son mieux.

– Nous prendrons des mesures tout en avançant. Si le réacteur a une brèche ou si les ogives ont dégagé des détritus radioactifs, nous battrons en retraite. C'est tout simple.

– Ah, parfait ! Au poil ! s'écria Hippy.

Intellectuellement, il comprenait, mais cela ne servait à rien. Il y avait toujours la peur, la peur viscérale, et il ne bougerait pas avant de s'en être débarrassé. Coffey ne savait pas comment franchir ce cap. Bud le savait.

– D'accord, Hippy n'ira pas, annonça-t-il. McWhirter, tu pourras piloter Petit-Monstre.

Bud tapota le dessus du plus petit des ROV. Cela suffit. Bud n'ignorait pas les sentiments de Hippy pour Petit-Monstre... et à l'égard de McWhirter. Hippy revint aussitôt dans le groupe, en rouspétant.

– Merde ! Tu sais bien que McWhirter n'est pas foutu de faire marcher un ROV ! cria-t-il, et il se rappela à retardement que McWhirter ne partagerait peut-être pas son opinion. Pas d'offense, hein ?

McWhirter connaissait assez Hippy pour ne pas le prendre trop au sérieux. Et puis il savait aussi qu'il n'était que marginalement qualifié pour les

ROV. La seule chose que Hippy aimait plus que Gros-Monstre et Petit-Monstre, c'était Beany. Hippy était rentré dans le programme.

– J'irai, affirma-t-il.

Catfish était à côté de lui. Il lui ébouriffa les cheveux.

– Sacré bonhomme, va !

C'était un bon moment. Coffey le gâcha. Il entonna sa voix militaire et les fit tous taire.

– Pendant la plongée, vous ne faites absolument rien sans ordres directs de moi-même et vous suivez mes instructions sans discuter. C'est clair ? Très bien. Je veux que tout le monde achève de se préparer et soit paré à se mettre à l'eau dans un quart d'heure.

C'était ce que Coffey pouvait faire de pire pour le moral et la loyauté de l'équipe. Le simple fait qu'il jugeait ce petit discours nécessaire était une insulte. Comment croyait-il qu'ils étaient restés en vie, toutes ces années, s'ils ne savaient pas que sous l'eau on ne déconne pas et qu'on obéit instantanément aux ordres ? Bud voyait l'effet produit sur ses hommes; Catfish était vexé, Jammer méprisant, Hippy baissait la tête comme s'il se faisait engueuler, l'atmosphère la plus mauvaise qu'on pouvait créer.

Le plus bête c'était que Coffey n'avait pas du tout l'air d'un imbécile. Il traitait ses propres hommes à la perfection. Bud ne comprenait pas comment il avait pu gaffer à ce point. Coffey n'était pas un de ces militaires qui ont besoin de se pavaner. Peut-être était-il irrité que Bud ait ramené Hippy dans l'équipe ? Ou alors était-il agacé de devoir compter sur des civils ? Quelle que soit la raison, cela prouvait que Coffey manquait de jugement. Bud était inquiet d'envoyer ses plongeurs sous les ordres d'un chef qui manquait de jugement.

Il intervint en pesant soigneusement ses mots,

en s'assurant qu'ils n'avaient rien de menaçant, en donnant l'impression que ce n'était qu'une suggestion qu'un commandant pouvait adopter sans perdre la face.

– Écoutez, il est trois heures du matin. Ces gars roulent sur du mauvais café et quatre heures de sommeil. On pourrait peut-être leur accorder un peu de relâche.

– Je ne peux pas me permettre de relâche, répliqua Coffey, sans même le regarder.

Pure connerie militaire. Ce mec n'avait donc pas de cerveau ?

– Dites donc, vous arrivez dans ma station, vous ne me parlez pas, vous vous mettez à donner des ordres à tout le monde. Ça ne va pas marcher, protesta Bud. (Mais cela lui parut mal formulé, il avait l'air de se vexer parce qu'il perdait son autorité, alors il tenta d'expliquer ce qu'il voulait dire :) Il faut savoir comment traiter ces gens. Nous avons certaines façons de faire les choses, ici.

– Pour le moment, votre façon de faire les choses ne m'intéresse pas. Tenez simplement votre équipe prête à plonger.

Coffey s'éloigna, laissant Bud à sa colère. Il la ravala. Inutile de discuter maintenant. Ils y allaient, alors, ce qu'il y avait de mieux à faire, c'était s'assurer que tout le monde était bien paré, l'esprit vif, pas de querelles qui couvaient, que tout baignait. Il alla au vestiaire, s'assit et enfila ses bottes. Finler était assis à côté de lui, le dévisageait.

– Qu'est-ce que t'as à me regarder ?

– Bud, tu sais que ta main est bleue ?

C'était tout Finler, ça. Toujours secourable. Il avertissait peut-être un double amputé, s'il en voyait un : « Vous savez qu'il vous manque les deux jambes ? » Bud le regarda :

– Tu ferais mieux de fermer ta gueule et de t'équiper.

Il voulait le dire sur un ton badin, mais ce ne fut pas drôle; la voix était méchante. Alors il ajouta « s'il te plaît », pour que Finler sache que tout allait bien.

Si je n'étais pas si fatigué, si je n'étais pas en rogne contre Coffey, je n'aurais pas parlé à Finler sur ce ton. On dirait que le maniement fautif du personnel devient contagieux.

Monk aussi était un peu ennuyé par l'attitude de Coffey envers les civils, mais pas pour les mêmes raisons que Bud. C'était pour Coffey lui-même que Monk s'inquiétait. Il ne s'arrêtait pas de travailler pour autant. Les SEALS devaient être capables de faire dix choses à la fois, purement par habitude, pour que l'esprit soit libre de s'occuper des choses plus importantes. Alors Monk occupait ses mains au drainage du système respiratoire fluide de sa combinaison de plongée profonde, qu'il venait d'essayer, tout en réfléchissant à Coffey qui venait d'insulter tout le personnel civil de *Deepcore*.

Au cours de sa carrière militaire, Monk avait connu des officiers qui se mettaient tout le monde à dos dès qu'ils ouvraient la bouche, mais Coffey n'était pas de ceux-là. Coffey était un maître du MAC. Ils avaient eu un instructeur qui leur avait appris le principe MAC, c'est-à-dire, lorsqu'on est en mission, le Minimum à Communiquer aux Civils. Pour la plupart des SEALS cela signifiait fermer sa grande gueule à tout moment parce que c'était trop difficile de calculer le minimum à communiquer. Mais Coffey le savait toujours. Jusqu'à présent. C'était ce qui inquiétait Monk. Coffey n'avait pas l'habitude de ce genre de bavures, il n'en commettait *jamais*. Peut-être était-ce la tension d'une mission telle que les SEALS n'avaient jamais eu à accomplir, peut-être Coffey avait-il une raison particulière d'en vouloir à ces civils. Ou alors Coffey n'était-il pas en parfaite santé.

Monk ne perdait pas de vue ce qui se passait autour de lui; les SEALs qui ne savent pas monter la garde tout en exécutant une tâche finissaient par rentrer à la maison dans un sac. Il savait donc que l'opérateur du ROV, un petit nerveux qu'on appelait Hippy, marchait au bord du bassin lunaire et venait vers lui, en observant ceux qui travaillaient aux submersibles.

– Hé, Hippy ! lui cria Catfish. Lance-moi deux bâtons de cyalume, tu veux ?

Hippy se baissa, les prit dans une caisse et les lança à Catfish. Quand il se retourna, il faillit entrer en collision avec Monk.

– Pardon, dit Monk.

Ce qui était plus qu'il n'aurait dû dire car Hippy prit immédiatement cela pour une avance amicale, au lieu du reproche quelque peu sarcastique voulu par Monk. Comme d'habitude, Monk s'était écarté du MAC en parlant trop.

Naturellement, Hippy remarqua que le SEAL travaillait sur du matériel bizarre qu'il ne connaissait pas. Hippy aimait comprendre toutes les pièces d'équipement qu'il rencontrait, alors il demanda :

– Qu'est-ce que c'est que tout ça ?

Monk ne le regarda pas. Est-ce que je peux lui répondre ? La combinaison de profondeur était ultra-secrète mais pas le système de fluide respiratoire. Il réfléchit à son entraînement; il connaissait bien la respiration des fluides parce que cela avait été sa spécialité quand ils avaient travaillé avec l'unité de plongée expérimentale six mois plus tôt. On avait fait des expériences de fluides respiratoires avec des rongeurs, dans les années 60, et c'était en 1973 que Johannes Kylitra avait fait respirer un être humain dans du liquide, une solution saline hyperbariquement oxygénée, testée sur un seul poumon parce que, si l'expérience sur deux poumons avait échoué, le patient aurait eu du mal à rédiger son rapport ensuite. Le fluorocarbone liquide avait été utilisé par Thomas Schaffer dans son système respiratoire à régulateur et Peter Bennett avait fait de nombreuses expériences dans sa chambre hyperbarique, au cours des années 80, donc le fluide respiratoire était connu du grand public. Alors bon, il pouvait répondre.

– Un système respiratoire fluide. Nous venons de le recevoir. Nous l'utilisons si nous devons plonger vraiment profondément.

– À quelle profondeur ? demanda Hippy.

– Profond.

Hippy réagissait mal aux réponses évasives. C'était sans doute une des raisons pour lesquelles son père l'avait fichu à la porte de la maison quand il avait quinze ans.

– Profond comme quoi ? insista-t-il.

Mais Monk n'était pas évasif histoire de faire l'intéressant. D'abord c'était contraire à la politique militaire de révéler les limites d'un matériel, ensuite personne n'avait jamais découvert les limites de la combinaison profonde.

– C'est classé secret.

Voilà qui coupait court à tout. Hippy n'insista plus.

Monk comprenait cependant que Hippy ne voulût pas être un problème. Pour ces types de *Deepcore,* l'équipement hyperbarique était monnaie courante. Toute nouveauté devait être bien comprise, il fallait savoir ce que cela faisait, connaître les limitations. Surtout un garçon comme Hippy qui s'entendait beaucoup mieux avec les mécaniques qu'avec les personnes. Monk lui expliqua donc ce qu'il pouvait, tout en vidant le fluorocarbone du réservoir de la combinaison, en le faisant couler dans un récipient en plastique transparent.

– On respire du liquide, alors on ne peut pas être comprimé. La pression ne vous attaque pas si gravement.

Catfish était avec eux, maintenant, travaillant à la même table. Il ne pouvait pas laisser passer ça.

– Vous voulez dire que vous avez du liquide ? Dans vos poumons ?

– Une émulsion de fluorocarbone oxygénée.

– Connerie, déclara Hippy.

Monk n'était pas vexé de ne pas être cru; il n'était pas un vendeur. Malgré tout, ça ne ferait pas de mal de leur prouver que c'était vrai. Ils étaient des plongeurs, après tout.

Monk prit une boîte en grillage, la vida des soupapes qu'elle contenait et tendit la main pour prendre Beany sur l'épaule de Hippy.

– Vous permettez que j'emprunte votre rat ?

– Hé, qu'est-ce que vous faites ? Vous allez la tuer !

Monk ne fit pas attention à lui. Il mit le rat dans la boîte, comme si c'était une cage, la retourna et la plongea dans le liquide qui était teinté de rose, pour le distinguer de l'eau. Il tenta de rassurer Hippy.

– Ne vous en faites pas. J'ai fait ça moi-même.

Inutile de révéler que cela avait été l'expérience la plus terrifiante de sa vie.

– Elle va se noyer ! Regardez, elle est affolée !

– C'est simplement la période normale d'adaptation.

– Normale ? Ça vous paraît normal, ça ?

Beany était manifestement pris de panique et nageait désespérément en se débattant pour sortir de là. Mais un être fait pour respirer de l'air ne peut éternellement retenir son souffle. Finalement, le rat fut obligé d'ouvrir la bouche et d'avaler du liquide. Mais cette fois, quand le liquide pénétra dans les poumons habitués à l'air, l'être vivant ne mourut pas.

– Il absorbe le fluide, dit Monk. Vous voyez le mouvement de sa cage thoracique ?

Catfish commençait à y croire.

– Il respire ! Ce rat respire cette merde !

Monk s'amusa de leur stupéfaction.

– Vous voyez ? Il a pigé.

C'était assez vrai. Le rat ouvrait la bouche chaque fois qu'il devait respirer. Le produit était plus dense que l'air alors il devait être inspiré par la bouche. Cela marchait, transportait l'oxygène aux poumons. Mais il était évident que ce n'était pas du tout un plaisir pour le rat. Monk ne se rappelait que trop sa propre expérience. Hippy n'en savait rien, bien sûr. Tout ce qu'il savait, c'était que personne n'avait demandé à Beany si cette expérience était O.K. Le rat était mort de peur. C'était un sale coup à lui faire et ce n'était pas parce que Beany n'était pas encore mort le ventre en l'air que ça arrangeait tout.

– Tirez-le de là, maintenant !

Monk souleva la cage, en retira le rat et le souleva par la queue, la tête en bas au-dessus du récipient, pour drainer ses poumons du liquide. Il savait par expérience que c'était la partie la plus pénible, ça faisait mal aux poumons, ça brûlait. Mais, douleur ou non, la respiration des fluides était une réalité. Les poumons se fichaient de ce qu'ils inspiraient pourvu qu'ils aient de l'oxygène à transmettre au système sanguin.

Hippy parlait au rat, suspendu à la main de Monk, le rassurait, comme une mère anxieuse, cherchait à le reprendre.

– Laissez le fluide s'écouler pendant une minute, lui dit Monk.

– Doucement, doucement, doucement, roucoula Hippy. Là, là, tout va bien, t'en fais pas, là, doucement...

– Bon Dieu, dit Catfish, j'ai jamais vu ça.

Monk rendit l'animal à Hippy, qui poussa un

soupir de soulagement comme si c'était lui qui avait respiré le liquide. Monk lui donna une serviette et le rat commença à s'agiter quand Hippy l'essuya.

– Ah, Beany, tu vas bien, dis, tu vas bien ?

Il l'embrassait, il le caressait, il le cajolait. On aurait cru voir Marthe et Marie quand Jésus avait ressuscité leur frère Lazare.

– Vous voyez ? dit Monk. Il va très bien.

Hippy le regarda avec un profond mépris.

– Elle ! C'est une fille !

Qu'est-ce que je devais faire ? pensa Monk. Vérifier s'il avait un petit zizi ? Mais il ne le demanda pas. Il ne dit rien de plus. Il regrettait déjà cette démonstration, d'ailleurs. Pas parce qu'il avait compromis la sécurité, il n'avait rien divulgué de secret, mais parce qu'il se rendait compte qu'il avait cherché à se rendre intéressant. Il voulait réellement plaire à ces gens-là. Et cela l'effrayait. C'était la première fois, depuis qu'il était SEAL, que Monk se souciait de ce que des gens, extérieurs à l'équipe, pensaient de lui.

Ce n'était pas Coffey qui perdait son sang-froid, comprit-il. C'était lui-même. Et le moment était mal choisi.

Hallucinations

En dépit de tous ses mauvais pressentiments, Bud ne pouvait échapper à la surexcitation qu'ils éprouvaient tous en partant pour le *Montana*. Les civils avaient beau dire qu'ils détestaient les militaires, qu'ils ne supportaient pas la discipline, qu'ils avaient horreur de la guerre et méprisaient l'uniforme, l'idée d'être dirigés par une troupe d'élite dans une mission dangereuse avait de quoi exalter un homme.

Bud ne se laissait pas distraire par ses réflexions, cependant, et il écoutait avec attention le bavardage transmis par ses écouteurs, la voix de Lindsey, venant de l'UQC de Cab Un :

– Flatbed ? Vous êtes en ligne ?

Une-Nuit pilotait Flatbed, naturellement, malgré les douze heures qu'elle venait d'y passer.

– Dix-quatre, Lindsey, je vous reçois cinq sur cinq.

C'était assez amusant de l'entendre répondre si calmement à Lindsey, sachant qu'elle la détestait, et pas seulement par un sentiment de loyauté envers Bud; Une-Nuit était une volontaire.

La vérification des communications se poursuivit.

– Cab Trois ?

– Cab Trois, répondit Hippy. O.K. Juste derrière vous.

Tout le monde était en ligne.

Bud regarda derrière lui les autres hommes sur le dos de Flatbed, tassés comme de bizarres ouvriers agricoles saisonniers en route pour une cueillette de laitues hyperbariques. La différence, c'était qu'ils partaient en guerre, revêtus de leur armure, l'uniforme des profondeurs, casque sur la tête, paquetage chargé de mélange respiratoire, prêts à combattre leur vieille ennemie, la mer. Ils feignaient tous le plus grand calme, l'indifférence même, mais Bud savait qu'à l'heure du combat ils seraient comme une bande de chimpanzés, qu'ils gesticuleraient, sauteraient sur place et pousseraient des cris.

Surtout les SEALS, juste en face de lui. À travers le masque, Coffey était impassible, glacial, mais il avait des yeux de fou, pensa Bud, des yeux tout illuminés par le danger. Coffey n'avait peut-être pas inventé ce métier de mort mais il était un jeune cadre ambitieux dans la corporation américaine des tueurs. Il irait loin, s'il ne faisait pas tuer tout le monde avant.

La voix de Lindsey interrompit ses réflexions. Ils étaient tout au bord de la fosse.

– Nous descendons le long de la paroi. Position zéro-six-cinq. Tout le monde reste à sa place et bien en vue.

Une-Nuit était juste derrière elle, avec ses passagers à l'extérieur.

– Nous entamons notre descente, annonça-t-elle comme un guide de Disney World. Comment ça va, les plongeurs ?

Bud baissa les yeux sur la fille, ses hommes et aussi les SEALS. Tout le monde était en place, personne en détresse, tous se tenaient bien.

– O.K. jusqu'à présent, dit-il.

Maintenant qu'un des plongeurs avait parlé, ce fut comme si une autorisation de bavardage avait été donnée à tout le monde.

– Quelle est la profondeur, ici ? demanda Jammer.

– C'est la fosse insondable, bébé, répliqua Catfish. Six kilomètres à pic.

Merci, Catfish, tu t'y entends toujours pour remonter le moral, pensa Bud.

Coffey les fit tous taire en revenant à l'affaire en cours.

– Cab Un, vous voyez quelque chose ?

Ce n'était pas de l'excès de zèle; le bavardage oiseux pouvait être dangereux. Les lignes devaient rester ouvertes pour la communication sérieuse. Quelqu'un risquait de mourir pendant qu'un autre débitait des blagues. Bud savait malgré tout que tout l'équipage comprenait la question de Jammer, la réponse de Catfish et que la conversation s'arrêterait là. Ces hommes n'étaient pas des imbéciles. Mais aussi, comment Coffey pouvait-il le savoir ? Bud ne pouvait lui en vouloir.

Lindsey répondit à la question de Coffey :

– Le magnétomètre frémit. Le side-scan donne

un gros retour mais je ne vois encore rien. Vous êtes sûr d'avoir la bonne profondeur ?

Lindsey pouvait répondre à ce genre de questions mais Bud savait qu'il y avait des choses que seule l'expérience peut apprendre et elle n'avait pas eu le temps d'en avoir beaucoup. Il fallait du temps pour se faire des yeux des profondeurs, même avec de bons projecteurs. Lindsey le savait intellectuellement, bien sûr, mais, Bud ne l'ignorait pas, savoir ne vous empêchait pas d'être mal à l'aise quand on était certain d'être tout près et qu'on ne pouvait toujours rien voir. Alors il la rassura :

– Tu devrais être presque dessus, l'as.

– Oui, d'accord.

Et alors elle le vit. Comme si la cape noire d'un prestidigitateur avait été soudain écartée pour révéler ce qu'elle cachait. L'hélice géante se dressait devant elle, si massive que son propre submersible paraissait minuscule. Pourtant, cette énormité avait été tordue et froissée comme un jouet d'enfant. Nous construisons des monstres avec du métal mais la terre et la mer sont quand même plus fortes.

– Je l'ai trouvé, annonça-t-elle.

Coffey écoutait les conversations et les trouvait instructives. Même s'il avait cloué le bec à Brigman, là-bas au bassin lunaire, il avait compris le message et savait que le civil avait raison. Ils avaient leur manière à eux de faire les choses et ça marchait assez bien. Coffey était habitué à des civils chaotiques, désorganisés, imprévisibles, chacun agissant pour son propre compte sans souci des autres. C'était seulement avec les onze hommes de son équipe de SEALs qu'il avait trouvé des êtres humains capables de se conduire d'une façon rationnelle, prévisible, collective. Jusqu'à présent. L'entraînement était peut-être différent, les règlements permettaient plus d'initiative personnelle, mais l'équipage de Brigman travaillait bien ensemble et, plus Coffey étudiait ces hommes, mieux il savait prédire leurs actions et plus il comptait sur eux.

La seule personne qui ne faisait pas partie de cette équipe bien soudée était cette Lindsey, une vraie garce, et ça ce n'était pas la faute de Brigman. Elle était un monstre d'égoïsme, le genre de personne qui ne peut subordonner son jugement à personne. Elle était si intelligente que l'idée ne lui venait pas qu'un autre pourrait avoir une meilleure suggestion à faire. Pourquoi Brigman l'avait-il épousée, cela le dépassait, mais peut-être avait-il cru qu'en couchant avec elle il la maîtriserait ? Peu importait, dans le fond. Elle était un danger pour l'équipage de Brigman et si ce type ne savait pas la neutraliser, eh bien lui-même, Coffey, en était capable.

Mais pour le moment, il devait la supporter et il fallait bien reconnaître qu'elle s'y entendait à piloter les Cabs. C'était pour cela que Coffey l'avait placée en tête. Flatbed était trop vulnérable, avec ses plongeurs sur le dos, et Hippy pilotait l'autre Cab; la place de celui-là n'était en aucun cas à l'avant. On utilisait ce qu'on avait de mieux pour chaque tâche. Même si ce que l'on avait de mieux s'appelait Lindsey Brigman.

À part cette exception, Coffey comprenait maintenant que tout ce personnel travaillait bien ensemble, même si c'était avec des méthodes différentes des siennes. Et, voyant comment ils respectaient leur chef, il comprenait que, pour travailler avec eux, il devait passer par Brigman.

Il le comprenait maintenant, du moins. Et il se demandait : Pourquoi est-ce que je ne l'ai pas vu plus tôt ? Avant de parler comme je l'ai fait. Avant de porter atteinte à leur moral ? Avant de clouer stupidement le bec à Brigman ? Ces choses-là ne m'échappent pas, je ne commets pas de telles erreurs. Est-ce que je baisserais ?

Il pensa à ses mains. S'il les ôtait de la barre, maintenant, est-ce qu'elles trembleraient encore ? Personne ne le verrait. Pas dans cette obscurité, pas avec cette combinaison, mais lui le saurait.

Et alors ? Il n'avait pas peur de le savoir. Bon, il tremblait un peu, la belle affaire ! C'était une mission difficile, autre chose que du travail de jungle, dépassant de loin une petite élimination stratégique de personnel ennemi. S'il ratait celle-ci, il ne s'agirait pas de quelques problèmes mineurs faciles à nier, avec une petite nation. Bien plus que cela était en jeu. La paix, par exemple, et quoi qu'en pensaient les civils, un bon soldat comme Coffey aimait la paix; il risquait sa vie pour la préserver. Des mains qui tremblent ne signifiaient rien. Son jugement n'était pas atteint. Il n'avait pas commis de faute en parlant comme il l'avait fait. Pas du tout. Il devait prendre le contrôle de toute l'opération, de tous ces hommes, s'assurer qu'ils ne poseraient pas de questions indiscrètes, qu'ils ne chercheraient pas à savoir des choses qu'ils n'avaient pas à savoir. Et si cette opération devait passer à la Phase Deux ? Moins ils en sauraient, mieux cela vaudrait.

Maintenant, cette Lindsey Brigman avait le sous-marin en vue. Il y avait un processus à suivre. Coffey le connaissait bien.

– Cab Un, pourcentage de radiations ?

– Le compteur de neutrons ne montre pas grand-chose.

Ce n'était qu'un instrument. Un autre, à présent :

– Wilhite ? Quelque chose ?

– Négatif. Nominal.

L'intégrité du compartiment du réacteur n'avait donc pas été compromise. Ils pouvaient y aller.

– Continuez simplement le long de la coque.

– Bien reçu, répondit Lindsey. Vous voulez que je photographie tout, d'accord ?

C'est ça, prenez des photos, ne faites surtout rien d'autre !

– D'accord, accumulez les documents tant que vous pouvez mais ne nous arrêtons pas. N'oubliez pas que notre temps est très limité.

– Bien reçu.

Flatbed était maintenant en position et ils longèrent le sous-marin. Il leur paraissait plus énorme que le *Titanic,* tant ils en étaient rapprochés. En le voyant couché sur cette corniche, estropié, impuissant, Coffey s'efforça de resserrer la bride à ses sentiments. Il refusait de se voir à la place du capitaine, dans ces derniers moments, alors qu'il savait que ses hommes mouraient, qu'il allait mourir. Coffey n'avait jamais perdu un homme mais il savait que cela pourrait arriver, que parfois une situation échappe complètement à votre contrôle. Et pourtant, vous deviez faire votre devoir jusqu'au bout, pour ne pas mourir en vain.

Bud regardait défiler le sous-marin. Il avait si souvent examiné *Deepcore* de l'extérieur, pour chercher des failles, qu'il savait reconnaître un cauchemar. La coque avait manifestement été tordue, des plaques de métal se chevauchaient, il y avait des fissures partout, on aurait pu égoutter des spaghettis dans ce truc-là tant il y avait de petites brèches. Pas besoin d'un trou immense pour laisser sortir l'air et entrer l'eau.

Mais Coffey savait ce qu'il cherchait. Bud entendit sa voix dans son casque :

– Voilà l'écoutille du milieu. Vous la voyez, Cab Trois ?

Hippy était dessus.

– Ouais. Je la vois.

Bud n'attendit pas que Coffey donne des ordres. Il sentait à sa voix que Hippy était effrayé et s'affolait, il devait s'imaginer à l'intérieur d'un sous-marin crevé comme celui-là. Il y avait de quoi faire peur à quelqu'un de moins paranoïaque que Hippy. Alors Bud devait le remettre sur la voie.

– Bon, mets-toi simplement en position pour braquer ta lumière à l'intérieur.

– Compris, dit Hippy. Et puis je reste simplement avec les gars, d'ac ?

La voix de Hippy était ferme, la nervosité avait disparu. C'était à Coffey de jouer.

– D'ac, répondit-il.

– Comment vous me voulez ? demanda Une-Nuit.

Il y avait aussi de la nervosité dans sa voix. Elle était capable de piloter Flatbed en dormant mais elle n'avait encore jamais eu à déposer une équipe de plongeurs sur un sous-marin cassé.

– Planez juste au-dessus, lui dit Coffey.

Elle manœuvra pour se mettre en position. C'était le moment d'y aller mais personne ne bougeait, ni l'équipe de SEALS ni les plongeurs de Bud; on attendait l'ordre de Coffey. Il le donna.

– C'est bon. Équipe A.

C'étaient tous les SEALS sauf Coffey. À l'intérieur, Wilhite, Schoenick et Monk décrochèrent leur ombilical-antenne de la tubulure centrale de Flatbed. Ils dépendaient maintenant de leur propre mixture respiratoire. Ils étaient également décrochés de la transmission directe des voix par les ombilicaux, mais cela ne voulait pas dire qu'ils n'auraient d'autre moyen de contact que l'UQC, à courte portée et peu sûr. Ils seraient trop déployés, dans le *Montana,* avec trop d'acier et d'eau entre eux, pour l'UQC. Alors ils transportaient des bobines automatiques dévidant un mince fil de fibre optique jetable. Il était si ténu qu'on ne le voyait pas dans l'eau, mais sa minceur même permettait d'en avoir des kilomètres sur une bobine pas plus grosse qu'une tasse à café. Chaque plongeur traînait derrière lui un fil de lumière, un fil de la Vierge, comme une araignée tissant sa toile. Quand ils retourneraient à Flatbed, ils se raccorderaient avec leurs ombilicaux et abandonneraient le réseau de fibre optique dans le sous-marin. Ce n'était pas bon marché mais cela revenait moins cher que de laisser partir des plongeurs sans aucun moyen de contact. Leur voix était plus claire sur le F.O. que par tout autre moyen de communication sous-marin.

Hippy amena Cab Trois plus près de l'écoutille, en prenant soin de ne pas faire glisser ses projecteurs ailleurs, aussi près que possible de l'ouverture, sans gêner l'équipe de Monk.

– Attention, le ROV, dit Monk.

Hippy était à son affaire. Il jeta un coup d'œil à Perry derrière lui au poste d'observation, qui surveillait Petit-Monstre, lequel était en suspens au-dessus du sabord. L'eau était juste au-dessous de lui, comme un bassin lunaire en miniature. La pression de l'air à l'intérieur de Cab Trois repoussait la mer à l'extérieur.

– Perry ! Pare au ROV, dit Hippy.

Il ne pouvait s'empêcher de penser aux radiations éventuelles à l'intérieur du *Montana,* sans parler du carburant dans le réacteur. Il envoyait Petit-Monstre dans la gueule de l'enfer.

– Désolé, mon petit pote, mais j'aime mieux ça pour toi que pour moi, tu me comprends, hein ?

Et puis Hippy hocha la tête et Perry laissa tomber Petit-Monstre par le sabord. Perry le tenait sur une longe mais Hippy examinait déjà l'écran qui lui donnait une vue de Petit-Monstre sur l'épave, en manœuvrant le ROV comme pour un jeu vidéo vers l'écoutille du *Montana*. Petit-Monstre allait servir de torche électrique auto-propulsée et d'ange gardien.

Les SEALS ôtèrent le panneau de pont sans aucune difficulté, comme une palourde qui bâille. Rien d'étonnant. C'était le panneau intérieur qui serait difficile à ouvrir s'il y avait une différence de pression. Monk nagea dans le sas et alla coller son casque contre le panneau intérieur, puis il le frappa avec une clef.

Il n'y eut pas d'écho, pas de résonance creuse comme il y en aurait eu s'il y avait eu de l'air à l'intérieur, rien que le bruit sourd du métal amorti par l'eau, ce qui signifiait que la pression était égale des deux côtés. Tout espoir de survivants avait été de la folie, bien sûr, mais on avait quand même vu des miracles, après tout.

– Tout est noyé, rapporta Monk, et il raccrocha la clef à sa ceinture à outils pour saisir le volant du panneau. Bon, j'ouvre.

Cette fois, il y eut un peu de résistance, mais rien que celle du joint étanche. Monk s'écarta et fit signe à Petit-Monstre. Hippy le vit sur son écran vidéo, comme s'il regardait par les yeux de Petit-Monstre, et il manœuvra aussitôt le ROV, par l'ouverture. Hippy était peut-être au chaud et au sec à l'intérieur de Cab Trois mais il se moquait bien de l'endroit où était son corps. Quand il manipulait Petit-Monstre, partout où allait le ROV, c'était là qu'était l'âme de Hippy, vivante à l'intérieur de l'appareil.

Flatbed continuait d'avancer, en suivant Cab Un le long de la coque. Lindsey avait vu les plans du sous-marin, entre les mains de Coffey, mais elle n'en avait pas besoin pour reconnaître les grands sabords des tubes lance-missiles des Trident. Elle trouva qu'ils ressemblaient à des cages de bêtes sauvages silencieuses attendant dans une totale immobilité qu'on vienne leur ouvrir la porte. Et alors elles se jetteraient dehors en montrant les dents, pour bondir et détruire tout ce qui se trouvait sur leur chemin.

Coffey, naturellement, ne pensait qu'à la mission.

– On dirait que deux sabords se sont ouverts mais les radiations sont infimes. Les ogives doivent être encore intactes.

Oui, les loups avaient toutes leurs dents.

– Combien y en a-t-il ? demanda Lindsey.

– Vingt-quatre Trident, huit MIRV par missile.

MIRV : *Multiple Independently-targeted Reentry Vehicles,* des ogives qui partaient ensemble mais trouvaient indépendamment leur objectif. Huit fois vingt-quatre. Seize fois douze. Elle avait fait assez de calcul binaire au MIT pour avoir la réponse toute prête.

– Ça fait cent quatre-vingt-douze ogives.

Ce sous-marin était capable de lancer ses feux sur cent quatre-vingt-douze villes. Probablement toutes les villes de plus de cent mille habitants, en Union soviétique, avec du rabiot pour des objectifs plus intéressants.

– Et quelle est leur puissance ?

Coffey ne répondit pas. Coffey ne répondait jamais quand il pensait que vous n'aviez pas une raison précise de connaître la réponse. Ce fut donc Schoenick, attendant avec Monk à l'écoutille du milieu, qui dit :

– Le MIRV est un missile tactique, cent dix kilotonnes. Disons cinq fois Hiroshima.

Pop, plus de Moscou. Pop, plus de Leningrad. Pop, pop, pop, plus de Kiev, de Volgograd, plus de villes en Russie.

– Dieu de Dieu, c'est la Troisième Guerre mondiale dans une boîte à sardines !

Coffey mit fin à cela immédiatement.

– Pas de bavardage, s'il vous plaît.

Il ne voulait pas qu'on se mette à penser à la signification de ces ogives nucléaires. Lindsey n'en fut pas étonnée. Ces militaires étaient incapables de penser aux conséquences de leurs missiles, tout comme un adolescent était incapable d'assumer la responsabilité quand il foutait une môme enceinte. Mais si ces bébés-là tiraient leur coup, il n'y aurait plus personne pour discuter de paternité.

Hippy regardait l'écran pour s'assurer que Petit-Monstre ne se heurtait à rien mais il observait aussi le compteur de radiations. Il serrait les dents tandis que le ROV naviguait à l'intérieur du *Montana* vers la chambre des machines.

Petit-Monstre lui montrait un plein écran de tuyauterie et de machinerie, une véritable grotte de stalactites et de stalagmites. La chambre des machines. Hippy avait à peine remarqué l'arrivée. Il avait les yeux sur le compteur.

– Vous avez une indication ? demanda Monk.

– Ça frémit mais c'est au-dessous de la ligne que vous appelez la limite de sécurité.

Pour Hippy, la vraie sécurité, c'était quand l'aiguille ne bougeait pas plus qu'une pierre.

– Allons-y, dit Monk.

Wilhite et Schoenick le suivirent par le sas dans la coursive obscure. Désormais, Hippy alterna, entre le pilotage et l'observation. À l'intérieur d'un compartiment, Monk montrait le chemin, indiquait à ses camarades ce qu'ils devaient faire, et Hippy maintenait Petit-Monstre comme une lanterne au-dessus d'eux. Quand le moment venait de passer dans une autre chambre, Monk faisait signe et Hippy suivait, en pilotant Petit-Monstre dans un nouveau territoire inconnu. Il était là-dedans avec eux, comme un grand frère plus fort et plus résistant, qui les précédait dans le danger et s'arrêtait quand il était sûr qu'il n'y avait pas de risque, pour que les jeunes, plus faibles, puissent imaginer une aventure. Vous n'avez qu'à me suivre et tout ira bien. Même si je vous conduis en enfer.

Lorsque Cab Un les amena vers l'avant du sous-marin, les véritables avaries apparurent. Audessus d'eux, le kiosque renversé se dressait comme un immeuble de trois étages. Il y avait une énorme brèche à l'avant et cette partie du bâtiment avait été presque arrachée du reste.

– Posez-nous ici, ordonna Coffey. C'est par là que nous entrerons.

C'était le genre de porte par laquelle aucun plongeur n'aime passer. Trop d'aspérités de métal où l'on risquait de se couper ou, pire, d'accrocher des tubes. Un plongeur prudent n'y entrerait pour rien au monde. Comme l'avait dit Bud à un instructeur, dans ses débuts, il y a des plongeurs audacieux, il y a de vieux plongeurs mais il n'y a pas de vieux plongeurs audacieux.

Coffey les précéda à l'intérieur, dans l'ombre où ne parvenaient pas les lumières de Cab Un et de Flatbed. Bud, Catfish, Jammer et Finler suivirent.

À l'intérieur, c'était un peu moins effrayant, leurs projecteurs dissipaient les ombres. Il y avait des rangées de couchettes tordues, renversées. Les draps ondulaient et flottaient comme la langue pendante de chiens morts. Des papiers ondoyaient dans le courant provoqué par les plongeurs, des lettres qui n'auraient jamais de réponse, des livres de poche qui ne seraient jamais lus jusqu'à la fin, des photos de fiancées qui verseraient quelques larmes et épouseraient un autre garçon.

S'ils furent tentés de s'attarder, Coffey ne le permit pas.

– Par ici, dit-il sèchement.

Bud savait que s'il avait été choqué par ce qu'ils venaient de voir, les autres devaient l'être aussi.

– Du calme, leur dit-il, ne nous perdons pas de vue.

– D'accord, dit Catfish. Mais c'est moche, hein ?

Ils connaissaient tous le plan : gagner le poste de combat, où Coffey devait récupérer des documents ultra-secrets, et se tirer en vitesse. Coffey montrait le chemin, nageait par des échelles, des coursives.

Quand ils arrivèrent au poste de combat, la porte massive refusa de s'ouvrir.

– Elle est coincée, dit Coffey. Donnez-moi un coup de main.

Bud s'approcha pour l'aider. Même à deux, ils ne purent la faire bouger.

– Jammer, dit Bud, apporte ce levier ici.

Jammer et Bud se serrèrent autour de Coffey. Il n'y avait guère de place pour manœuvrer. Ils sentirent plus qu'ils ne virent la vibration quand ils tirèrent sur la porte et, tout à coup, elle céda. L'effet de succion de l'ouverture attira quelque chose d'assez grand qui vint droit sur eux, comme un énorme animal qui aurait été enfermé. Seulement ce n'était pas un animal. La chose heurta l'épaule de Jammer et, quand il se retourna, il se trouva nez à nez avec un jeune officier.

L'enseigne n'avait aucune blessure apparente mais sa bouche et ses yeux étaient grands ouverts, comme s'il s'étonnait de sa propre mortalité. Jammer resta figé. Bud, Catfish et Finler ne valaient guère mieux. Ce fut Coffey qui allongea le bras et repoussa l'enseigne de Jammer.

– Ça va, nous savions ce qui nous attendait, dit-il.

Sa voix les ramena à la raison. Le ton sec leur

fit un peu honte, les détermina à garder leur sang-froid. Ils le suivirent dans le poste de combat mais ils étaient encore assez impressionnés.

Il y avait beaucoup de cadavres et, à cause des courants que leur passage faisait naître et des faisceaux mouvants de leurs projecteurs, les morts paraissaient vivants, ils avaient l'air de bouger, de lever un bras accueillant, de les inviter à la conversation.

Bud se maîtrisa. Ils avaient du travail, une mission, et ils ne seraient bons à rien s'ils passaient leur temps à regarder ce que devenaient les morts à de telles profondeurs. Bud secoua ses hommes.

– Allez, ça va, ça va. Au boulot !

Il alla de l'un à l'autre, les toucha, établit un contact, les rassura. Il transpirait sous son casque, en partie parce qu'il n'était pas complètement remis de son choc, en partie parce qu'il avait pleinement conscience du danger, si jamais ils perdaient le contrôle de leurs nerfs.

Coffey n'entendait pas rester planté là pendant que Brigman tentait de calmer les civils, de les empêcher de mouiller leur froc à cause d'une poignée de macchabées. Quand les hommes étaient vivants, on faisait tout son possible pour les garder en vie. Mais ça, c'était fini. Les morts étaient morts et il y avait du travail à faire. Le plus important était de trouver le capitaine.

Et il était là. Coffey le retourna, l'examina, glissa les doigts dans le col de la chemise et tira sur la chaîne à laquelle pendait la clef de l'armement des missiles. C'était le nerf de la guerre nucléaire, là au creux de sa main, dans un petit bout de métal; ce qui révélait à quel point l'Amérique faisait confiance à un capitaine de boumeur. Cette clef était inutilisable, maintenant; les systèmes de sauvegarde à bord du sous-marin ne serviraient jamais. Coffey devait emporter la clef pour qu'elle ne risque pas de tomber entre des mains ennemies. Jamais il ne l'utiliserait lui-même.

Il comprenait cependant qu'elle lui était maintenant confiée. Il la serra dans sa main et tira d'un coup sec. Le capitaine ne souffrirait pas de l'arrachement de la chaîne. Ce fut Coffey qui crut ressentir une douleur. J'ai le pouvoir de mettre à feu un de ces bébés, se dit-il. Et si nous arrivons à la Phase Trois, il faudra que je le fasse. C'est quelque chose que jamais dans l'histoire aucun capitaine de boumeur n'a eu à faire, se servir réellement de la clef pour tirer des ogives nucléaires.

Coffey fourra la clef dans la sacoche à sa ceinture. Il était entraîné à travailler presque aussi facilement avec des gants que les mains nues et il n'eut aucun mal à manipuler un objet aussi petit que cette clef. Il se retourna. Aucun des civils ne l'avait vu la prendre. Parfait. Moins de questions, moins de mensonges à débiter. Pourtant, il était vaguement déçu. Il aurait dû y avoir une cérémonie quelconque, pour la passation des pouvoirs de la clef. Comme un sceptre ou une baguette magique, elle vous donnait plus de puissance qu'aucun sorcier n'en avait jamais eu.

Il vit que Brigman et son équipe avaient repris leur sang-froid. Ce type s'y connaissait, pas de doute, pensa Coffey, on pouvait compter sur lui.

– Brigman, emmenez vos hommes et continuez vers l'arrière. Séparez-vous en deux groupes. Et dépêchons. Nous repartons dans quatorze minutes.

Brigman obéit immédiatement. Il savait quand et comment obéir à un ordre. Tout comme moi, se dit Coffey.

Dès que les civils furent sortis du poste de combat, Coffey nagea vers le coffre mural et, consultant la carte en plastique qu'on lui avait donnée à Houston, il tourna le cadran jusqu'à ce que la porte s'ouvre. À l'intérieur, il y avait plusieurs classeurs en plastique. Les manuels du chiffre. À part une carte de la position de tous les sous-marins nucléaires, impossible à obtenir puisque la marine US elle-même ne savait pas où ils étaient, ces classeurs étaient ce qui intéresserait le plus les Russes; ils adoreraient mettre la main dessus. Mais à présent, ils étaient entre les mains de Coffey.

Il feuilleta le contenu des classeurs, s'assura que tout ce qui devait y être était là, puis il remit les manuels du chiffre dans le coffre. Tirant de sa sacoche une grenade thermique, il la dégoupilla, la mit dans le coffre et referma la porte. Il recula. Quelques instants plus tard, il y eut un éclair. Un danger était éliminé. Il y en avait beaucoup d'autres, des circuits électroniques que des experts soviétiques pourraient déchiffrer et imiter. Mais Coffey avait beaucoup de grenades thermiques.

Bud conduisit ses hommes le long du corridor jusqu'à ce qu'ils arrivent à une descente vers les missiles. Ils n'avaient pas à aller les vérifier eux-mêmes et, pour des raisons de sécurité, mieux valait ne pas trop s'en approcher. Les hommes pouvaient d'ailleurs se rendre utiles autrement, en explorant ces divers compartiments.

– Bien, dit Bud. Cat et Finler, vous allez rester à ce niveau. Visitez tout. Jammer et moi nous allons descendre.

– D'accord, répondit Catfish.

Il allait de soi que ce serait lui qui commanderait, en l'absence de Bud.

– Je veux que vous soyez de retour ici dans dix minutes exactement, reprit Bud, et il regarda Catfish et Finler vérifier leur chrono.

Sous l'eau, dix minutes, c'était dix minutes, pas des minutes de coiffeur.

Bud avait choisi Jammer pour l'accompagner parce que, si jamais il y avait un pépin avec une structure physique, Jammer était le plus grand et le plus fort. Mais maintenant, il était surtout content de l'avoir afin de garder un œil sur lui. Bud s'inquiétait encore de la réaction de Jammer devant les cadavres dans le poste de combat. Tout le monde avait été quelque peu choqué mais Jammer plus que les autres.

Bud en tête, ils passèrent par une écoutille dans une salle si vaste que leurs projecteurs n'atteignaient aucune paroi. Lentement, ils s'avancèrent dans l'obscurité. Au lieu de murailles, leurs lumières révélèrent quarante-deux cylindres verticaux, s'étendant sur une hauteur de trois niveaux, divisés par des ponts en grillage d'acier. Une boîte de Crayolor vue par une fourmi.

– Où sommes-nous ? demanda Jammer.

– Dans le compartiment des missiles. Ce sont les tubes de lancement.

La question de Jammer inquiétait Bud. Il avait été présent à la conférence, il avait vu les plans, et si son cerveau fonctionnait bien, il aurait dû savoir où ils étaient.

Ils balayèrent la salle de leurs projecteurs. C'était immense, trente-cinq mètres de long. Mais quelque chose de petit attira leur regard, quelque chose qui bougeait dans le faisceau lumineux de Jammer. Un matelot en combinaison tournoyait lentement dans le courant. De petits crabes albinos rampaient sur sa figure. Un crabe sortit de sa bouche ouverte.

Jammer perdit les pédales.

– Mon Dieu ! Non ! Merde, ah merde, non !

Il se retourna, comme pour s'enfuir, et Bud le retint par le bras, le fit pivoter, l'attira contre lui, casque contre casque. Jammer tremblait, serrait et desserrait ses poings.

– Remets-toi, remets-toi ! Ça va ? lui demanda Bud.

Mais il savait bien que cela n'allait pas. Jammer était en hyperventilation, maintenant, et Bud le devinait pris de nausée. Vomir dans un casque, c'était pire qu'une gêne. Cela risquait de boucher les systèmes respiratoires, cela pouvait tuer.

– Lentement et profondément, respire lentement, mon vieux, dit Bud. Respire régulièrement.

– Je... tous morts, Bud ! Tout le monde est mort !

Mais oui, mais oui, alors n'augmentons pas le total.

– Je te ramène, on va sortir d'ici.

C'était la seule décision raisonnable, mais Jammer comprenait ce que cela impliquerait, l'interruption, l'échec de la mission.

– Non, non, non, dit-il, ça va aller, ça va.

Il ne voulait pas dire qu'il allait réellement bien, simplement qu'il n'avait pas besoin de remonter tout de suite. Jammer n'était pas un imbécile, il se doutait du danger de la panique.

– Mais je ne peux pas aller plus loin.

Si Jammer avait prétendu qu'il était capable de continuer, Bud aurait immédiatement su qu'il avait perdu sa faculté de jugement et il l'aurait ramené tout de suite. Mais comme Jammer connaissait ses limites, Bud pensa pouvoir lui faire confiance pour qu'il reste sur place et ne fasse rien qui puisse causer une nouvelle panique.

– Bon, d'accord, pas de problème. Tu vas rester ici. Il faut que je descende au bout de ce truc-là mais nous restons en contact. Tu pourras voir mes lumières, ça va ? Et tiens, si tu as un problème, tu tires deux coups sur la corde, d'accord ? Cinq minutes seulement. Détends-toi. O.K. ?

– Ouais. O.K., O.K., ça va aller.

Bud repartit, plus loin à l'intérieur de l'épave, pour vérifier l'intégrité des tubes de lancement, tout en dévidant le câble qui les reliait.

Jammer se faisait l'effet du roi des cons et des mange-merde. Naturellement, tout le monde avait été à l'écoute. Tout le monde savait qu'il avait perdu les pédales, qu'il ne tenait pas le coup. Il avait beau savoir que ça pouvait arriver à n'importe qui, la honte était là quand même. Et il n'était toujours pas tranquille. Le pire, c'était que les lumières de Bud disparaissaient de temps en temps, quand il passait derrière quelque chose, et Jammer devait se répéter : « Il est là, Bud va revenir, tout va bien. Je l'ai perdu une minute mais au moins j'ai encore mes lumières, je peux voir tout ce qui se passe, seulement je ne veux pas le voir, revoir ce que j'ai vu tout à l'heure. Rien que Bud, guetter Bud et… »

Tout à coup, la lumière de Jammer baissa. Il n'y eut pas de clignotement, simplement elle baissa et s'éteignit, comme s'il y avait une coupure de courant. Mais il ne peut pas y avoir de coupure de courant avec des batteries ! Et maintenant Jammer était tout seul dans le noir. C'était ce qui pouvait lui arriver de pire. Il savait qu'il risquait la panique. Qu'il avait les nerfs à fleur de peau. Il se mit à crier :

– Bud ! Je viens de perdre mes lumières ! Bud ! Bud ! Tu me reçois ? *Bud !*

Les ténèbres étaient absolument noires tout autour de lui. Il ne voyait rien. Il allait craquer, il en était sûr, il imagina un petit crabe albinos qui lui rampait dessus, il le sentait sous son casque, qui se traînait sur le viseur…

Les lumières de Bud clignotaient, baissaient mais sans s'éteindre tout à fait. Cela ne devait jamais se produire. Il ne comprenait pas, il ne savait pas si c'était dangereux. Sa première pensée fut pour Jammer, si la même chose lui arrivait, alors il deviendrait fou, et si sa propre lumière s'éteignait il n'y aurait plus rien à faire.

– Ça va, Jammer ? Est-ce que tes lumières clignotent aussi ?

Calmement, comme s'il n'y avait pas de problème.

Mais Jammer ne pouvait entendre Bud et Bud n'entendait pas Jammer parce que leurs systèmes de communication avaient également perdu leur puissance, l'UQC comme le F.O. L'explication était toute simple. Les bâtisseurs puisaient leur énergie à n'importe quelle source ambiante, en installant des chaînes moléculaires extrêmement conductrices pour la capter. C'était automatique, ils n'y pensaient pas plus que les humains ne pensent à faire battre leur cœur ou digérer leur estomac. Nous savons ce qui se passe parce que cela nous maintient en vie mais l'idée ne nous vient pas d'arrêter le processus.

Donc, quand un bâtisseur s'approcha de Jammer, attiré par la source ambiante d'énergie, les fonctions électriques de sa combinaison furent mises en panne. Cela ne vida pas ses batteries – c'était de l'énergie potentielle, pas un courant électrique réel – mais siphonna le courant fourni par les piles. L'entité savait, naturellement, que les humains étaient fragiles, à cette profondeur, et que l'électricité qu'ils employaient devait être importante pour leur survie, alors elle ralentit aussitôt ses exigences d'énergie pour en laisser le plus possible à l'être humain. Assez pour que ses lumières continuent de briller faiblement, assez pour que son régulateur d'air continue de fonctionner, mais pas suffisamment pour que le F.O. transmette assez clairement et assez loin.

Cette entité bâtisseuse savait, comme toutes les autres, que plus le danger représenté par les êtres humains se précisait, plus il devenait impératif d'avoir un contact quelconque avec ces créatures vivantes, pas seulement avec leurs morts abandonnés. Elle travaillait sur les ogives nucléaires du *Montana,* pour chercher comment elles pourraient être détruites sans les faire détoner, quand elle sentit la chaleur, le mouvement et les odeurs d'êtres humains et de leurs machines, qui se rapprochaient, qui pénétraient dans le sous-marin. Cela pouvait être important. L'entité attendit que deux d'entre eux entrent dans la vaste salle où elle travaillait, attendit qu'ils se séparent, l'un d'eux allant explorer plus loin. Elle s'approcha de l'être stationnaire dans l'espoir d'entrer en contact, en se basant sur ce qu'elle avait appris du corps et de l'esprit humains.

Comme elle n'était pas dans un porteur et n'accomplissait aucune fonction particulière spécialisée, elle apparut sous sa forme naturelle; elle n'absorbait pas seulement l'énergie des batteries de Jammer et de Bud mais aussi celle des véhicules se trouvant dans les parages, alors elle brillait d'une vive lumière.

Jammer n'entendait rien. Il se rendit compte qu'en même temps que ses projecteurs son communicateur était tombé en panne. Il n'entendait rien des autres, même pas le léger tchi-tchi-tchi de leurs régulateurs contrôlant le débit d'oxygène. Il était seul. Tout ce qui lui restait, c'était la longe que Bud lui avait laissée, qui les reliait tous les deux. Alors que sa lumière commençait à revenir, il tira sur le câble. Vivement. De toute sa force. La longe résista si obstinément qu'il fut certain que Bud avait senti son appel. Il tirait tellement fort qu'il pensait amener Bud vers lui.

Brutalement, le câble tendu se relâcha et Jammer bascula en arrière. Il tira encore et s'aperçut que le câble était coupé à trois mètres à peine de lui. Il avait dû s'accrocher à une saillie et s'était cassé quand Jammer avait tiré avec force. Et le F.O. de Bud avait dû se couper aussi. Alors Bud était absolument seul là-bas dans le fond et Jammer absolument seul en haut.

Il écarquilla les yeux dans le noir, cherchant la lampe du casque de Bud, cherchant à *voir* n'importe quoi. La panique n'était qu'à deux battements de cœur. Il aperçut alors une douce luminosité, une lueur vacillante passant sur les parois, sur les tubes verticaux. Il se retourna avec soulagement vers la source de lumière. Cela venait de sous le grillage d'acier du pont. Jammer se dit que Bud avait dû descendre au niveau inférieur, s'était aperçu que la longe était cassée et revenait.

– C'est toi, Bud ? demanda-t-il.

Il s'abrita les yeux, en regardant la source de lumière. C'était anormal. Il n'y avait pas un point lumineux unique mais quelque chose de plus grand, de plus diffus. Et, quoi que ce fût, c'était trop grand pour être Bud. Ce n'était même pas une personne ! Ça répandait de la lumière, ça avait d'énormes épaules hautes – ou des ailes ? – et les yeux le regardaient fixement, jusque dans le fond de son âme. La chose venait vers lui, pour le prendre ! Tout le monde était mort, tout le monde allait mourir, c'était l'ange de la mort et il venait le chercher, tout lui enlever à l'intérieur, s'insinuer dans sa tête et lui manger le cerveau, comme un de ces crabes. Jammer hurla, un cri strident, et se détourna, en avalant de l'air, en se débattant pour avancer plus vite dans les débris de l'épave, en se raccrochant à n'importe quoi pour remonter où étaient Catfish et Finler, où cette chose ne le verrait plus, ne pourrait plus se glisser dans sa tête. Mais il ne pouvait pas s'enfuir, il était retenu par un débris accroché à... non, la chose l'avait saisi et il se débattit de plus belle, pour se libérer, en cognant son paquetage contre un support. À ce moment, son mélange respiratoire se modifia. Il allait réellement mourir. Cette apparition, cet ange de la mort lui avait coupé l'arrivée d'air, le tuait; il allait mourir, tout comme les matelots, tout comme ces morts qui flottaient dans le sous-marin.

Le bâtisseur essayait de communiquer. Il envoyait d'invisibles tentacules dans l'eau, qui s'allongeaient et cherchaient l'homme. Ils finirent par grouiller sur toute sa combinaison, en tâtant et sondant jusqu'à ce qu'ils trouvent une ouverture assez grande pour y passer. La pression de la surface empêchait l'eau de pénétrer mais ces vrilles délicates n'étaient pas gênées. En quelques secondes, elles furent dans le casque de l'homme, dans ses oreilles et ses narines. Le bâtisseur expédia des codes moléculaires en même temps que les vrilles, qui les reproduisirent à l'intérieur du cerveau et enregistrèrent les schémas électriques, juste assez pour lui rendre quelques-unes des mémoires qu'ils avaient prélevées chez les morts du *Montana*. Cela parut retenir l'attention de l'homme. Il était debout, pétrifié, les yeux fixés sur l'entité qui s'approchait de plus en plus. L'entité ne pouvait pas savoir qu'elle envoyait dans l'esprit de Jammer la panique et le désespoir qui dans les derniers instants de sa vie avaient empli le cerveau d'un marin.

Pendant ce temps, elle envoyait des messages dont les décrypteurs de la ville pensaient qu'ils pourraient servir à communiquer avec les humains. Une assurance de bonnes intentions, expliquant que les bâtisseurs allaient tenter de leur parler en introduisant des messages chimiques dans le cerveau. Mais celui-là ne réagissait pas, il respirait de plus en plus rapidement, et puis soudain il ouvrit la bouche et causa de puissantes vibrations sonores aiguës dans le vaisseau où sa tête était enfermée. L'entité ne comprit rien. Apparemment, il était impossible de communiquer avec ces créatures... ou peut-être s'y était-elle mal prise.

Elle pouvait au moins sauver quelque chose de cette tentative de contact ratée. Elle procéda à une auscultation rapide de l'état du cerveau de Jammer, puis analysa tout aussi rapidement ses fonctions corporelles. C'était une étude importante, sans doute, puisque Jammer était le premier humain vivant qu'ils examinaient. À ce moment, il se retourna et voulut s'enfuir; pendant qu'il se débattait pour se libérer d'une protubérance où s'était accroché le paquetage qu'il portait sur le dos, il fit un mouvement brusque et cogna son régulateur d'air contre le plafond. L'entité comprit instantanément que c'était une situation mortelle, avec un mauvais air arrivant dans les poumons, aggravée du fait qu'il respirait trop vite et haletait. Elle fit aussitôt ce que la ville avait suggéré de possible pour prolonger la vie des hommes dans le sous-marin, elle introduisit des modifications chimiques dans certaines molécules du cerveau, ce qui fit immédiatement sombrer Jammer dans un profond sommeil qui devrait durer plusieurs heures et soumettre le corps à beaucoup moins de stress.

Il fallait trouver une nouvelle stratégie de contact, et peut-être un meilleur vocabulaire. Alors cette entité replongea dans les profondeurs de l'épave, retrouva son porteur et sortit de la chambre des missiles.

Juste au moment où Bud revenait vers l'endroit où il avait laissé Jammer, ses projecteurs se remirent à briller et il devina, aux halètements affolés de Jammer, que son récepteur remarchait, UQC au lieu de F.O., mais c'était suffisant à cette portée. Il aperçut tout de suite le grand plongeur, couché sur le pont et en proie à des convulsions. Son mélange respiratoire avait dû devenir anormal.

– Jammer ! cria-t-il. Jammer !

Il devait atteindre le régulateur, découvrir ce qui n'allait pas, mais Jammer agitait si violemment ses grands bras qu'il était impossible de s'approcher de lui. Catfish et Finler arrivèrent alors, alertés par les cris de Bud sur l'UQC.

– Il est tombé en convulsions ! annonça Bud.

Tous trois s'efforcèrent de maîtriser le malheureux et Catfish fut le premier à pouvoir lire clairement la jauge.

– C'est sa mixture ! s'écria-t-il. Trop d'oxygène.

Bud saisit les contrôles. Catfish et Finler maintinrent solidement Jammer pendant qu'il réglait le débit.

Dès que la mixture atteignit le bon niveau d'oxygène, les convulsions cessèrent. Le corps de Jammer se détendit. Mais il n'était nettement pas O.K. Une crise comme celle-là risquait de causer au cerveau des dégâts permanents. Certains plongeurs se retrouvaient dans un état végétatif, maintenus en vie par des appareils, leur cerveau complètement perdu. Et même si cette fois les conséquences n'étaient pas si graves, Jammer n'allait rien pouvoir faire de lui-même pendant un bon moment.

– Sortons-le d'ici, dit Bud. Allons ! Dépêchons ! Plus vite que ça !

Coffey entendit tout cela par le haut-parleur de son casque. Il sentit que Brigman maîtrisait la situation, qu'il faisait ce qui devait être fait. Coffey lui-même n'aurait pas agi autrement. On ramène son homme en vie, si on le peut. On protège ses hommes avant tout.

Ce qui inquiétait Coffey, c'était la panne momentanée des communications. La légère baisse d'intensité de la lumière. Ce n'était pas une défectuosité du matériel, ça ne pouvait pas l'être quand cela arrivait à plusieurs hommes en même temps, quand tout l'équipement se remettait à marcher en même temps. Cela lui faisait peur jusqu'à la moelle des os. Si quelqu'un possédait une arme capable de faire *ça,* de réduire à distance leur alimentation en énergie, ils étaient vraiment plongés dans la merde profonde. Ils seraient sans défense contre un truc pareil. Il imagina la même chose en l'air, un pilote de chasse américain s'apprêtant à attaquer un MIG, et soudain, plus d'électricité, plus d'électronique, les ordinateurs en panne et, quand il fait feu, ses missiles s'en vont tomber n'importe où, au petit malheur. Tout notre avantage sur les Russes était technique, du high-tech qui dépendait totalement du courant électrique. S'ils savaient foutre ça en l'air, alors nous n'avions rien pour nous opposer à la force brutale, à la quantité brute.

Une question se posait : est-ce qu'ils étaient descendus là-dedans ? Auraient-ils remarqué une activité anormale à GITMO, deviné ce qui se passait et trouvé un moyen de se glisser sous la tempête ? Comment savoir quelles espèces d'armes secrètes ils avaient ? Ils pourraient tout faire, n'importe quoi. Et Coffey se demanda comment il se défendrait contre eux s'ils étaient partout, s'ils pouvaient faire tout ce qu'ils voulaient.

Lindsey avait passé tout ce temps à longer le *Montana* en prenant des images vidéo en gros plan, pour permettre d'évaluer l'ensemble des avaries. Ces images seraient essentielles pour projeter un éventuel renflouement du sous-marin. Il faudrait sans doute s'y prendre à deux fois, d'abord l'avant à moitié sectionné et ensuite la partie principale.

Lindsey arrivait tout à l'avant quand elle entendit dans ses haut-parleurs un curieux remue-ménage. Comme elle ne voyait pas ce qui se passait, les voix n'avaient aucun sens. Quelqu'un était en convulsions. Mauvais, ça, mais comme elle ignorait la situation elle ne pouvait rien entreprendre. Elle entendait la voix forte de Bud, parmi les autres.

– Bud, tu me reçois ? Bud ?

Mais la seule réponse qu'elle reçut fut une question d'Une-Nuit, dans Flatbed :

– Vous voyez les plongeurs ? Ils sont là ?

Ce qui voulait dire qu'Une-Nuit n'était pas plus renseignée qu'elle.

Elle aurait répondu si, au même instant, ses lumières ne s'étaient presque éteintes; ses propulseurs perdirent leur puissance. Cab Un dériva sans réagir à ses commandes. Elle vérifia les fusibles, actionna des manettes, tourna des boutons, mais rien n'y fit. Puis elle vit quelque chose à travers la bulle du submersible qui lui fit oublier tout le reste. Une vive lumière formait un halo autour du kiosque du *Montana* et de cette lumière émergeait... quelque chose. Quelque chose de lumineux qui se déplaçait à une vitesse incroyable, dans l'eau, et venait droit sur elle.

Mais avant qu'elle ait le temps de noter sa forme ou même sa taille, la chose passa et ne fut plus qu'une lumière éblouissante avec une espèce de noyau dur et vitreux. Rouge foncé et violet, les couleurs étant si atténuées qu'elles ne pouvaient être vues sous l'eau à plus de un mètre ou deux. Elle voyait une lumière de cette couleur à des dizaines, des centaines de mètres de sa source. Quoi que ce fût, c'était *étincelant.* Lindsey se tordit le cou pour tenter de suivre de l'œil la chose mais elle était trop loin. Il n'y avait plus rien à voir.

Alors qu'elle regardait de tous côtés, Cab Un entra en collision avec le rebord du kiosque et son élan suffit à le faire pivoter. De la vase s'éleva du fond, cachant tout. Lindsey devait immédiatement vérifier l'état de sa coque, s'assurer de l'intégrité, de la flottabilité, chercher s'il y avait une avarie, elle le savait, mais elle ne pouvait détacher ses yeux de cette chose qui disparaissait et plongeait dans la fosse.

Elle entendit la voix pressante de Bud :

– Cab Un ! Cab Un ! Rendez-vous à Flatbed ! *C'est une urgence-plongeur !* Tu me reçois ? Lindsey ?

Quoi que ce fût, la chose devrait attendre. Les urgences-plongeurs avaient priorité sur tout. Même sur les visions et les miracles.

– Bien reçu, Bud. J'arrive.

Si je peux !

Elle put. Maintenant que la chose avait disparu, le courant était revenu. Cab Un répondait normalement aux commandes, il avait retrouvé son énergie. Elle s'élança aussi vite que le submersible pouvait la transporter. Elle l'avait toujours trouvé extrêmement rapide mais, après la chose qu'elle venait de voir passer, il était d'une lenteur insupportable.

Incident international

Il fallut du temps pour extraire Jammer de Cab Un et plus encore pour ramener tout le monde à *Deepcore*. Heureusement, ils n'avaient pas à en perdre en décompression; quand on était déjà à soixante atmosphères, les quelques mètres de profondeur entre *Deepcore* et le *Montana* ne changeaient pas grand-chose. Le plus gros problème, c'était la corpulence de Jammer. Il était très grand. Très lourd. Ce fut toute une affaire de lui ôter sa combinaison et de le porter à l'infirmerie, d'autant plus que tout le monde était épuisé.

L'infirmerie se trouvait dans le même trimodule que le carré et le mess. Monk et Bud examinèrent Jammer pendant que tous les autres attendaient derrière la porte.

Monk réservait son diagnostic.

– Je suis infirmier. Tout juste bon à boucher des trous, disait-il.

Ce n'était pas tout à fait vrai, bien sûr. Il avait été exceptionnellement entraîné en médecine hyperbarique. Il n'aurait pas eu le droit d'exercer dans le civil, mais il avait suffisamment étudié pour que ses camarades du SEAL puissent compter sur lui en cas de blessures ou de maladie.

Monk savait donc que, quelle que soit la cause de l'accident, le résultat était un coma par empoisonnement à l'oxygène. Il en connaissait toutes les conséquences possibles. Jammer pouvait rester sans connaissance pendant des heures ou des jours et revenir à lui en assez bon état, sans plus s'en ressentir que d'un week-end de soûlographie, ou quelques heures à trop haute altitude. Ou alors, il pouvait rester éternellement dans le coma, le cerveau irrémédiablement endommagé. Ou mourir.

Monk regarda Brigman. Comment prenait-il cela ? Difficile à dire. Monk essaya de se mettre à sa place. Jammer faisait équipe avec Brigman, qui avait pris la décision de se séparer. Si les conséquences étaient irréversibles pour Jammer, Brigman se le reprocherait. Monk pensait que ce serait ce qu'il ferait lui-même dans ces circonstances. Mais je ne suis pas à sa place, alors, de l'extérieur, je peux voir la vérité. C'est Jammer qui a été pris de panique. C'était la faiblesse personnelle de Jammer qui l'avait mis dans ce cas. Personne n'était à blâmer. Ses systèmes avaient mal fonctionné et maintenant son corps allait lutter pour se remettre. Tout ce qu'on pouvait faire, c'était le garder sous perfusion pour qu'il ne meure pas de choc, de soif ou de faim pendant qu'il dormait.

Coffey interrogea tout le monde et fit son rapport à DeMarco. Le plus dur, c'était ce que Lindsey lui avait dit. Un véhicule quelconque, se déplaçant à une vitesse incroyable en émettant une lumière vive, qui se dirigeait vers les grandes profondeurs. Dans quelle mesure devait-il prendre cela au sérieux ? Elle paraissait nerveuse en le lui rapportant. Pourquoi ? Parce qu'elle ne se fiait pas à sa propre observation ? Ou parce qu'elle était sûre de son fait mais pensait qu'on ne la croirait pas ? Ou cachait-elle quelque chose ?

Indiscutablement, elle était émotionnellement troublée et Coffey était à peu près certain que l'accident de Jammer n'y était pour rien. Elle n'attendait pas anxieusement de ses nouvelles, avec les autres, elle paraissait distraite, plongée dans ses propres pensées. Ce n'était guère étonnant. Elle ne faisait pas à Coffey l'effet d'une personne de grande loyauté, ni très compatissante. Néanmoins, elle avait été troublée. Il se demanda encore une fois si elle dissimulait quelque chose, si elle n'était pas sûre de sa propre estimation.

Certain ou non, il devait en parler à DeMarco. Le commandant sur place, même s'il était à quelques centaines de mètres au-dessus, à bord de l'*Explorer,* devait posséder tous les renseignements afin de prendre les décisions qui s'imposaient. Alors Coffey devait rester assis là devant l'écran vidéo et expliquer qu'un véhicule non identifié avait été signalé près du sous-marin au moment précis où un civil avait été pris de panique et avait failli se tuer.

DeMarco fut très dérouté et ne sut pas plus que Coffey quelles conclusions tirer de l'information.

– Est-ce que l'un de vous l'a vu ? demanda-t-il en parlant naturellement des SEALs qui étaient des observateurs bien entraînés.

– Non. La bonne femme l'a vu, Mrs Brigman.

DeMarco avait fait sa connaissance à bord, pensa Coffey. Alors qu'il décide lui-même de ce qu'il fallait penser de cette observation. Mais si elle avait réellement vu quelque chose – et les lumières avaient indiscutablement baissé –, il n'y avait qu'une nation au monde possédant la technique pour créer un tel véhicule et la volonté de le déployer dans ces parages sans en informer les États-Unis.

– Ça pourrait être une saloperie russe, hasarda Coffey.

C'était le principal danger, en ce moment, que les Russes rivalisent pour l'accès au sous-marin.

– CINCLANTFLT va s'arracher les cheveux, marmonna DeMarco. Deux sous-marins d'attaque russes, un Tango et un Victor, ont été repérés dans un rayon de cinquante milles. Et maintenant, nous ne savons pas où ils sont passés.

On savait que les sous-marins russes étaient conçus pour transporter sur leur dos des submersibles de grande profondeur, quand ils étaient nécessaires pour certaines opérations sous-marines. Les deux hommes comprenaient donc la situation ainsi : il y avait des sous-marins d'attaque russes dans la région, un étrange véhicule non identifié aurait été aperçu près du *Montana,* et le commandant en chef de la flotte atlantique – le CINCLANTFLT – était aux cent coups. Pas le temps de faire venir le *Glomar Explorer* pour renflouer tranquillement leur sous-marin.

– C'est bon, dit DeMarco. Je n'ai pas d'autre choix. Je vous confirme de passer à la Phase Deux.

Et voilà. Coffey avait bien entendu. Il venait de recevoir l'ordre de récupérer une tête nucléaire et de l'armer, de se tenir prêt à déclencher le premier tir nucléaire depuis Nagasaki. C'était une mission terrible, trop de choses risquaient d'aller de travers. Et le pire, c'était qu'il lui faudrait passer à la Phase Trois, actionner le détonateur et évacuer à une distance sûre avant que tout saute.

En plein cyclone, une explosion nucléaire ne causerait probablement pas beaucoup de dégâts à la marine marchande, puisque tout le monde s'était déjà mis à l'abri. Mais comment savoir si les Russes n'allaient pas considérer cela comme une provocation, surtout s'ils avaient un véhicule secret dans les parages ? C'était le genre de situation redoutable où tout pouvait arriver. Mais on n'avait pas le temps de demander une décision à Washington. Le cyclone arrivait trop vite, le danger potentiel était trop immédiat. DeMarco avait assumé sa responsabilité. Coffey avait reçu un ordre. Il n'avait pas le choix. Mais c'était quand même à lui d'exécuter l'ordre et cette mission devait être accomplie à la perfection, sans la moindre petite erreur de jugement. Et une fois la Phase Deux accomplie, il aurait en sa possession une charge nucléaire armée, sous son unique contrôle. Le Président lui-même ne détenait pas un tel pouvoir.

DeMarco réagit au silence de Coffey.

– Il y a un problème ?

– Oui.

Mais ce n'était pas ce que Coffey voulait dire. À quoi pensait-il exactement, à ce moment ? Est-ce qu'il avait un problème ? Non, il répondait oui à l'ordre initial, c'était tout.

– Non, je veux dire non, commandant. Négatif.

DeMarco s'attarda un instant sur l'écran, peut-être pour voir si Coffey allait modifier sa réponse. Puis il coupa la communication. Coffey poussa un long soupir, comme s'il venait d'éviter un gros problème. Mais ce n'était pas vrai, pas du tout. Au contraire. Il avait maintenant sur les épaules le plus énorme de tous les problèmes.

Il n'y avait pas un coin de *Deepcore* qui ne pouvait servir à cinq fonctions différentes au moins. Alors Lindsey était dans le laboratoire de photo, qui faisait office de cabine de rangement. Les toilettes étaient la seule chambre noire, juste à côté. Il y avait un lavabo, pas de lumière du tout et c'était pratique en cas de besoin pressant.

Mais Lindsey avait la mine plutôt sombre, alors qu'elle refermait le capot de son appareil photo. Elle avait vu l'expression de Coffey, en l'écoutant. Il était évident qu'il n'avait pas tellement confiance en elle. Mais elle-même ? Avait-elle confiance en elle ? Elle avait vu quelque chose, c'était certain. Elle savait seulement que c'était bizarre. Si étrange qu'un ingénieur comme elle, qui connaissait par cœur toutes les structures de profondeur jamais construites, n'avait pas de mots pour la décrire.

Elle était à court de vocabulaire, autant qu'un profane essayant de parler de construction. « Pourquoi est-ce que vous employez ces machins ronds plutôt que des triangles ? » « Et ce machin-là, à quoi ça sert ? » Sa description était du même niveau. « C'était plus ou moins arrondi comme une turbine arquée et ça paraissait un peu flexible... » Ouais !

Elle savait seulement décrire ce que ce n'était pas. « Ça ne semblait pas propulsé par une rétro-poussée, comme une fusée ou un avion à réaction.

Mais ça n'ondulait pas assez pour nager et ça allait si vite qu'on avait l'impression que ça volait dans les airs. » Coffey avait simplement hoché la tête, en entendant cela. Elle se demandait si c'était sa façon de dire : « Vous vous foutez de moi, madame. » Et puis il avait parlé de submersible russe, comme si elle était trop idiote pour savoir à quoi ressemblait un engin sous-marin !

Et maintenant, Bud la soumettait à un second interrogatoire alors qu'elle examinait ses rouleaux de pellicule développés. Il trouvait toute l'affaire plutôt drôle, c'était évident.

– Alors tu n'as rien pris du tout, avec tes photos ?

Il y avait pour plus de cent mille dollars de matériel photographique à bord de *Deepcore* et la mission de Lindsey au *Montana* était de tout photographier, tout. Et pourtant, elle n'avait pas pensé à prendre une seule photo de cette chose qu'elle avait vue.

– Non, expliqua-t-elle une fois de plus. Je ne l'ai pas photographiée.

Bud n'avait-il pas constaté lui-même la baisse d'énergie ? Elle n'aurait pas pu prendre de photo même si elle avait essayé. Mais ce qui la tourmentait le plus, c'était qu'elle n'y avait même pas pensé. La vision l'avait tellement surprise, tellement décontenancée qu'elle avait oublié ses caméras jusqu'à ce que ce soit trop tard. Elle se sentait complètement idiote.

Malgré tout, Bud la connaissait, il savait qu'elle n'avait pas tendance aux hallucinations, ni aux exagérations, il devait savoir qu'elle avait réellement *vu* ce qu'elle disait avoir vu.

– Et la vidéo ? demanda-t-il.

– Non.

Naturellement, il ne la connaissait pas du tout ! C'était bien pour ça qu'elle le quittait. Alors elle ne devrait pas se vexer qu'il réclame des preuves objectives. Elle n'avait pas à prendre cela personnellement.

– Écoute, lui dit-elle enfin, je ne veux pas en parler.

– Très bien. Comme tu veux.

– Je ne sais *pas* ce que j'ai vu ! D'accord ? Coffey veut l'appeler un submersible russe. Ça ne me dérange pas. C'est un submersible russe. Là. Pas de problème.

Elle tentait de mettre fin à la conversation sans conclure. Mais Bud ne la laissa pas faire.

– Mais toi, tu penses que c'était autre chose. Quoi ? Un des nôtres ?

– Non !

Si c'était américain, je l'aurais su. J'aurais même su qui l'avait créé ! Même si c'était tellement ultra-secret que personne ne l'avait jamais vu à part les militaires. Je connais quand même ce domaine !

– Qui, alors ?

C'était tout Bud, ça. Insister, toujours insister pour savoir ce qu'elle pensait. Vouloir toujours s'insinuer dans sa tête même si elle ne savait pas elle-même ce qu'elle pensait.

– Allons, Lins. Parle-moi.

Combien de fois avait-elle entendu ces mots ? Et pourtant, cette fois elle voulait vraiment lui parler mais elle ne savait pas que dire.

– Écoute, Jammer a vu quelque chose là-bas, qui lui a flanqué une trouille du diable.

– Il y a eu un pépin avec sa mixture. Il a été pris de panique et il a bousillé son régulateur.

Bien sûr, Bud, tu as ton explication pour ce qui est arrivé à Jammer et ça te suffit, même si ton explication ne vaut pas mieux que de dire « ce type est mort parce que son cœur s'est arrêté », sans chercher à savoir pourquoi le cœur s'est arrêté.

Elle devait le convaincre, cette fois, l'amener

à son point de vue, lui faire comprendre l'étrangeté de cette situation. C'était très important que Bud comprenne qu'il ne s'agissait *pas* d'un submersible russe ni de toute autre chose sensée.

Alors elle lui posa la question clef :

– Oui, mais qu'est-ce qu'il a *vu* qui lui a flanqué la panique ?

Comme toujours, il lui renvoya la question :

– Qu'est-ce que tu crois qu'il a vu ?

Et voilà. Devait-elle lui avouer ce qu'elle pensait vraiment ? Qu'il n'y avait pas, dans ce qu'elle avait vu, la moindre trace de pensée ou d'expérience humaine ? Elle n'osait pas. Il se mettrait à marmonner des histoires de SNHP, d'hallucinations et de délire des profondeurs. Alors elle devait se rabattre sur ce qu'elle avait rapporté à Coffey.

Mais Bud n'était pas Coffey, alors quand elle parla elle ne put s'empêcher de supplier un peu.

– Je ne sais pas, je ne sais pas ! Je devrais savoir, mais je ne sais pas !

Crois-moi, Bud, implorait-elle. Prends-moi au sérieux, au moins une fois ! Peut-être la comprit-il, peut-être pas. À ce moment, la porte s'ouvrit et Hippy passa sa tête en criant :

– Hé, les gars ! Grouillez-vous ! On l'annonce !

L'*Explorer* leur retransmettait la diffusion du satellite-relais. Ce n'était pas une rediffusion des « Walton ». Ils étaient aux informations.

Pour Bud, ce fut un soulagement. Le secret était levé. Sans doute étaient-ils seuls au fond de la mer, mais au moins maintenant le monde entier savait qu'ils étaient là. Naturellement, cela voulait dire aussi que s'ils faisaient des bêtises, tout le monde le saurait. En revanche, personne ne pourrait rien leur faire sans que le monde entier l'apprenne. C'était ce qui l'avait le plus effrayé quand

Coffey avait parlé d'engins russes. Si les Soviétiques étaient capables de construire des choses comme ce que décrivait Lindsey, qu'est-ce qui les empêcherait de détruire *Deepcore* ? Mais à présent, sous les projecteurs de la publicité, même les Russes cherchaient à bien se conduire.

Tout le monde se pressait devant la télévision, dans le carré, et faisait du bruit en voulant faire taire tous les autres.

– Silence ! Vos gueules !

– Monte le son, coco !

Ce fut Lindsey qui réussit à les calmer et à les faire écouter.

– ... et le Kremlin continue de nier toute intervention soviétique dans le naufrage du sous-marin Trident, l'US *Montana*. La marine n'a pas encore révélé les noms des cent cinquante-six hommes d'équipage qui sont tous présumés morts à cette heure.

Catfish allongea le bras et tourna des boutons, pour tenter de régler la réception. Il risquait sa peau. Tout le monde a horreur que quelqu'un se mette à tripoter la télé en plein milieu d'une émission passionnante. Mieux vaut une réception passable que rien du tout. Alors ils faillirent lui sauter à la gorge.

– Laisse ça tranquille, Cat !

– ... les employés civils d'une plate-forme pétrolière off-shore appartenant à la Benthic Petroleum...

– Ah dis donc ! C'est nous !

– Chut !

Des gosses, pensait Bud, tout excités de voir leur village natal cité aux informations.

– ... participeraient à une opération de renflouage mais nous n'avons aucun renseignement sur leur participation. Bill Tyler est maintenant arrivé sur le lieu du naufrage...

– Ah merde, on s'en fout ! Des noms !

C'est ça, les gars. Cent cinquante-six morts dans le *Montana* et vous voulez entendre votre nom à la télé. Bud ne le leur reprochait pas. On ne peut en vouloir à des hommes d'être humains. Mais il aurait espéré que les siens vaudraient un peu mieux que ça, ne souhaiteraient pas tellement être au centre de l'univers.

Si leurs noms n'avaient pas été cités, ils avaient ce qui s'en rapprochait le mieux, une vue d'hélicoptère d'un grand nombre de navires dangereusement secoués par de terribles vagues irrégulières et, parmi eux, roulant et tanguant mais infiniment plus stable que tous les autres, l'*Explorer,* dont la vue fut saluée par des cris de joie.

Ce qui surprenait le plus Bud, c'était le nombre de ces bateaux. Là, dans le fond de la mer des Caraïbes, il n'avait rien imaginé de plus à la surface que l'*Explorer,* relié à *Deepcore* par l'ombilical, et beaucoup d'eau et de vent. Il découvrait à présent que le plafond de la mer était encombré par des bâtiments de la marine US, ballottés comme des jouets dans une baignoire. Que faisaient-ils là ? Un cyclone arrivait, ils ne le savaient donc pas ? Un bateau n'avait rien à faire dans une pareille tempête.

Et si Bud le savait, la marine ne l'ignorait sûrement pas. Donc, on devait avoir une peur réelle des Russes, si on éprouvait le besoin de maintenir toute une escorte autour de l'*Explorer* dans une mer comme celle-là.

Le reporter révéla clairement que la situation était encore pire que ce qu'elle paraissait :

– Cuba n'étant qu'à quatre-vingts milles nautiques, une telle concentration de bâtiments et d'avions de l'US Navy a provoqué des protestations officielles de La Havane et de Moscou et a conduit à un changement de direction des bâtiments de guerre soviétiques dans les Caraïbes.

Bud sentit changer l'humeur dans le poste de

contrôle. Plus de surexcitation « nous passons à la télé ». Des bâtiments de guerre soviétiques dans les Caraïbes. Ce qui inquiétait Bud, c'était l'escalade. La marine a peur que les Russes viennent espionner le *Montana,* alors elle fait venir une escadre pour protéger le site. Les Russes voient se concentrer ces forces, alors ils convergent sur le *Montana.* Comme si la peur elle-même faisait arriver ce qu'ils craignaient.

Le présentateur-réalisateur du journal télévisé posa la question stupide habituelle, rien que pour se donner de l'importance et faire croire qu'il ne se contentait pas de lire le téléprompteur :

– Bill, comment décririez-vous l'humeur qui règne là-bas ?

– L'humeur est à la suspicion, même à la confrontation. Un certain nombre de chalutiers russes et cubains, manifestement des navires de surveillance, ont croisé toute la journée dans les parages, à quelques milles seulement, et à de nombreuses reprises des appareils soviétiques qui tentaient de survoler le site ont dû être refoulés.

C'était comme une fourmilière, là-haut. Les fourmis rouges et les fourmis noires. Cela tranquillisa Bud qui se sentit un peu plus en sécurité au fond de la mer. Aussi bien, c'était l'endroit le plus sûr de la terre, en ce moment.

Quand l'émission prit fin, Bud et Lindsey allèrent du côté du bassin lunaire. Si les informations avaient appris quelque chose à Bud, c'était que l'*Explorer* ne pouvait rester au-dessus d'eux plus longtemps. Aucun espoir que le cyclone passe assez loin pour qu'ils restent reliés. Il était temps de voir si Une-Nuit avait paré Flatbed à sortir pour aller décrocher l'ombilical et laisser partir l'*Explorer.*

Il n'avait même pas besoin de dire à Lindsey ce qu'ils allaient faire. Elle le savait aussi bien que lui. Pendant un moment, ce fut comme autrefois au temps où ils travaillaient si bien ensemble sans parler parce qu'ils se comprenaient, et comprenaient *Deepcore,* à la perfection.

Seulement cette fois, Hippy les suivait comme un petit chien, tout agité, de la frénésie dans sa voix, dans ses gestes. Bud avait déjà vu Hippy dans cet état. Ça va mal ! Fais quelque chose, fais quelque chose ! Le remède, c'était de confier une mission à Hippy, un travail manuel exigeant toute sa concentration, alors il se calmait et faisait le travail. Mais que confier à Hippy, en ce moment ? Il fallait tout de même l'apaiser, d'une façon ou d'une autre.

– C'est la panade ! C'est le vrai merdier ! gémit Hippy.

Une seule solution, le laisser parler. Bud s'arrêta et se retourna.

– Qu'est-ce que tu as, Hippy ?

– Ce que *j'ai* ? Nous sommes en plein milieu de cet incident international ! Comme la crise des missiles de Cuba ou Dieu sait quoi !

Bud écoutait patiemment, mais Lindsey ne comprit pas ce qu'il voulait faire. Elle manquait toujours d'intuition. Alors, au lieu d'encourager Hippy à dire tout ce qu'il avait sur le cœur, elle tenta de le faire taire en ironisant :

– T'as trouvé ça tout seul, hein ?

Lindsey ne réussit qu'à l'agiter encore plus.

– Nous avons des sous-marins russes qui tournicotent autour de nous. Merde ! Ça va mal tourner et on dira n'importe quoi sur ce qui se passe ici. N'importe quoi !

Eh oui, c'est exactement ce que je pense. Bud tenta d'en faire une plaisanterie.

– Détends-toi, Hippy, dit-il en désignant Lindsey. Tu vas effrayer les dames.

– Astucieux, Virgil, susurra Lindsey.

La diversion fit cependant son effet. Hippy se calma un peu, ses plaintes se réduisirent à un marmonnement.

– Ces foutus SEALS nous disent balpeau. Il se passe quelque chose.

– Tu vois des complots partout, Hippy.

Bud repartit, en emmenant Lindsey. Derrière eux, Hippy cherchait à comprendre pourquoi Bud éprouvait le besoin d'exprimer une telle évidence.

– Eh bien c'est vrai, quoi ! Y en a partout.

Peut-être bien, pensait Bud. Peut-on parler de paranoïa si vraiment tout le monde cherche à vous avoir ?

À peine avaient-ils laissé Hippy à ses réflexions qu'Une-Nuit arriva en courant de l'aire de Flatbed.

– Grouillez-vous ! cria-t-elle. Coffey fiche le camp avec Flatbed ! Il m'a obligée à lui expliquer les commandes et il est là-bas.

C'était un peu plus sérieux qu'un gamin empruntant la voiture familiale. Sans la laisser finir, Bud s'élança vers le bassin lunaire.

– Nom de Dieu ! Tu ne lui as pas dit que nous en avions besoin *tout de suite* ?

– Si, mais il n'a rien voulu entendre. Je lui ai dit et répété que nous devions décrocher l'ombilical en moins de deux !

Jamais il n'avait rien entendu d'aussi ridicule. Coffey était censé être un type intelligent. L'ombilical ne pouvait être décroché d'en haut; ça devait se faire ici, à *Deepcore.* Est-ce que Coffey s'imaginait qu'il pourrait accomplir le reste de sa mission si l'*Explorer* coulait ou avait une avarie ? Ou, pis, si l'ombilical était endommagé alors qu'on attendait son retour ? Est-ce qu'il se figurait qu'ils allaient en trouver un de rechange dans un des pays voisins ? On ne va pas au marché pour du matériel spécialisé dans des coins comme Haïti ou le Honduras !

– Où est-ce qu'il veut aller, bon Dieu ?

– Je n'en sais rien ! répondit Une-Nuit. Tu nous avais dit de collaborer avec eux.

– Oui, bien sûr, et tout aurait dû bien marcher.

Comment est-ce que j'aurais pu savoir qu'il avait le cul à la place de la tête ?

Quand Bud arriva au bassin, Wilhite, Monk et Schoenick étaient debout sur Flatbed, en tenue de plongée, et Coffey aux commandes. Ils étaient face à Bud, quand il arriva en courant. Il hurla de toute la force de ses poumons, certain qu'ils devaient probablement l'entendre :

– Nous avons besoin du grand bras pour décrocher l'ombilical ! Y a un putain de cyclone qui se pointe !

Pendant ce temps, Lindsey s'était emparée d'un casque de transmission.

– Coffey ! Coffey, vous me recevez ?

La tête des SEALs disparut dans l'eau. Aucune réponse ne parvint aux écouteurs. Pas d'explication. Rien. Rien que le comportement le plus dangereux, le plus irresponsable, le plus imbécile ! Bud n'avait jamais rien vu de pareil durant toute sa carrière, à terre, en mer ou sous la mer.

– Bordel de merde, murmura-t-il tout bas, comme une bénédiction. Inconcevable.

Je savais que jamais je n'aurais dû les laisser venir à *Deepcore*.

Il regarda Lindsey, attendit qu'elle dise cela. Attendit qu'elle dise : « Je te l'avais bien dit, de ne pas laisser les militaires nous envahir. Je t'avais bien dit qu'ils se foutaient comme d'une merde de la station et de son personnel ! »

Mais elle ne dit rien. Peut-être parce qu'elle savait que c'était inutile. Parce qu'elle savait que lorsque Bud était vraiment dans son tort, personne n'avait besoin de lui mettre le nez dedans parce qu'il était le premier à le savoir.

McBride se cramponna au garde-corps et se pencha pour contempler le pont de l'*Explorer*. Des hommes couraient en tous sens, revêtus de leur brassière de sauvetage, et s'efforçaient de tout arrimer avant le cyclone. Mais il était évident que cette tempête était bien trop violente pour l'affronter. L'*Explorer* était conçu pour prendre la fuite quand le temps devenait aussi mauvais. Même maintenant, il n'était pas sûr qu'ils réussiraient à s'écarter sans dommage du chemin de Frederick. Le vent soufflait à quatre-vingts nœuds. Le Centre des ouragans parlait d'une possibilité de deux cents nœuds près de l'œil. Lequel fonçait sur eux aussi sûrement que s'ils l'avaient accroché à leur hameçon et le ramenaient au moulinet.

McBride chancela et recula dans le poste de commandement. DeMarco y était, aussi tranquille que s'il avait tout le temps devant lui. Il ne devait quand même pas être stupide au point de ne pas se rendre compte du danger ! La plupart de leurs escorteurs s'étaient sérieusement écartés, de peur d'être jetés les uns contre les autres par les lames et le vent.

– Nous avons besoin de nous décrocher et de nous tirer d'ici.

DeMarco tourna vers McBride un visage impassible.

– Eh bien, faites-le.

Quelqu'un tendit à DeMarco un sandwich dans du papier d'aluminium. Il allait déjeuner. Parfait. La prochaine chose qu'il dirait ce serait : « Qu'ils mangent de la brioche ! »

Mais McBride entendait bien faire comprendre ses responsabilités à ce commandant-là.

– Pas de problème, sinon que vos gars sont en train de faire du tourisme avec Flatbed alors que les miens ont besoin de l'engin pour nous décrocher de leur bout.

DeMarco déballa son déjeuner.

– Ils seront de retour dans deux heures, dit-il, puis il mordit dans son sandwich.

– Deux heures ? Notre copain Fred va nous foutre dans le merdier bien avant deux heures !

Mais il était inutile d'essayer d'intéresser DeMarco à leurs problèmes. Il était planté là et mâchonnait tranquillement, en contemplant la mer des Caraïbes comme s'il y avait quelque chose d'autre à voir que l'enfer.

Les SEALS ouvrirent le sabord d'un des missiles. Cela leur prit quelques minutes mais Coffey avait assez bien trouvé le truc, pour manœuvrer le bras de Flatbed et dégager l'espace du diaphragme de plastique. Le nez du missile Trident C-4 apparut alors. Ils eurent l'impression de regarder dans le canon d'un fusil une balle qui les visait.

Seulement cette balle-là ne serait jamais tirée, le missile ne serait jamais lancé. Les seuls objets utiles, à l'intérieur, étaient les MIRV, de courtes pièces coniques recelant la puissance d'un petit soleil. Si une de ces ogives explosait maintenant, pensa Coffey, toute l'eau à des kilomètres à la ronde serait vaporisée instantanément. Elle s'élèverait aussitôt en formant une bulle à la surface, qui crèverait immédiatement en libérant du poison dans l'atmosphère. Pas beaucoup d'eau, à vrai dire, comparé à tout ce qu'il y avait dans l'océan. Juste un petit rototo de la mer. Et une onde de choc semblable à un séisme sous-marin.

Ils soulevèrent le cône du nez, exposant les ogives. Monk lut les instructions sur la carte plastifiée qu'on leur avait remise à Houston. Schoenick et Wilhite obéissaient à chaque commandement, à mesure qu'il lisait. Et il les surveillait pour être sûr que tout était fait correctement.

– Séquentiel de séparation débranché, annonça Wilhite. Ensuite ?

– Retirer les boulons explosifs un à six inclus,

dans le sens contraire des aiguilles d'une montre.

– Bien reçu, répondit Schoenick. Je dévisse le premier boulon.

Coffey observait le travail de ses hommes, par la verrière de Flatbed. Il éprouvait cette même sensation de l'inévitable qu'il avait ressentie autrefois, il y avait bien longtemps, en attendant à mi-étage de l'immeuble de Darrel Woodward, avec un parpaing entre les mains. Ça va se produire. Attends. Attends. Il va venir. Peut-être pas. Attends.

Pas très loin de là, une entité bâtisseuse planait dans l'eau. Elle observait mais pas avec ses yeux; il n'y avait pas assez de lumière. Elle se servait donc de ses autres sens. Les tentacules qu'elle avait filés hors d'elle-même enlaçaient Flatbed, le *Montana,* les SEALs et le missile dans un filet invisible, chaque maille pas plus épaisse qu'une molécule; à côté de ces fils, ceux du système de communication en fibre optique paraissaient épais et lourds. Grâce à ce réseau, elle goûtait et touchait pour savoir ce qui se passait.

Les humains ouvraient le missile et retiraient la mort de l'intérieur. Peut-être était-ce bon signe. Mais peut-être pas. Qui était capable de comprendre ces créatures qui permettaient à leurs précieuses mémoires de périr quand leur corps mourait, qui luttaient contre la mort avec une rage terrible mais qui fabriquaient des armes capables de briser toutes leurs œuvres et de détruire toute une planète ?

Malgré tout, la ville avait étudié. Le contact fugace avec le cerveau vivant de Jammer avait fourni beaucoup d'informations pour interpréter les mémoires des morts qu'ils avaient prélevées dans le *Montana.* Ils avaient découvert comment traduire en sons les émissions de radio et en images celles de la télévision. Ils avaient même déchiffré, plus ou moins, le langage humain. Ils savaient maintenant trouver un sens à certaines de nos actions et de nos paroles. En voyant comment fonctionnait notre cerveau, ce que nous nous rappelions, le sentiment d'être humain, des mots qui n'avaient été que des séquences codées incompréhensibles prenaient soudain une signification. Des émissions qui depuis des décennies reposaient dans les tours de mémoire de la ville furent fébrilement extraites et réexaminées. Les bâtisseurs avaient interrompu toute autre activité que l'effort de compréhension de ces étranges créatures et de ce qu'elles voulaient dire par les choses incompréhensibles qu'elles faisaient.

Longtemps avant de comprendre notre langage, ils nous avaient collé une étiquette, une façon de penser à nous, de parler de nous dans leurs communications sans paroles. Pour eux, tous les non-bâtisseurs, quelle que fût leur espèce, étaient des *oublieurs,* l'équivalent de notre concept de l'*animal,* des êtres vivants semblant se diriger avec intention mais incapables de raisonnement. Jusqu'au *Montana,* nous avions appartenu à cette catégorie, dans leur idée, mais à présent ils savaient que nous nous souvenions, comme eux, même si nos mémoires étaient tragiquement écourtées à cause d'un des accidents morbides de la biologie. Alors, pour nous distinguer d'eux-mêmes et des oublieurs, ils nous appelèrent *ceux-qui-s'entre-tuent-volontairement.*

La ville, cependant, puisait de plus en plus de chaleur des eaux des Caraïbes, jusqu'à ce qu'elle réchauffe la mer juste au-dessous du cyclone Frederick, ainsi que l'eau devant le front de l'ouragan. Le cyclone allait battre tous les records. Frederick était une tempête contrôlée; avec les bâtisseurs qui la poussaient vers *Deepcore,* ce serait le plus terrible ouragan de toute l'histoire maritime.

Il n'y avait là aucune méchanceté. Les bâtisseurs allaient sonder *Deepcore* pour se renseigner sur les respirateurs d'air. La station était à la limite de survie la plus basse pour des êtres humains, mais c'était la limite la plus élevée pour des bâtisseurs qui n'étaient pas en sécurité à l'intérieur d'un porteur. Ils étaient en train de remodeler génétiquement plusieurs porteurs pour former une sonde qui survivrait dans la mixture respiratoire emplissant *Deepcore*. Mais afin de la faire monter dans l'eau de mer dangereusement raréfiée à moins six cents mètres, les bâtisseurs eux-mêmes seraient exposés. Vulnérables. Par conséquent, ils devaient s'assurer que *Deepcore* était seule. Le cyclone Frederick allait balayer la mer au-dessus d'eux et la maintenir dégagée jusqu'à ce qu'ils aient étudié tout ce que l'équipage de *Deepcore* avait à leur apprendre.

Sur les bords du cyclone, les cuirassés et les croiseurs soviétiques sondaient les formations américaines. Ils jouaient entre eux comme des enfants. Chat ! Chiche ! Effrayer l'autre. Voir quelle est sa résolution, de quoi il est capable.

Ce que le croiseur *Appleton* ne fut pas capable de faire, ce fut d'éviter une collision avec un destroyer soviétique beaucoup plus petit. Ils ne s'aperçurent mutuellement qu'au tout dernier moment mais chacun savait certainement, par le radar et les communications radio interceptées, qu'ils étaient assez rapprochés. Dès que le destroyer fut en vue, le commandant de l'*Appleton* tenta de virer de bord et crut même avoir réussi. Mais une lame monstrueuse le fit gîter et une autre, arrivant en diagonale dans cette mer chaotique, projeta le destroyer contre lui.

L'*Appleton* fut endommagé mais le bâtiment soviétique mortellement touché. Il embarqua rapidement de l'eau et un incendie se déclara au-dessus de la ligne de flottaison, qui fit rage en dépit de la pluie battante. En quelques minutes, le destroyer coula.

Avant même d'avoir fini d'évaluer ses avaries, l'équipage de l'*Appleton* demandait du secours par radio, pour le sauvetage des survivants du bâtiment russe. Mais quelques hommes seulement furent repêchés de cette mer en furie, tous dans les premières minutes, par les marins américains, soit dans des canots pneumatiques, soit en grimpant par des échelles de corde lancées le long des flancs d'autres bâtiments US.

En des temps plus calmes, cela aurait été un accident horriblement dangereux, plus encore que l'avion de ligne coréen abattu, puisqu'il s'agissait ici de militaires, des deux côtés. Mais cette collision se produisit alors que, déjà, les deux camps s'examinaient avec crainte et suspicion.

Les Russes cherchaient à savoir pourquoi leur nouveau satellite-espion avait explosé moins d'une heure après être devenu fonctionnel; si les Américains avaient fait le coup, comment avaient-ils su ce que faisait ce satellite et comment l'avaient-ils détruit sans qu'on détecte un lancement ? Et maintenant, les Américains prétendaient qu'un sous-marin avait été coulé et ils rassemblaient toute une flotte au sud-ouest de Cuba. Le lien entre un sous-marin « naufragé » et la destruction d'un satellite traqueur de sous-marins ne pouvait être pure coïncidence, n'est-ce pas ? Les Américains chercheraient-ils un prétexte pour envahir Cuba et mettre à l'épreuve la volonté des Russes, tout de suite, avant qu'ils lancent un autre satellite-espion et neutralisent la force stratégique américaine ?

Il y avait tout autant de questions dans le camp américain. Pourquoi le satellite soviétique avait-il explosé ? Quel était le rapport avec la perte, quelques minutes plus tard, du *Montana* ? Pourquoi les Russes envoyaient-ils une escadre aussi importante dans les parages du sous-marin naufragé ? Quel était l'étrange submersible incroyablement rapide signalé par les SEALs protégeant l'épave ? Les Russes chercheraient-ils à provoquer les Américains pour les pousser à des actions qui leur fourniraient un bon prétexte pour une première attaque ?

Dans ce climat, la collision ne parut accidentelle qu'aux commandants de l'*Appleton* et du destroyer soviétique, et ce dernier était mort. Le capitaine Sweeney de l'*Appleton* fit un rapport exact à l'US Navy, mais la marine américaine mit en doute son évaluation des intentions soviétiques et les Russes le traitèrent carrément de menteur. La déclaration soviétique officielle dénonça la collision comme un acte de guerre sans provocation. Les délégués soviétiques quittèrent la table de négociations de SALT. L'Armée Rouge accrut le niveau de préparation de ses troupes en Europe.

Les satellites US prirent des photos révélant que tous les bâtiments de guerre russes en état de naviguer appareillaient; il semblait y avoir une activité anormale autour des sites de lancement d'ICBM. Le président des États-Unis n'eut d'autre choix que de riposter en faisant prendre l'air à tous les bombardiers américains et la mer à toute la flotte de guerre.

Aucun des deux camps ne comprenait les actions de l'autre. L'idée ne vint à personne qu'un tiers pût être mêlé à l'affaire. Ils devaient donc interpréter tous les événements en partant du principe que ceux qu'ils ne causaient pas eux-mêmes étaient causés par les autres.

En attendant le retour des SEALs avec Flatbed, il n'y avait rien à faire à *Deepcore,* si ce n'est observer avec une horreur croissante les informations télévisées retransmises de l'*Explorer* par l'ombilical.

C'était sur toutes les chaînes. Les journalistes de la télévision faisaient des interviews de l'homme de la rue. Personne ne savait comment prendre les nouvelles. Est-ce que les choses ne semblaient pas aller mieux depuis quelques années ? Tout le monde croyait revenir au temps des abris atomiques des années 60 et même 70. Mais depuis l'arrivée de Gorbatchev au pouvoir, qui présentait un nouveau visage de l'URSS, tout le monde s'était senti plus en sécurité, tout le monde avait poussé un soupir de soulagement en pensant que cette paix-là allait durer éternellement. Comment pouvaient-ils tout remettre en question ?

Certaines personnes paraissaient scandalisées, victimes d'une trahison; d'autres riaient, c'est une blague, non ? D'autres encore hochaient gravement la tête, tiens donc, on ne nous la fait pas ! Il y en avait de furieux : s'ils ont coulé notre sous-marin, alors c'est bien fait pour eux s'ils ont perdu un bateau. Et finalement, il y en avait qui pleuraient de peur. Que pouvons-nous faire ? Que peut-on faire ?

Là-haut, dans l'espace, les bâtisseurs interceptaient et enregistraient ces émissions ainsi que les transmissions militaires. À tour de rôle ils descendirent dans leurs glisseurs et plongèrent dans la mer pour rapporter à toutes leurs villes que *ceux-qui-s'entre-tuaient-volontairement* semblaient se préparer à mériter leur nom sur une échelle mondiale.

Flatbed revint enfin. Immédiatement, Bud réunit l'équipage au bassin lunaire. Les émissions l'avaient calmé. Leur fureur contre Coffey avait été surpassée depuis longtemps par leur terreur de ce qui se passait en surface. D'ailleurs, on n'avait pas de temps à perdre en récriminations; ils pourraient engueuler Coffey plus tard, à terre, s'il y avait une terre où retourner. En attendant, même si tout se passait désormais à la perfection, ils auraient encore trois semaines de décompression avec ces types-là. Bud savait qu'il devait tout aplanir.

Alors, quand Flatbed s'éleva hors de l'eau avec les trois SEALS debout sur son dos comme des statues de quelque sombre panthéon sous-marin, Bud et son équipe avaient bien l'intention d'être efficaces et secourables. Lindsey se tenait un peu à l'écart, telle une déesse de la vengeance; malgré tout elle savait bien, elle aussi, que les reproches ne serviraient à rien.

Dès que Flatbed fut à la surface, tout le monde s'anima. Bud donna l'ordre :

– Dégageons leur matériel de là, en vitesse !

Plus vite les SEALS auraient évacué Flatbed, plus vite ils pourraient aller décrocher l'ombilical au sommet de *Deepcore* et libérer l'*Explorer*.

Les SEALS, de leur côté, ne donnèrent aucune explication et ne s'excusèrent pas. Leur mission avait été accomplie, ils avaient maintenant toutes les raisons de collaborer avec les hommes de l'équipe pour la leur.

Sauf dans un domaine. Hippy commença à désarrimer un objet conique enveloppé dans un des sacs de matériel des SEALS. Coffey le vit, se précipita et cria :

– Touchez pas à ça !

– Pardon, marmonna Hippy.

Il leva les bras, comme pour dire : « Je n'ai touché à rien », mais il garda les yeux fixés sur le sac. Coffey n'aurait pu mieux s'y prendre pour lui révéler qu'il y avait là quelque chose de très important. Et au train où allaient les choses, avec le monde de la surface en plein chaos, Hippy savait que, quoi qu'il y ait dans ce ballot, ce n'était bon pour personne et surtout pas pour lui. Il ne croyait pas au proverbe anglais qui dit que la curiosité a tué le chat. Ce que je ne sais pas va sûrement me tuer, pensa-t-il. Rien, dans sa vie, ne lui avait donné la moindre raison de penser autrement.

Coffey et les autres SEALs débarquèrent le sac de matériel avec mille précautions; c'était visiblement très lourd mais sûrement fragile. Une-Nuit était déjà aux commandes de Flatbed, prête à partir, impatiente qu'ils quittent le bord. Bud les pressait.

– Coffey, s'il vous plaît, nous n'avons pas beaucoup de temps. Magnez-vous !

C'était tout ce qu'il se permettait, en guise d'engueulade, pour avoir risqué leur vie et celle de tout l'équipage de l'*Explorer*.

Enfin, les SEALs eurent quitté le bord. Bud se pencha sur l'écoutille de Flatbed, où Une-Nuit vérifiait les instruments, s'assurait que tout fonctionnait bien.

– On n'est pas en manœuvres, ma cocotte, dit-il. Fais-moi honneur.

Il parlait sincèrement et, pour elle, ce fut un encouragement. Au cours de l'entraînement, jamais personne n'avait été plus rapide qu'Une-Nuit pour accrocher ou décrocher l'ombilical.

– Du gâteau, bébé !

Bud laissa tomber le panneau, le verrouilla et recula tandis que Flatbed s'enfonçait lentement dans le bassin. Intellectuellement, Bud savait qu'Une-Nuit plongeait aussi vite qu'il était possible, mais cela ne l'empêchait pas de marmonner :

– Grouille, nom de Dieu, grouille-toi !

Une-Nuit se grouillait. Mais le déplacement dans l'eau n'était jamais rapide et à cette profondeur la vitesse était encore plus limitée. À part la chose que Lindsey prétendait avoir vue. Non, avait vue. Lindsey était peut-être la reine des garces mais elle n'irait pas inventer ça. Et jamais Une-Nuit ne l'avait entendue exagérer. Il y avait donc réellement quelque chose, peut-être, qui était capable de foncer à toute vitesse à six cents mètres de fond. Une-Nuit regrettait simplement que ce ne soit pas elle qui l'ait vue.

Elle passa sous *Deepcore,* en fit le tour et arriva enfin au raccord de l'ombilical, au sommet du cadre A. C'était une grande structure, à l'aspect aussi solide qu'un viaduc de chemin de fer; comparé à cela, l'ombilical paraissait petit et plutôt fragile, mais Une-Nuit savait qu'on ne faisait pas plus résistant. Pour le moment, il avait encore du mou mais il ondulait, il bougeait. À ces profondeurs, il n'y avait pas de courants mais le mouvement se transmettait de la surface où les creux devaient maintenant être épouvantables. Tenez bon encore une minute, les gars de l'*Explorer.* Une-Nuit est là pour vous tirer du pétrin.

Elle se mit en position, en planant, et déploya le bras hydraulique. Il se déplia de Flatbed comme une patte d'araignée géante. Une-Nuit ouvrit l'énorme pince, sentant la puissance de cet outil dans ses propres doigts, dans son bras. Quand je manie ce truc-là, je suis Dieu, je suis le bras du Seigneur.

Seulement l'ombilical ne se tenait pas tranquille assez longtemps pour qu'elle arrive à l'attraper fermement. Elle jura, fit une nouvelle tentative.

– Merde de merde !

Le bras n'était pas fait pour attraper un objet en mouvement.

Le balancement qui causait tant de soucis à Une-Nuit était un symptôme de problèmes infiniment plus graves à la surface. La grue qui maintenait l'ombilical en suspens au-dessus du puits de lancement était si massive qu'elle avait l'air trop grosse pour le navire. Si le centre de gravité de l'*Explorer* n'avait pas été si profondément plongé dans l'eau, la grue l'aurait déséquilibré. Elle devait être aussi gigantesque pour résister au poids et au tirant de l'ombilical, qui pesait environ quatre-vingt-dix kilos par mètre linéaire. Malgré tout, elle n'était pas conçue pour supporter un stress infini – rien ne l'est – et elle n'était certainement pas faite pour supporter plus que de légers mouvements horizontaux ou verticaux.

Elle était faite pour supporter du poids. Malheureusement, à l'approche du cyclone Frederick, les lames devinrent trop hautes. Le mouvement vertical était trop ample, trop rapide pour les compensateurs, et les violentes embardées de l'*Explorer* dépassaient la puissance des stabilisateurs. Le système n'était pas en cause. Il n'était simplement pas fait pour de telles tempêtes. Il était conçu de manière que l'*Explorer* se largue et prenne la fuite des heures avant que la mer devienne aussi tumultueuse.

La première chose à céder fut une paire de stabilisateurs latéraux. Leurs moteurs ne purent continuer de lutter, dans des creux de dix-huit mètres, contre un vent à quatre-vingts nœuds avec des rafales du double de cette force.

Sur la passerelle, McBride observait avec un calme fataliste l'ouragan le plus effroyable torturer le plus superbe bateau à bord duquel il avait jamais navigué. Un brusque coup de roulis le projeta contre le panneau des commandes; dans tout le poste, d'autres chancelèrent ou tombèrent quand ils ne trouvèrent rien pour s'y arrimer.

Bendix comprit tout de suite ce qui se passait. Les compensateurs de mouvement n'étaient plus à la hauteur. La seule question qui se posait, c'était de savoir lequel des stabilisateurs allait tomber en panne le premier.

– Nous avons un problème. Nous perdons le numéro deux. La position fout le camp.

Cela se révélait déjà dans celle du bateau. Tout le monde sentait le mouvement latéral. Un klaxon d'alerte retentit, une partie du système d'alarme. Tout le monde était déjà sur le qui-vive. Mais il n'y avait absolument rien à faire.

– Ça ne tient pas ! hurla Bendix dans le vacarme du klaxon. Nous glissons hors de position !

Alors que le navire gîtait, l'ombilical était tendu et tiré de côté, il perdait sa position verticale. Il était amené contre l'hiloire du puits de lancement, tendu comme la corde d'un arc sur l'encoche d'une flèche. Quand il grinça contre le rebord en arrachant des échelles et des flotteurs, Bendix s'attendit à le voir se déchirer sous ses yeux, au point de contact. Mais l'ombilical était plus résistant qu'il ne le paraissait et ce fut autre .chose qui céda.

Dans le fond, Une-Nuit avait enfin saisi fermement le mécanisme de raccord de l'ombilical. Tout irait bien, plus que deux minutes au plus et elle l'aurait libéré.

Sur ce, l'ombilical se tendit avec une telle force qu'il secoua tout le mécanisme, tout le cadre A. Il délogea le bras de Flatbed et projeta Une-Nuit en avant, puis en arrière. Pendant un instant, elle perdit tout contrôle. Mais elle se ressaisit, attrapa les commandes et manœuvra Flatbed à l'écart au moment où l'ombilical se dirigeait tout droit sur elle en entraînant le cadre A. Une-Nuit pivota. Il n'y avait plus aucun moyen de s'approcher et de désaccorder l'ombilical. Toute la structure bougeait.

À l'intérieur de *Deepcore,* Lindsey buvait du thé dans le corridor quand toute la station résonna comme un gong et bascula sur un côté. Le thé brûlant l'éclaboussa. Bud surgissait déjà d'une porte en courant, et se précipitait vers le poste de contrôle.

Il avait du mal à ne pas perdre pied, tandis qu'il chancelait dans les corridors, sans cesse rejeté d'un mur à l'autre. Un véritable tremblement de terre, il n'avait jamais vu pire. Il était couvert de bleus aussi douloureux que des coups de poignard quand il arriva dans le poste, mais la douleur n'avait pas d'importance, la mort serait bien plus terrible. Il courut devant Hippy et s'empara du micro.

– Surface ! Surface ! Donnez-nous du mou, nous sommes traînés !

Bud savait que ce devait être épouvantable, à la surface, pour que les compensateurs de mouvements ne fonctionnent plus. Ils auraient pu décrocher dix fois, dans les heures précédentes, et cela ne serait pas arrivé. À n'importe quel moment, ils avaient eu tout leur temps. Et maintenant il était trop tard !

Lindsey vint le rejoindre. Ensemble, ils regardèrent par le hublot avant. *Deepcore* ne cahotait plus sur le fond, maintenant, parce que le fond était en pente. Et descendait. De plus en plus. Ce fut Lindsey qui commenta le danger :

– Nous dégringolons vers le précipice.

McBride essaya de donner à Bud ce qu'il demandait. Il courut à la fenêtre et se pencha pour regarder la cabine de la grue où Byron clignait des yeux dans la pluie battante pour tenter de voir ce qui se passait.

– Byron ! Baisse sur le treuil numéro un ! *Baisse sur un !* Donne du mou à l'ombilical ! Vite !

Byron tapa sur ses écouteurs pour faire signe à McBride qu'il n'entendait rien. Cela n'avait d'ailleurs plus d'importance. Il était déjà trop tard.

À ce moment, dans le fond, *Deepcore* fut traînée et entra en collision avec un rocher. La station fut arrêtée, pas l'*Explorer*. La tension devint trop forte pour le raccord, quelque chose devait céder. Ce ne fut pas l'ombilical. Ce ne fut pas le raccord de *Deepcore*. Lindsey les avait prévus trop forts. Ce fut la grue soutenant l'ombilical qui ne put résister. Le compensateur vertical tomba en panne, les haubans d'acier claquèrent comme des cordes de guitare.

McBride observait avec horreur, du haut de la passerelle, les lames monstrueuses s'abattre sur la grue. Elle bascula, se courba, se tordit et ses quarante tonnes tombèrent dans le puits de lancement, dans un monstrueux hurlement d'acier torturé, encore plus fort que la tempête. Une gerbe d'eau jaillit quand la grue plongea, tout entière, sans que la moindre pièce reste attachée.

Byron fut emporté dans la cabine, il était en route vers le fond sans espoir de sauvetage. La pression le tuerait probablement avant qu'il ait le temps de se noyer.

Combien en faudrait-il à la grue pour atteindre le fond ? Elle arriverait bien avant que *Deepcore* s'écarte. Mais au moins, avec un avertissement, ils pourraient se préparer à l'impact. McBride ne pouvait les prévenir avec son casque; l'ombilical perdu, il n'y avait plus de ligne directe. Il se détourna de la fenêtre.

– Contactez-les sur l'UQC ! ordonna-t-il en collant à son oreille le téléphone sous-marin. Bud ! Nous avons perdu la grue !

Dans le fond, Bud ne comprenait pas.

– Quoi ? Répétez ça !

McBride fit des efforts pour se faire entendre par le système de remplacement.

– La grue ! Nous avons perdu la grue ! Elle est en route vers vous !

Et la question était réglée. L'*Explorer* ne pouvait plus rien faire. Ou la grue tomberait en plein sur *Deepcore,* écrasant tout et tuant tout le monde, ou elle tomberait à côté. Et si c'était à côté, il n'y avait quand même rien à faire pour l'*Explorer* tant que le cyclone ne serait pas passé. Ils étaient livrés à eux-mêmes, tout là-bas au fond.

Malgré la perte de l'ombilical, McBride donna l'ordre de rester quand même sur place au-dessus de *Deepcore,* dans la mesure du possible. S'ils dérivaient trop, l'UQC serait hors de portée et ils ne sauraient pas ce qui arrivait. Mais avec une série de stabilisateurs hors d'usage, la mer était trop forte. Le navire s'éloignait du site. L'*Explorer* tenta de rétablir le contact UQC avec *Deepcore* mais ne reçut plus de réponse. Inlassablement, ils appelèrent sans autre réaction que le silence, jusqu'à ce qu'il devienne évident qu'ils étaient hors de portée ou alors qu'il n'y avait plus personne en bas pour leur parler.

McBride arrêta ses efforts et attendit quelques instants que tous les autres comprennent la vérité. Dans son impuissance, il lui fallait faire quelque chose, frapper quelqu'un. Et pour une fois, la personne directement responsable de tout cela était devant lui. DeMarco. Le commandant sur place. L'expert militaire. McBride avait l'occasion de passer sa rage sur l'homme qui le méritait. Et tout le monde était là pour l'entendre. Ce serait donc une satisfaction publique.

– Nous avons raté notre chance de faire ça sans risque ! cria-t-il. Byron est déjà mort. Dieu sait combien sont morts là-bas dans le fond lorsque la grue a frappé. Tout ça parce que vos gamins sont allés faire un tour avec Flatbed sans demander quoi que ce soit aux gens qui, eux, savaient très bien ce qu'ils faisaient !

DeMarco le regarda sans rien dire mais McBride comprit son regard. Il n'était plus si sûr de lui, le marin. Plus du tout si sûr de son commandement.

McBride fut sans pitié :

– Je vous conseille d'espérer que votre équipe a accompli sa mission, parce qu'elle ne va sûrement pas la réussir maintenant. Vous avez joué au con, DeMarco ! Vous avez manqué à votre devoir ! C'est *vous* le responsable, personne d'autre que vous !

DeMarco continua de garder le silence.

Il se figure probablement qu'il va s'en tirer avec de belles paroles, pensa McBride. Raconter à ses supérieurs des histoires de mauvaise collaboration des civils. Mais ça ne se passera pas comme ça. Moi j'aurai mon rapport à faire, et il sera lu !

– Je vous jure que j'aurai vos couilles dans un bocal !

DeMarco restait figé, encaissait tout. Cette attitude fut pour McBride une confession, un aveu de culpabilité. C'était assez pour le moment. Il se tourna vers ses propres hommes.

– Nous reviendrons et nous essaierons de les retrouver quand la tempête sera calmée. En attendant, allons nous mettre à l'abri.

Coupés du monde

Deepcore avait déjà heurté, violemment, un écueil sous-marin. Le miracle, c'était qu'il ne semblait pas y avoir d'avarie sérieuse, du moins rien que les instruments révélaient. Mais à présent quelque chose de beaucoup plus grave les menaçait.

– Bon, préparons-nous à l'impact ! Tout le monde paré à l'impact ! cria Bud au micro. Fermez tous les sabords extérieurs.

Il abattit sa main sur le bouton d'alarme. Ils connaissaient tous la manœuvre; elle avait été exécutée cent fois, à l'entraînement.

Ce que Bud avait craint de pire, jusqu'à présent, c'était que l'*Explorer* traîne *Deepcore* jusqu'à la Fosse des Cayman. Il avait espéré que l'ombilical se casserait, il pensait qu'ils survivraient à la chute du câble énorme sur *Deepcore*. L'idée ne lui était jamais venue que l'ombilical était plus résistant que l'ancrage de la grue à bord. Et maintenant, quarante tonnes d'acier étaient en route vers eux. Si la grue leur tombait dessus, elle écraserait la station comme une boîte d'aluminium.

– Allons, grouillons ! cria-t-il. Go go go go go !

Lindsey était déjà dans la cabine du sonar. Elle brancha les signaux sur les haut-parleurs, pour que tout le monde les entende. Ping ping ping. Comme un film de la Seconde Guerre mondiale. À l'écoute de l'ennemi. Un contrepoint à la sirène d'alarme. Whoup whoup. Ping ping ping. La musique de la peur.

Bud n'ignorait rien de ce qui se passait partout dans *Deepcore*. Tous les sabords étaient fermés, verrouillés, séparant les uns des autres les compartiments étanches. Son équipage dispersé. Si la grue les frappait, il y aurait certainement des morts. Quelques survivants, peut-être, si un des trimodules n'était pas touché, si quelques réservoirs tenaient bon. Même s'ils avaient eu assez de submersibles pour évacuer tout le monde, ils n'en avaient pas le temps.

Il se rappela alors Flatbed, qui était dehors, et saisit son casque, hurla :

– Une-Nuit ! Une-Nuit ! Tu m'entends ? Tire-toi de là ! La grue dégringole !

Il essaya de voir par la vitre, se maudit d'avoir tardé, même une seconde.

Dehors, Une-Nuit se débattait avec les commandes, tournait et virait, cherchait un cap entre les convulsions de l'ombilical qui tombait. Il avait déjà cogné le ponton bâbord de Flatbed et le choc l'avait fait rebondir de tous côtés dans la cabine. Si une partie de l'ombilical s'abattait sur l'engin, elle serait plaquée contre le fond et ne pourrait jamais s'échapper.

Catfish arriva au poste de contrôle, claqua le sabord, le verrouilla. Il avait croisé des camarades dans les couloirs; aucun ne savait au juste ce qui se passait et tous crevaient de peur. Finler l'avait interrogé mais il n'avait su que répondre. Maintenant, il savait. L'ombilical descendait vite. C'était déjà assez mauvais. Mais la mine terrifiée de Bud et les hurlements de la sirène lui disaient qu'il devait y avoir quelque chose de gros et de moche à l'autre bout de ce câble.

Bud remarqua à peine Catfish. Il ne quittait pas des yeux les écrans, la vidéo, les cadrans, les jauges. Toujours pas d'avarie. La station résonnait et frémissait à chaque anneau de l'ombilical qui la frappait mais il en voyait des parties, par le hublot. Tout ne s'entassait plus sur le toit de *Deepcore,* le tube s'enroulait sur lui-même et formait une pile au fond, à quelques mètres. Comme un tas de spaghetti sur un plat. Était-ce bon signe, qu'une si importante partie de l'ombilical tombe à côté de *Deepcore* plutôt que dessus ? Après tout, avant que la grue se détache, l'*Explorer* n'était pas juste au-dessus, l'ombilical était en diagonale et les traînait. Alors la grue devrait tomber à côté. Un peu de côté. Assez ?

– Je l'ai, annonça Lindsey. Je l'ai et ça descend droit sur nous.

Tu ne peux pas le savoir, Lindsey. Ce sera peut-être à côté. Rien qu'un petit peu. S'il vous plaît, mon Dieu ! Quelques mètres à peine.

Une autre portion du boudin de l'ombilical

tomba sur *Deepcore*. Le bruit leur donna l'impression d'être à l'intérieur d'une cloche. Alors *Deepcore* était peut-être vouée à l'aplatissement, après tout.

Lindsey rejoignit Bud à la vitre d'observation. Catfish y était, se retenant d'une main à un support d'acier. Hippy attrapa un sac en plastique, y fourra Beany et tira sur la fermeture à glissière.

Et ils attendirent, en observation. Bud se pencha dans la bulle, se tordit le cou pour regarder en l'air et voir venir. Ça me fera une belle jambe, tiens, de savoir que ça va nous tomber dessus avec trois dixièmes de seconde d'avance. Mais il faut que je sache.

C'était ce que se disait Lindsey. Elle vint se pencher à côté de lui dans le poste d'observation. Tous deux regardèrent vers le haut. Fais une petite prière, Lins, c'est ce que je fais.

Et si nous mourons, nous mourrons ensemble, tu es toujours ma femme, en ce jour et à cette heure, alors je dois gagner, probablement. C'est sans doute mon seul moyen...

Les ping du sonar devinrent de plus en plus rapprochés et...

La grue tordue atterrit à moins de vingt mètres avec un tel fracas qu'ils l'entendirent sans peine dans le poste de contrôle. De la vase s'éleva du fond en un lourd nuage. Ils étaient vivants.

Ils éclatèrent de rire. Celui de Lindsey était assez nerveux, celui de Bud ressemblait plutôt à un soupir de soulagement. Il se dit qu'il n'avait jamais de sa vie ressenti une telle joie qu'en voyant cette grue tomber à côté du poste d'observation.

Elle s'était posée juste au bord de l'abysse. Une partie avait atterri verticalement et la roche, sur le rebord de la fosse, était un peu trop friable. Elle se désagrégea. La masse d'acier verticale s'inclina, gémit sous la tension et, lentement, gracieusement, elle bascula dans la fosse.

Elle commença par glisser sur une pente de plus en plus raide, sans rien pour retenir sa chute. Derrière elle, l'ombilical se déroulait et la suivait dans l'abîme comme un serpent s'éloignant de *Deepcore*.

Lindsey se souvint alors que ce serpent-là ne s'éloignerait jamais de *Deepcore* parce qu'il y était accroché, d'abord au point d'ancrage du cadre A et ensuite partout où, en tombant, il s'était enroulé autour de saillies ou de supports de la station.

– Ah merde, souffla-t-elle.

La grue avait disparu par-dessus bord, maintenant, et tombait en rebondissant tout en faisant des tonneaux. Elle atteignit une corniche et y resta un moment en suspens mais son élan la retourna et la fit rouler sur une pente encore plus abrupte. Plus rien ne pourrait l'arrêter, désormais.

Du poste d'observation, Bud voyait l'ombilical se dérouler rapidement et glisser à toute vitesse vers le rebord. Quarante tonnes d'acier qui se précipitaient... et tout ce poids était attaché à *Deepcore* par un raccord incassable. Il n'y avait pas d'ancre, pas d'amarre. *Deepcore* était déjà inclinée, ses patins reposant contre un éperon rocheux. Si la roche retenait les patins, le cadre A céderait peut-être; c'était le meilleur espoir. Ce que Bud craignait le plus, c'était que *Deepcore* se couche sur le flanc, glisse et soit entraînée vers le rebord et puis aspirée par la fosse. Une fois dans ces fonds-là, ils n'en sortiraient jamais. Jamais personne ne les retrouverait. Comme Junior, comme son frère. Perdu à jamais.

– Oh non, non non non non *non !*

– Ô mon Dieu ! s'exclama Lindsey. Bud !

Comme si elle attendait qu'il fasse quelque chose. Quoi ? Pour une fois que Lindsey se tourne vers moi pour que j'arrange tout, me traite comme quelqu'un dont elle a besoin, je ne peux absolument rien faire !

L'ombilical se tendit, raide comme la justice. *Deepcore* frémit et fut secouée par le tiraillement. Des signaux d'alerte se déclenchèrent partout. Mais *Deepcore* ne roula pas, ne se cassa pas. Sa structure était bien trop solide, son centre de gravité trop bas. Elle se mit à glisser, à glisser vers le rebord.

Quand l'*Explorer* les avait traînés, ce n'avait pas été si grave, l'ombilical les soulevait un peu. Mais à présent il les tirait vers le bas et ils sentaient toutes les irrégularités du fond. Mais la belle affaire, si tout le monde était secoué et projeté en tous sens ! Ils étaient au bord de la pente, ils basculaient.

Des lumières clignotèrent, des ampoules grillèrent, il y avait des courts-circuits, un incendie se déclara dans le poste de contrôle.

– La chambre des batteries explose ! cria Bud.

Certains des instruments, au moins, fonctionnaient encore. Il sortit du poste et Lindsey le suivit. En chemin, elle lança à Catfish, en lui montrant le feu :

– Occupez-vous de ça !

Hippy était derrière elle, elle sentait sa main sur son dos alors qu'elle se précipitait dans le couloir. Catfish avait déjà l'extincteur en main.

Ils coururent dans le corridor. Finler remontait de la chambre de forage.

– Bud !

Un cri de petit garçon appelant au secours. Bud s'arrêta, baissa les yeux vers Finler.

– Ouais ?

– Bud, la chambre de forage prend l'eau !

Alors qu'est-ce que tu fous là à discuter le coup ?

– Retourne là-bas ! lui cria Bud. Je descends tout de suite ! Grouille !

Finler disparut. Il y eut une nouvelle secousse,

quand les patins rencontrèrent encore un obstacle. Lindsey, qui ne se raccrochait à rien pour l'instant, fut plaquée contre un mur. Elle se retourna immédiatement, s'adossa et tenta de reprendre sa respiration. Bud vit Hippy avec eux.

– Hippy, cours à l'aide de Flatbed ! Verrouille tout !

Il n'y avait aucune raison que Lindsey reste avec Bud; ils savaient tous deux ce qu'il y avait à faire, ils l'accompliraient deux fois plus vite s'ils se séparaient. Alors pourquoi lui collait-elle aux fesses ? Pourquoi ne voulait-elle pas le perdre de vue ? Est-ce qu'elle s'imaginait qu'il pourrait la sauver, si les choses s'aggravaient ? Ou pensait-elle pouvoir le sauver, lui ?

– Je m'en occupe ! cria-t-elle.

Bud l'entendit et acquiesça sans discuter. Il plongea par une porte. Lindsey continua de courir dans le couloir vers l'échelle des chambres des machines.

Dans la chambre de compression, Monk travaillait dans une gerbe d'eau de mer et tournait fébrilement des robinets et des volants pour arrêter le flot jaillissant des canalisations sectionnées. Tout à coup, une nappe d'étincelles scintilla hors de la chambre des batteries. De l'eau de mer les frappa; il savait ce qui allait arriver; il y avait déjà des arcs électriques violents entre elles et l'électricité allait mettre le feu à l'hydrogène des batteries. Mais il n'eut pas le temps de réagir, pas le temps de se sauver. La chambre des batteries explosa. La porte sauta et la grande plaque de métal retomba sur Monk, le clouant à plat sur le pont.

Sur l'échelle descendant à la chambre des machines, Lindsey sentit le souffle de cette explosion, la lumière aveuglante, la chaleur du feu. Elle fut immédiate et intense mais ce n'était pas cela qui était inquiétant; c'était l'air. Le feu consumait de l'oxygène et produisait tant de fumée qu'elle toussait déjà avant même de décrocher du mur une trousse Drager. Elle mit d'abord le masque, pour être sûre de rester en vie assez longtemps pour endosser tout le paquetage. Alors seulement, elle prit une lance et commença à asperger les flammes. Ils avaient au moins cela en abondance, de l'eau de mer.

Hippy chancelait dans le couloir et il faillit manquer la porte de l'aire du submersible. Il s'y élança. À cause de l'inclinaison, de l'eau du bassin lunaire se déversait dans les parties basses de l'installation. Hippy aperçut un des SEALS, Wilhite, de l'autre côté du bassin, qui luttait contre un incendie. C'était fou. Il ne se rendait donc pas compte que le bassin devait être fermé et verrouillé ? C'était un trou béant au centre de *Deepcore* et, maintenant que la station n'était plus horizontale, l'eau allait se répandre partout. Il fallait immédiatement fermer ce bassin; le feu était le cadet des soucis, par là.

Mais aussi, personne n'avait entièrement sa tête à soi, Hippy le savait bien. Lui-même, il se cramponnait à une petite trousse en plastique contenant un rat.

– Tirez-vous de là ! hurla-t-il.

Wilhite l'entendit. Il comprit.

– Fermez la porte étanche, Hippy !

Hippy abaissa la manette. Dieu merci, le système fonctionnait encore, la porte se ferma. Hippy se mit à courir vers Wilhite.

Deepcore fit un nouveau bond, violent. Cab Trois choisit ce moment pour se détacher de son ber et glisser tout droit vers Wilhite. Avec l'arrivée de Cab Trois, il n'y avait plus de place pour lui sur le pont. Il plongea dans le bassin.

Cab Trois se jeta contre le mur du fond, tournoya avec le mouvement de *Deepcore* et entama une nouvelle glissade vers Hippy. Hippy pataugea dans l'eau, s'efforça de s'écarter du chemin du submersible. Il se jeta par une ouverture. Sauvé.

Mais il avait laissé tomber quelque chose. Il se retourna. Le sac en plastique de Beany flottait, pris dans le courant du bassin lunaire, juste devant Cab Trois qui glissait vers la porte. Hippy en ressortit précipitamment, repêcha le sac de Beany et recula une fraction de seconde avant que Cab Trois s'écrase contre l'ouverture.

Wilhite remarqua à peine la fuite de Hippy. Il se raccrochait au bord du bassin et tentait d'en sortir. L'eau était si froide, ses doigts si engourdis qu'il n'arrivait pas à avoir de prise sur le pont, il ne pouvait pas se hisser.

Deepcore fit une nouvelle embardée. Cab Trois roula sur lui-même et revint vers Wilhite. Il leva les bras, comme s'il pouvait sauver sa peau en soulevant un submersible de douze tonnes hors de l'eau. Cab Trois tomba dans le bassin, sur lui, le repoussa dans le fond. Il était maintenant sous la station. Il chercha à se retenir, à remonter dans le bassin mais c'était impossible. Ses doigts glacés ne pouvaient rien tenir. L'eau le retenait prisonnier alors que l'installation continuait d'être entraînée. Il resta sur place. Mais il ne sut jamais qu'il avait été abandonné. L'hypothermie lui fit perdre connaissance avant que *Deepcore* ait fini de lui passer dessus. Avant qu'il ait le temps de se noyer.

Deepcore dévala la pente jusqu'au rebord où la grue avait hésité avant de basculer dans la fosse. Mais, cette fois, la structure était assez forte pour résister. *Deepcore* était si massive et son centre de gravité si bas qu'en arrivant au rebord elle tint bon. Elle chancela, oui, mais elle tint bon.

Quelque part, tout en bas, la plongée de la grue fut interrompue. Des morceaux en tombèrent, mais la majeure partie resta suspendue au bout de l'ombilical. Lorsque *Deepcore* refusa de céder, de la suivre dans sa chute, son élan fut transféré du vertical à l'horizontal et elle se balança comme un pendule.

Loin au-dessus d'elle, *Deepcore* gémit sous la tension de ce balancement. Néanmoins, la station continua de résister. Elle n'allait pas tomber dans l'abysse. Elle était dans une situation catastrophique mais elle n'allait pas mourir. Pas encore.

Dans le poste d'équipage, Perry avait verrouillé le panneau de son module. Jusque-là, tout allait bien. Mais il savait qu'il ne serait pas en sécurité s'il restait là. Trop d'eau de mer jaillissait au-dessous de lui. Il devait ouvrir le panneau du plafond et grimper au niveau trois. Lindsey Brigman était peut-être une emmerdeuse mais elle avait conçu une bonne installation; il y avait toujours une porte de secours.

Le panneau d'écoutille, au plafond, était trop haut; il devait grimper sur une couchette. Mais au moment où il y montait, *Deepcore* arriva au bord du précipice et s'arrêta brutalement. La secousse ouvrit une fissure dans la muraille et de l'eau se déversa dans le module, retourna la couchette et fit tomber Perry. La mer était si froide qu'elle lui coupa la respiration mais il parvint à se ramasser et à grimper sur le cadre de la couchette.

Maintenant, il pouvait atteindre le panneau. Il voulut tourner le volant mais rien ne bougea. Tous ces panneaux avaient été vérifiés, lors de la relève de l'équipe précédente, mais ces secousses avaient dû coincer quelque chose.

Le niveau de l'eau montait de plus en plus. Perry s'acharna mais le panneau restait inamovible. Et finalement, quand l'eau le plaqua contre le plafond, il cessa ses efforts. Il fit simplement la planche et le froid s'insinua lentement dans tout son système, rendit ses doigts si gourds et maladroits qu'ils ne pouvaient plus rien tenir.

Il plana dans l'eau tandis que le compartiment se remplissait complètement, ses bras et ses jambes flottant à la dérive dans les derniers remous de la turbulence, semblables à des brises sous-marines légères.

Lindsey réussit à descendre à la chambre de compression, tout en refoulant le feu avec sa lance. Elle vit, à travers la fumée, que la porte de la chambre des batteries avait été arrachée. Il y avait quelqu'un dessous.

Catfish dégringola par l'échelle et Lindsey lui tendit la lance.

– Braquez-la sur moi ! lui dit-elle.

Plus ou moins protégée des flammes par le jet qui l'arrosait, Lindsey vit que c'était Monk, sous la porte, pas complètement inconscient, qui tentait en se tortillant de se glisser de sous cette plaque de métal. Elle l'empoigna et le tira à l'abri des flammes. Quand elle fut assez éloignée pour ne plus avoir besoin de la lance sur elle, Catfish se précipita, souleva Monk, le jeta sur son épaule et remonta par l'échelle. L'infirmerie était dans le même trimodule, un niveau au-dessus, et jusqu'à présent rien n'était inondé là-haut.

En bas, dans la chambre de forage, Finler, Dietz et McWhirter avaient maîtrisé l'incendie, arrêté l'arrivée d'eau et tout alla bien jusqu'à cette secousse brutale suivie par le balancement de la grue au bout de l'ombilical. Ils surent alors ce qu'était une inondation. L'eau se précipita comme d'un déversoir de barrage. Elle les projeta parmi la machinerie en les renversant cul par-dessus tête. Finalement ils réussirent à se remettre debout et comprirent qu'il n'y avait rien à faire; ils devaient sortir de là, se réfugier dans une partie intacte de *Deepcore*.

Mais la grande porte étanche automatique se fermait déjà, actionnée par ses moteurs comme une porte de chambre forte dans une banque. Retenus par l'eau, pataugeant désespérément, ils ne purent arriver à temps.

Ils tapèrent des poings sur la porte. Ils regardèrent par le hublot le corridor au-delà, ils appelèrent au secours. Il n'y avait personne dehors pour les entendre, personne pour actionner la porte de l'autre côté. Ils collèrent leurs mains, leur figure sur la petite vitre ronde, comme s'ils pouvaient s'y glisser.

Ce fut alors que Bud arriva dans le long couloir menant à la chambre de forage. Il vit la porte fermée. Il vit les mains, une tête.

Il n'avait aucun moyen d'ouvrir la porte de son côté. Le moteur continuerait de forcer pour la maintenir fermée, jusqu'à ce que le contact soit coupé. Le seul moyen de le faire était de sectionner le tuyau pneumatique, qui était à l'intérieur.

– Coupez la ligne du moteur ! cria-t-il. Coupez le tuyau ! Je ne peux pas ouvrir de ce côté.

Ils ne l'entendirent pas. Ou ils ne comprirent pas. Ou la panique les tenait et ils étaient incapables de raisonner, de faire autre chose que de frapper inutilement ce hublot. Et Bud était impuissant, dans le couloir, à quelques centimètres seulement, sachant comment les sauver et pourtant incapable d'agir. C'était ce qu'il y avait de plus atroce au monde, regarder des hommes mourir de cette façon. Combien de fois avait-il vu Junior se noyer, dans ses rêves ? Toujours hors d'atteinte. Toujours là où Bud ne pouvait rien faire pour le secourir. Comme maintenant.

Soudain, la paroi près de lui céda. Un flot glacé se précipita en tonnant. Il fut renversé et il comprit tout de suite ce qui allait se passer. La porte automatique au bout du corridor allait immédiatement se fermer. S'il n'arrivait pas avant, ce seraient sa propre figure et ses propres mains qui se colleraient au hublot.

Il se releva et s'efforça de courir dans l'eau. Il avait plus de chance que les autres. La fissure n'était pas grande, alors le corridor se remplissait moins vite que la chambre de forage. L'eau le ralentissait tout de même au point qu'il ne put atteindre la porte à temps. Désespérément, il allongea le bras, glissa sa main dans l'ouverture, pour essayer de la tenir ouverte. Impossible. Il n'avait pas assez de force.

La porte se referma sur les doigts de sa main gauche. Il s'arma de courage, se prépara à l'horrible souffrance de l'écrasement. Mais elle ne vint pas.

La porte restait entrebâillée. Quelque chose la maintenait juste assez ouverte pour ses doigts. C'était son alliance. L'anneau de titane, plus dur que l'acier, que Lindsey lui avait donné. La porte l'aplatissait légèrement – il sentait la pression sur son doigt – mais ne pouvait ni le casser ni l'écraser. Pas plus qu'il ne pouvait en retirer son doigt. L'alliance était juste assez déformée pour ne pouvoir franchir l'articulation.

L'eau montait derrière lui, mais il s'en écoulait par l'entrebâillement de la porte. Il voyait par là le bout du couloir et l'échelle mais cela ne lui servait à rien. Il allait mourir là. Et il savait que c'était bien. C'était ainsi que cela se passait sous l'eau, on se retrouvait parfois du mauvais côté d'un panneau étanche qui devait rester fermé pour sauver la vie des gens de l'autre côté, alors on mourait. Mais cette porte ne faisait pas non plus son boulot, elle ne retenait pas l'eau. Il allait mourir et les autres ne seraient pas en sécurité pour autant.

– Ohé ! hurla-t-il. Ohé ! *Ohé !*

Inlassablement, refusant de céder. Il faudrait bien qu'on l'entende, à la fin !

Ce fut Catfish. Sonny et lui dévalèrent l'échelle et coururent dans le couloir, de l'autre côté de la porte automatique. Catfish appuya sur le bouton d'ouverture. Rien ne se passa. Sonny, plus direct, enfonça une barre de fer dans l'étroite ouverture et tenta d'ouvrir. Mais rien de cela ne pouvait marcher, Bud le savait bien.

– Coupez le tuyau ! Coupez le tuyau pneumatique !

Ils finirent par l'entendre dans le vacarme de l'eau jaillissant par l'entrebâillement. Catfish tira vivement son couteau de sa poche et trancha le système actionnant la porte.

Bud sentit aussitôt la pression cesser sur l'alliance. À présent, Cat et Sonny pouvaient forcer la porte et l'ouvrir assez facilement. Trop vite, même; Bud fut projeté par un torrent qui renversa Sonny contre la tuyauterie du couloir et le choc fut si violent qu'un de ses bras fut fracturé.

Le corridor se remplissait trop vite.

– Tirons-nous ! cria Bud. Go go go go go !

Catfish vit que Sonny soutenait son bras et chancelait de douleur.

– Ho ! Sonny ! Ça va ?

– Allez, grouillez ! Go go go go go !

Ils plongèrent par l'ouverture suivante dans la cage de l'échelle.

– Le panneau ! cria Bud.

Catfish se retourna, le claqua et tourna le volant. Rien ne filtrait, par là. Bud se laissa aller contre la paroi. Ils avaient maîtrisé l'arrivée d'eau.

Il regarda l'alliance à son doigt. Une toute petite bande de métal. Jamais il ne pourrait l'enlever, maintenant, et c'était parfait. Il l'embrassa avec passion.

– Vous allez bien, tous les deux ? Tout le monde O.K. ?

Ouais. Ils étaient O.K.

Leur premier soin fut d'envoyer Petit-Monstre et Gros-Monstre évaluer les avaries, voir si d'autres modules avaient tenu le coup, s'il y avait d'autres survivants, ce qui restait à leur actif. Ils étaient vivants, perchés au bord même d'un abîme de l'enfer.

De l'intérieur, Bud pouvait faire une certaine estimation : ils avaient un éclairage de secours. Ils avaient le module de contrôle et presque tout ce côté de l'installation avec le mess, les vivres, l'infirmerie. L'autre côté était fichu, inondé. Ils avaient perdu Wilhite, des SEALS, Perry, Finler, Dietz et McWhirter de l'équipage. Jammer avait dormi pendant toute l'affaire, toujours dans le coma à l'infirmerie. Sonny avait une attelle et le bras en écharpe mais il était encore utile, il pouvait aller et venir. Alors Bud lui confia l'UQC, pour qu'il essaie de reprendre le contact avec l'*Explorer*. Monk avait une jambe cassée; le sort voulait que ce soit le spécialiste médical qui soit cloué à l'infirmerie. À part ça, tous les autres étaient plus ou moins en forme, tous secoués, tous terrifiés, certains pleuraient les morts, d'autres étaient heureux d'être en vie, honteux de s'en réjouir.

Et Beany. Le rat était vivant et se promenait sur les épaules de Hippy.

Bud entra dans le poste de contrôle. Il avait ressenti les morts plus durement que les autres, parce qu'ils étaient non seulement des amis mais des hommes dont il avait la responsabilité. Il leur avait manqué. Il en avait regardé mourir certains et n'avait rien fait pour eux. Peu importait qu'il n'ait rien été foutu de faire parce que, oui, il aurait pu imaginer quelque chose. Il aurait pu dire à McBride, à Kirkhill et à ce foutu militaire – Martini ? DeMarco – d'aller se faire foutre. Leur dire que *Deepcore* était une plate-forme de forage, pas un engin militaire. S'il l'avait fait, s'il avait fait ce que Lindsey lui reprochait de ne pas avoir fait, ces hommes seraient en vie. Ils seraient même sur le point de retourner à la surface, le lendemain. À attendre que la nouvelle équipe soit pressurisée et puis ils s'enfermeraient dans la chambre et se décompresseraient pendant trois semaines. À s'ennuyer à périr, à devenir fous d'ennui, mais *vivants.*

Sonny psalmodiait toujours à l'UQC :

– Mayday, mayday, mayday ! Ici *Deepcore II.* Est-ce que vous me recevez ? À vous !

Il y avait longtemps, déjà, qu'il répétait cela. Ils allaient répondre. S'ils l'entendaient, ils auraient déjà répondu. Le cyclone devait être juste au-dessus. Ils étaient probablement hors de portée, si loin que c'était ridicule de les appeler. Et d'abord, que pourraient-ils faire, tant que la tempête ne serait pas passée ?

– *Benthic Explorer, Benthic Explorer,* ici *Deepcore.* Est-ce que vous me recevez ?

Bud s'approcha. Sa torche électrique faisait danser des ombres sur les parois.

– Laisse tomber, Sonny. Ils sont partis.

Sonny se tut, se tassa sur sa chaise. Mais au bout de quelques instants, il recommença :

– Mayday, mayday, mayday...

Bud lui mit une main sur l'épaule.

– Hé, ho ! Ils sont partis !

Cette fois, Sonny comprit.

– Ça va ? lui demanda Bud.

Sonny tenait le micro comme si c'était une amulette, un objet magique : s'il le caressait assez, il exaucerait son vœu.

– Je veux simplement me tirer d'ici. Je veux revoir ma femme encore une fois.

Bud comprit. Sonny n'appelait pas au secours pour des raisons pratiques. Il appelait parce que, s'il s'arrêtait, cela voudrait dire qu'il renonçait à tout espoir. Il fallait lui laisser une chance de se remettre. En attendant, qu'il fasse ce qu'il voulait.

– Bon, d'accord, tu as raison, alors continue.

Sonny reprit sa litanie :

– Mayday, mayday, mayday ! Est-ce que vous me recevez ? À vous !...

Bud alla à l'infirmerie, en s'éclairant avec sa torche. Çà et là, une veilleuse de secours lui indiquait le chemin, mais il faisait très sombre. Il se pencha sur Jammer et lui toucha la tête.

– Hé, Jammer ! chuchota-t-il. Qu'est-ce que tu as vu là-bas ?

Il remonta la couverture sur lui. Il commençait à faire froid, là-dedans. Un faible cri se fit entendre, de la chambre voisine. Il crut presque que Jammer lui avait répondu. Mais c'étaient les SEALS. Il poussa la porte et jeta un coup d'œil. Coffey et Schoenick mettaient une attelle à la jambe de Monk. Coffey tourna la tête.

– Vous avez retrouvé votre copain ? demanda Bud.

– Non.

Ils se regardèrent un instant dans les yeux. Bud ravala les mots qu'il avait sur le bout de la langue. De deux choses l'une : ou Coffey savait déjà pourquoi cette catastrophe était arrivée, alors à quoi bon insister ? Ou il était trop bête et obstiné pour le comprendre, et à quoi bon se fatiguer ? Il se détourna, sans un mot. Mais Coffey le rappela.

– Brigman !

– Quoi ?

– J'avais des ordres. Je n'avais pas le choix.

Bud ne dit rien mais n'en pensa pas moins.

Mon père était un Marine, Coffey, un sous-off. Les ordres, je sais ce que c'est, je sais aussi qu'un commandant a une certaine latitude. Si vous aviez attendu une demi-heure qu'Une-Nuit nous décroche de l'ombilical, quand c'était encore possible, vous auriez pu passer tout le temps, depuis, à accomplir votre mystérieuse mission. Si vous l'aviez dit, DeMarco se serait incliné. Vous aviez le choix.

Malgré tout, il savait que ce serait dur, pour Coffey, de reconnaître ses torts. Il avait perdu un de ses hommes, lui aussi, et devait le ressentir aussi douloureusement que Bud ressentait les morts de son équipage. Ils avaient au moins cela en commun. Alors il ne contesta pas ce que Coffey venait de dire. Et il s'attarda juste assez pour que le SEAL comprenne qu'il avait été entendu et pas réfuté. Puis il quitta l'infirmerie.

En se dirigeant vers l'échelle de la chambre des machines il vit Catfish qui soudait un point faible, mais c'était Lindsey qu'il cherchait. C'était elle qui connaissait chaque fil électrique de cette installation et chaque électron de ces fils.

De l'eau jusqu'aux genoux, elle traînait un câble et s'apprêtait à le brancher sur un circuit de la paroi. L'eau était glaciale mais ne représentait plus un danger; c'était celle qui s'était déversée du bassin lunaire et clapotait au point le plus bas de *Deepcore*.

Il la contempla pendant quelques instants. C'était là que Lindsey était à son avantage, quand elle travaillait à quelque chose qui l'absorbait complètement, qu'elle *construisait* quelque chose. Dieu, qu'elle était belle ! Et vivante. Couverte de cambouis, glacée, sale, mais vivante. S'il l'avait perdue, si elle avait été dans le compartiment inondé, s'il devait l'imaginer flottant quelque part dans les froides ténèbres de l'océan, non, il ne pourrait pas le supporter, il craquerait tout à fait.

J'ai déjà cru une fois que je l'avais perdue, quand elle m'a quitté, je croyais que c'était la fin du monde. Qu'est-ce que j'en savais ? Elle n'était peut-être pas avec moi mais elle vivait encore dans ce monde et le rendait donc digne d'y vivre moi-même.

Mais il ne pouvait rester éternellement planté là à la regarder.

– Où en sommes-nous, l'as ? demanda-t-il en réussissant parfaitement à chasser toute émotion de sa voix.

Elle n'interrompit pas son travail pour lui répondre :

– Si je raccorde ces circuits et si je les détourne, j'aurai du courant dans ce module et l'air du sub. Je suis obligée de shunter les principaux, ils sont complètement fondus.

– Tu as besoin d'aide ?

– Merci, non, ça va aller, dit-elle, puis elle pensa à autre chose : Il n'y aura pas assez de courant pour le chauffage. D'ici à deux heures, nous nous retrouverons dans la chambre froide d'une boucherie.

– Et l'O_2 ?

– Tiens-toi bien. Nous en avons assez pour une douzaine d'heures, à condition de fermer les sections dont nous ne nous servons pas.

Ce n'était pas suffisant.

– Cette tempête va durer plus de douze heures.

Elle réfléchit un moment.

– Je pourrai peut-être allonger ça. Il y a des réservoirs à l'extérieur du module avarié. Il va falloir que je sorte pour les raccorder.

Il la regarda assembler les fils, de ses doigts habiles et sûrs; ses bras étaient plus forts qu'ils ne le paraissaient, tout en elle était plus fort. Bud se rappela l'arrivée de Lindsey la veille – y avait-il même aussi longtemps ? – et sa façon d'être, comme s'ils ne pouvaient rien faire sans elle. Eh bien, c'était vrai. Ils n'auraient pas su se débrouiller sans elle. Et si Coffey pouvait reconnaître ses torts, lui aussi. Il posa une main sur l'épaule de Lindsey.

– Tu sais, Lins, je suis bien content que tu sois là.

Elle rit, un peu.

– Pas moi !

Mais il savait qu'elle comprenait et acceptait ses excuses. Cela suffisait. Il la laissa à son travail et monta à l'aire du submersible.

Hippy et Une-Nuit s'y trouvaient et pilotaient les ROV. Ils avaient bricolé une installation de fortune, avec des écrans de contrôle posés sur une pile de matériel hétéroclite, les câbles descendant dans un bassin lunaire. Sans être l'idéal, ça valait mieux que rien.

Une-Nuit entendit Bud arriver, vit du coin de l'œil le reflet de sa torche électrique.

– Nous avons repéré Cab Trois, annonça-t-elle. Plus mort qu'un chien crevé, chef. En plein dans son cerveau.

Elle le lui montra sur un écran. Une poutrelle de la base du trépan s'était plantée dans la bulle avant. Mauvaise nouvelle, mais les choses auraient pu être pires. Une-Nuit avait ramené Flatbed à l'intérieur, intact, et les avaries de Cab Un étaient mineures, certainement réparables. Deux sur trois, c'était presque une victoire.

Il alla regarder l'autre écran, par-dessus l'épaule de Hippy.

– Où es-tu ?

– Poste d'équipage. Niveau un.

Bud n'avait pas besoin de lui demander ce qu'il cherchait. Il regarda Petit-Monstre s'élever par l'écoutille centrale ouverte vers le poste de l'équipage puis pivoter pour examiner l'intérieur inondé.

C'était le chaos. Ils aperçurent une paire de

chaussures. Ils parcoururent le corps. Il paraissait dormir. Paisible. Mort.

– Ah merde, c'est Perry, souffla Hippy.

Bud s'en doutait déjà mais maintenant il le voyait de ses propres yeux.

– Finler, McWhirter, Dietz et Perry...

Ils méritaient quelque chose de sa part. Autre chose que la simple citation de leur nom. Il leur fallait une stèle, un service funèbre, une prière. Mais Bud ne put trouver qu'un seul mot.

– Dieu...

– Qu'est-ce qu'on fait, on le laisse là ? demanda Hippy.

– Pour le moment, oui. La priorité, c'est de trouver de quoi respirer.

Hors de portée des lumières, les bâtisseurs observaient, ils allongeaient leurs impalpables filaments, pour toucher, pour goûter. Ils trouvèrent les corps des morts bien avant les ROV, les examinèrent et enregistrèrent leur mémoire. La ville avait beaucoup appris depuis le contact avec Jammer. Ils comprenaient maintenant les mémoires qu'ils découvraient; avec les centaines de morts – l'équipage du *Montana,* les Russes noyés qui avaient plongé par le fond bien avant que leur cerveau soit froid et les hommes de *Deepcore* –, ils construisaient une image complète de l'humanité.

Et ils étaient horrifiés. Comme ils avaient bien nommé ces créatures ! La plupart étaient pleines de souvenirs de projets de mort et d'entraînement à tuer, de peur de mourir, de rage, de terreur et de solitude. La ville désespérait par moments de trouver un terrain d'entente avec ces êtres-là.

Il y avait Barnes, le sonariste du *Montana.* À ses tout derniers moments, il n'avait pas été solitaire. Il était retourné dans sa mémoire vers l'endroit où il était heureux, où il avait sa place, retrouver des personnes qui faisaient partie de lui-même. Il continuerait de vivre dans leur mémoire, alors la mort avait plus de chagrin que de terreur pour lui.

La plupart de ces hommes avaient des souvenirs de famille, bien sûr, mais le plus souvent ambigus, flous, confus, pleins de conflits et de révolte. Leur vie était tournée vers la guerre, leurs rapports les plus importants étaient avec leurs camarades de combat. Évidemment, tous ces morts étaient des militaires, alors ce n'était pas un échantillon d'humanité très représentatif que les bâtisseurs avaient trouvé, mais ils n'en avaient pas d'autre.

D'où leur idée que les êtres humains adoraient la guerre, vivaient pour tuer et se reproduisaient plus vite qu'ils ne pouvaient s'entre-dévorer. La ville ne pouvait imaginer de communication avec eux.

Et pourtant, il fallait bien trouver un moyen. Maintenant que les bâtisseurs savaient déchiffrer les émissions et les transmissions humaines, ils savaient ce qu'aucun des deux camps ne savait, ne pouvait savoir : que chacun était si terrifié d'être frappé par l'autre qu'il entendait frapper le premier, avant que ses armes soient détruites. Le monde était à quelques jours, quelques heures du déclenchement des missiles.

Les bâtisseurs ne couraient aucun risque immédiat. Tout au fond de la mer, il n'y aurait guère de dégâts directs. Mais la planète allait mourir en surface, et dans quelques années, cette mort causerait la stagnation, puis la famine dans le monde des profondeurs. Les bâtisseurs seraient obligés de partir, leur mission inachevée. Le plan prévoyait que chaque ville deviendrait une arche, un vaisseau qui s'élèverait hors de l'océan jusque dans l'espace et s'envolerait à la recherche d'autres mondes où le cycle reprendrait. Mais ce temps-là était encore très éloigné. La seule ville prête à l'envol était celle-ci, dans la Fosse des Cayman; et elle était parée parce qu'elle était arrivée déjà prête. C'était la première, et toutes les autres avaient été fondées d'après elle. Alors s'ils devaient partir, il leur suffirait de rassembler les mémoires des autres villes et de s'embarquer pour le long voyage dans une seule arche.

Le pire, pour ces entités, c'était que l'humanité ne portait pas l'entière responsabilité de la crise qu'elle affrontait. Les armes des humains, leurs inimitiés existaient déjà mais, d'après leurs émissions et leurs messages, les bâtisseurs savaient maintenant que c'étaient eux-mêmes qui, par inadvertance, avaient provoqué la terreur et la colère.

Nous ne sommes pas responsables de leur nature, disait la ville. Nous n'avons pas fabriqué leurs armes.

Oui, mais ils avaient ces armes terribles depuis longtemps – comme ils mesurent le temps – au cours de nombreuses guerres, et pourtant ils ne s'en sont jamais servis, une fois qu'ils ont eu vu combien elles étaient effroyables. Jusqu'à ce que nous détruisions leur satellite.

Pour les sauver de la guerre, répliqua la ville.

Oui, mais ils ne le savaient pas, ils ne nous ont pas compris, alors ils ont été terrifiés. Et puis nous avons détruit le sous-marin, tué l'équipage…

C'était un accident, un glisseur fou; ils ne se sont pas écartés.

Ils ne nous connaissaient pas. Ils n'étaient pas préparés pour des entités comme nous. C'est *nous* qui avons causé les événements qui les ont tellement effrayés. Et s'ils se servent de ces armes qu'ils se sont abstenus d'employer, est-ce que ce sera leur faute ou la nôtre ?

En partie la nôtre.

Plus que cela. Ils apprenaient à se contrôler. Par peur les uns des autres, d'accord, mais c'était assez salutaire. Nous avons fait ce que chacun était bien trop terrifié pour faire. Nous les avons provoqués. Nous sommes responsables.

Et la ville goûta l'étrange et amère saveur de la honte. Comment pouvons-nous partir maintenant, avec ce souvenir ? Mais comment pouvons-nous défaire ce que nous avons fait ? Comment pouvons-nous leur expliquer la vérité sur ce qui se passe, alors qu'en nous voyant ils sont tellement terrifiés qu'ils manquent de mourir ?

Une seule créature humaine nous a vus et n'a pas eu peur.

C'est à celle-là que nous devons essayer de parler. Allez l'aborder et voyez si vous pouvez introduire des pensées dans son esprit. Voyez si elle est capable de comprendre.

Une-Nuit trouva des réservoirs intacts de l'autre côté de *Deepcore*. Lindsey s'équipa et emmena Catfish avec elle dans l'eau, pour effectuer le raccord. Petit-Monstre les accompagna, avec Hippy aux commandes dans l'aire de Flatbed.

Il y avait assez d'oxygène dans ces réservoirs pour tripler l'espérance de vie. Cela suffirait peut-être, si l'*Explorer* ne tardait pas trop à revenir.

Catfish et Lindsey marchèrent sur le fond.

– Cat, je veux que vous vous raccordiez avec cette tubulure, là. Vous la voyez ?

Il regarda au-dessus de lui ce qu'elle lui montrait et elle ajouta :

– Je vais passer de l'autre côté et vérifier l'état de certains réservoirs.

Ainsi, il allait être livré à lui-même pour ce travail. Elle lui faisait donc confiance pour bien l'exécuter. Est-ce que c'était bien Lindsey Brigman ?

– Soyez prudente, ma jolie ! lui cria-t-il.

Le réservoir était trop haut pour l'atteindre en sautant; il portait un équipement trop lourd et trop de matériel. Lindsey noua ses mains sous le pied de Catfish. Il prit son équilibre, se prépara.

– À la une, dit-elle. À la deux, à la trois !

Elle le souleva, il se repoussa de l'autre pied et, quand il fut à la bonne hauteur, elle le hissa encore un peu, au ralenti, pour lui permettre de s'accrocher à une poignée.

– Geronimo, dit-il. Merci, Lindsey.

Elle le laissa à son travail. Petit-Monstre la suivit.

Bud était dans l'aire du submersible où il inspectait les câbles électriques et épissait les parties sectionnées. Il n'entendait rien de ce qui se passait, dans son casque, parce qu'il était branché sur la ligne F.O. Il écoutait la conversation entre Lindsey et Cat. Sachant qu'elle était maintenant toute seule, il décrocha de sa ceinture sa boîte de commandes et rebrancha le micro pour se faire entendre de Lindsey.

– Comment ça se présente ? demanda-t-il.

Que pouvait-elle répondre ? La construction de *Deepcore* avait été toute sa vie, pendant des années, et maintenant c'était à moitié démoli. Ce qui la consolait, c'était de voir combien l'ensemble avait résisté à des tensions aussi extraordinaires. Et beaucoup des avaries étaient réparables. Ce fut donc presque gaiement qu'elle répondit :

– Ma foi, bande de sales gosses, vous avez bien bousillé mon Meccano. Il y a pas mal de dégâts par ici.

Bud comprit, au ton de sa voix, qu'elle n'allait pas trop mal. Mais il s'inquiéta un peu car, lorsqu'elle était d'humeur joyeuse et entreprenante, elle avait tendance à agir trop vite, sans observer ce qui se passait autour d'elle. Sur terre, le risque n'était que de blesser quelques personnes. Là, au fond de la mer, surtout avec pas mal d'épaves répandues, la précipitation pouvait être mortelle. Les tuyaux pouvaient s'accrocher à des aspérités, quelque chose glisser et vous assommer.

– Enfin, fais attention, tout de même, dit-il.

Je lui parle comme sa maman, pensa-t-il. Sois prudente, regarde en traversant, sois rentrée à neuf heures et demie.

Elle avait du travail. Lui aussi. Il débrancha son micro. Il pouvait encore entendre mais il n'émettait plus.

Non loin de lui, Une-Nuit réparait une des avaries de Cab Un. Elle tendit le bras vers Bud, pour désigner une clef à molette.

– Tu veux me passer ce truc-là ?

Il lui passa l'outil. Voyant qu'il avait débranché son micro, elle le pria de reprendre la conversation, ce qu'il racontait avant l'interruption, comment Lindsey et lui s'étaient mariés. Pour Une-Nuit, c'était un des grands mystères de l'univers. Ils étaient à ses yeux le couple le plus invraisemblable, le plus impossible, le plus *absurde* qui ait jamais jugé bon de nouer un lien conjugal.

– Bon, vous étiez là. Et alors ?

– Alors nous sommes dans le même bain, tous les deux, je suis contremaître et nous faisons l'essai de son derrick automatisé. Et puis nous retrouvons la terre et nous vivons ensemble.

– Ça ne veut pas dire que tu devais l'épouser !

Comment pouvait-il l'expliquer à Une-Nuit ? J'étais avec elle et je me sentais davantage moi-même que lorsque j'étais seul. J'étais fier d'être avec elle. J'étais fier de ce que nous faisions ensemble. Je nous aimais, *nous,* plus que je ne m'aimais moi-même. S'il racontait cela à Une-Nuit, elle n'en croirait rien, elle se demanderait pourquoi il se foutait d'elle comme ça. Alors il sourit et lui donna l'autre raison, la raison pratique, celle que l'on pourrait appeler la vraie raison puisque ce fut la seule que Lindsey et lui s'avouèrent sur le moment.

– Nous devions repartir sur la même plate-forme. Pour six mois d'essais. Si on était mariés, on avait droit à une cabine. Autrement, c'étaient des couchettes, chacun de son côté.

Cela, elle le comprit.

– Ouais, bonne raison, reconnut-elle. Dis donc, tu veux venir m'attacher ce truc-là ?

Il enroula le câble autour du support, pour qu'il ne glisse pas dans l'eau, puis il alla aider Une-Nuit.

À quelques mètres, Hippy se mit soudain à tripoter les boutons de son écran de contrôle. Il recevait des interférences. Des parasites. La réception faiblissait. C'était ridicule. Petit-Monstre était sur une longe, la réception devait être parfaitement claire.

– Hé, Lindsey ! appela-t-il. Vous me recevez ? À vous.

À l'extérieur de *Deepcore,* Lindsey l'entendit, mais comme s'il s'éloignait de plus en plus. Or ce n'était pas possible, elle restait sur place et lui aussi. Oui, Hippy, je vous reçois.

Elle était au bord de la fosse et vérifiait les valves d'une rangée de bouteilles d'oxygène, pour chercher celles qui devaient être raccordées et celles qui étaient épuisées. Derrière elle, c'était la plongée à pic dans le néant mais cela ne l'avait pas gênée, jusqu'à présent, en entendant s'estomper la voix de Hippy. Elle avait besoin de ce moyen de communication.

– Qu'est-ce qu'il y a ? demanda-t-elle.

Dans la station de forage, Hippy avait complètement perdu le contact visuel. Et si Lindsey lui répondait, il ne l'entendait pas.

– Lindsey, revenez !

Répondez-moi !

Les lumières de *Deepcore* baissèrent brusquement. La première pensée de Bud fut que le générateur était endommagé. Mais ce ne pouvait être cela; ça ne causerait pas une baisse brutale comme celle-ci, pour rester ensuite à la même intensité. Il se rappela la perte d'énergie, dans l'épave du *Montana*.

Quand les lumières extérieures déclinèrent, Lindsey s'effraya. Elle ne recevait plus rien de Hippy et pour rien au monde elle ne voulait rester là toute seule dans le noir. Si les lumières s'éteignaient complètement, ses chances de regagner la station, sans aller s'emberlificoter dans des débris ou se perdre, lui paraissaient bien minces.

– Catfish, vous me recevez ?

Hippy et Bud n'entendaient rien non plus et tous deux appelaient Lindsey. Les communications étaient coupées.

À cent mètres au-dessus du rebord de l'abysse, les bâtisseurs planaient dans l'eau. Jusqu'à présent, tout allait bien. Ils avaient attendu que Lindsey soit séparée de tous les autres. Puis ils s'étaient rapprochés, ce qui avait produit la baisse de courant dans *Deepcore*, et ils avaient envoyé des vrilles pour aspirer *tout* le courant des systèmes de communication. Ils se trouveraient seuls avec Lindsey, sans distraction ni intervention.

À présent, ils lui envoyaient d'autres tentacules, larges de quelques molécules seulement. Ils trouvèrent des interstices dans sa combinaison, au cou, à chaque fermeture et puis, en rassemblant et polymérisant la vapeur d'eau à l'intérieur de l'équipement, les filaments s'allongèrent pour s'insinuer dans les oreilles, les narines, la bouche, les yeux, jusque dans le cerveau. Là ils suivirent tous les cheminements de son esprit, touchèrent chaque neurone, franchirent chaque synapse. Ce n'était pas un projet pour un seul bâtisseur. Ils étaient douze qui auscultaient le cerveau et qui, ensemble, interprétaient ce qu'ils y avaient trouvé.

Elle a peur.

Ils ne voulaient pas qu'elle ait peur, qu'elle soit prise de panique et se fasse du mal comme Jammer. Alors tout de suite, afin de la calmer, ils procédèrent à leur première tentative de communication directe.

S'ils avaient été des humains, dotés de la parole humaine, ils auraient chuchoté, murmuré gentiment pour la rassurer, fredonné une espèce de berceuse. N'aie pas peur, sois en paix, sois en paix. Mais ils n'étaient pas des humains. Alors leurs intentions ne vinrent pas par des mots mais sous forme de molécules. Une certaine chimie organique qui, pensaient-ils, communiquerait à Lindsey une sensation de paix.

Elle n'entendait toujours rien. Elle essaya de joindre tout le monde, en se servant de son F.O. puis de son UQC.

– Catfish, vous me recevez ? À vous !

Elle sentait monter la panique, percevait le désespoir dans sa voix.

– Bud, tu me reçois ? À toi !

L'énergie déclina plus encore. Elle aurait dû s'en effrayer mais, curieusement, elle se sentit plus calme.

– Catfish, j'ai un petit problème par ici. À vous !

Puis elle n'éprouva plus le besoin d'appeler. De quoi s'inquiétait-elle, après tout ? Tout allait bien. Elle ne comprenait pas du tout pourquoi elle avait cette sensation-là, et pourtant c'était vrai, elle avait une confiance absolue, elle était sûre de n'avoir rien à craindre. Elle était en paix.

Ça marche, dirent les bâtisseurs. Elle nous a entendus.

Il était temps de passer à la suite. Quelque chose de petit. Le porteur qu'elle avait déjà aperçu. Il lui serait un peu familier. Et pour elle, il aurait l'air d'une machine, d'une structure ferme, bien conçue; d'après ce qu'ils savaient maintenant des humains, et de Lindsey, ils étaient sûrs qu'elle se sentirait moins menacée si elle pensait que c'était un engin. Le porteur monta donc rapidement de la fosse. Il vit Lindsey et, comme un petit chien reconnaissant son maître, il alla vite se placer derrière elle.

Elle ne vit que des reflets de lumière sur le matériel devant elle. Lentement, elle se retourna, toujours parfaitement tranquille, et vit un appareil. Était-ce ce qu'elle avait déjà vu ? Le corps était lisse, légèrement arqué, comme un poisson qui saute... mais ce n'était pas un poisson. À l'avant il y avait une ouverture comme la tuyère d'un moteur à réaction, mais ce n'était pas un moteur. À l'intérieur, il y avait un cercle avec des points lumineux qui irradiaient, comme un soleil dessiné par un enfant, et cela tournoyait. De la lumière dansait dedans.

La chose se tourna alors de profil. Sa coque – ou sa carrosserie, ou son enveloppe – était transparente, aussi pure que le cristal le plus parfait. Des couleurs mouvantes y brillaient comme si elle reflétait une source lumineuse extérieure. Mais il n'y avait aucune autre lumière que celle qui se trouvait à l'intérieur de la chose. Des structures de différentes couleurs, scintillantes, reliées à l'intérieur comme les éléments d'un moteur... ou était-ce un système biologique ? Lindsey n'en savait rien, pas plus qu'elle ne pouvait deviner à quoi cela servait.

Mais c'était beau. Elle s'émerveilla de sa perfection.

Elle l'admire. Elle veut le connaître et le comprendre. Quand on examine sans peur, alors on peut aimer.

Les bâtisseurs se rappelèrent cette pensée parce qu'ils savaient qu'elle était importante. La peur était le grand contrôleur des êtres humains. La peur les amenait au bord de la guerre. La peur les éloignait les uns des autres, empêchait la majorité de prendre le moindre risque dans la vie.

Mais une fois la peur éliminée, la véritable personnalité demeurait. Lindsey était avide d'en voir plus, de tout comprendre. Elle était prête.

Néanmoins les bâtisseurs étaient prudents. La vue d'un bâtisseur sous sa forme naturelle avait terrorisé Jammer. Et Lindsey avait une affinité particulière avec les mécaniques, alors le bâtisseur qu'elle rencontrerait serait à l'intérieur d'un glisseur, et pas sous sa forme naturelle. Encore une fois, ce serait comme une machine, mais une machine douée d'intelligence.

Le porteur n'avait pas envie de partir, il sentait que Lindsey voulait le garder près d'elle, mais il recevait cette information des bâtisseurs, plus que de Lindsey elle-même. Il recula lentement, puis il s'éleva et disparut.

Lindsey le suivit des yeux jusqu'à ce qu'il n'y ait plus rien et elle vit alors un spectacle qui lui coupa le souffle, une grande forme lisse qui montait lentement des profondeurs. Elle brillait d'une lumière intérieure, elle avait une surface lisse et sans défauts, elle ondulait avec grâce. À l'intérieur, des lueurs dansaient. C'était la lumière de la vie, de la pensée, de la mémoire. C'était transparent, avec des parois si parfaitement claires que c'était presque invisible. Lindsey ne connaissait pas le moindre matériau de construction d'une telle transparence et pourtant si solide qu'il pût contenir ce genre de structure sans se déformer ni se briser.

Aucun architecte, aucun ingénieur n'avait pu créer cette chose-là. Cela n'avait pas sa place dans l'ordre naturel des choses de la terre. Elle comprit immédiatement que c'était l'œuvre d'un étranger, d'un nouveau venu... non d'un ennemi, non d'un intrus. Il ne lui ferait pas de mal, ni à aucun autre humain, s'il pouvait l'éviter. Il vivait au plus profond de la mer, où les êtres humains ne pourraient jamais aller. Il n'y avait pas d'inimitié entre l'humanité et ces choses. Ces personnes. Ce peuple.

Comment le savait-elle ? Elle n'en avait aucune idée mais elle en était certaine. La question ne se posait pas. Tout comme elle savait qu'elle pouvait avancer la main et toucher cette chose. C'était un geste dangereux, déraisonnable, et pourtant elle était sûre de pouvoir se le permettre. Et elle le voulait, de tout son cœur. Ce serait intolérable de voir tant de beauté et de ne pas la toucher.

Alors elle posa sa main sur l'arrondi en forme d'aile tandis que l'apparition pivotait lentement devant elle. La surface était lisse et dure, elle ne s'enfonçait pas sous les doigts. Et pourtant elle glissait sous sa main sans friction; elle la voyait bouger et ne sentait rien du tout, aucun mouvement.

Qu'es-tu ? Qui t'a construit ? Qui est à l'intérieur de toi ? Et puis un désir qu'elle se rappela de l'enfance, le désir de rester aux côtés de son père, renonçant ainsi aux autres distractions de la jeunesse : apprends-moi à construire des choses comme ça.

Mais elle avait bien le temps, rien ne pressait. Maintenant que nous avons fait connaissance, nous avons le temps. Tu me raconteras toutes tes mémoires, tes voyages dans les insondables abîmes de l'espace, la lumière brûlante des soleils, l'exquis soulagement de la plongée dans les fraîches profondeurs d'un nouvel océan, pour tout y recommencer. Vous êtes des bâtisseurs, je le sais, des constructeurs comme moi mais infiniment plus vieux, plus expérimentés. Votre corps est si totalement différent que nous ne pouvons nous rencontrer qu'ici, en ce lieu difficile; mais notre esprit n'est pas si opposé que nous ne puissions communiquer.

J'aimerais bien que tu me parles.

Tout à coup, elle se rappela son appareil photographique. La vidéo du ROV ne marchait pas, bien sûr, avec cette baisse de tension, mais elle avait son appareil de photographie sous-marine qui était entièrement mécanique. Elle pouvait prendre une photo, la montrer aux autres et ils sauraient alors qu'il n'y avait rien à craindre de ces créatures. Elle tâtonna nerveusement pour faire la mise au point… vite, vite, vite… ça s'en va…

Alors que le glisseur replongeait dans la fosse, elle fut enfin prête à prendre une photo. Mais juste au moment où elle allait presser sur le bouton, le petit porteur surgit à toute allure derrière elle et passa devant, la faisant sursauter. Elle rata complètement sa photo du glisseur. Mais au moins, pensa-t-elle, elle pourrait prendre un cliché de celui-là, même s'il refusait de se tenir tranquille et zigzaguait en plongeant. Elle prit un instantané, un seul, juste avant qu'il ne disparaisse.

Mon Dieu, nous ne sommes pas seuls, ici au fond, se dit-elle. Nous avons plongé si loin que presque rien ne vit ici et nous découvrons que plus loin encore, tout au fond de cet abîme, vivent les plus belles des créatures et qu'elles possèdent les engins les plus parfaits du monde.

Les lumières reprirent leur intensité. Les systèmes de communication se ranimèrent. Petit-Monstre se réveilla et s'éleva du fond, en agitant un nuage de vase. Et Catfish apparut, contournant la base de *Deepcore* pour chercher Lindsey.

– Je vous conseille de ne pas vous vanter d'avoir raté ça, dit-elle.

– Raté quoi ?

Peu importait. Maintenant, elle *savait*. Elle avait une photo. Ils verraient.

Ce ne fut qu'un succès partiel. Ils avaient parlé à Lindsey et elle avait compris. Le problème, c'est qu'elle ne savait pas qu'ils avaient parlé, parce qu'ils avaient communiqué directement, en manipulant sa mémoire et ses émotions au niveau chimique et électrique; les messages des bâtisseurs s'étaient introduits dans l'esprit de Lindsey exactement comme ses propres pensées et sentiments. Elle croyait donc que leurs messages étaient ses propres idées. Elle s'y fiait, elle y croyait mais elle pensait que c'était de l'intuition, de la déduction, quelque chose de personnel.

D'un autre côté, elle leur avait permis de faire d'autres découvertes. Ils avaient éliminé sa peur mais la peur n'était pas la seule barrière entre les êtres humains. Grâce à la mémoire de Lindsey, ils voyaient le nombre de fois dans sa vie où elle s'était séparée de ses semblables, non par peur mais à cause de son intense concentration sur les choses qui l'intéressaient. Les êtres humains étaient capables de s'ignorer les uns les autres, volontairement, de se couper de tout et de tous. Et elle ne considérait pas cela comme une perte tragique, une amère solitude. Elle voyait là une nécessité, le seul moyen de se concentrer sur son travail, d'accomplir ce qu'elle voulait.

Alors il ne nous suffira pas d'éliminer la peur, même si nous arrivons à le faire en plein air, là où vivent les humains.

Il n'y a donc aucun espoir de les changer. Nous pourrions aussi bien entamer nos préparatifs de départ et les laisser se détruire mutuellement. Ce n'est pas notre faute, ils en seraient venus là, éventuellement, puisqu'ils refusent d'appartenir les uns aux autres.

Non, nous ne pouvons pas les repousser tous,

aussi froidement. Nous n'en avons encore connu que quelques-uns. Contrairement à nous, leurs mémoires totalement séparées signifient que chaque personne est différente des autres; on en connaît une, on en connaît cent, mais cela ne veut pas dire qu'on les connaît toutes.

Nous avons le temps. Nous n'avons qu'à observer. Nous verrons ce qu'ils vont faire, nous verrons s'il y a de l'espoir pour eux. Mais nous allons sûrement être déçus.

Des fous

Lindsey raconta ce qui s'était passé, ce qu'elle avait vu. Et puis, quand la pellicule fut développée, il y eut la photo. Exactement comme elle le disait. Elle l'avait saisi.

Malheureusement, cela avait l'air d'un petit zigouigoui lumineux cerné de noir. Bud la taquina, naturellement.

– Une photo superbe, Lins !

– Qu'est-ce qui vous est arrivé ? demanda Sonny. Vous avez laissé tomber la lampe de plongée ?

C'était trop loin pour être nettement visible et, après tout, ils s'attendaient à quoi ? À un portrait de studio, avec une jolie toile de fond ?

Allez-y, fichez-vous de moi, j'ai quand même la photo.

– Oh, dites, les gars, s'il vous plaît ! Celui-là, c'est le petit, le plus petit des deux. Là. Vous voyez bien comment ça se tortille.

– Ouais, fit Bud. Quoi que ce soit.

Peut-être ne la taquinait-il pas. Il ne croyait peut-être pas qu'elle avait vu quelque chose.

– Je vous *dis* ce que c'est ! Mais tu n'entends pas. Il y a quelque chose, là dans le fond, quelque chose... qui n'est pas nous !

Elle les regarda à tour de rôle. Personne ne marchait. On ne la traitait quand même pas de menteuse ni de folle. Pas encore.

– Vous ne pourriez pas être plus… plus précise ? hasarda Catfish.

Bud essaya de lui répondre, en plaisantant, bien sûr.

– Quelque chose qui se tortille.

Mais Lindsey n'entendait pas se laisser faire. Bud n'allait pas *manipuler* ça en le tournant en dérision. C'était une réalité. Elle le laissa à peine finir sa phrase.

– Pas nous, répéta-t-elle. Pas humain. Tu comprends ? Quelque chose qui n'est pas humain. Mais intelligent.

Ils échangèrent des regards. Hippy souriait. Parce que l'idée lui plaisait ? Ou parce qu'il la croyait folle ?

– Une intelligence non terrestre, déclara Lindsey.

Cela fit la joie de Hippy.

– Une Intelligence Non Terrestre ! s'exclama-t-il. Des INT ! Oh, dis donc, ça bat les OVNI ! Ah, mais ça pourrait marcher aussi, Objets Voguants Non Identifiés.

Catfish pigea enfin.

– Est-ce que nous parlons de petits amis de l'espace, ici ?

– Bon Dieu, mais oui ! s'écria Hippy. Les gros cubes des dieux ! Pas vrai, Lins ? Non, non, vraiment. Ça pourrait bien être des INT. La CIA les connaît depuis toujours. Ils enlèvent tout le temps des gens, mec; y a eu une fois…

Plus Hippy en disait, plus l'affaire paraissait stupide.

– Hippy, soyez gentil, interrompit Lindsey. Ne restez pas dans mon camp, je vous en prie.

Bud ne riait plus. Il la prit doucement par le bras, l'entraîna à l'écart.

– Tu veux venir dans mon bureau ? S'il te plaît ?

Elle le suivit, en espérant que cela signifiait qu'il allait enfin la prendre au sérieux.

– Bon Dieu, Lins...

Elle ne voulait pas être sermonnée, elle ne voulait pas être manipulée ! Elle voulait être *écoutée*.

– Bud, je t'en prie ! Il se passe quelque chose de réellement très important !

Bud ne l'acceptait pas.

– J'essaie de maîtriser cette situation et je ne peux pas te permettre de provoquer ce genre d'hystérie collective...

– Quoi ? Quelle hystérie ? Qui est hystérique ?

– Chut, murmura-t-il.

Il avait raison. Elle s'agitait. Il ne l'écouterait jamais si elle ne gardait pas son calme. Alors elle se força à respirer profondément, à se détendre un peu.

Quand il vit qu'elle écoutait, il reprit :

– Tout ce que je veux dire c'est que lorsqu'on est suspendu par le bout des ongles, on ne va pas gesticuler.

Elle le savait. Elle n'ignorait pas que Bud savait mieux que personne créer un climat calme, faire travailler les gens harmonieusement ensemble. Mais cette fois, rien que cette fois, il avait besoin de cesser de créer la réalité pour les autres et de laisser quelqu'un d'autre modifier la réalité pour lui.

– Écoute, j'ai vu quelque chose, dit-elle posément. Je ne vais pas retourner à côté et dire que je n'ai rien vu alors que je l'ai vu. Je t'en prie.

Il secoua la tête et lui fit de nouveau face, les yeux mi-clos comme lorsqu'il essayait de ne pas se mettre en colère.

– Tu es la femme la plus entêtée que j'aie jamais connue.

C'était vrai et, en ce moment, elle le regrettait.

Durant toute leur vie conjugale, elle avait été obstinée à propos de tout. Même de choses sans importance. Alors maintenant, quand c'était important, il ne croyait pas qu'elle insistait parce que c'était la vérité pure. Il s'imaginait qu'elle insistait parce qu'elle était Lindsey, habituée à imposer sa volonté. Pour la première fois, elle se rendait compte de ce que lui coûtait son refus de plier. Elle ne savait pas comment lui faire voir la différence. Sinon en avouant la vérité :

– Oui, je le suis. Mais j'ai besoin que tu me croies, en ce moment.

Elle le vit à son expression : jamais il ne l'avait entendue parler de cette façon. Jamais il ne l'avait entendue dire qu'elle avait *besoin* de quoi que ce soit. Il voulait la croire. Et elle savait que ce n'était pas facile. Une tache lumineuse sur une photo... quelle preuve était-ce ?

– Écoute, je t'en prie, regarde-moi. Est-ce que je suis stressée ? Est-ce que je présente des symptômes de la maladie des caissons ? Des tremblements ? La langue pâteuse ?

Il réfléchit et ce fut d'une voix presque vaincue qu'il répondit non.

– Non, répéta-t-elle. Bud, c'est moi, Lindsey. Tu me connais mieux que personne au monde.

Elle ne savait comment être plus explicite. Elle implorait. Et il le savait, elle le voyait dans ses yeux. Il la regardait avec douceur, avec tendresse, comme autrefois quand tout allait encore bien entre eux. Il voulait lui donner ce qu'elle demandait en mendiant. Il allait la croire, maintenant.

– Regarde mes lèvres. J'ai vu ces choses. J'en ai touché une !

Mais ce n'était pas tout, ce n'était pas suffisant pour expliquer ce que cela signifiait, ce que c'était.

– Et ce n'était pas un engin lourd en acier, comme nous pourrions en construire. Ça glissait, c'était ce que j'ai vu de plus beau au monde, de toute ma vie ! Ah, Dieu, comme j'aurais voulu que tu sois là ! Je t'en supplie, tu dois me croire, avoir confiance en moi !

– Je ne peux pas, Lins, dit-il.

C'était ce qu'il pouvait lui faire de pire. Elle avait tout misé, tout jeté sur la table et il la repoussait. Elle garda le sourire mais il vit qu'elle était blessée. Plus jamais elle ne viendrait à lui de cette façon, s'il refusait de la croire à présent. Mais il ne pouvait pas mettre tous les autres en danger par amour pour Lindsey.

– Je suis navré, dit-il. Mais pour le moment, je ne peux pas.

Il tourna les talons et sortit du bureau, en se détestant mais en sachant qu'il avait fait ce qu'il fallait.

Elle resta là après le départ de Bud. Jamais elle ne s'était sentie aussi seule. Peu lui importait que les autres refusent de la croire, Hippy, Catfish, Sonny, quelle importance ? C'était de la confiance de Bud qu'elle avait besoin. Sans cela, elle n'avait rien.

Coffey n'était pas surpris par ce que Lindsey avait vu. Un intrus était venu une fois, on pouvait s'attendre à ce qu'il revienne.

Naturellement, la conclusion de cette femme était absurde. Il était heureux de voir que personne ne l'avait prise au sérieux. Elle était un bon ingénieur, pas de doute; son installation de fortune pour la survie dans *Deepcore* avait été rapide et efficace. Mais cela ne faisait pas d'elle un témoin digne de confiance. Elle était sous tension. Elle avait vu quelque chose de bizarre. Elle avait pris une photo et, plus Coffey la regardait, plus il comprenait que ce devait être quelque chose d'extérieur à *Deepcore*. Si elle avait photographié une des sources de lumière de la station, il y aurait eu des éléments de cette station sur le cliché. Elle ne mentait donc pas en disant qu'elle avait pris la photo alors que l'intrus replongeait dans la fosse. Il la croyait.

Il y avait donc quelque chose, par là, qui n'avait pas tenté de communiquer avec eux. Par conséquent, jusqu'à preuve du contraire, il devait supposer que c'étaient des Russes et il les supposait hostiles. Cela signifiait que, désormais, ils devaient tous agir selon les règles de la discipline militaire.

Il essaya de l'expliquer à Brigman, pendant que les civils trimbalaient des tables, des couvertures et des oreillers pour installer un vague dortoir dans le mess. Tout ce qu'exigeait Coffey, c'était de la collaboration.

– Nous devons organiser une surveillance de vingt-quatre heures sur vingt-quatre par les caméras extérieures. Combien d'hommes avez-vous ? Six, moi j'en ai...

– Gare là-devant ! Je passe ! cria Catfish en poussant une table dans la chambre.

Impossible de se concentrer avec tout ce remue-ménage ! Coffey s'adressa à tout le groupe d'une voix forte, sa voix de commandement :

– *Stop,* tout le monde !

Tout le monde s'immobilisa, le regarda.

Il attendit qu'ils aient changé de position, posé ce qu'ils transportaient, s'apprêtent à l'écouter jusqu'au bout. Autrement dit, jusqu'à ce qu'ils se soient mis à l'équivalent civil du garde-à-vous. Ils finirent par s'y mettre, visiblement à contrecœur.

– C'est bon. Je veux une surveillance autour du cadran, dans la cabine du sonar et par les caméras extérieures. Si ce loup-garou russe revient, je pense que nous ne devrions pas être en train de dormir.

Ce fut Lindsey qui protesta, naturellement.

– Fichez-nous la paix, Coffey ! Ces choses

vivent ici, à six kilomètres au fond de la mer, dans une fosse abyssale ! Croyez-moi, ce ne sont pas des Russes !

Coffey savait bien que les autres ne croyaient pas à ce qu'elle racontait, sauf le gosse au rat, peut-être. Mais le mépris dans sa voix, ça c'était dangereux. Ça entraînait les autres à penser qu'ils n'avaient pas besoin de le traiter avec le respect indispensable à un officier commandant une opération. Elle était redoutable, oui, même quand elle était folle.

Cependant, ce n'était pas le moment de lui clouer le bec. Le meilleur moyen de la traiter avec dédain, c'était de répondre avec encore plus de mépris. Il l'ignora complètement, et continua de donner des ordres comme si elle n'avait rien dit. Il se tourna vers Une-Nuit.

– Est-ce que vous avez fini de réparer l'émetteur acoustique ?

– Non, marmonna-t-elle.

Coffey savait traiter ce genre d'attitude. On demande des comptes aux gens, voilà ce qu'on fait.

– Pourquoi ?

Elle lui tourna le dos, lentement, tout en répliquant :

– Je me faisais faire les ongles.

Cela, c'était de l'insubordination pure et simple, pas comme les élucubrations de la Brigman avec ses OVNI. Il devait riposter à un défi par un autre.

– Eh bien, réparez ça tout de suite ! ordonna Coffey.

Personne ne lui répondait jamais, quand il prenait ce ton-là.

– Mon cul ! répondit Une-Nuit.

Coffey dévisagea les autres. Personne n'avait l'air gêné ou choqué. Ils soutenaient tous le regard de Coffey, ce qui signifiait qu'ils se plaçaient dans le camp de cette femme. Surtout Catfish. Il se considérait comme un battant. S'il échappait à tout contrôle, cela risquait de faire du vilain. Coffey ne craignait pas de ne pouvoir se défendre contre l'ancien boxeur, mais si on en venait aux coups, ce ne serait plus de l'insubordination mais de la mutinerie. Les choses étaient allées assez loin. Il les regarda tous dans les yeux, à tour de rôle.

– Ça suffit. Il faut bien vous mettre une chose dans la tête. Vous êtes ici sous mon autorité et je...

Catfish l'interrompit en levant la main, mais ce n'était pas un geste menaçant, pas encore. Il avait la main ouverte, comme pour repousser un danger; ce n'était pas un poing, pas une attaque. Catfish était aussi effrayé que belliqueux. Ce n'était pas une rixe de bar qui se préparait là; il savait que Coffey était entraîné pour tuer, non pour boxer.

– Écoutez voir, vous, dit Catfish, nous ne travaillons pas pour vous. Nous ne sommes pas sous vos ordres et nous ne vous aimons pas beaucoup. Et, de plus, votre maman vous habille drôlement.

Personne ne rit de la vieille insulte rituelle. Des mots de bagarre. Catfish tirait un trait, il mettait Coffey au défi de le franchir.

Jusqu'à présent, Bud avait laissé faire Coffey. Mais maintenant, il était évident que Coffey ne fonctionnait pas très bien. Il transpirait, il était tendu. Il ne savait donc pas que la nervosité est un aveu de peur ? Une invitation à la rébellion ? On ne commande pas des gens à l'esprit indépendant en leur laissant voir à quel point on craint leur désobéissance.

– Dis donc, Cat, dit Bud. *Cat !*

Catfish tourna la tête vers lui, de mauvaise grâce.

– Ouais ?

– Tu devrais prendre le premier quart au sonar, O.K. ?

Il le regarda fixement mais non par défi, non comme l'avait fait Coffey. Plutôt de manière à lui dire : « J'ai besoin que tu fasses ça, pour nous tous. » Catfish comprit. Il soutint ce regard comme pour répondre : « Pour toi, Bud, je ferai ça. »

– Tout de suite, murmura-t-il, et il passa devant Coffey pour se diriger vers la cabine du sonar.

– Sonny, reprit Bud, tu vas dormir deux heures et puis tu relaieras Cat, d'accord ? Hippy, occupe-toi de la surveillance extérieure.

Ils sortirent, en évitant le regard de Coffey. Ce fut plus facile quand il tourna le dos.

Bud passa derrière Une-Nuit. Comme Coffey l'avait pour ainsi dire accusée de ne pas faire son travail, c'était la plus furieuse, celle qui accepterait le moins d'obéir. Alors il s'assit derrière elle, tout près, manière de flirter. C'était une vieille plaisanterie entre eux, un peu de flirt. Cela lui rappelait leurs longues années d'amitié. Lui disait qu'elle était une personne digne de confiance.

– Tu veux me faire plaisir, Une-Nuit, et voir si tu peux faire fonctionner cet émetteur ? Tu veux bien ?

Pour Bud. Elle ravalerait sa fierté, pour Bud.

– Donne-moi deux heures.

Heureusement, Coffey ne vit pas les yeux fulgurants d'Une-Nuit quand elle passa près de lui. Il en aurait été pétrifié.

Coffey encaissa. C'était humiliant. Profondément blessant. Mais il encaissa, parce qu'il était un soldat qui faisait son devoir en défendant son pays, même si ce pays était représenté dans cette station par une bande de merdeux déloyaux, égoïstes et indisciplinés.

En dépit de tout l'oxygène que Lindsey avait trouvé, il ne pouvait compter sur plus de douze heures pour achever sa mission. Et à voir le comportement des civils, il avait probablement encore moins de temps. Il était évident qu'il ne pouvait compter sur aucun d'eux pour l'aider, maintenant. Wilhite était mort, Monk était immobilisé avec une jambe cassée. Il n'y avait donc plus que Schoenick et lui pour mettre en place l'ogive nucléaire et faire sauter le *Montana* de sa corniche, jusque dans le fond de l'abysse, avant que le loup-garou russe puisse aller y voler des renseignements.

Hippy était dans le poste de contrôle et pilotait Gros-Monstre à l'extérieur, autour de *Deepcore*. Il était en principe chargé de guetter l'INT que Lindsey avait vu. Mais après tout, quoi, elle disait que c'était amical. S'il voyait ce truc-là, il serait content mais, en attendant, il préférait observer ce qui lui faisait vraiment peur : Coffey. Il le retrouva à travers le hublot de la chambre de maintenance B. Il y avait de la lumière à l'intérieur, et il manœuvra délicatement Gros-Monstre jusqu'à ce que sa caméra vidéo soit pointée droit sur le hublot.

La vue était assez nette. Il ne distinguait pas les détails mais ils étaient inutiles. On n'avait pas besoin d'un diplôme de physique nucléaire pour comprendre ce qu'était le cône argenté sur la table. Il était bien certain que ça ne faisait pas partie de l'équipement de *Deepcore,* donc c'était le truc qu'ils avaient rapporté du *Montana*. Ça ne pouvait être qu'une ogive nucléaire. Et elle était là, ouverte à la base, avec Coffey qui tripatouillait dedans !

– Oh mec ! Oh non, ça ne peut pas arriver ! marmonna Hippy. Oh mec, je ne suis pas là !

Il lui fallait une photo de ça. Personne ne croirait que ces mecs étaient assez cons pour armer une arme nucléaire en plein dans *Deepcore,* si Hippy ne leur en apportait pas la preuve. Il glissa vers le VCR branché en permanence sur Gros-Monstre et pressa le bouton d'enregistrement.

Bud savait que Hippy était un peu paranoïaque mais il ne l'avait encore jamais vu dans un tel état de terreur. Hippy avait complètement craqué, ou alors il se passait quelque chose de vraiment grave. Dans un cas comme dans l'autre, Bud devait le prendre au sérieux. Alors il s'assit devant l'écran de contrôle et regarda l'enregistrement vidéo de Hippy. Un des SEALs tournait le dos au hublot et cachait ce qu'il y avait sur la table. Bud regarda sur le pourtour de l'écran, pour tenter de voir où il était.

– C'est la chambre de maintenance, non ?

– Ouais, c'est la chambre de maintenance. Regarde-moi. Je réfléchis, mec !

C'est sûr, Hippy, je l'ai déjà remarqué.

Hippy posa sa main sur le VCR, comme s'il espérait en extraire les informations nécessaires en le pressant.

– O.K., attends, attends, attends, tu vas voir, attends et maintenant... voiciiiiii MIRV !

Bud vit le cône. Il entendit ce que disait Hippy. Mais il ne voulait pas tirer de conclusions précipitées.

Hippy comprit ce que signifiait le silence de Bud.

– Allez, mec ! Qu'est-ce que tu voudrais que ce soit ?

– Pourquoi l'apporter ici ?

Bud avait besoin de comprendre, avant de croire. Hippy, lui, avait tout compris, naturellement.

– C'est forcément un foutu plan d'urgence pour écarter les Russes, tiens ! Regarde, regarde, regarde, ils ont armé un des trucs, ils ont apporté une espèce de détonateur ou je ne sais quoi qu'ils vont lui fourrer dans le cul et puis ils rapporteront tout le bordel au sous-marin, ils grilleront tout, braoum boum, je t'ai eu !

Bud, muet de stupeur, regardait l'écran et réfléchissait. Hippy lui répondit malgré tout, comme si Bud discutait avec lui.

– Je te le dis ! Et je ne suis pas parano...

Il vit du mouvement, du coin de l'œil, et se tourna vers la porte.

– Ah, salut, Lins.

Bud se retourna et la vit sur le seuil. Depuis combien de temps était-elle là ? Elle avait pu en voir et en entendre assez pour savoir ce qui se passait, ou ce que Hippy croyait qui se passait. Autrement elle entrerait et poserait des questions, voudrait savoir de quoi il s'agissait.

Elle resta un long moment à attendre que Bud dise quelque chose. Mais il ne trouvait rien à dire. Alors elle tourna les talons et partit d'un pas rapide signifiant qu'elle avait un but important et bien précis.

Si Hippy avait raison, Coffey se livrait à on ne sait quelle connerie cinglée dans la chambre de maintenance. Ce devait être cette Phase Deux que DeMarco avait ordonnée quand ils lui avaient rapporté, la première fois, que Lindsey avait vu quelque chose. Mais cela signifiait aussi que la plus grande folie serait d'aller consulter Coffey à ce sujet. Bud se leva et courut après Lindsey.

– Lins ! Tu veux attendre une seconde ?

– Nom de Dieu, si tu ne veux rien faire, moi je vais arrêter ça !

– Écoute, Lindsey, nous allons faire quelque chose. Attends juste une seconde.

Elle était à la porte. Elle regarda par le judas en essayant de tourner le volant. Il était bloqué de l'intérieur.

– Hé ho ! cria-t-elle.

Un défi, pas un simple appel. Elle frappa contre la porte.

– Lindsey !

Elle continua de frapper, puis elle décrocha

l'extincteur, à côté, et se mit à marteler la porte avec.

– Quoi ?

– Arrête ça, réfléchis une seconde, au moins !

– À quoi ?

Elle tapa encore. La porte s'ouvrit.

Schoenick recula vivement quand Lindsey entra. Coffey était devant la table, une couverture jetée sur l'ogive. Lindsey s'y dirigea tout droit. Coffey tenta de s'interposer mais il voyait qu'elle savait déjà ce qui était là. Alors quand elle se pencha pour tirer la couverture, il ne lui cassa pas le bras. Il la laissa faire. Quelle importance, maintenant, si elle voyait à quoi ressemblait un MIRV ? D'ailleurs, Brigman était avec elle. Coffey avait besoin de savoir s'il était avec cette femme ou s'il était raisonnable. Sinon, si les choses allaient trop loin, il était prêt.

Elle fut absolument scandalisée.

– Vous avez un sacré culot d'apporter ce truc-là dans ma station ! Avec tout ce qui se passe là-haut dans le monde, vous apportez une arme nucléaire *ici* ?

Et alors, pensa Coffey, vous vous figurez que votre station est un petit temple de paix ? Qui est-ce qui vous garde libre et en sécurité pour vous permettre de construire vos petits jouets sous-marins ?

Mais il ne dit rien. Qu'elle se fatigue à parler !

Elle se tourna vers les autres, Brigman, le gosse au rat, Schoenick.

– Personne ne trouve ça particulièrement dément, ou bien il n'y a que moi ? demanda-t-elle.

Coffey gardait encore son sang-froid. Comme toujours. Il parla posément, raisonnablement :

– Mrs Brigman, vous n'avez pas besoin de connaître les détails de l'opération. Il vaut mieux que vous ne les connaissiez pas.

Elle devint encore plus déraisonnable, par réaction, et sa voix s'éleva, en timbre et en volume :

– Vous avez raison. Je n'en ai pas besoin. Ce dont j'ai besoin, c'est que vous débarrassiez ma station de ce truc-là ! Tout de suite, vous entendez ?

Elle glapissait, maintenant, comme si elle croyait sincèrement impressionner Coffey, l'obliger à reconnaître qu'elle avait de l'autorité sur lui, pouvait le détourner de sa mission.

– Vous devenez un sérieux obstacle, lui dit Coffey sur un ton mesuré. Je vous donne le choix. Vous exécutez un demi-tour et vous sortez d'ici, ou je vous fais escorter dehors.

Elle secoua la tête en éclatant d'un rire nerveux, rageur.

– Je n'exécuterai certainement pas de demi-tour, cria-t-elle. À qui croyez-vous parler ?

Coffey fit un signe de tête à Schoenick, qui attendait derrière elle. Il obéit instantanément, la saisit à bras-le-corps et la souleva. Elle piqua une crise et hurla, en se débattant pour se libérer. Coffey ne s'occupa plus d'elle. C'était Brigman qui l'inquiétait. S'il devenait soudain macho et tentait de protéger sa bonne femme, quelqu'un allait mourir, et vite.

Bud leva la main et appuya sur le bouton d'alerte au feu, sur le mur près de la porte. Dans le hurlement de la sirène, il abaissa la manette du système de haut-parleurs et cria :

– *Urgence !* Chambre de maintenance B ! *Urgence !*

Hippy se précipita dans le couloir en appelant les autres.

– Arrivez ! Tout de suite ! Grouillez ! Nous avons un pépin ! Vite !

Coffey se demandait ce qu'il devait faire. Le reste du personnel dévalait les échelles, cavalait dans les couloirs, mais jusqu'à présent, Brigman n'avait pas bougé. Il était furieux, c'était évident, et il observait Coffey. Il ne regardait même pas Lindsey qui se débattait toujours dans l'étreinte de Schoenick, les bras collés au corps. Bud n'était pas bête, il savait que tant que Coffey ne donnerait pas d'ordre, Schoenick ne la lâcherait pas. Et tant que lui-même ne perdrait pas la tête, Coffey ne ferait rien d'irrémédiable.

Catfish, Hippy, Une-Nuit et Sonny étaient tous là, à la porte. Ils se seraient précipités dans la mêlée si Bud ne les avait pas retenus.

– C'est bon, dit-il. Ça va, ça va.

Ils attendirent. Coffey aussi.

Bud se tourna enfin vers Schoenick.

– Ça suffit comme ça, vous pouvez la lâcher, dit-il, mais Schoenick ne réagit en aucune façon, alors Bud éleva la voix : Tout de suite !

Coffey devait prendre une décision. Brigman perdait apparemment son sang-froid mais comment savoir si c'était vrai ou pour impressionner ? Aucune importance. Ce qui importait, c'était la mission. La Phase Deux. L'ogive derrière lui. Pas cette garce de Brigman. Alors il donna l'ordre à Schoenick.

– Laisse-la aller.

Immédiatement, Schoenick la lâcha. Elle s'écarta vivement et recula pour se placer à côté de Bud, devant les autres. Solidarité.

Bud lui jeta un coup d'œil, s'assura qu'elle n'était pas blessée et déclara à Coffey :

– C'est ce que vous pouviez faire de plus intelligent.

Catfish mit son grain de sel :

– Quel est le problème ?

C'est ça, le boxeur ! Interviens, prouve que tu es un champion, un vrai dur. Mais c'était Bud que Coffey observait, pour voir ce qu'il allait faire.

– Rien, répondit-il. Nous partions.

L'équipage recula dans le couloir. Bud s'attarda sur le seuil, sans quitter Coffey des yeux, sans lui tourner le dos avant que tout le monde soit sorti à l'exception de Catfish. Alors il recula et laissa Catfish lancer le dernier regard fulgurant, faire le dernier geste de défi. La porte se referma. Coffey et Schoenick restèrent seuls.

Coffey posa sur la table le pistolet qu'il tenait caché derrière son dos. La confrontation n'avait pas tourné à l'épreuve de force mais, si c'était arrivé, il était prêt. Il aurait dû tuer d'abord Brigman puis Catfish. Ce qui aurait fait réfléchir les autres. Et la Brigman. Il aurait été forcé de la tuer aussi, parce que rien d'autre ne l'arrêterait.

– Nous n'avons pas besoin d'eux, dit-il à Schoenick. Nous ne pouvons pas nous fier à ces gens-là. Nous devons prendre des mesures. Nous allons devoir prendre des mesures.

Bud se disait qu'il devait avoir une conversation avec Lindsey, tout de suite. C'était bien joli quand elle perdait patience avec les ouvriers, à propos de rien, pendant qu'ils construisaient la station, pendant l'entraînement; elle n'offensait alors que des costume-cravate, des coéquipiers, des gens civilisés. Bud avait toujours le temps d'aller aplanir les choses ensuite. Ce n'était pas si grave.

Mais Lindsey n'avait pas assez de bon sens pour comprendre que Coffey était un autre genre d'individu. Et pas seulement parce qu'il était militaire. Bud l'avait bien observé, là, dans la chambre de maintenance. Coffey transpirait abondamment, ses yeux se tournaient de tous côtés, sans jamais se poser réellement.

– Lins, je veux que tu laisses ce type tranquille, je ne veux pas que tu t'approches de lui, je parle sérieusement.

Hippy avait remarqué, lui aussi.

– Le mec a perdu les pédales. Vous avez vu ses mains ?

Lindsey finit par comprendre.

– Quoi ? Il a la tremblote ?

Elle n'avait rien vu et c'était inconcevable. Si Coffey était une machine elle aurait remarqué en une fraction de seconde un défaut de fonctionnement, un danger. Mais comme il était un homme, il pouvait arborer les symptômes du SNHP soulignés au néon et elle ne remarquait rien du tout. Alors Bud devait le lui expliquer, clairement, pour qu'elle ne s'y trompe pas.

– Écoute, ce type est livré à lui-même. Il est coupé de sa chaîne de commandement. Il présente des signes de psychose consécutive à l'ivresse des profondeurs. Et il a une arme nucléaire en sa possession. Alors s'il te plaît, pour me faire plaisir, mets ta langue au point mort pendant un moment.

Hippy intervint :

– Moi, je vous le dis, je donne à toute cette histoire un facteur sphincter d'au moins neuf virgule cinq.

Jamais Bud ne l'avait vu aussi surexcité. Et il fit soudain une découverte. Hippy n'était pas parano parce qu'il était paranoïaque. En réalité, il *aimait* avoir peur. C'était pour ça qu'il cherchait toujours des raisons de se faire peur.

Maintenant seulement, alors que c'était fini, Lindsey se rendait compte de ce qui s'était passé. Elle avait découvert la présence de l'ogive, c'était comme si elle avait trouvé une défaillance dans un circuit électrique. Dès qu'on est au courant, on répare. Cette affaire-ci n'était pas aussi simple, hélas ! Elle n'avait pas de diagramme pour les gens. Mais Bud en avait un. Il l'avait avertie, il l'avait suppliée de ne pas s'en mêler. Et elle n'avait pas écouté. Elle refusait de croire qu'il la connaissait mieux qu'elle se connaissait elle-même.

Pourquoi s'en vexait-elle ? À cause de ce qu'il lui avait fait, en refusant de croire aux INT.

Néanmoins, il l'avait prise à part, il l'avait écoutée, il avait vraiment voulu la croire. Alors qu'elle ne faisait que le dénigrer et le rabaisser devant tout le monde. Pas seulement cette fois, mais constamment, dans le passé. Il lui disait : « Fais ça de cette façon, ce sera plus commode. » Et elle faisait exactement le contraire parce qu'elle n'acceptait de leçons de personne. De quel droit lui disait-il ce qu'elle devait faire ?

Je vais te dire de quel droit, se dit Lindsey. Il avait raison, voilà son droit. Et ce coup-ci, il ne serait rien arrivé si je l'avais écouté, si j'avais réfléchi une seconde, comme il le demandait.

Une seule fois il me laisse tomber, une seule fois il ne me croit pas et je me juge si trahie que j'ai envie de mourir. Je lui ai fait ce coup dix fois, cent fois du temps que nous vivions ensemble. Quel effet cela lui faisait-il ? Pourquoi diable m'a-t-il jamais aimée ? Qu'est-ce que tu es, Lindsey ?

Tu n'es que de la merde, voilà ce que tu es !

Mais elle ne voulait pas croire cela. Elle refusait de le croire. Bud, lui, savait qu'elle n'était pas de la merde. Après tout ce qui s'était passé, après toutes les fois où elle l'avait blessé par un mot, humilié devant ses amis, son équipe... il l'aimait encore. Il portait encore l'anneau qu'elle lui avait donné. Si elle était de la merde, pourquoi un homme comme Bud Brigman aurait-il encore ces sentiments pour elle ?

Coffey se pencha dans l'embrasure du hublot, dans la chambre de maintenance. Il ne vit d'abord que son reflet dans la vitre, puis quand son ombre cacha la lumière, il aperçut l'extérieur, les profondeurs de la mer.

Il y avait quelque chose, là-bas, un ennemi. Et

maintenant, il était entouré d'ennemis à l'intérieur aussi. Il avait eu initialement l'intention de placer dans l'ogive un détonateur au mécanisme réglé sur plusieurs jours de retard. Cela donnerait à l'*Explorer* le temps de revenir, de raccorder un nouvel ombilical, de filer une remorque et de les traîner à l'écart. Ils pouvaient faire le guet jusqu'au retour de l'*Explorer* et repousser l'intrus s'il réapparaissait. Après ça, quand la tempête serait calmée, la marine n'aurait plus qu'à boucler les parages et veiller à la sécurité jusqu'à l'explosion de l'ogive.

Mais il n'y avait plus de temps pour cela. Il ne pouvait plus utiliser de civils, jamais ils ne collaboreraient. Ils saboteraient plutôt l'opération, s'ils en avaient l'occasion, surtout les deux femmes, la Brigman certainement, Une-Nuit probablement. Et Catfish allait fatalement devenir belliqueux et déclencher la bagarre. Hippy était bon pour le cabanon. Sonny était au bord de la névrose. Bud était l'ennemi, à présent. Ils étaient dangereux. Tous tant qu'ils étaient.

Amis et ennemis

Sonny et Catfish étaient dans la cuisine. Catfish mangeait un morceau avant de dormir; Sonny buvait un café avant de prendre son quart dans la cabine du sonar. Comme la salle à manger était transformée en dortoir, Monk était couché sur une des tables de la cuisine, sous un monceau de couvertures tel qu'il était difficile de reconnaître une forme humaine.

– Fait salement froid, dit Catfish.

Sonny acquiesça et but rapidement une grande gorgée.

– Ce truc ne reste pas chaud assez longtemps.

Son bras lui faisait un mal de chien et il rêvait si fort d'être de retour chez lui qu'il en avait le vertige. Depuis quelques heures, Sonny s'était maîtrisé, il n'avait plus envie de pleurer à chaque instant, mais il avait toujours aussi peur, il se disait qu'il allait probablement mourir sans jamais revoir sa famille. Mais mieux valait se plaindre du café.

Catfish, les yeux dans le vague, fredonnait quelque chose. Sonny connaissait l'air mais ne se rappelait pas ce que c'était. Finalement, Catfish chantonna des paroles :

– Jésus, Sauveur, pilote-moi…

Un cantique. Jamais Sonny n'aurait pris Catfish pour un type dévot. Ce qu'il n'était pas, comme il le prouva aussitôt :

– Tu vois, dans mon idée, si le bon Dieu m'aimait bien, je serais à Houston à l'heure qu'il est.

– Comment tu sais s'il ne te serait pas arrivé quelque chose de pire à Houston ? rétorqua Sonny.

– Dis-moi une seule chose qui aurait pu m'arriver à Houston et qui serait pire que ce merdier. Je suis à plus de six cents mètres de fond avec un cyclone au-dessus de ma tête, coupé du reste du monde, nous avons de l'oxygène pour dix heures et quelque, notre station est avariée et incapable de se déplacer toute seule, nous avons un membre de l'équipage qui voit des OVNI chaque fois qu'elle est toute seule et il y a un foutu cinglé qui a une bombe atomique, qui donne des ordres et qui voit des Cocos partout. Y a qu'un truc qui serait pire, ce serait qu'on me coupe la queue et qu'on me colle dans une chambre pleine de putes !

Sonny rit. Ce qu'il y avait de chouette, avec Catfish, c'était que, même lorsqu'il était fou furieux ou mort de trouille, il trouvait toujours moyen de rigoler.

– Le lieutenant Coffey est un homme de valeur.

Étonné, Sonny se retourna. Qui avait bien pu dire ça ? Monk. Ils avaient oublié sa présence.

– Je croyais que vous dormiez, dit Sonny.

– Nous avons connu bien des coups durs avec le lieutenant Coffey, dit Monk sans colère, simplement pour leur révéler des choses qu'ils ignoraient. Il nous a toujours ramenés. Tous tant que nous étions.

– Pas cette fois, en tout cas ! dit Catfish.

– Il n'avait encore jamais perdu un homme.

Sonny n'avait pas songé à ça. Cela expliquait pourquoi Coffey était tellement nerveux, troublé.

– Et alors ? demanda Catfish. C'est pas pour ça que les soldats sont payés ?

Il plaisantait encore, mais cette fois, jugea Sonny, ce n'était pas le moment de plaisanter.

– Non, monsieur, répliqua Monk. C'est pour ça que les soldats sont *honorés*.

Le sourire de Catfish s'effaça et il se pencha sur Monk, l'air plus sérieux que jamais.

– Vous avez probablement raison, mon vieux, mais je m'en vais vous dire une bonne chose. En ce moment, Coffey est fou du SNHP. Il a la tremblote, il est parano et il sue tellement qu'il ne doit plus avoir besoin de pisser ! Nous parlons là d'un mec qui a appris comment tuer des gens avec ses mains nues, qui se figure que l'océan est plein de Russes et que nous sommes de dangereux sympathisants communistes, et par-dessus le marché, il a avec lui une bombe capable de causer un raz de marée qui enverrait des morceaux de *Deepcore* s'échouer sur les plages du Nebraska.

– Ce n'est pas un engin si puissant que ça, murmura Monk.

– Venez pas me raconter ça ! Si je dois avoir le cul mis en miettes par votre lieutenant, j'aime autant penser que le travail sera fait par une bombe de première bourre, O.K. ? Et tu sais quoi, Sonny ? Je ne vais même pas me brosser les dents après avoir mangé !

Sur ce, Catfish se hissa sur la table, tira deux couvertures autour de son cou et se replia en chien de fusil pour dormir. Sonny alla prendre un oreiller sur une pile, à une autre table, et revint en glisser un sous la tête de Catfish.

– Merci, maman.

– Fais pas de rêves cochons, au moins, répondit Sonny.

Il se rappela ses enfants qu'il bordait le soir dans leur lit et sentit remonter en lui l'émotion interdite. Contrôle-toi, Sonny. Ce qui doit arriver arrivera. Il lava sa tasse et partit pour la cabine du sonar, où il monterait la garde en guettant les intrus éventuels.

Lindsey ne pouvait rien faire à propos de Coffey mais cela ne voulait pas dire qu'elle était condamnée à l'inaction totale. Personne ne la croyait au sujet des INT, à part Coffey, et il la croyait juste assez pour se convaincre que c'était un submersible russe. Et Hippy... il la croyait, lui. Elle était vraiment agacée qu'il soit le seul mais c'était tout de même quelqu'un, n'est-ce pas ? Il pourrait l'aider.

Elle le trouva en train de vérifier le fonctionnement de Gros-Monstre. La caméra dans le nez du ROV était en marche; de temps en temps, Hippy lui faisait effectuer une série de mouvements d'essai. Lindsey l'observa pendant une minute ou deux en cherchant le meilleur moyen d'entamer cette conversation. Comment Bud s'y prendrait-il ? « Dis donc, Hippy, j'ai réfléchi, pourquoi est-ce que nous ne... »

Pourquoi diable est-ce que j'essaie d'être Bud ?

Je suis moi et si ça ne leur plaît pas, qu'ils aillent se faire voir.

– Hippy, dit-elle, je ne peux pas rester enfermée ici dans *Deepcore* en espérant que l'un d'eux va revenir.

Il interrompit son travail et leva les yeux sur elle, pendant un moment. Enfin, il comprit de quoi elle parlait.

– Un INT ?

– Je veux descendre et voir si nous pourrions les trouver.

Hippy la regarda comme si elle devenait folle.

– Vous ne pouvez pas descendre là-dedans ! C'est très profond.

– Pas *moi,* dit-elle en tapotant le nez du ROV. Gros-Monstre.

Il posa aussitôt une main protectrice sur son engin.

– Gros-Monstre est sur une longe.

C'était mauvais signe, pensa-t-elle, qu'il touche Gros-Monstre comme ça. Hippy avait l'air de prendre les machines avec lesquelles il travaillait pour des personnes. Des amies. Il n'aimait pas leur faire prendre de risques.

– Est-ce obligatoire ? demanda Lindsey. Écoutez, vous pourriez simplement programmer sur sa puce-pilote où vous voulez qu'il aille, et il irait, n'est-ce pas ?

Hippy agita les mains comme s'il voulait chasser cette idée de l'air ambiant.

– Non, non. Mauvaise idée, Lindsey. Mauvais, ça.

– Pourquoi, Hip ? Voyons !

Hippy avait toujours des raisons pour expliquer pourquoi les choses ne pouvaient pas se faire. C'était une autre de ses manies qui la rendaient folle.

– Parce que même s'il peut supporter la pression à cette profondeur, ce que je ne crois pas, sans la longe vous savez ce qui se passerait, là en bas ? Il resterait planté là comme... s'il vous plaît ?

Lindsey jouait distraitement avec les pièces du système de direction, là sur l'établi. Elle ne s'en rendit compte que lorsqu'il lui demanda de s'arrêter. Elle retira vivement sa main.

– Il resterait assis là comme un con, reprit Hippy. Faudrait que quelque chose passe juste devant son objectif pour qu'on puisse voir quelque chose.

Il avait raison. Les chances étaient bien minces. Mais elles existaient tout de même, non ?

– Je sais mais nous pourrions avoir un coup de pot, après tout. Non ? Nous pouvons toujours essayer.

– Faudrait que j'en parle d'abord à Bud.

– Non, ce serait juste entre nous. Nous obtenons une preuve, nous la montrons aux autres et là nous leur disons... Écoutez, Hippy, si nous pouvons prouver à Coffey qu'il n'y a pas de Russes là-bas dans le fond, il aura peut-être la main un peu moins lourde sur le bouton ?

Cela fit partir Hippy sur une autre voie.

– Faut que je vous dise, ce mec me fait *peur*. Plus que tout ce que nous allons trouver dans le fond. C'est un foutu robot.

La seule mention de Coffey avait suffi à mettre carrément Hippy dans le camp de Lindsey. Rien de tel qu'un ennemi pour faire de Hippy un loyal ami.

– O.K., dit-il, accordez-moi une heure ou deux. Je vais voir ce que je peux faire.

Coffey alla voir dans le poste de contrôle si les civils montaient toujours la garde. Oui, plus ou moins. Sonny était dans la cabine du sonar, les écouteurs aux oreilles, le matériel du sonar avait l'air de marcher à la perfection. Malheureusement,

Sonny dormait, en soutenant son bras cassé comme s'il avait peur de le perdre dans son sommeil.

Coffey fit un petit tour du poste. Il alluma les écrans de contrôle. La moitié environ étaient morts, ceux du bord inondé de *Deepcore*. Les autres montraient des chambres et des postes déserts, ou des hommes endormis. À part la caméra d'observation de l'aire du submersible où Hippy travaillait à un ROV au grand sourire de requin peint sur sa face. Gros-Monstre. Et sur ce, la Brigman se pointa. Alors Coffey s'assit et écouta toute la conversation.

Un foutu robot.

Coffey refusait de prendre à titre personnel ce que disait ce jeune con. Le petit amateur de rats me croit fou ? Tant mieux. Mais le fou c'est toi, mon garçon. Te laisser embobiner par cette bonne femme, faire ses quatre volontés. Tu laisses une bonne femme te donner des instructions, une fois dans la vie, tu ne sais pas où ça va s'arrêter. Ça fera de toi quelque chose que tu ne veux pas être. Parce que les femmes ne considèrent pas les hommes comme des personnes. J'ai découvert ça. Elles nous prennent pour des machines particulièrement utiles. Toi ou ce ROV, raton, c'est du pareil au même pour elle. Elle ne sait pas où l'un finit et où l'autre commence. Regarde une femme avec une mécanique. Elle essaie de faire faire à la machine ce qu'elle-même veut et si ça ne marche pas elle crie, elle lui tourne le dos, elle boude, la même chose qu'avec toi. Seulement les machines sont plus futées que nous, elles s'en foutent. Les machines n'ont pas à faire attention aux bonnes femmes parce qu'elles ne les baisent pas. Et les machines n'ont pas de maman. Alors Gros-Monstre se fout que cette salope aille se servir de Petit-Monstre à sa place. Les machines, ça ne se sent pas *trahi*...

Coffey arrêta brusquement le cours de ses pensées. Qu'est-ce que je fabrique là, à me débiter des conneries pareilles ? Il avait une mission. Un véhicule ennemi dans les parages. Un équipage civil hostile dans cette installation. L'équipe réduite à Schoenick et à Monk. Un homme et demi. Dieu, j'ai perdu Wilhite. Je n'avais encore jamais perdu personne. Les choses ont échappé à tout contrôle, ici, mais ce n'est pas ma faute ! Je suis parti avec Flatbed et la station n'a pas été décrochée, alors Wilhite est mort. *Mauvais jugement, Coffey*. Y a pas à tortiller. Mauvais jugement. Très mauvais. Mais c'est le seul jugement que j'aie, ici. Tu dois agir dans l'intérêt de ton pays, Coffey. Tu aurais peut-être dû céder le commandement quand tu as vu que tes mains tremblaient. Mais qui aurait commandé ? Quand DeMarco a dit Phase Deux, n'importe qui aurait agi de la même façon, parce que c'était un *ordre*, assurez-vous immédiatement d'un missile, retirez l'ogive, portez-la en lieu sûr et armez-la. Même résultat. Pas ma faute. J'ai obéi.

Et qu'est-ce que je fous encore là à gémir ? Pense à ce qui va arriver. Passe en revue la situation. Qu'est-ce que ça change, ce qu'ils font avec le ROV ? Ils le programment pour plonger. Tout droit dans la Fosse des Cayman. Réfléchis à ça.

Les lumières étaient en veilleuse. La pseudo-nuit indispensable à des créatures terrestres avec une horloge biologique de vingt-quatre heures. Catfish, Une-Nuit et Bud dormaient sur des tables du mess, enroulés dans des couvertures. Monk, à la cuisine, soignait sa jambe cassée, entre deux sommes. Il faisait un froid intense. De l'eau ruisselait partout, non pas par des fuites mais par la condensation. Cependant, ils étaient assez nombreux dans le mess et l'infirmerie à côté pour que la chaleur animale rende la température à peu près supportable.

Lindsey faisait du café. Elle avait vu en arrivant que Monk ne dormait pas. Alors elle remplit deux tasses et en porta une à la table où il était couché, sans rien montrer que sa figure dans un tas de couvertures. Une main émergea pour prendre le café.

Quand elle se redressa, il lui toucha le bras, la retint par la manche.

– Merci.

Elle lui sourit et s'éloigna. Il n'était pas comme le lieutenant Coffey. Peut-être l'avait-il été mais il ne l'était plus. Il lui manquait cette dureté, cet aspect inaccessible. Monk était redevenu un véritable être humain. La douleur avait provoqué la métamorphose, sans doute, et il était redevenu un jeune homme poli, un garçon d'une vingtaine d'années qui ne savait pas encore être adulte, qui ne voulait peut-être pas l'être. C'était bon signe. Aussi bien, un être humain se cachait aussi sous la carapace de Coffey et de Schoenick. Dans ce cas, il y aurait une limite à leur arrogance. Une ligne qu'ils ne franchiraient pas. Elle se rappela les bras de Schoenick autour d'elle, leur force, l'horrible sentiment d'être réduite à l'impuissance. Il aurait pu la tuer, rien qu'en serrant un peu plus fort, en la giflant avec une force qui lui eût dévissé la tête. La pensée qu'un individu puisse avoir un tel pouvoir sur elle lui faisait horreur.

Elle passa de la cuisine dans le mess. Bud ronflait doucement. Elle alla s'asseoir à côté de la table où il dormait. Le déplacement d'air de son arrivée dut troubler un peu son sommeil, ou le léger bruit de pas, et le ronflement baissa de plusieurs tons, devint rauque et bruyant. C'était ce qui arrivait quand elle rentrait se coucher tard. Un reproche, sans paroles, comme s'il disait : « J'étais tout seul, ici. Où étais-tu ? »

Elle lui parla comme elle le faisait autrefois, à la maison :

– Retourne-toi, Virgil. Sur le côté.

Bud grogna et se retourna. Une réaction automatique. Le mari bien dressé. Elle avait presque oublié cela. Que tant de choses entre eux étaient devenues des réflexes. Ils ne se comprenaient peut-être pas, mais ils savaient comment vivre ensemble, comment être ensemble... Mais quand la vieille voiture ne marche plus, on en change, et on ne la garde pas, on ne la laisse pas se rouiller sur la pelouse. Nous étions très bien ensemble pendant un moment, Virgil et moi, et puis cela n'a plus marché. C'est tout. Dommage, oui, mais ce n'est pas la fin du monde.

Seul dans la cabine du sonar, Sonny dormait toujours. S'il avait vraiment cru qu'il y avait quelque chose, là dans les profondeurs, peut-être serait-il resté éveillé pour observer. Mais Sonny était un sceptique, alors il dormait. Il n'entendit pas l'interférence qui se produisit dans le sonar passif. Il ne vit pas la trace presque imperceptible qui apparut sur l'écran du sonar actif.

Elle s'élevait hors de l'abysse; un seul tube d'eau dans de l'eau. En général, les bâtisseurs échappaient totalement au sonar, les porteurs aussi, parce qu'ils ne faisaient aucun bruit, et quand le sonar transmettait des ondes sonores à haute fréquence, leurs corps absorbaient l'énergie de ces vibrations, dans l'eau, sans rien refléter qu'un sonar puisse capter. Mais maintenant, ils essayaient quelque chose de nouveau. Au lieu de chercher à atteindre les humains dans l'eau, ils s'introduiraient à l'intérieur de *Deepcore* pour les observer et communiquer avec eux si c'était possible. Il fallait pour cela concevoir une nouvelle structure qui fonctionnerait dans un environnement de gaz au lieu d'un liquide. Il fallait pour cela reformer et fusionner plusieurs porteurs en un tube flexible semblable à un seul tentacule épais. Les bâtisseurs pouvaient passer librement à l'intérieur de ce tube. Ils devaient pour cela affaisser leur corps, tout comme ils le faisaient quand ils voyageaient dans un glisseur. C'était dangereux, ils n'avaient aucune de leurs protections naturelles contre la pression relativement basse, si près de la surface. C'était pourquoi ils envoyaient le tube d'un glisseur, en bas de la paroi de la fosse, pour ne pas avoir à s'aventurer dans l'eau dégagée. Le tube les protégeait, leur permettait d'emporter l'océan avec eux dans l'intérieur gazeux de *Deepcore*. Ils pourraient voir les humains comme les humains se voyaient entre eux.

Comme le nouveau tube avait une couche externe beaucoup plus épaisse, les bâtisseurs ne pouvaient capter aucune énergie au travers. Les ondes sonores n'étaient plus absorbées; le mouvement du tube pouvait être repéré, faiblement, par le sonar actif de *Deepcore*.

Cela signifiait aussi que lorsque le tube s'éleva hors de la fosse, il n'y eut pas de baisse d'intensité des lumières. Les bâtisseurs savaient, d'après le cerveau de Lindsey, qu'il n'y avait pas d'énergie de reste dans *Deepcore,* qu'il y avait peu d'oxygène et le risque de mort humaine était une affaire infiniment plus grave pour les bâtisseurs, maintenant qu'ils savaient à quel point cette mort humaine était totale et définitive. Ils ne voulaient rien faire pour aggraver le risque. D'ailleurs, la perte de lumière rendait les humains plus peureux. En arrivant ainsi dans un environnement humain gazeux, sans aucun acte effrayant comme l'absorption de leur énergie, les humains n'auraient sûrement pas peur d'eux et la conversation pourrait s'engager.

Dans l'aire du submersible, Hippy venait d'achever les modifications de Gros-Monstre. Il examina l'avant du ROV, sa bulle frontale comme un œil de cyclope, le sourire de requin peint au-dessous, et lui dit :

– Voilà, tu es paré, mon gros. Et arrête de rigoler comme ça !

Hippy bâilla, éteignit les lumières et quitta l'appontement.

Derrière lui, la sonde des bâtisseurs s'éleva dans l'air – le tetramix – que respiraient les humains. La structure se solidifia, se courba, maintint sa forme. La luminosité de la vie à l'intérieur du tube était reflétée par l'eau et faisait danser des ombres sur les plafonds et les parois. Rapidement, discrètement, il suivit Hippy hors de l'aire de Flatbed, en s'allongeant à la pointe, l'eau et l'énergie à l'intérieur favorisant sa croissance. C'était la première fois que les bâtisseurs créaient une structure capable de se déplacer en souplesse sur des surfaces solides. Les glisseurs volaient dans l'atmosphère et les grands vides de l'espace, ils n'avaient pas à passer par d'étroits corridors, alors leur structure rigide, squelettique, ne faisait pas du tout l'affaire. Heureusement, l'atmosphère à l'intérieur de *Deepcore* était pressurisée pour s'équilibrer avec l'océan ambiant et la sonde n'eut pas à supporter une trop grande différence de pression.

Tout marchait admirablement. Le tube s'inclinait, tournait, faisait passer sa pointe lumineuse par les portes et dans les couloirs. Ils avaient construit quelque chose d'entièrement nouveau qui mériterait bien d'être partagé avec d'autres colonies de bâtisseurs, dans d'autres mondes.

Hippy suivait un corridor obscur. Il arriva aux toilettes des hommes et y entra. Derrière lui, de la lumière miroita sur les murs et la porte. Le bâtisseur de tête emmena la pointe de la sonde plus loin, vers les chambres où des humains étaient rassemblés. Un autre resta derrière, dans le tube, envoya des filaments à l'intérieur des toilettes et commença à explorer le cerveau de Hippy, qui était assis là.

La sonde arriva à l'endroit où dormait Monk. L'entité la plus rapprochée de la pointe de la sonde allongea des tentacules pour l'examiner. Il souffrait mais les dégâts à sa jambe n'étaient que structurels et le corps se guérissait de lui-même. Comme elle ne comprenait pas assez bien la structure humaine pour intervenir, elle passa son chemin.

La sonde découvrit ensuite Jammer. Là, les tentacules de l'entité lui apportèrent des informations plus inquiétantes. L'empoisonnement par l'oxygène avait causé de graves dégâts au cerveau. Beaucoup de connexions étaient rompues, des changements dramatiques s'étaient produits depuis que les bâtisseurs avaient examiné ce cerveau dans l'épave du *Montana*. L'entité relaya l'information à sa voisine. Immédiatement, ce bâtisseur se mit au travail pour reconstruire le cerveau et le remettre dans l'état où il était lors du premier examen. Cette entité ne transportait pas toutes les mémoires avec elle mais il ne fallut que quelques instants pour que la question soit transmise des uns aux autres jusqu'au glisseur attendant au bord du précipice. Des messagers les retransmirent à la ville. Quelques instants plus tard, un bâtisseur arriva avec la mémoire complète et parfaite du cerveau de Jammer avant l'accident. Le second bâtisseur allongea ses filaments et se remit au travail. C'était délicat, cela exigeait une telle intelligence dans la place, qu'il envoya une grande partie de lui-même par des tentacules ténus, au point que pendant un bref laps de temps il vécut dans l'esprit de Jammer.

Pendant ce temps, le chef avançait toujours en

espérant que le travail de réparation du mal qu'ils avaient causé se poursuivait derrière lui. La pointe de la sonde pénétra dans le mess où Bud, Une-Nuit et Catfish dormaient profondément sur des tables, et Lindsey légèrement, sur une chaise. Le bâtisseur la reconnut immédiatement à son odeur; les infimes parcelles de peau que perdent les humains restaient en suspension dans l'air et permettaient une parfaite identification. Le bâtisseur introduisit immédiatement des vrilles dans l'esprit de Lindsey et des autres. Comme ces filaments devaient s'allonger dans un espace de gaz et n'étaient plus soutenus par de l'eau, ils étaient plus épais que d'ordinaire, avec un diamètre de plusieurs dizaines de molécules. Ils restaient cependant invisibles à l'œil humain. Ils pénétrèrent chez tous les dormeurs par les narines, les oreilles, les yeux et eurent vite fait de parcourir le cerveau. C'était devenu une habitude et, pourtant, il y avait très peu de temps qu'ils avaient exploré pour la première fois un cerveau humain. En quelques instants les mémoires furent transférées par le tube aux bâtisseurs attendant au sommet de l'abysse qui, à leur tour, les transportèrent à la ville, dans le fond. Aussitôt, la ville commença l'analyse. On saurait bientôt ce qui se passait dans *Deepcore*, d'après différentes perspectives. Mais pas assez tôt.

Lindsey s'agita un peu. Les autres ne sentaient rien; ils continuèrent de dormir. Mais comme elle avait déjà été touchée, elle perçut l'afflux de pensée nouvelle dans son esprit, non comme un rêve mais comme un événement. Elle ouvrit les yeux et vit tout de suite une espèce de tube d'eau suspendu en l'air, entrant par la porte du mess.

– Bud, souffla-t-elle, craignant d'alarmer la chose mais bien décidée à ne pas être le seul témoin, cette fois. Bud, Bud, lève-toi.

Il commença à se réveiller. Elle eut soudain

atrocement peur qu'il ne regarde et ne voie rien, de devenir réellement folle. Mais il ouvrit tout à coup de grands yeux, tout son corps se figea et il se redressa sur la table. Oui, il voyait.

Une-Nuit perçut le chuchotement, sentit les mouvements et se réveilla aussi. Quand elle vit le tube, elle eut un réflexe de recul mais elle n'avait pas d'endroit où aller.

Bud entendit du mouvement dans la cuisine, où Monk se réveillait aussi. Seul Catfish restait endormi.

– Cat ! dit Bud. Cat !

Il lui lança un oreiller. Catfish se réveilla de mauvaise humeur; il n'avait qu'une envie, se rendormir. Il rejeta l'oreiller et tira sa casquette sur ses yeux. Il se rendit compte alors qu'il avait vaguement vu quelque chose. Il se leva d'un bond et s'empara du premier objet lourd qui lui tomba sous la main, une plante verte posée dans l'embrasure du hublot. Il tint le pot comme une arme, tout prêt à aller au combat.

Le bâtisseur dirigeant la sonde sentit leur peur mais ne chercha pas à l'éliminer. La ville avait jugé qu'un peu de peur était naturelle aux humains et qu'en les en privant complètement on les déformerait. Le seul message qui fût directement envoyé dans leur cerveau fut une hésitation, un désir d'attendre pour voir. Seule Lindsey observa sans aucune crainte.

Le bâtisseur décida donc de commencer par elle sa tentative de communication directe. Comme les humains ne comprenaient pas qu'on leur parlait, quand des pensées leur étaient introduites, il fallait trouver un autre moyen. Le langage était encore trop étrange et trop difficile à concevoir, pour ces bâtisseurs, mais comme ils pouvaient eux-mêmes percevoir la lumière, ils pensèrent qu'un message visuel pourrait marcher. La sonde se tordit donc et se jeta en avant, pour planer juste devant la figure de Lindsey.

Elle sursauta et cette fois elle eut un peu peur, un instant.

– Bud...

Mais alors la sonde hésita et s'arrêta, à une cinquantaine de centimètres de son nez.

– Non, non, ça va...

Elle le toucha, le retint. Il obéit parce qu'il avait maintenant une entière confiance en elle. Les événements lui donnaient raison; alors si elle disait que cela allait, elle devait le savoir.

– Je crois que tu lui plais, dit-il.

Le bâtisseur sentit se calmer l'anxiété de Bud, en même temps que celle de Lindsey, et cela l'étonna. Elle n'avait fait que le toucher et prononcer quelques mots et pourtant il avait l'esprit aussi calme que si la pensée lui avait été directement communiquée. C'était une surprise. On n'avait pas cru les humains capables de ce genre de chose. Comment était-ce possible, sans rapport physique de cerveau à cerveau ?

Pas le temps de s'y attarder; que la ville étudie le phénomène quand elle aurait les mémoires. Le bâtisseur s'appliqua à sa mission. Avec soin, il forma la pointe de la sonde à l'imitation de la figure de Lindsey. Ce n'était pas un reflet parfait, les méplats étaient adoucis à cause du matériau de la sonde, et les cheveux étaient absents. Mais c'était son visage, impossible de s'y tromper. Le bâtisseur lui examina le cerveau, pour savoir ce qu'elle en pensait.

Ma figure, pensait-elle. Donc, ils me connaissent, ou veulent me connaître. Ils veulent que je me voie comme ils me voient. Ou peut-être veulent-il voir comme par mes yeux, pour comprendre quel aspect ont les choses pour moi.

Elle sourit.

Le bâtisseur sourit.

Ils veulent porter ma figure, être moi.

– Ça essaie de communiquer, dit-elle, et, au même instant, le bâtisseur remplit son esprit de certitude. Oui, c'est bien ça.

C'était plus facile avec elle, parce qu'elle avait déjà reçu leur communication. Au tour, maintenant, de l'homme à côté d'elle, celui qui tenait une place si prépondérante dans les souvenirs récents de Lindsey.

Bud vit son propre visage prendre forme à l'extrémité de la sonde des INT. Lindsey éclata de rire.

– C'est merveilleux !

Il ne put se retenir d'être enchanté. Catfish et Une-Nuit riaient aussi, nerveusement sans doute, mais ils riaient.

– C'est moi, dit Bud.

De nouveau débarrassée de sa peur, Lindsey se souvint qu'elle avait touché la grande entité qui s'était déjà approchée d'elle. Alors elle tendit la main pour toucher la sonde.

– Non, non, non, avertit Bud.

– Mais si, on peut. Fais-moi confiance. On peut.

Il la crut. Elle allongea le bras, appuya un doigt contre la sonde. C'était frais mais pas froid et cédait aussi facilement que si elle plongeait la main dans une cuvette d'eau. Pas du tout comme la surface dure mais sans friction de la grande apparition. Elle porta son doigt à sa bouche, goûta.

– De l'eau de mer, annonça-t-elle.

Mais le bâtisseur était déçu. Ces humains n'avaient aucun langage visuel à part quelques vagues concepts. Ils n'avaient que la parole et même leur écriture n'était qu'une transposition visuelle de la parole. Il faudrait trouver un autre moyen.

Néanmoins, il devrait quand même y avoir une *certaine* communication. Le bâtisseur examina donc rapidement les questions les plus immédiates présentes à leur esprit et réorganisa leur cerveau pour qu'ils trouvent les réponses ou les solutions. Puis il passa à Monk et comprit tout de suite qu'il était différent, qu'il savait des choses que les autres ignoraient. Il savait comment tuer, d'abord, et il l'avait déjà fait. Mais il était compliqué, surprenant, il n'en tirait aucune fierté, aucun plaisir.

Monk était également au courant de l'ogive nucléaire qui avait été introduite à *Deepcore,* et tout en ne détectant en lui aucune intention de s'en servir, l'entité apprit par lui que l'ogive avait été armée. Loin de chercher à démanteler leur armement, les humains s'apprêtaient à en faire usage.

Elle ordonna à la sonde de se précipiter dans le corridor vers l'endroit où le cerveau de Monk lui disait que l'ogive était cachée. La ville devait savoir ce qu'il adviendrait d'elle, pour quoi ils entendaient s'en servir, comment elle fonctionnait. Poursuivie par Bud et Lindsey, Catfish et Une-Nuit, elle poussa la sonde sur l'échelle et descendit à la chambre de maintenance.

Ses tentacules examinèrent l'arme, constatèrent que le mécanisme était réglé pour l'explosion. Pourquoi les humains s'apprêtaient-ils à faire cela ? Si les bâtisseurs arrivaient à le comprendre, sans doute pourraient-ils dissiper toute la folie dont ils étaient témoins, trouver un moyen de vivre sur la même planète que cette incompréhensible humanité. Le bâtisseur sonda de nouveau l'esprit des personnes qui l'observaient mais aucune n'était au courant. Elles avaient même grand-peur de l'arme, elles la détestaient tout autant que les bâtisseurs et même Monk la détestait.

Alors pourquoi la toléraient-ils ? Par peur de Coffey. Par sens du devoir, de la responsabilité envers leur nation. Par respect de la puissance de l'arme. Dans l'esprit de Lindsey, le souvenir d'avoir été maintenue par Schoenick, immobilisée, incapable de se dégager. Beaucoup de raisons, de nombreuses combinaisons de raisons.

Coffey et Schoenick étaient allés dans le vestiaire, où ils pouvaient parler sans être entendus. C'est alors qu'ils entendirent du bruit, quand les autres coururent dans un couloir éloigné. Il se passait quelque chose, un événement inconnu et par conséquent dangereux. Coffey imagina une rébellion, une mutinerie. Schoenick et lui sortirent sur l'aire du submersible, pistolet au poing, prêts à agir. Ils virent alors la sonde qui s'élevait du bassin lunaire comme un tentacule géant et qui passait par une porte. C'était incroyable. Coffey laissa tomber son pistolet et recula vivement. Non, se dit-il, je deviens fou, j'ai complètement perdu la boule, je vois des choses qui ne peuvent pas exister.

Mais Schoenick les voyait aussi. Donc, ce devait être réel. Et cette chose pénétrait dans la station. Ça, c'était intolérable, bien trop dangereux. Jamais il n'avait eu aussi peur. C'était un ennemi qu'il ne savait absolument pas combattre. Aucun entraînement ne l'avait préparé à affronter des monstres sous-marins capables de faire pénétrer dans votre engin un bras de cinquante centimètres d'épaisseur. Il n'y avait aucun précédent.

Mais Coffey avait déjà eu à faire face à des situations nouvelles. Il savait improviser. Le tentacule passait par une porte ? Voyons ce qui arrivera si la porte se ferme !

Il se précipita sur le bouton actionnant le mécanisme automatique. La porte commença à se fermer.

Il ne lui fallut que trois secondes. Cela suffit

à la sonde pour reconnaître le danger et informer les bâtisseurs. Ils interrompirent immédiatement ce qu'ils faisaient et redescendirent à toute vitesse dans le tube. En moins d'une seconde, ils furent tous partis, même les porteurs qui soutenaient la sonde, ne laissant que les structures d'eau qui, sans direction ni nouvel appoint constant, s'effondraient déjà. Lorsque la porte se ferma tout à fait, il n'y avait plus rien de vivant dans la sonde. Toutes les entités étaient parties avec leurs mémoires intactes et ce qui retomba sur les ponts de *Deepcore* ne fut que de l'eau de mer.

Dans la chambre de maintenance, le personnel de la station fut pris par surprise. Le tentacule était là, sur le point de toucher l'ogive, et puis, tout à coup, plus rien. Rien que de l'eau qui les éclaboussait tous. Où était-il passé ? Qu'était-il arrivé ? Qu'est-ce qui l'avait tué ?

Dans l'aire du submersible, la sonde reculait de la porte. Pendant quelques instants, elle eut l'air de vouloir attaquer Coffey et Schoenick. Coffey poussa un cri, leva les mains pour repousser la chose et le bâtisseur à l'intérieur déploya ses tentacules et procéda à un examen rapide de ces deux cerveaux. Il découvrit chez Coffey une terreur innommable, pire encore que celle de Jammer. C'est celui-là qui a voulu nous tuer, pensa le bâtisseur, et maintenant il a peur des représailles. La terreur que nous lui inspirons le pousse à la folie; si nous restons, nous lui ferons du mal sans le vouloir. Il se retira promptement de Coffey et ramena la sonde dans le bassin.

Le moignon de tentacule retomba dans l'eau avec un plouf. Coffey, le souffle coupé, le regarda disparaître. Ça ne m'a pas touché, pensait-il. Ça savait qui j'étais mais ça ne m'a pas touché. Je l'ai coupé et ça ne m'a pas fait de mal. Nous l'avons battu. Il éprouvait les mêmes sentiments qu'après avoir assommé Darrel Woodward avec le parpaing. Pas le moindre remords, parce qu'il avait fait son devoir. Mais il était tout gonflé de la sensation de sa propre force.

Encore abasourdi, cherchant son souffle, il se rendit compte que Lindsey avait raison. Ce n'étaient pas des Russes, en aucune façon ils ne pouvaient posséder quelque chose de pareil. Le plus incroyable, à ses yeux, c'était que pour elle cela valait mieux. Elle était complètement folle. Cette chose était infiniment plus dangereuse que les Russes, tellement plus qu'il ne pouvait concevoir toutes les possibilités. Les Russes, au moins, étaient humains, soumis aux mêmes contraintes que lui. Ils devaient respirer, transporter du carburant, ils avaient des limites. Tandis que ces choses, quelles qu'elles soient, étaient là *chez elles*.

Et elles possédaient une technologie dépassant l'entendement. Elles avaient aussi accès aux dizaines d'ogives nucléaires dans l'épave du sous-marin. Et personne d'autre que nous n'est au courant. Elles peuvent sortir de l'eau et faire ce qu'elles veulent, quand elles le veulent. Nous sommes les seuls à connaître leur existence et nous ne pouvons en avertir personne ! Il y avait une doctrine militaire, à ce sujet. Quelque chose... peux pas me rappeler... oui, le règlement, se replier et avertir. Ne jamais engager une force supérieure inattendue sans ordres, se replier et faire un rapport. Mais que peut-on faire quand on est dans l'impossibilité de rédiger un rapport, s'il n'y a aucun moyen de donner un avertissement ?

On fait ce qu'on peut pour neutraliser l'ennemi. On s'épuise, on se tue à l'effort, mais on neutralise l'ennemi et on protège le gros des forces d'une attaque-surprise.

Mais si l'ennemi est tellement supérieur qu'on ne peut que se dresser devant lui et mourir ? Je ne veux pas mourir pour rien. Non, c'est trop me demander.

Dans la cabine du sonar, Sonny se réveilla en sursaut. C'était un bruit d'éclaboussement dans le couloir qui l'avait réveillé, mais il n'entendait maintenant que le bourdonnement du sonar.

Hippy sortit des toilettes, bien soulagé mais encore ensommeillé. Si au moins il restait une table pour s'allonger. Quand il déboucha dans le couloir, il se mouilla les pieds. En baissant les yeux, il vit de l'eau couler et se demanda d'où elle venait. Il n'y avait pas eu de sonneries d'alerte, ça ne pouvait pas être une fuite. Il suivit l'eau jusqu'à ce qu'il rencontre les autres, qui sortaient de la chambre de maintenance.

Quelques minutes plus tard, ils étaient tous réunis dans le mess. Lindsey avait peine à contenir son exubérance. Ils avaient tous douté d'elle mais à présent, ils savaient. Coffey avait été tellement *certain* que c'étaient des Russes et maintenant il avait la preuve de son erreur. À moins qu'il n'ait même pas compris ?

– Alors que ceux qui croient que c'était un tentacule d'eau *russe* lèvent la main ! Lieutenant ? Non ? Une percée. Ça prend un moment, mais...

Bud l'écoutait. Elle avait le droit de triompher un peu mais Coffey avait maintenant l'air complètement hors de lui et il n'était pas bon de le harceler.

– Hé, l'as, dit-il en souriant.

– Oui ?

Elle eut un petit rire gêné et devina tout de suite ce qu'il allait dire. Elle poussait un peu trop.

– C'est fini, ce petit jeu de sensations ?

Il la taquinait, affectueusement, mais pendant une seconde Lindsey ressentit la bouffée de colère qui venait toujours quand il faisait cela, quand il cherchait à la manipuler. Mais cette fois, elle se ressaisit. Bud sait y faire. C'est lui le mécanicien.

Elle se pinça l'arête du nez, tint sa langue, encaissa. C'était bougrement dur. Mais moins douloureux qu'elle ne l'aurait cru. C'était même plutôt agréable de collaborer avec lui, pour changer, même si cela causait un peu de gêne.

Ce fut Une-Nuit qui exprima immédiatement son opinion et détourna l'attention de Lindsey.

– Impossible que ce truc-là ne soit que de l'eau de mer.

C'était une question, un problème, et Lindsey se mit aussitôt à chercher une explication.

– Ils doivent avoir appris à contrôler l'eau, au niveau moléculaire, par exemple. Ils doivent savoir la plastifier, ils peuvent la polymériser, en faire ce qu'ils veulent. La placer sous contrôle intelligent...

Et cela lui parut si logique, si certain qu'elle ne put en douter. Mais pourquoi ? Comment le savait-elle ? Pourquoi était-elle si sûre ?

Hippy était plein de questions, naturellement, puisqu'il n'avait rien vu d'autre que de l'eau par terre.

– Est-ce que c'est la même chose que vous avez vue l'autre fois ?

– Non, répondit Lindsey.

Une idée vint au garçon, une idée dont il fut instantanément certain.

– Vous savez, je ne crois pas que ce truc-là c'était eux.

Catfish ne comprit pas.

– Qu'est-ce que tu racontes, Hippy ?

– Je ne crois pas que c'étaient des INT. Je crois que c'était l'équivalent d'un ROV. Comme Gros-Monstre.

– Tu veux dire qu'ils ne faisaient que nous examiner ?

– Oui.

– Comment ça se fait ?

Lindsey était prête à faire des hypothèses.

– Ils sont curieux, probablement. Nous devons être les premiers êtres humains qu'ils voient. Qui est-ce qui est jamais descendu aussi profondément ?

Sonny songea à ce qui se passait depuis deux ou trois jours en surface, à la guerre qui menaçait.

– J'espère qu'ils ne vont pas juger toute la race humaine d'après nous.

Catfish trouva cela désopilant.

– Je devrais peut-être me raser ?

Coffey écoutait en silence. Cette Brigman qui fanfaronnait. Ils se croyaient tous si malins, ils s'excitaient là-dessus comme si c'était un jeu, comme s'ils jouaient aux savants et que ces INT allaient être de gentils dauphins. Mais Coffey n'était pas un naïf, on ne la lui faisait pas et il était sûr d'une chose : quand on possédait un pouvoir aussi terrible que celui de ces INT, on l'utilisait. Il écoutait les autres rire et plaisanter et il ne cessait de trembler de peur. Il sentait ce tremblement interne et savait que s'il le laissait voir il craquerait complètement, et alors qui défendrait le monde contre une invasion de ces créatures à côté desquelles les Vandales et les Huns n'étaient que des enfants de chœur ? Il devait garder le contrôle de lui-même, c'était essentiel, alors il appliqua le seul remède qui lui vînt à l'esprit. La douleur y remédiait; la douleur l'aidait à garder toute sa lucidité. Il prit dans sa main droite son couteau de combat, et posément, méthodiquement, sous la table, il taillada son bras gauche. Une coupure, une autre, une troisième, en descendant.

La douleur lui monta à la tête et lui éclaircit les idées. Le tremblement se calma, remplacé par une espèce de force. Celle qu'il ressentait toujours au moment crucial d'une mission. Ces derniers instants glorieux quand il avait entendu la porte de l'immeuble s'ouvrir, le pas de Woodward dans l'escalier, ces moments précédant immédiatement l'instant d'agir.

Il était de nouveau maître de lui et de la situation. Et les autres riaient tous, ils plaisantaient, disaient qu'ils devaient s'habiller et se faire beaux pour la visite des INT. Il se leva brusquement et sortit du mess. Schoenick le suivit. Un soldat parfait, Schoenick. Loyal jusqu'à l'os. Pas comme ces imbéciles, à côté.

– C'est allé tout droit à l'ogive, dit Coffey. Et ils trouvent ça marrant.

Il retourna dans la chambre de maintenance, traîna son paquetage de sous l'établi. Il en retira un fusil d'assaut CAR-15 à canon court. Il était temps de passer à l'action.

Il ne se trompait pas sur Schoenick. C'était un homme parfaitement loyal. Mais pas à Coffey. Il était loyal à ses ordres, au règlement. Un de ces règlements, c'était que l'on doit obéir à tout moment à son officier. Parfait. Mais un autre règlement stipulait que l'on doit évaluer son équipe pour voir quel est l'intérêt des hommes. Il y avait du sang sur le bras de Coffey. Une suite de coupures. Personne n'avait pu faire cela, sauf Coffey lui-même. Et ce n'était pas bon, ça. Maintenant, il chargeait un CAR-15. Pour quoi faire ? Où était l'ennemi ? Schoenick saisit Coffey par le bras gauche, en haut, au-dessus des entailles, et lui déclara :

– Tu as besoin de dormir.

Coffey repoussa violemment la main et acheva de charger le fusil. Puis il le posa et leva les mains devant lui, comme il le faisait toujours quand il donnait une explication.

– Nous n'avons aucun moyen d'avertir la surface, dit-il d'une voix mesurée, mais Schoenick perçut le chaos de son esprit. Tu sais ce que ça veut dire ?

Schoenick n'en savait rien. Coffey l'empoigna

par le devant de sa chemise et l'attira contre lui, pour lui crier en pleine figure :

– Ça veut dire que, quoi qu'il arrive, c'est nous que ça regarde ! *Nous !*

Les paroles pénétrèrent; Schoenick comprit. Bien sûr, Coffey était tendu; les civils n'étaient pas avec eux, n'avaient aucun respect pour leur mission, il le savait aussi bien que le lieutenant. Maintenant la mission changeait, maintenant elle était dix fois, mille fois plus importante. Ils ne pouvaient permettre *aucune* ingérence.

Coffey fourra le fusil d'assaut dans les mains de Schoenick, qui le prit. Fit sauter le cran de sûreté. Paré.

Quelques minutes après le départ des SEALS, Bud accrocha le regard de Hippy et lui désigna de la tête la porte par laquelle les deux autres étaient sortis. Hippy comprit. Suis-les. Va voir ce qu'ils font. Hippy se leva et s'en alla.

Il dévala l'échelle jusqu'au niveau inférieur. La porte de la chambre de maintenance était entrouverte. Il regarda par le judas et ne vit personne à l'intérieur. Il poussa légèrement. La porte grinça en s'ouvrant mais cela n'avait pas d'importance. La chambre était vide.

Complètement vide. Il n'y avait même pas la table où avait été posée l'ogive. Ils la transportaient quelque part. Moche, ça, qu'ils l'emportent Dieu sait où, pour faire Dieu sait quoi. Hippy remonta mais, avant d'arriver au mess, il entendit un bruit sifflant, fort, venant de l'aire du submersible. Il fit demi-tour et suivit le couloir. Le bruit augmenta et maintenant il y avait un martèlement. Merde, il connaissait ce bruit-là. Le treuil. Quelqu'un mettait un des véhicules à l'eau.

Arrivé à la porte, il vit qu'il ne se trompait pas. C'était Gros-Monstre qui était traîné sur le pont, vers le bassin. Seulement Gros-Monstre n'était pas tout seul. L'ogive nucléaire était solidement fixée dessous. Gros-Monstre était maintenant un missile nucléaire. Et Hippy lui-même avait programmé sa destination, quelques minutes plus tôt.

Il s'écarta de la porte, s'adossa à la paroi et réfléchit à ce que cela voulait dire. Une seule chose. Ces types-là se préparaient à faire sauter les INT. Malin. Très malin. Ils ne savaient pas combien ils étaient, ils ne savaient même pas si les INT étaient hostiles ni quel genre d'armes ils avaient, et ils s'apprêtaient à les faire sauter, à déclencher une foutue guerre nucléaire contre eux. Bud n'allait pas du tout aimer ça.

Hippy se retourna pour monter à toutes jambes mais il ne fit pas un pas, parce que Coffey était là, qui le regardait très calmement. Ses lèvres frôlaient le canon de son pistolet, qu'il tenait en diagonale, le doigt sur la détente. Il ne le braquait pas sur Hippy mais la menace était parfaitement claire.

– Tu as reniflé quelque chose ? Hein, petit rat ?

Et, brusquement, Coffey saisit le devant de la chemise de Hippy de la main gauche et le traîna dans le corridor.

Dans le mess, Bud était penché dans l'embrasure du hublot, le dos tourné aux autres. Il songeait aux INT. Des choses... non, des êtres, une espèce de population qui vivait là dans le fond, où l'océan était le plus terrible. Des êtres capables d'apprivoiser l'eau et d'en faire ce qu'ils voulaient. Des êtres plus intelligents, plus forts, plus résistants que l'océan, pour lesquels l'océan n'était pas un ennemi mais un foyer.

Derrière lui, les autres donnaient libre cours à la curiosité que les bâtisseurs avaient fait naître en eux.

– Vous croyez qu'ils sont originaires du fond, là ? demanda Une-Nuit. Ou de... vous savez...

Elle montrait la surface, le ciel. D'un geste hésitant. C'était embarrassant de hasarder une telle idée, et pourtant elle savait que ce devait être la bonne. Lindsey n'était pas gênée. Elle ne l'était jamais. Il était évident que ces créatures avaient suivi un mode d'évolution entièrement différent. Ce n'était pas logique de penser qu'elles avaient toujours été là.

– Je ne sais pas, répondit-elle, puis elle rit. Je crois qu'elles viennent de « vous savez ». Un endroit présentant les mêmes conditions. Froid intense, pression intense.

– Oh merde, souffla Une-Nuit.

– Heureux comme des poissons dans l'eau, là-dedans, probable, dit Catfish.

Il piqua une saucisse du petit déjeuner avec la pointe de son couteau et la porta à sa bouche.

La porte s'ouvrit et Hippy arriva en vol plané, poussé par Coffey. Avant qu'ils aient le temps de réagir, Coffey pointait son pistolet sur eux. Schoenick était derrière lui, armé d'un fusil à l'aspect redoutable.

– Que personne ne bouge ! hurla Coffey en visant carrément Bud avant de ramener le pistolet sur les autres.

Quand ils restèrent tous pétrifiés, il recula dans la cuisine où Monk était assis sur la table. Schoenick prit immédiatement position devant la porte, d'où il pouvait couvrir tout le monde, tirer sur n'importe qui.

Sans quitter des yeux le fusil, l'équipage aida Hippy à se ramasser. Maintenant il pouvait transmettre son message :

– Ils se servent de Gros-Monstre pour porter la bombe aux INT, dit-il, et il s'adressa à Lindsey : Nous l'avons réglé pour qu'il descende les trouver.

– Qu'est-ce que tu racontes ? s'exclama Bud.

– Ô mon Dieu, murmura Lindsey.

Comment Coffey savait-il qu'ils avaient programmé Gros-Monstre pour qu'il descende au fond de l'abîme ? Il allait atomiser les Int alors qu'elle savait, que tout le monde savait, qu'ils étaient inoffensifs ! Et, à leur insu, Hippy et elle avaient aidé Coffey.

Dans la cuisine, Coffey confia son pistolet à Monk.

– Tiens-moi ça une seconde, dit-il, et il l'aida à se lever de la table et à rejoindre les autres. Nous passons à la Phase Trois.

Il plaça Monk le dos au mur, à un emplacement où il pourrait monter la garde. C'était tout ce que Monk pouvait faire, pour le moment, pour l'opération : avoir les autres à l'œil.

Mais Monk fut choqué. La Phase Trois ! Brancher le détonateur et évacuer. Mais comment pouvaient-ils évacuer ? Que l'ogive explose dans le *Montana* ou au fond de l'abîme, l'effet serait le même, *Deepcore* était trop près du bord. Même s'ils pouvaient tous se mettre en tenue et courir chercher un abri avec Flatbed et Cab Un, ils ne pourraient transporter assez de tetramix pour respirer plus de quelques heures. Certainement pas assez de temps pour décompresser et remonter à la surface. D'une façon comme de l'autre, la Phase Trois était mortelle. À moins que Coffey n'ait pris contact avec la surface et ne sût que le sauvetage était imminent. Ou peut-être mettaient-ils en place une amarre, une remorque pour tirer *Deepcore* à l'abri derrière un écueil quelconque. Ça se comprendrait. Mais comment Coffey aurait-il pris contact avec la surface à l'insu du personnel de la station ? Impossible. Coffey les condamnait à mort.

Lindsey s'avançait vers lui, les mains tendues, se faisait humble, persuasive. Monk faillit pouffer. Comme si Coffey allait se laisser prendre à cette comédie !

– Coffey, dit-elle. Coffey, pensez à ce que vous faites. Rien qu'une minute. Réfléchissez à ce que vous allez...

Mais Coffey n'entendait pas écouter des conneries de civils stupides qui se mêlaient de ce qui ne les regardait pas; finie la politesse. Il empoigna Lindsey et la rejeta de côté, contre le mur. Elle en eut le souffle coupé.

Les autres voulurent s'interposer mais Schoenick leur braqua son fusil dessus en criant :

– Reculez ! Reculez !

Lindsey regarda au fond des yeux de Coffey et n'y vit que de la folie pure. Il se pressait contre elle, la collait au mur et parlait d'une voix mesurée, effrayante :

– Voilà quelque chose que je veux faire depuis la première seconde où je vous ai vue.

Ses mains étaient hors de vue, elle entendit un bruit de déchirure et pendant une seconde d'égarement elle crut qu'il allait l'humilier en la violant devant tout le monde. Mais alors il leva la main. Il tenait quelque chose de gris argenté, une bande de large toile adhésive. Il la lui plaqua sur la bouche, en tirant jusque sur les oreilles. Il lui clouait le bec. Elle ne pourrait plus respirer que par le nez. Elle lutta contre la panique, contre l'envie d'arracher l'adhésif, car elle savait que ce serait ce qu'elle pouvait faire de plus dangereux.

Coffey la poussa dans la cuisine puis il y fit entrer tous les autres. Ils marmonnèrent, maugréèrent mais obéirent.

Hippy fut le dernier. Il s'arrêta devant Schoenick, au diable le fusil, pour tenter de le raisonner :

– Ton patron s'en va dégoupiller cinquante kilotonnes et nous sommes aux places de ring.

Coffey le saisit et le traîna dans la cuisine mais il continua de crier :

– Il se tape le court-jus super !

Schoenick n'eut aucune réaction mais Monk écoutait.

– Le mécanisme est réglé sur combien de temps ?

– Trois heures, répondit Schoenick.

– Ta gueule ! cria Coffey. Vos gueules, tous les deux !

Trois heures, pensa Monk. Il n'y avait qu'une explication au comportement irrationnel de Coffey, le SNHP. Coffey avait complètement perdu les pédales et c'était terrifiant. La seule chose au monde sur laquelle Monk croyait pouvoir compter, c'était Coffey. Quand tout le reste craquait, Coffey gardait son sang-froid, Coffey réfléchissait. Mais maintenant Coffey était instable, menaçant. Monk tenta quand même de le ramener à la raison.

– Nous ne pouvons pas atteindre la distance de sécurité minimale en trois heures. Nous ne pouvons pas passer à la Phase Trois. Et tous ces gens, alors ?

Il n'était pas question de faire sauter des civils, dans les ordres de la Phase Trois. Coffey prenait les ordres très au sérieux. C'était inconcevable qu'il les transgresse maintenant ! Mais Coffey se tourna brusquement vers lui et glapit :

– Ta gueule ! Ta gueule !

Il prit le pistolet de la main de Monk et Monk comprit ce que cela voulait dire. Coffey le jugeait indigne de confiance; il ne faisait plus partie des SEALS, il ne participait plus à la mission.

Coffey écarta Schoenick de la porte de la cuisine et s'adressa aux civils.

– Tout le monde doit garder son calme. Nous sommes maîtres de la situation.

Puis il ferma et verrouilla la porte étanche; il déclara à Schoenick :

– Si quelqu'un touche à cette porte, tue-le.

Comme Monk était la seule personne à pouvoir

la toucher, la menace était évidente. Coffey ne croyait plus à sa loyauté.

Dans la cuisine, les autres faisaient la seule chose qui leur était permise. Ils parlaient à Schoenick à travers la porte.

– Schoenick, dit Lindsey, votre lieutenant commet une faute qui va lui coûter sa carrière.

Hippy fut plus net :

– Le mec est complètement siphonné !

Puis ils se mirent tous à crier en même temps, à supplier. Schoenick ne faisait pas du tout attention à ces voix de la cuisine. La seule qu'il entendait était celle de Monk, à côté de lui.

– Nous allons être foutus, mon vieux.

– Ta gueule, marmonna Schoenick.

Monk vit bien que son camarade était déchiré. De toute l'équipe, il était le moins capable d'initiative, de prendre lui-même une décision. Mais cette fois, il le devait.

– L'onde de choc nous tuera. Cette station sera écrasée comme une boîte de bière.

– Ta gueule ! Qu'est-ce que tu racontes ?

– Nous devons l'empêcher de faire ça.

– Tais-toi !

Monk se tut. La voix de Bud se fit entendre clairement.

– Schoenick, vous n'avez pas à obéir aux ordres quand votre officier a perdu la raison.

Dans la cuisine, ils cessèrent de crier en même temps. Chacun parla à son tour, d'abord Lindsey :

– Schoenick, écoutez, il est sur le point de déclencher la guerre contre une espèce inconnue, qui ne veut qu'entrer en contact avec nous. Je vous en prie, Schoenick.

Silence, de l'autre côté. C'était bon signe. Elle chuchota à Bud :

– Je crois qu'il comprend.

Bud secoua la tête. Il ne le pensait pas. Il avait vu beaucoup de soldats dans sa vie et il ne croyait pas que Schoenick allait se laisser persuader aussi facilement. Puis il remarqua que le volant de la porte commençait à tourner. Oui, il les laissait sortir.

– Tu vois ? dit Lindsey.

La porte s'ouvrit. Seulement ce ne fut pas Schoenick qui apparut. Ce fut l'homme le plus grand de *Deepcore,* Jammer. Et il avait entre les mains le fusil d'assaut de Schoenick.

– Tout le monde va bien ? demanda-t-il.

Ils se comportèrent comme s'il ressuscitait des morts et le regardèrent, pétrifiés. Hippy fut le seul à passer à l'action. Saisissant le fusil, il se précipita dehors. Schoenick était allongé sur le pont, sans connaissance. Jammer avait dû le prendre par surprise et le mettre hors de combat. Hippy braqua le fusil sur Monk qui était assis par terre et qui l'écarta d'un geste.

– Je suis le cadet de vos problèmes, dit-il.

Bud sortit derrière Hippy et lui mit une main sur l'épaule, pour le calmer.

Mais Hippy le rassura.

– T'en fais pas, je vais bien.

Bud se tourna alors vers la porte où se tenait Jammer. Le plus beau spectacle qu'il avait jamais vu. Non seulement sorti du coma mais égal à lui-même, en pleine forme. Notre arme secrète, pensa-t-il, tellement secrète que nous ne savions même pas que nous l'avions. Le seul type que Coffey n'avait pas pris la peine d'enfermer.

– Comment tu te sens, mon grand ?

– O.K., Bud. Simplement, j'ai cru que j'étais mort, là-bas, quand j'ai vu un ange venir vers moi.

Un ange. Encore une forme des INT ?

– Ah bon ? D'accord. Tu nous raconteras ça plus tard.

Inutile d'expliquer à Jammer tout ce qui s'était

passé depuis. Le gars savait déjà le plus important : de quel côté il était.

Bud sortit et courut dans le couloir vers la porte menant à l'aire des submersibles. Elle était fermée, verrouillée. Lindsey le rejoignit et ils unirent leurs forces pour tourner le volant mais il n'y eut rien à faire.

– Nous n'y arriverons jamais...

– Alors quoi ? demanda-t-elle. C'est la seule porte d'accès !

C'était vrai. Ils étaient prisonniers du trimodule C et du poste de contrôle. Depuis la chute de la grue, toutes les autres portes donnaient sur de l'eau.

Donc, si la mer était le seul accès à l'aire des submersibles, il fallait nager. Et comme seul le froid glacial de l'eau vous empêchait de mourir sous la pression, mieux valait que le nageur sache où aller et nager vite. Il repartit au galop dans le couloir, dévala l'échelle et sauta dans cinquante centimètres d'eau au niveau un. Juste au-dessous de lui, c'était l'écoutille de secours. Elle n'était pas exactement prévue pour ce problème, mais c'était un moyen d'accès hors du module si on ne pouvait atteindre le bassin lunaire autrement. Il ouvrit le panneau.

Comme dans le bassin, l'eau était repoussée par la pression de l'air à l'intérieur. Lindsey l'avait suivi, Une-Nuit et Catfish aussi.

– Qu'est-ce que tu fais ? demanda Lindsey.

Elle le savait, bien sûr. Il n'ôtait pas ses bottes pour se laver les pieds.

– Je vais nager au sabord six, je rentrerai par là et j'ouvrirai la porte de l'autre côté.

– Bud ! Cette eau est glaciale ! protesta-t-elle.

Il n'y avait aucun remède à cela. Toutes les combinaisons thermiques étaient dans l'aire des submersibles.

– Eh bien alors, il ne te reste plus qu'à me souhaiter bonne chance, répliqua-t-il.

– *Nous* souhaiter bonne chance ! rectifia Catfish.

– Tu viens aussi ?

– Il paraît.

Catfish n'en avait pas la moindre envie, mais il y allait quand même. Bud non plus ne le voulait pas. Bien entendu, ce serait plaisant de ne pas être tout seul mais ce serait un peu idiot de mourir tous les deux. Cependant, c'était à Cat de prendre la décision.

Catfish remit à Une-Nuit son portefeuille et la chaîne qui ne quittait jamais son cou.

– Tiens, garde ça. Au cas où je ne mourrais pas. Allez, viens, Bud. On y va. On n'a pas toute la journée.

Bud se laissa tomber par l'écoutille, s'accrocha au rebord et resta quelques secondes en suspens. La mer était si glacée qu'il en avait la respiration coupée.

Il n'y avait pas une minute à perdre, néanmoins. Il se mit à nager de toutes ses forces, pensant se réchauffer. Il lui fallut une quarantaine de secondes seulement pour atteindre le sabord et déjà il était à bout de souffle. Cat était à côté de lui. Un instant, ils crurent qu'ils ne pourraient pas ouvrir, que c'était un des panneaux qui s'étaient bombés lors de l'accident, mais finalement, avec l'aide de Catfish, Bud put ouvrir.

Le panneau tomba. Catfish s'écarta. C'était justice. Bud avait été le premier à plonger, il devait être le premier à sortir.

Il se hissa par l'ouverture mais ils n'étaient pas au bout de leurs peines. Il y avait beaucoup d'eau à l'intérieur. Y avait-il de l'air au sommet ? Ou simplement un autre panneau ? Deux mètres à la verticale et Bud trouva de l'air, une bulle de cinquante centimètres de tetramix. Catfish fit surface à côté de lui, en haletant et en crachotant.

– Ah dis donc, c'était encore pire que ce que

je croyais. Et je croyais bien que ça allait être l'horreur !

Ils levèrent les bras, tentèrent de tourner le volant du panneau au-dessus de leur tête.

Celui-là était bien coincé. Rien à faire. Et pas le temps de s'acharner. Le froid commençait à les paralyser.

– Va falloir... va falloir passer par le bassin lunaire, dit Bud. C'est le seul moyen.

Le chemin était plus long, il fallait nager sous toute la longueur de *Deepcore*. Catfish venait de découvrir ses limites.

– Peux pas, mon vieux, avoua-t-il. Pas de pot.

– Ça va, Cat. Retourne.

Bud emplit ses poumons et replongea. Il s'orienta et nagea plus profondément, dans la direction du bassin. Il était nettement indiqué par des lumières, car c'était l'entrée du garage des submersibles et des Rov. Facile à voir mais difficile à atteindre. Le seul ennui, c'était qu'il était à neuf milles au moins. Non, cinq ou six brasses, sept. Il avait de plus en plus froid, il faiblissait. Plus fort, remue-toi, échauffe tes muscles. Je perds bien une livre par seconde, là-dessous. Faudra que je recommande ce sport à ceux qui veulent maigrir.

Chaque fois qu'il le pouvait, il s'accrochait à des supports, des tuyaux, pour se hisser. Sous le bassin. Ça lui avait coûté la moitié de sa vie. Il remonta en se disant que ce serait bien s'il pouvait émerger sans bruit. Mais son corps ne pouvait pas le lui permettre. Il surgit à l'air dans une gerbe d'éclaboussures, en inspirant bruyamment. Il eut de la chance. Coffey faisait lui-même du bruit en déroulant la chaîne du treuil, il la passait entre ses mains. Une fois qu'il eut rempli ses poumons, Bud se maîtrisa et respira silencieusement. Il nagea vers Cab Un, suspendu au-dessus de l'eau. Hors du champ de vision de Coffey.

Il leva le bras vers une des barres de métal du berceau, tenta de se hisser à la force du poignet, mais ses doigts étaient trop gourds pour maintenir une bonne prise. Ils ne lui obéissaient plus. Il redoubla d'efforts, en sentant ses muscles se déchirer dans ses bras. Il réussit tout de même à se sortir de l'eau et à s'asseoir sur le rebord du bassin. Jamais il n'avait eu aussi froid, jamais de sa vie il n'avait été aussi épuisé. Il avait envie, *besoin* de se reposer, mais il ne le pouvait pas.

Dans le module de contrôle, Une-Nuit et Jammer se dépêchaient d'immobiliser Schoenick sur une chaise avec des tours et des tours de bande adhésive. Lindsey était à l'écran vidéo et observait l'aire des submersibles, de là où Coffey avait suivi toute sa conversation avec Hippy sur la modification de Gros-Monstre. Elle regardait Coffey, essayait de deviner ce qui se passait dans sa tête. Tout était prêt à partir et pourtant il avait l'air d'hésiter. Peut-être allait-il changer d'avis, revenir à la raison ?

Elle fut choquée en voyant Bud surgir du bassin. Il aurait dû passer par le sabord six et arriver sur ses deux jambes dans l'aire des submersibles.

– Bud est dans le bassin, annonça-t-elle, et Catfish n'est pas avec lui.

– Oh merde, souffla Une-Nuit.

Jammer donna un nouveau tour d'adhésif autour de Schoenick et tira un bon coup. Hippy rejoignit Lindsey devant l'écran.

– Qu'est-ce qu'il fait ? murmura Lindsey.

Bud ne se dirigeait pas vers la porte, il passait derrière Coffey, en marchant lentement, sans bruit. Il se baissa et ramassa un tuyau d'acier, un morceau de barre de transmission.

– Il ne peut pas arriver à la porte, dit Hippy. Je crois qu'il va essayer de l'assommer.

– Il n'est pas fou à ce point ! Ce type est un tueur !

– Il a un mètre de tuyau d'acier. Bien sûr qu'il va essayer.

Bud leva la barre, pour l'abattre sur la tête de Coffey. Et il hésita. Il se redressa. Hésita encore.

Il ne peut pas faire ça, pensa Lindsey. Il a une occasion en or d'assommer Coffey par-derrière et son foutu sens du fair-play va l'en empêcher. Le fair-play, c'est bien joli au football, mais c'est un luxe qu'on ne peut pas se permettre en ce moment !

Mais ce n'était pas un idéal chevaleresque qui retenait le bras de Bud, ce n'était pas une espèce de courtoisie « tirez les premiers » comme dans les mauvais westerns télévisés de son enfance. C'était un sens beaucoup plus profond de la justice. Bud savait que s'il frappait Coffey ailleurs que sur la tête, il ne l'assommerait peut-être pas mais le tuerait fort probablement. Avant que j'exécute ce type... où est le jury, où est le juge ?

Malgré tout, Bud aurait sans doute abattu sa barre d'acier s'il n'avait pas trouvé une autre solution. Mieux valait qu'un homme meure injustement plutôt que de déclencher sans provocation une attaque nucléaire, plutôt que de provoquer la guerre entre les espèces. Coffey serait donc mort sur-le-champ si Bud n'avait pas vu le pistolet du SEAL à portée de sa main. Tire cette arme-là, braque-la sur lui et il fera tout ce que tu lui diras. Sinon, Bud lui tirerait dans la jambe, par exemple, pour le mettre hors de combat sans le tuer.

Dans le poste de contrôle, ils regardèrent Bud abaisser la barre et tendre l'autre main vers le pistolet à la ceinture de Coffey. Mauvaise idée. Coffey dut sentir le déplacement d'air de la barre, ou entendre quelque chose, ou un sixième sens l'avertit de la présence de Bud. Il se retourna en dégainant et pointa son arme sur la tête de Bud.

– Non ! cria Lindsey.

Bud s'immobilisa, en regardant au fond du canon.

– Coffey, dit-il posément, en prenant une voix raisonnable, mais il savait qu'il ne servirait à rien de parler.

Il y avait des hommes qui se contentaient de brandir des revolvers et de proférer des menaces, et puis il y avait des hommes qui tiraient vraiment.

Coffey tira.

Bud entendit le déclic mais ce fut tout. Pas de balle dans la tête. Pas d'impact brûlant entre les deux yeux.

Un raté. La prochaine balle serait la bonne.

Coffey pressa de nouveau la détente. Un déclic. Rien d'autre non plus.

Dans le poste de contrôle, les autres n'en croyaient pas leurs yeux. Comment une chance pareille était-elle possible ?

Monk le savait. Il tira de sa poche la réponse à la question. Sonny surprit son mouvement du coin de l'œil, lui empoigna le bras... et puis ils virent tous ce que Monk leur montrait. Le chargeur du pistolet de Coffey. Comment l'avait-il en sa possession ? Tout à l'heure, lorsque Coffey lui avait confié le pistolet, dans le mess, alors qu'il avait encore confiance en lui, Monk s'était bien rendu compte que le lieutenant était dangereusement fou, qu'il devait décharger son arme alors qu'il en avait l'occasion.

Schoenick lui jeta un regard venimeux.

– Bougre de fumier !

Au bord du bassin, cependant, il n'y avait pas d'explication. Tous deux savaient qu'ils étaient seuls, sans arme à feu. Bud, épuisé d'avoir péniblement nagé, armé d'une barre de transmission et sans aucun entraînement au combat, et Coffey avec un couteau et des années d'instruction militaire, rendu fou par le SNHP. Et chacun convaincu que le sort de l'humanité dépendait de lui. Dieu me pardonne, pensa Bud, je vais devoir tuer un homme et je ne le veux pas. Et je n'ai pas la moindre idée, non plus, de la façon de m'y prendre.

La noyade

Dans la ville au fond de la Fosse des Cayman, les bâtisseurs désespéraient. Ils avaient pris des risques pour rencontrer les humains dans leur atmosphère. Ils avaient tout fait pour indiquer leur désir de communiquer. Avec quel résultat ? Une porte claquée sur la sonde, sans avertissement. Ils venaient aider les humains à se sauver eux-mêmes de leurs instincts meurtriers, et pour toute réponse, les humains avaient tenté de tuer les messagers. Ils savaient que l'humain qui voulait les tuer n'était pas pareil à Lindsey, Bud et les autres. Ils savaient aussi que ces autres avaient peur des SEALS, particulièrement de Coffey. Mais qui décidait de mettre des armes entre les mains de tels hommes ? Ce n'était pas parce qu'ils déléguaient l'accomplissement du meurtre à des spécialistes que les plus gentils n'étaient pas responsables. Les humains, l'espèce humaine, n'essayaient même pas de maîtriser leur désir de meurtre.

Non, c'était faux, ils essayaient. Ils avaient peur que, si un camp déposait les armes, l'autre ne le domine.

Un terrible dilemme. Impossible à résoudre

pour la simple raison que si un côté désarmait, l'autre en profiterait certainement, ou un tiers. Nous avons vu leur télévision. Ils ne sont pas différents, là-haut dans l'atmosphère, de ceux qui sont là plus près de nous. Par conséquent, nous devrions partir et les laisser se détruire mutuellement. Comme ça, le problème sera résolu une fois pour toutes.

Nous ne pouvons pas renoncer. Nous sommes en partie responsables de ce drame. Même à l'intérieur de *Deepcore,* c'est la peur de ce qu'il croit que nous sommes qui affole Coffey.

Que pouvons-nous faire d'autre ? Nous ne pouvons pas y retourner. Quand nous leur parlons, ils ne comprennent pas que nous parlons. Nous pourrions les forcer à penser ce que nous voulons qu'ils pensent, mais ce serait de l'esclavage, n'est-ce pas ? Pas de la communication. Alors laissons-les à leurs affaires.

Nous pouvons continuer de les observer, non ?

Eh bien, observez. Regardez-les accomplir les crimes et la destruction qui remplissent toute leur histoire.

Dans la bulle d'air, à l'intérieur de l'écoutille six, Catfish se répétait qu'il devait rebrousser chemin. Plus il attendait, plus il avait froid. Pourtant, il avait horreur de renoncer, d'abandonner Bud. Si Bud parvenait à destination, il lui faudrait sortir de l'eau et affronter Coffey et, bon Dieu, il n'était pas de force ! Bud n'était pas un battant ! Catfish, oui. Ils avaient beau se moquer de lui, il était réellement un boxeur, il avait encore le punch.

Je suis un con mais je tente le bassin lunaire ou je meurs en essayant.

Catfish respira rapidement, profondément, fit provision d'air et se laissa tomber dans la mer.

Il aperçut tout de suite la lumière du bassin. Pas si loin. Pas impossible. Je peux y arriver.

Il partit en nageant à grandes brasses, en s'accrochant à de la tuyauterie pour s'aider mais il n'avançait pas. Il était trop fatigué, le froid l'étouffait. Il avait les poumons en feu, mais un feu glacé. Bougre de con de foutu macho, tu vaux balpeau vivant ou mort, mais si tu dois mourir, fais au moins ça sous le bassin, comme ça tu remonteras à la surface et ils sauront ce qui t'est arrivé.

Il ne vit pas le bâtisseur qui flottait dans l'eau au-delà du cercle de sa lumière, assez loin pour ne pas faire baisser le courant dans la station. L'entité n'ignorait pas le débat qui avait fait rage dans la ville quand les humains avaient voulu tuer la sonde. Elle savait que maintenant leur rôle était uniquement d'observer. Mais un des humains était là, se débattait dans l'eau, luttait pour survivre, presque nu, aussi fragile que la sonde qu'ils avaient envoyée. Il ne faisait que suivre son ami, qui paraissait plus jeune et plus fort que lui. Ne serait-ce pas un aussi grand crime de laisser mourir celui-là que cela l'avait été pour celui qui, à l'intérieur, avait voulu tuer notre sonde ? Laisser mourir quelqu'un, n'était-ce pas un crime égal ?

Alors le bâtisseur épaissit ses tentacules et se tendit vers lui avec toute son intelligence. Il se glissa entre les lèvres, dans le gosier, dans les poumons. Ce fut très facile pour lui de procéder à la catalyse et de transformer le bioxyde de carbone en carbone et oxygène. Il absorba lui-même l'excès de carbone et le ramena le long de ses filaments. Il n'y en avait pas beaucoup, à vrai dire, ce n'était pas une opération majeure. Il rendit juste assez d'oxygène pour que le nageur monte à la surface du bassin et respire par lui-même. Quand le nageur émergea, le bâtisseur se retira. Il savait qu'il allait probablement essuyer des reproches, que ses mémoires seraient honteuses quand il les rapporterait à la ville. Mais il était seul, il avait bien dû prendre une décision, celle qu'il aurait certainement prise si Catfish avait été un bâtisseur au lieu d'un humain.

Catfish respira profondément, ahuri d'avoir réussi, après tout. Sur la fin, là, il avait eu l'impression d'avoir un poumon de secours.

Il regarda de tous côtés et aperçut Coffey et Bud. C'était aussi moche que possible, de les voir se battre. Bud avait à peu près autant d'expérience qu'un bébé écureuil se défendant contre une panthère. Ils se tournaient autour, parmi les chaînes, les câbles et les appareils électriques suspendus au plafond, mais il était évident que ce round-là ne serait pas long.

Catfish se hissa hors de l'eau. Il avait si froid qu'il tenait à peine debout. En traversant le pont, il agita les bras, s'échauffa. Coffey enroulait maintenant un câble autour du cou de Bud, pour l'étrangler. Catfish maudit sa propre lenteur.

– Hé ! cria-t-il.

N'importe quoi pour détourner Coffey de sa fièvre de mort.

Coffey pivota d'un bloc. Absolument surpris. Le direct le plus facile que Catfish avait jamais eu le plaisir de placer. Il cueillit le lieutenant à la pointe du menton, d'un bon droit, et l'étendit sur le cul. Pour le compte, oui, monsieur. Ce n'était pas pour rien qu'on appelait ce poing-là le Marteau !

Il alla aider Bud qui se débarrassait du câble. Mais Bud lui cria :

– Attrape Coffey !

Catfish n'en croyait pas ses yeux. Coffey se relevait. Jamais personne ne s'était relevé d'un direct pareil. Mais ce n'était plus la bagarre que cherchait Coffey; il savait compter; ils étaient à deux contre lui seul et il avait une mission. Alors il courut vers le bassin, sauta sur Flatbed qui flottait là et se glissa aux commandes. Catfish lui courut après mais, quand il arriva, le sabord était déjà fermé. Et bien verrouillé.

– Il fout le camp ! hurla-t-il.

Bud était déjà arrivé, il avait sauté sur Flatbed, il chancelait mais il tenait debout, et il s'activait déjà pour essayer de détacher Gros-Monstre des énormes griffes d'acier du bras articulé.

– Viens m'aider à dégager ce truc-là, grogna-t-il.

Catfish l'aida de son mieux, mais en vain. Ils entendirent démarrer les moteurs du submersible. Renonçant à détacher Gros-Monstre de Flatbed, Bud se pencha pour tâtonner dessous, pour chercher à en décrocher l'ogive. Et sous leurs pieds, Coffey mettait Flatbed en plongée, les ramenait dans l'eau. Trop froide. Ils ne pouvaient plus résister. L'engin plongea.

Quand ils sortirent de l'eau, Bud était à bout de forces.

– Va ouvrir la porte...

Catfish s'élança, pressa le bouton de la porte automatique et, dès qu'elle fut assez ouverte pour le laisser passer, il courut dans le couloir comme il n'avait jamais couru de sa vie, avec son ventre de buveur de bière qui dansait la rumba. Arrivé à la porte, il arracha la barre de fer que Coffey avait glissée dans le volant.

Naturellement, les autres avaient tout vu du poste de contrôle et ils étaient prêts. Trop. À peine le volant commença-t-il à tourner que Hippy poussa la porte et plaqua Catfish contre le mur. Hippy galopa dans le corridor en portant le fusil d'assaut comme s'il se croyait dans un film de guerre.

Catfish partit à sa poursuite, suivi de Lindsey. Quand ils arrivèrent, Bud était en train d'enfiler une combinaison de plongée et Hippy regardait l'eau du bassin, d'un air idiot. Pas de pot, Coffey était encore là.

Avec toutes les avaries infligées à *Deepcore,* ce n'était pas facile de piloter un engin aussi gros que Flatbed dans un enchevêtrement de débris, sans s'accrocher à quelque chose. Alors il était dans la bulle, les yeux levés vers le fusil; il n'avait même pas l'air inquiet.

– Tire ! cria Catfish. Tire donc !

Hippy pressait la détente tant qu'il pouvait mais sans résultat. Le jeune con n'avait donc jamais vu de fusil ?

– Le cran de sûreté ! hurla Catfish. Ôte le cran de sûreté !

Hippy n'avait pas l'air de savoir ce que c'était. Catfish s'empara du fusil, fit sauter le cran d'arrêt et tira. Le recul faillit bien lui arracher le bras. Les balles volèrent à peu près dans tous les coins, sauf sur la bulle de Flatbed.

– Laissez ça ! glapit Lindsey.

Elle était avec Bud. En assistant au combat, incapable d'intervenir, elle avait cru mourir. Lorsqu'elle avait vu surgir Catfish sur l'écran, elle l'avait pris pour le bon Dieu. Maintenant, elle voulait s'assurer que Bud allait bien, le toucher une seconde. Mais il n'avait pas de temps pour ça. Il pensait qu'il était encore possible d'arrêter Coffey. Il tira le collier étanche par-dessus sa tête.

– Allez, pressons, pressons ! Aide-moi; donne-moi un coup de main. Grouillez-vous !

Lindsey vit que Jammer et Sonny suffiraient à équiper Bud de son casque et de son paquetage, alors elle alla demander à Une-Nuit :

– Et Cab Un ?

– Paré au lancement. Plus qu'à le décrocher.

Lindsey s'apprêta à grimper sur le flanc du submersible, mais elle hésita. Une-Nuit voudrait le piloter.

– Va, va ! cria alors Une-Nuit. Tu connais mieux ces engins que moi.

Lindsey reconnut là un signe de respect, de

réconciliation. Quelque chose qu'elle n'aurait jamais pensé obtenir d'Une-Nuit. Elle hocha la tête, monta dans la bulle et prit les commandes.

Bud était enfin équipé. Il sauta tout droit dans le bassin et se poussa vers le fond. Flatbed n'y était plus mais ne s'était pas encore dégagé de tous les obstacles. Il devait aller lentement, avec précaution. Étant beaucoup plus petit, Bud n'avait pas ces problèmes. Le seul problème était d'arriver à temps à Flatbed pour se faire transporter. Il avançait assez vite, en se tirant à des supports, mais il était encore à cinq ou six mètres lorsque Coffey trouva un passage dégagé et accéléra.

Néanmoins Flatbed n'était pas précisément un sprinter. Bud réussit à le rattraper malgré la résistance de l'eau, malgré la masse de son corps et de son équipement. Il manqua de peu une poignée mais arriva à attraper une boucle d'amarre à la traîne.

Il s'y cramponna à deux mains alors que le submersible le faisait danser dans son sillage en se dirigeant droit vers le bord de la fosse. Plus Flatbed allait vite, plus il avait du mal à se tenir. Mais il ne lâcha pas prise, il réussit à se tirer d'une main puis de l'autre le long de l'amarre jusqu'à ce qu'il attrape le garde-corps arrière de la plate-forme.

Quand ils arrivèrent au bord du précipice, Flatbed s'arrêta. Ce fut le coup de chance dont Bud avait besoin. Il avança jusqu'à Gros-Monstre, prisonnier du bras mécanique. Il essaya encore une fois de dégager le Rov mais ce n'était pas possible, pas plus qu'il ne lui était possible de décrocher l'ogive, avec des gants, en si peu de temps.

Bud regarda de tous côtés, chercha un outil, n'importe quoi dont il pourrait se servir. Il ne vit qu'un des filins de sécurité en nylon jaune. Oui, cela ferait une bonne longe pour empêcher la bombe de descendre dans le fond. Tant pis si une ogive nucléaire avec le mouvement d'horlogerie réglé sur trois heures était à cinquante mètres de *Deepcore*. S'ils gardaient Gros-Monstre près d'eux, ils auraient peut-être une chance de désamorcer la bombe. Et même s'ils n'y arrivaient pas, mieux valait que tout saute ici plutôt qu'en bas, tout plutôt qu'un acte de guerre contre les INT.

Bud acheva de frapper l'amarre sur Gros-Monstre juste avant que les propulseurs du ROV s'animent. Gros-Monstre frémissait, se secouait dans l'étreinte du bras automatique. Pas de temps à perdre, et quelle était la longueur de ce filin, d'abord ? À quelle vitesse fonctionnait Gros-Monstre ? Bud recula pour laisser filer le câble entre ses mains.

À l'intérieur de Flatbed, Coffey ouvrit la pince à l'extrémité du bras et Gros-Monstre s'élança. Il jaillit tout droit puis il piqua en plongée. Coffey l'observa avec satisfaction. Jusqu'à ce qu'il avise le filin de nylon serpentant devant sa bulle, attaché à Gros-Monstre. Il comprit immédiatement, manœuvra précipitamment Flatbed et chercha l'autre extrémité de l'amarre. Bud avait eu le temps de la fixer solidement autour d'un des patins de *Deepcore*. Coffey déploya le bras mécanique et fonça sur Bud qui tentait de faire le nœud. Une demi-seconde plus tard, le filin se tendit, tout droit en direction de la fosse.

Bud avait fait un nœud assez solide pour tenir un moment quand Flatbed arriva, le bras tendu comme la lance d'un chevalier. Bud se baissa et se repoussa du patin juste avant que Flatbed se jette dessus en détruisant le bras et en cassant les deux manipulateurs. Un nuage de vase et de détritus s'éleva mais Bud s'était esquivé. Flatbed aussi, malheureusement, en dépit de ses avaries. À travers la bulle, Bud vit Coffey en manches de chemise, qui transpirait; il était fou, il avait l'air d'une bête sauvage, courbé là sur ses commandes comme s'il allait bondir.

Bud nagea en diagonale vers le bord de l'abysse en prenant soin de rester dans l'angle mort de Flatbed. Il aperçut Gros-Monstre au-dessous de lui qui tournoyait au bout de son filin; l'engin se rappelait son programme, il avait l'ordre de plonger au fond et il cherchait désespérément à faire ce qu'on attendait de lui. Bud savait que son nœud ne tiendrait pas, qu'il lui fallait retourner là-bas. Il voyait déjà que Gros-Monstre progressait, tirait sur le filin, centimètre par centimètre.

Mais pour le moment le plus gros souci de Bud était Coffey. Il avait dégagé Flatbed des débris et descendait maintenant, face à la paroi, ses projecteurs illuminant la surface. Bud était en assez mauvaise position. Complètement exposé, aucun couvert. Il tenta de remonter contre la roche, de s'esquiver, mais il était trop lent pour les moteurs de Flatbed. Coffey avait déjà prouvé qu'il n'hésiterait pas à provoquer une collision pour tuer Bud.

À l'instant où Bud se voyait écrasé comme une mouche sur un mur, Coffey fut aveuglé par une lumière vive. Qu'est-ce que c'était ? Un de ces INT ? Trop tard, il s'aperçut que c'était Cab Un qui fonçait droit sur lui, à plein régime. Pas le temps de s'enfuir.

Aux commandes de Cab Un, Lindsey lança son submersible contre le flanc tribord de Flatbed. Elle savait que la collision allait se produire, bien sûr, elle y était préparée, mais Coffey fut assez durement secoué, il se cogna un peu partout et eut du mal à reprendre le contrôle de son submersible. Il était si désorienté qu'il ne savait plus ce qu'il faisait, les commandes ne répondaient pas comme il le voulait, rien ne marchait.

Il s'aperçut alors que les deux engins s'étaient

accrochés. Ils tournoyaient l'un autour de l'autre dans un réseau d'espars enchevêtrés. Lindsey contrôlait ce manège et, juste au moment où Coffey comprenait ce qui se passait, elle projeta violemment Flatbed contre la paroi de l'abysse.

Un incendie électrique se déclara dans la cabine. Coffey saisit l'extincteur, eut vite fait d'éteindre les flammes mais toutes les lumières s'éteignirent aussi. Il était maintenant détaché, au-dessous de Cab Un, sans commandes, dans le noir, et dérivait lentement contre la paroi au-dessous de *Deepcore*.

Lindsey jugea qu'il était temps d'aller chercher Bud, maintenant que Coffey était hors de combat. Elle s'avança au-dessus de l'abysse et plana près de lui.

– Monte à bord, lui dit-elle par l'UQC.

Tout seul, un plongeur sans défense ne pouvait rien faire de plus. Elle entendit le sas s'ouvrir derrière elle, un clapotis annonçant l'embarquement de Bud. Elle ouvrit le sabord intérieur.

– Ça va ? demanda-t-elle.

– O.K.

Elle éloigna Cab Un de la paroi, en manœuvrant avec précaution, à la recherche de Gros-Monstre. Dès qu'elle l'aperçut, elle plongea.

Le Rov avait un air impuissant, balancé au bout de son filin mais, tout à coup, il n'eut plus du tout l'aspect inoffensif. Il bougeait, il descendait. Le nœud devait glisser, là-haut sur le patin.

– Ô mon Dieu ! s'écria-t-elle.

– Suis-le ! Rattrape-le !

Au lieu de s'élancer à la poursuite de Gros-Monstre, elle déploya le bras de Cab Un. Il était bien moins fort et solide que celui de Flatbed mais il ferait l'affaire, si elle arrivait à mettre la pince en place.

Là. Voilà. Le fil de nylon glissait entre les dents du grappin.

– Tiens-le bien ! dit Bud.

Elle pressa un bouton. Les grappins se refermèrent, tinrent bon. Le filin cessa de glisser. Gros-Monstre tournait de nouveau comme une balle au bout d'une ficelle.

Au même instant, Cab Un fut embouti par l'arrière; ils eurent l'impression qu'un géant tentait un drop-goal avec eux. Ils furent encore secoués quand Flatbed les frôla en les faisant basculer sur leur ponton bâbord. C'était mauvais, dangereux, mais le pire, c'est ce que vit Lindsey quand elle fut projetée contre la bulle. Le bras de Cab Un s'ouvrait. Gros-Monstre était libéré, Gros-Monstre plongeait vers le fond.

C'était fini. Coffey avait gagné.

L'ennui, c'était que Coffey était fou, que cette victoire-là ne lui suffirait pas. Il n'allait pas les lâcher.

– Où est-il, Bud ? Tu le vois ?

Bud se tortilla pour pénétrer dans la coupole, au sommet.

Flatbed fonçait droit sur eux, à toute vitesse. Bien sûr. On pouvait faire confiance à Coffey pour réparer tout ce qui n'allait pas dans un submersible. Il avait dû apprendre dans la marine comment construire un de ces engins, même avec des lianes et des noix de coco au cas où il serait naufragé sur une île déserte.

– Ah merde, marmonna Lindsey.

– Va sur la droite, conseilla Bud qui suivait les mouvements de Flatbed. À droite !

Puis à gauche, et de nouveau à droite. Ils firent le tour de *Deepcore*. Bud se dit que si les autres observaient, ils devaient bénéficier d'un sacré spectacle. La course de chars de Ben Hur !

– Il arrive derrière nous. À droite !

Riche idée, Bud, je vire à droite et nous nous jetons dans le trimodule B.

Elle doubla l'extrémité de *Deepcore* et tourna à droite. Ils étaient maintenant à découvert, le long de la pente. Ce n'était pas le rêve, avec Flatbed derrière eux, plus puissant, plus rapide. Et cela ne rata pas. Coffey n'eut besoin que de dix secondes pour se mettre en position afin de les emboutir encore une fois par l'arrière. Malgré tout, Lindsey réussit à garder le contrôle de Cab Un.

– Ça va ? demanda-t-elle.

– Ouais. Le salaud...

Coffey n'avait pas fini. Il les heurta encore une fois, violemment. Et encore. Lindsey rasait le fond, autant que possible. Elle avait l'avantage de l'expérience, elle savait esquiver, trouver des abris derrière des écueils à défaut de *Deepcore*.

Elle avait au moins de quoi se retenir, tandis que Bud, à l'arrière, était secoué comme un jeu de dés dans un cornet.

– Dire que des gens paient pour ce genre de connerie, dans les foires foraines ! grommela-t-il.

Au même instant, Lindsey tamponna un rocher qui les fit rebondir vers le haut. Elle maîtrisa aussitôt Cab Un mais ce fut la pire des secousses pour Bud, parce qu'il voyait que Coffey était trop loin derrière pour les avoir touchés, alors il ne s'y attendait pas du tout.

– Hé là, doucement, madame !

Elle n'apprécia pas le petit reproche.

– Si tu crois pouvoir te débrouiller mieux que moi, je te laisse la place, merci !

Ce n'était pas une offre tentante. Coffey se rapprochait. Par-derrière. Vlan ! Et sur le côté. Vlan ! Et par-dessus, pour les plaquer sur le fond. Vlan !

La moutarde montait réellement au nez de Lindsey, maintenant. Elle avait dépassé le stade de la peur, elle marchait à l'adrénaline pure. L'instinct du tueur. Le fauve aux abois.

– Il est juste sur nous ?

– Je te crois ! En plein sur ton cul !

Elle remonta rapidement et tamponna volontairement un rocher. Une petite avalanche de débris et de vase s'étala juste devant Coffey et l'aveugla. Il ne vit pas l'écueil et se jeta dessus. Il y resta accroché, sans savoir où étaient le haut et le bas.

Lindsey continua de monter, vira sur sa droite et piqua sur le sommet de Flatbed qui émergeait du nuage de vase. Elle le força à s'aplatir sur un autre rocher et arracha le ponton bâbord de l'engin. Coffey était bon pour la poursuite mais se remettait mal alors que son véhicule était déséquilibré. Lindsey continua de le harceler, de l'emboutir par tous les côtés.

Ils étaient maintenant tout au bord du précipice, les deux engins enchevêtrés, et ils glissaient, glissaient. Le mouvement s'arrêta. Flatbed à moitié par-dessus bord, Cab Un encore bien posé. Nez contre nez. Lindsey et Bud voyaient l'intérieur de la cabine de Flatbed. Coffey était affalé dans un coin, du sang coulant sur sa figure d'une coupure à la tête, les yeux ouverts mais sans connaissance.

Si ! Il se redressa, juste un peu, assez pour les regarder. Bud se pencha dans la bulle, Lindsey à côté de lui, pour mieux voir. Flatbed était trop lourd. Il s'écartait lentement de Cab Un. Il glissait à reculons. Coffey ne se rendait-il donc pas compte de ce qui se passait ? Eux-mêmes ne pouvaient rien faire. Simplement observer Flatbed qui se libérait et plongeait, de plus en plus vite, dans l'abysse.

Coffey comprenait que quelque chose n'allait pas. Une minuscule ligne de fracture argentée scintilla et courut en travers de la bulle avant. Elle s'élargit. La pressurisation à l'intérieur de Flatbed était trop forte pour la pression extérieure. Cette fêlure de la bulle, Coffey savait ce que c'était. La porte de l'enfer.

De l'eau lui éclaboussa la figure, par un petit trou dans le métal, un trou qui devint une brèche provoquée par la pression extérieure. Coffey devinait la suite, savait que jamais il ne sortirait de là. Ce qui lui faisait le plus mal, dans sa folie, c'était qu'il ne serait plus en vie pour voir le résultat de sa mission. Il ne verrait pas le grand épanouissement de lumière dans l'abysse, il ne sentirait pas l'effroyable onde de choc. Il mourait à l'instant de la victoire.

Un instant de lucidité, le temps d'un cri de défi, de révolte et puis brutalement, poussé par des tonnes de pression, un gigantesque rideau d'eau de mer jaillit par la mince fissure de la bulle et le submergea. Presque aussitôt après, la bulle implosa et Coffey mourut dans une mousse d'eau ensanglantée, d'air et de débris de plastique, son cri couvert par le rugissement de victoire de l'océan.

Coffey avait disparu. Flatbed n'était plus. Gros-Monstre avait plongé. Mais ils étaient vivants à l'intérieur de Cab Un. Blessés, meurtris, sonnés mais vivants.

Bud entendait un petit ruissellement d'eau dans l'engin. Il alla voir, à l'arrière. La fuite avait son origine derrière la boîte à fusibles des ombilicaux externes. Un flot assez régulier, pas sous pression, mais une fuite d'eau à l'intérieur révélait une fuite d'air vers l'extérieur. Ils perdaient leur mélange respiratoire alors que la gravité faisait pénétrer l'eau. Lindsey se retourna.

– On dirait une sacrée inondation.

– Ah, tu as remarqué ?

– Tu sais, tu n'étais pas mal du tout, tout à l'heure, Virgil. J'avoue que tu m'as impressionnée.

Il fallut à Bud un moment pour comprendre qu'elle parlait de ses exploits avec Gros-Monstre et le filin contre le bras manipulateur de Flatbed.

– Oui, enfin, ça n'a pas suffi. Il nous reste à rattraper Gros-Monstre, dit-il en essayant de regarder derrière le panneau.

La fuite ne pouvait venir que du connecteur qui avait été décalé par la dernière collision. Jusqu'à cet impact-là, il n'y en avait eu aucune. Pendant ce temps, Lindsey passait ses commandes en revue mais rien ne répondait.

– C'est pas avec ce truc-là que nous y arriverons, marmonna-t-elle.

– Tu as bousillé la bagnole ? dit Bud en riant, et elle rit aussi.

Ils étaient immobilisés, sans doute, mais ce ne serait pas difficile aux autres de venir de la station pour leur porter secours, apporter une combinaison de plongée pour Lindsey, une bouteille d'air. Elle essaya de ranimer l'UQC.

– *Deepcore, Deepcore,* ici Cab Un, à vous.

Rien. Elle tapa sur la boîte et répéta :

– *Deepcore, Deepcore,* ici Cab Un, nous avons besoin de secours, à vous.

Elle abaissa une autre manette. Ce n'était pas la bonne. Un court-circuit se produisit, dans une averse d'étincelles. Elle se baissa vivement, en se couvrant les cheveux. Ce n'était pas le moment de se transformer en torche !

Le crépitement se tut. Maintenant la cabine était complètement obscure, pas le moindre courant électrique.

– Ça va ? demanda Bud.

– Ouais.

Il alluma la torche sous-marine qui faisait partie de l'équipement standard des submersibles et la braqua sur la figure de Lindsey, pour s'assurer qu'elle allait vraiment bien.

– Eh bien, la question est réglée, dit-elle.

Téléphone coupé. Plus d'appels. On aurait dû payer la dernière facture.

– Superbe, dit Bud.

Il s'aperçut alors que, même s'il abaissait la torche, il la voyait nettement. Une lueur, un éclairage bleuâtre filtrait par la bulle.

– Il y a de la lumière, qui vient de quelque part. Là-bas sur la droite.

– Oui, c'est la station.

Il regarda par le hublot, la vit.

– Elle est à soixante ou soixante-dix mètres, à vue de nez.

– T'en fais pas, ils vont venir nous chercher, assura Lindsey.

Bud entendait toujours l'écoulement d'eau. Le bruit lui paraissait plus fort. Plus tumultueux.

– Possible, dit-il, mais il va leur falloir un bon moment. Nous devons colmater cette fuite.

Elle le rejoignit dans le compartiment arrière.

– Tu l'as trouvée ?

– Oui, tiens-moi ça, dit-il, et il lui confia la torche qu'elle braqua sur le panneau. Tu vois, il y a un crampon qui a sauté. L'ennui, c'est que je ne sais pas si je peux l'atteindre.

Il tira sur le panneau, pour voir s'il arriverait à le détacher complètement de la paroi et à regarder ce qu'il y avait derrière.

– Tu n'as pas d'outils ?

– Je ne sais pas. Cherche un peu.

Il avait déjà cherché, sans rien trouver d'utile. Il glissa les doigts sous le panneau, sur la droite, et Lindsey en fit autant de son côté. Bud prit appui des pieds contre la paroi et tira; elle aussi. Ils ne réussirent qu'à s'écorcher les mains.

– Merde ! cria Bud. Bougre de saloperie !

Elle s'inquiéta de le voir si bouleversé.

– Calme-toi, Bud.

Elle tenait à ce qu'il garde tout son calme, parce que son attitude calme laisserait entendre qu'ils pouvaient faire quelque chose pour se tirer d'affaire. Mais ils avaient maintenant de l'eau jusqu'à la ceinture, de l'eau glaciale, ce qui révélait qu'ils n'avaient guère de temps devant eux. Elle remua ses doigts engourdis pour tenter de rétablir la circulation, et répéta :

– Calme-toi, Bud.

– Oui. D'accord. O.K., dit-il avec plus d'assurance. Très bien. Nous devons te sortir d'ici.

Il sentait le froid, malgré sa combinaison. Et elle n'en avait pas.

– Ah oui ? Comment ?

– Je ne sais *pas* !

– D'accord, d'accord, ne nous énervons pas.

– Nous n'avons qu'une combinaison !

Elle ne l'écoutait pas et se repliait sur elle-même, serrait ses bras autour d'elle pour essayer de se tenir chaud.

– Dieu, je suis glacée...

Elle comprenait maintenant ce qu'il avait enduré en nageant sous la station pour arriver au bassin. Et ce n'était qu'une dizaine de mètres, pas soixante.

– Donne-moi tes mains, dit-il, et elle obéit. (Il avait les mains tièdes, il ne perdait pas tant de chaleur à travers la combinaison.) Écoute, reprit-il, et elle crut qu'il avait trouvé une solution mais ce qu'il lui dit ne fut pas d'un bien grand secours : Tu es intelligente, trouve quelque chose. Tu n'as pas une idée ? Réfléchis.

C'était ridicule. Mais l'attitude, la voix de Bud, si confiantes, la rassurèrent.

– C'est simple, tu n'as qu'à nager jusqu'à la station et me rapporter une combinaison.

– Il me faudra sept, huit minutes pour y aller, plus que ça pour revenir avec l'équipement, je n'y arriverai pas, je ne reviendrai pas à temps. Regarde, dit-il en levant ses mains raides, bleues de froid. Le temps que je revienne, tu serais...

– Oui, d'accord. O.K. Cherche. Cherche, alors !

Il devait bien y avoir quelque chose dont ils

pourraient se servir, ou qui leur donnerait une idée. Elle trouva un masque respiratoire.

– Vois si ça marche.

Elle l'avait déjà porté à sa bouche. Rien. Alors elle le jeta et chercha autre chose.

Tout à coup, Bud s'affaira, comme s'il avait une intention réelle. Il lui tendit son paquetage dorsal.

– Tiens, endosse ça.

Puis il glissa les mains sous son collier étanche pour le faire passer par-dessus sa tête. Elle mit une seconde à comprendre. Il n'avait pas de plan. Il avait simplement décidé de lui donner la combinaison, de la faire partir alors qu'il resterait là pour mourir.

– Non, non ! Qu'est-ce qui te prend, il te pousse des ouïes ou quoi ? Tu l'as sur le dos...

– Ne discute pas, bon Dieu, ne...

– Écoute, ce n'est pas une option, alors n'y pense même pas !

Elle songea à la noyade de Bud; elle l'imagina en train d'inspirer de l'eau dans ses poumons, comme le rat de Hippy, mais personne n'allait le secouer la tête en bas comme l'avait fait Monk avec Beany.

– Tais-toi, Lindsey !

– Non !

Laisse-moi réfléchir, il y a un moyen.

Tout ce qu'il savait, c'était que si elle n'avait pas la combinaison, elle se noierait. Cette fois, il n'avait aucune intention de se plier à sa foutue obstination.

– Tais-toi et enfile ce truc-là.

– Tu ne pourrais pas être logique, rien que pour une fois... ?

– Mon cul la logique !

– Écoute, écoute ! Tu veux m'écouter une seconde ? Tu as la combinaison sur le dos et tu es bien meilleur nageur que moi. D'accord ?

– Possible, mais...
– D'accord ? Alors, j'ai un plan.
– Quoi ? Quel plan ?
– Je me noie et tu me ramènes à la station.
Il n'en crut pas ses oreilles. Il lui hurla à la figure :
– Qu'est-ce que c'est que cette connerie ?
– Je me noie...
– Non !
– Si.
– Non !
– Cette eau n'est qu'à un degré ou deux au-dessous de zéro. Je tombe en hypothermie profonde. Mon sang se glace. Toutes mes fonctions se mettent au ralenti mais elles ne s'arrêtent *pas*. Tu me ramènes et je peux... je peux être ranimée au bout d'une dizaine de minutes, un quart d'heure.
– Enfile cette combinaison, Lins ! Mets-la !
Il suppliait, maintenant. Il implorait. Mais il l'entendait aussi, il pensait à ce qu'elle lui disait. Il avait lu des cas de victimes ranimées après s'être noyées dans de l'eau glacée. C'était arrivé, souvent. Mais pas *toujours*.
– C'est le seul moyen, insista-t-elle. Remets ton casque; mets-le. Tu sais très bien que j'ai raison. Je t'en supplie, c'est le seul moyen ! Il y a tout ce qu'il faut dans la station. Remets le casque, Bud, je t'en prie.
Elle avait raison. Il n'y avait pas d'autre solution, excepté celle à laquelle il pensait : ils restaient tous les deux dans Cab Un, en se disputant jusqu'à ce qu'ils se noient ensemble. L'idée de Lindsey leur offrait au moins un espoir.
– C'est de la folie !
– Je sais, mais c'est notre seule chance.
Il remit le collier à son cou. Elle lui tendit le paquetage respiratoire et l'aida à l'endosser en dépit de ses doigts engourdis qui laissaient tout

échapper. Ils n'arrêtaient pas de parler, de murmurer, en se concentrant sur le travail.

– Tu peux le faire, tu sais, assura-t-elle. Tu le peux.

– Ah, Dieu... Lins, écoute, je...

Il allait lui dire qu'il l'aimait.

– Non. Tu me raconteras ça plus tard.

Ce fut elle qui le lui dit, non avec des mots mais en se laissant aller contre lui, dans les vingt centimètres d'air qui leur restaient au sommet du compartiment et en l'embrassant tendrement, longuement. Ce n'était pas un baiser de passion, destiné à exciter, mais d'appartenance. Ce baiser disait : je fais partie de toi, je t'aime, j'ai confiance en toi, pour tout. Jamais il n'avait imaginé qu'elle lui dirait pareilles choses et pourtant il le comprit comme si elle le lui avait répété mille fois. Et il y croyait. C'était vrai.

Il mit son casque, ajusta le régulateur, tout en entendant Lindsey tousser, cracher, s'étrangler. L'eau était maintenant si haute qu'elle devait pencher sa tête de côté ou en arrière pour garder sa bouche à l'air.

Il était prêt, les crampons du casque bien fermés. Il la regarda aspirer le dernier souffle d'air sous le plafond. C'était très bien de prendre cette décision, mais tout autre chose de passer à l'action. Elle ne put réprimer sa panique, retenir un cri.

– Bud !... Aide-moi !

Et puis plus rien, il n'y avait plus de place. Elle le savait, alors elle se laissa couler, face à lui, en retenant son dernier souffle, en le regardant dans les yeux.

Il vit sa terreur, sa bouche entrouverte. Puis elle se pencha et colla les lèvres sur la visière intégrale. Une supplication. Comme si elle espérait respirer l'air qui était dans le masque. Et il ne pouvait rien pour elle !

Elle se suspendit à son cou, posa sa tête sur

son épaule et se serra contre lui, aussi fort qu'elle le put. Il sentit ses seins se soulever quand elle aspira délibérément de l'eau dans ses poumons. Elle frémit, un spasme la secoua, sa poitrine se souleva encore une fois, son corps tenta d'expulser cette eau, et puis plus rien. Ses mains mollirent, ses bras le lâchèrent. Elle avait perdu connaissance.

Non, elle était morte. Tout s'était arrêté. Leur unique espoir : elle avait été tuée par le froid, qui ralentirait tous ses systèmes et l'empêcherait de mourir rapidement.

Il ouvrit la porte du sas, passa les jambes à l'extérieur, se retourna et saisit Lindsey. Il se dépêcha mais sans précipitation dangereuse, en regardant bien par où il passait pour ne pas la blesser en traversant le sas. Une fois sorti, il allongea le bras et récupéra la torche. On les observait peut-être, de *Deepcore*. Ils le verraient arriver, ils verraient sa lumière, ils descendraient au bassin lunaire. Ils seraient peut-être déjà parés, ce qui gagnerait quelques secondes, les secondes qui feraient toute la différence entre la vie et la mort.

Des bougies

Quand Lindsey mourut, les bâtisseurs remarquèrent une chose curieuse. En envoyant leurs filaments l'examiner, sonder son cerveau, ils furent eux-mêmes chagrinés. Jamais ils n'avaient pleuré leurs morts, jamais depuis que la ville rassemblait des mémoires. Pourtant, les souvenirs de Lindsey étaient recueillis et, malgré tout, ils éprouvaient de la détresse. Pourquoi ?

La question circula bientôt par toute la ville et

elle fut entendue dans son coin par le bâtisseur qui avait osé aider Catfish à atteindre le bassin. Il connaissait la réponse mais il hésitait à la fournir, à se hasarder dans un débat qui lui vaudrait un nouveau blâme. Il se rappela alors la décision de Catfish au sabord six, d'entreprendre à la nage un parcours dont il se sentait incapable. Serait-il lui-même, dont les mémoires ne pouvaient mourir, moins courageux que cet humain dont la vie pouvait être brusquement éteinte et les mémoires perdues ? Il allait donc apporter sa réponse, son explication à la ville.

Nous la pleurons comme nous n'avons jamais pleuré les nôtres, non parce que ses souvenirs seront perdus, puisqu'ils ne le seront pas, nous avons du chagrin parce que ses actions indépendantes dans le monde, qui étaient si singulières, que personne d'autre n'aurait accomplies, bonnes ou mauvaises, ces actions vont cesser. Nous ne pleurons pas son passé, que nous possédons pour toujours, mais son avenir, que nous n'aurons jamais. C'est elle que nous connaissions le mieux, alors c'est la perte de son avenir qui nous fait le plus de peine. Plus que l'autodestruction de toute l'espèce humaine, la perte de cette personne unique nous chagrine.

La ville écouta avec stupéfaction cette idée extraordinaire. Et une autre lui vint. Ce même bâtisseur qui donnait la réponse avait été transformé par la connaissance de ces humains et avait agi d'une façon différente de celle de tous les autres. Quel autre bâtisseur avait parlé en dépit du tabou de la ville ? Quel autre aurait osé ?

Jusqu'à ce qu'ils fassent la connaissance de ces humains, ils n'avaient accordé aucune valeur aux individus, ils n'avaient eu aucun concept de l'individualité puisqu'ils se partageaient tous les mêmes mémoires, les mêmes souvenirs; ainsi il n'y avait pas de frontières entre eux. Mais à présent, alors que Bud Brigman traînait le corps de Lindsey vers les lumières de *Deepcore,* ils prenaient conscience de ces frontières et comprenaient comment il était possible qu'une personne attache du prix à une autre et pleure sa perte.

La mémoire de Lindsey se mit à circuler parmi les bâtisseurs. Ils furent surtout abasourdis par le moment de sa mort. Elle avait peur de la mort et pourtant elle avait choisi de mourir elle-même plutôt que de priver d'air Bud. Une peur furieuse l'avait poussée à tuer Coffey mais cette nouvelle peur tout aussi violente restait sans colère. Elle agissait en obéissant à un sentiment plus fort, sa certitude que Bud saurait la garder en vie. C'était la même confiance que les bâtisseurs éprouvaient quand l'un d'eux était sur le point de destruction du corps et qu'un autre venait recueillir sa mémoire. Je vivrai, disait ce sentiment, je vivrai en toi. Lindsey savait que, même si elle mourait, définitivement et à jamais, elle continuerait de vivre en lui.

Impossible ! Comment le pourrait-elle puisqu'ils ne se partagent pas les mémoires, comme nous ?

La même voix paisible proposa une réponse, et cette fois elle fut approuvée et soutenue par tous les autres bâtisseurs qui s'étaient approchés de *Deepcore,* qui avaient exploré les cerveaux humains.

Elle sait qu'elle l'a changé, que son avenir conservera son influence tant qu'il vivra. Elle fait partie de ce qu'il est, alors l'influence qu'elle a eue sur lui ne mourra pas avec elle.

La ville écoutait avec émerveillement; la réponse fut étudiée et on y crut. Le processus n'était pas aussi simple et direct que le partage des mémoires mais il existait. C'était vrai. Les humains avaient trouvé le moyen de se survivre dans la vie d'un autre.

Observons-les, ordonna la ville. Il peut y avoir

encore de l'espoir pour eux. En les observant, nous trouverons peut-être un moyen de défaire le mal que nous leur avons causé, un moyen d'aider ces humains à se sauver eux-mêmes.

Une-Nuit regardait arriver Bud. Ils avaient tous vu les lumières de la poursuite, ils avaient assisté à chaque collision et puis brusquement tout s'était éteint. Ils ne savaient pas du tout ce qui était arrivé. Mais quand Une-Nuit aperçut une lumière isolée, celle d'un nageur solitaire venant vers eux, elle comprit que c'était Bud; il était le seul à avoir une combinaison et un casque.

– Je l'ai ! cria-t-elle. Je l'ai ! Il traîne quelque chose… Ô mon Dieu ! C'est Lindsey !

La voix de Bud crépita dans l'UQC, lointaine et indistincte, mais ils l'entendirent :

– *Deepcore, Deepcore,* vous êtes parés ?

– Ouais, nous t'avons, Bud ! répondit Hippy. Nous sommes là !

Bud avait du mal à parler, il faisait trop d'efforts pour nager aussi vite que possible, pour lutter contre la résistance de l'eau. Il ralentit un peu, pour parler aux autres qui l'observaient. Mais le retard de quelques secondes en valait la peine, si cela leur permettait d'être tout à fait prêts pour Lindsey dès qu'il arriverait.

– Allez à l'infirmerie. Le chariot. Oxygène. Défibrillateur. Une seringue de 10 cc d'adrénaline. Et des couvertures chauffantes. Compris ?

– Bien reçu. À toi.

– Attendez-moi au bassin. Vite.

Ils étaient déjà en mouvement, ils passaient à l'action sans tarder, en se partageant les rôles, en préparant tout. Lindsey était morte, c'était visible, personne ne pouvait vivre là-dedans sans combinaison, sans mélange respiratoire. Pourtant Bud avait donné des ordres, alors ils obéissaient.

Et ils connaissaient tous des histoires de personnes qui s'étaient noyées dans des rivières prises par les glaces et qui avaient été ranimées dix minutes plus tard, parfois même une heure plus tard. Il y avait de l'espoir.

Quand Bud arriva sous le bassin, ils étaient tous là sur le pont. Sonny vit émerger le casque.

– Là ! Le voilà !

Catfish sauta sur la plate-forme de plongée et allongea les bras en pataugeant, pour lui prendre Lindsey. Il la porta jusqu'au bord, la confia aux autres. Ils l'allongèrent sur le pont. Elle avait les yeux ouverts mais ils étaient morts. Hippy lui introduisit de force un tube dans la bouche, aspira et siphonna le liquide. Bud se débarrassa vivement de son casque, de son paquetage, et se jeta à genoux pour se pencher sur elle, tout ruisselant.

– Le défib est prêt ? Grouille-toi, Cat ! Colle-lui ça dessus.

Il se mit à appuyer sur la base de son sternum, fortement, par courtes pressions, pour lui faire cracher l'eau. Hippy ne cessait de psalmodier :

– Ah bon Dieu de bon Dieu de bon Dieu...

Que faisait Catfish avec le défibrillateur ? Où était-il ? Il étalait de la gelée conductrice sur les plaques de l'appareil, les frottait l'une contre l'autre, tout cela selon le manuel, dans les règles, les règles qui n'en finissaient pas. Bud s'emporta, voulut s'emparer des électrodes mais Catfish résista.

– Non, il faut de la peau nue, sinon ça ne...

Bud empoigna le col du chemisier, le déchira, écarta les pans. Il prit les plaques du défibrillateur et les posa, une au centre de la poitrine, l'autre sur le côté, plus bas.

– C'est comme ça ? Ça va ? demanda-t-il.

– Ça m'a l'air d'aller, répondit Hippy. Ouais, c'est comme ça. Non, j'en sais rien !

Une-Nuit disait quelque chose que Bud ne comprenait pas.

– Quoi ? *Quoi ?*

– Je l'ai, je l'ai.

– Dieu de Dieu, alors qu'est-ce que tu attends ? Vas-y ! cria-t-il.

– Allez, vas-y, zappe-la, dit Catfish.

– Paré, annonça Une-Nuit.

Le défibrillateur était prêt, chargé; elle pressa le bouton. Le corps de Lindsey se convulsa.

C'était un réflexe purement musculaire. Quand ce fut terminé, elle était toujours aussi morte.

– Pas de pouls, annonça Sonny.

Bud continuait la respiration artificielle, s'efforçait de remettre le cœur en marche.

– Recommence, Une-Nuit. Zappe-la encore.

– Ça charge, ça charge, ça charge... Paré !

Lindsey sursauta, son corps s'arqua, retomba. Et toujours rien.

Le temps était interminable entre les électrochocs. Si seulement le défib allait plus vite, son cœur repartirait peut-être; chaque seconde entre les chocs était une seconde pendant laquelle nos cellules cérébrales risquaient de mourir tandis que le corps se réchauffait.

– Grouille, Une-Nuit. Qu'est-ce que tu fous ?

– Pas de pouls, dit Sonny d'une voix désespérée en pensant à sa propre femme, à ses enfants, en se disant qu'il ne pourrait supporter d'être à la place de Bud.

Une-Nuit lisait les indications de l'appareil; les plaques servaient d'EKG de fortune tant qu'elles restaient appuyées sur la poitrine.

– Ah merde, merde, c'est plat, tout plat.

Bud écarta Une-Nuit, remit ses mains sur le sternum et pressa, pressa tout en comptant à mi-voix. Il sentait les côtes fléchir sous ses doigts. Si elles se cassaient, ce serait moche, mais mieux que d'être morte avec des côtes en bon état. Un deux trois quatre cinq six. Un deux trois...

– Respire, dit quelqu'un.

Hippy tenait le masque à oxygène sur la bouche et le nez.

– Un deux trois quatre...

– Respire ! cria Bud.

– Pas de pouls.

– Allez, bébé, allez.

Il répétait cela en chuchotant, en l'encourageant. Elle n'entendait rien. Il continuait de pousser, de presser sa cage thoracique, inlassablement.

Catfish se baissa, posa ses mains sur les poignets de Bud.

– Bud, c'est fini, mon vieux. C'est fini...

Bud se redressa. La figure de Hippy se convulsa de douleur quand il enleva le masque. Les autres observaient en silence, impressionnés par la mort inexorable, par l'atroce résolution de Bud, par sa douleur qu'ils ressentaient parce qu'ils l'aimaient. Ils connaissaient son grand amour pour Lindsey. Ils savaient qu'il avait l'âme déchirée et ne pouvaient rien faire pour amortir le coup.

– Je suis désolé, murmura Catfish.

Bud restait à genoux, hébété. Catfish ramena les pans du chemisier sur la poitrine de Lindsey.

– Pas de pouls, dit Jammer.

Sur un ton décisif.

Bud se pencha sur elle, examina son visage. Il sentit la main de Catfish sur son dos, une main consolante. Mais il ne voulait pas être consolé. Il ne voulait pas de l'affection de ses amis. Il voulait Lindsey !

Il repoussa la main de Catfish.

– *Non !* hurla-t-il.

Il ne s'adressait pas à Catfish, ni aux autres, mais à la mort, à Dieu, au destin, à tout l'univers, et ils feraient bien d'écouter, tous tant qu'ils étaient !

– Non, elle a un cœur solide. Elle veut vivre, déclara-t-il en se remettant à pousser et à presser les côtes. Lins ! Réveille-toi, bébé ! Allons, reviens...

Il poussa, pressa, poussa, puis il s'interrompit et se pencha sur elle, lui pinça le nez et lui souffla dans la bouche sa propre haleine. Une fois, deux, trois, quatre. Puis il se redressa et se remit à pousser. Et la colère le prit. Tout à coup, il la saisit par les épaules.

– Lutte, nom de Dieu ! Tu vas lutter, bon Dieu ?

Il pleurait de rage maintenant. Elle l'abandonnait. Pour la première fois de sa vie, elle baissait les bras, elle capitulait. Il n'allait pas supporter ça !

– Lutte ! Lutte ! Lutte ! cria-t-il d'une voix maintenant enrouée, rauque, douloureuse. Lutte !

Ils avaient envoyé dans son corps des milliers de volts, ils lui avaient donné de l'oxygène, ils l'avaient pompée, ils lui avaient fait de la respiration artificielle et du bouche-à-bouche. Rien n'y avait fait. Mais à présent, avec Bud qui la secouait en hurlant, qui lui parlait avec colère, qui la traitait de tous les noms, qui se *disputait* avec elle... Ce fut alors qu'ils virent ses yeux s'animer, sa gorge avaler, sa poitrine se soulever imperceptiblement, entendirent une petite toux spasmodique. Cela aurait pu être les réflexes biologiques d'un corps mort. Mais Bud savait bien que non.

– Lins ! C'est ça, Lindsey ! Reviens, bébé, reviens !

Elle tourna la tête, comme si elle disait non, puis elle toussa encore, crachota. *Respira.* Bud éclata de rire, sans pouvoir se retenir. Elle revivait ! Il entendit un autre rire derrière lui. Le ravissement. Avait-on ri quand Jésus était ressuscité des morts ? Est-ce que Lazare avait entendu rire en revenant à la vie ?

Des mains le touchèrent, aux épaules, à la tête.

Il se redressa, le visage tourné vers eux, en riant. Elle toussa encore, ouvrit la bouche, chercha de l'air.

– Donne-lui encore de l'oxygène, dit-il à Hippy.

Il lui posa le masque sur le nez et la bouche. Elle aspira.

– Respire, respire bien.

Elle ouvrit les yeux. Elle les entendait, elle obéissait. Bud se remit à lui crier après, mais de joie cette fois.

– Tu as réussi ! Bravo, l'as !

Elle était vivante, à l'infirmerie, pas encore totalement consciente. Mais il y avait encore une ogive nucléaire qui descendait avec Gros-Monstre, dont le mécanisme d'horlogerie tournait inexorablement.

– Qu'est-ce que nous pouvons faire ? demanda Bud à ses compagnons. Est-ce qu'il existe un moyen d'aller à sa poursuite ?

– Cab Un ?

– À la ferraille. Bon à rien.

– Envoyons Petit-Monstre !

– Pour faire quoi, le saluer ?

– En collant de l'explosif dessus. Pour faire sauter l'ogive avant qu'elle fasse son boulot nucléaire ?

– Nous n'avons rien à *Deepcore* qui sauterait à cette profondeur.

– Quelle profondeur ?

Hippy prit un air assez penaud.

– Ben, j'avais plus ou moins réglé Gros-Monstre pour qu'il descende à vingt mille pieds, quoi. C'est l'estime maxi. Plus un facteur de résistance.

– Plus de six *mille* mètres ?

Mais Monk savait comment ce serait possible.

– Combinaison de profondeur, dit-il.

– Ça peut descendre aussi loin ? s'étonna Bud.

– Peut-être. C'est le système de respiration

fluide, plus que tout. Il permet de supporter une bien plus forte pression et il recharge l'oxygène, pendant un moment. Ça donne plus de temps pour descendre dans le fond.

Vingt mille pieds. Une descente en profondeur de plus de six kilomètres. Ce serait un long chemin, même sur la terre ferme. Dans l'eau, en pressurisation, ce serait encore plus long. Et ils n'avaient pas de *temps* !

– Quand on arrive à de telles profondeurs, expliqua Monk, ce n'est plus la respiration qui compte, c'est la pression sur les cellules du cerveau. Les synapses se rapprochent. Le cerveau se met à court-circuiter. On a des hallucinations, des idées confuses. Des spasmes musculaires. Alors je vais vous administrer deux anesthésiques. Le premier est doux mais agit vite. Il atténuera la nausée et la panique quand vous vous mettrez à respirer du liquide. L'autre est un produit à retardement beaucoup plus actif. Il fera son effet là en bas quand vous en aurez besoin. Ici, il ne servirait qu'à vous abrutir et à vous endormir. Là-bas il vous permettra peut-être, je dis peut-être, de garder les idées claires et de désamorcer l'ogive.

C'était Monk le metteur en scène. Sans doute était-il immobilisé par sa fracture mais il était le seul à connaître la combinaison de profondeur, la respiration des fluides, le moyen de neutraliser la bombe. Schoenick savait tout cela, lui aussi, mais ils ne pouvaient pas avoir confiance en lui. Il était toujours ligoté sur sa chaise.

Bud écouta attentivement, s'efforçant de tout graver dans sa mémoire. Les autres travaillaient vite mais avec soin, conformément aux instructions de Monk, pour préparer la combinaison spéciale. Quand tout fut prêt, Bud eut encore le temps, une minute, d'aller à l'infirmerie voir si Lindsey était réveillée.

Il s'assit au bord du lit et lui prit la main.

C'était tout ce qu'il avait l'intention de faire mais elle ouvrit les yeux et le regarda.

Alors il ne put se retenir de pleurer. Ses larmes ruisselèrent. Elle respira profondément, deux ou trois fois. Il savait ce que cela devait lui coûter, combien c'était douloureux de respirer après avoir eu de l'eau de mer dans les poumons. Sans parler de ses côtes qu'il avait meurtries en lui faisant la respiration artificielle.

Elle parla. Un chuchotement douloureux :

– Les grands garçons ne pleurent pas.

Il lui caressa les cheveux, la joue.

– Bonjour, jolie dame.

– Bonjour, toi... Tu vois, on dirait que ça a marché, hein ?

– Oui. Oui, bien sûr, ça a marché. Tu ne te trompes jamais, n'est-ce pas ?

Elle sourit. La dernière fois qu'il lui avait dit cela, il lui avait lancé les mots à la tête, en criant, au cours d'une dispute. Elle les préférait ainsi, calmes et tendres.

– Alors, comment tu te sens ? Ça va ?

Elle essaya de tourner sa réponse en plaisanterie.

– Je me suis sentie mieux.

C'était ce qu'elle avait connu de pire, de plus effroyable, suspendue à son cou dans l'eau en sachant qu'elle allait mourir. S'il n'avait pas été là avec elle... Mais il était là, il la tenait contre lui, il la portait à l'abri...

– La prochaine fois, ce sera ton tour, d'accord ? dit-elle.

Il prit un temps avant de répondre. Il ne prenait pas cela en riant, pas du tout.

– Ouais, enfin, on verra.

Il lui parla alors de la combinaison de grande profondeur et où il irait avec.

Elle prit peur, se fâcha. Elle ne pouvait exprimer les sentiments qui menaçaient de l'étouffer : à peine avait-elle découvert quelque chose de bon, de merveilleux, à quoi elle pouvait se raccrocher, cela lui était enlevé. La première fois qu'elle pensait que le destin était tendre avec elle, il la trahissait.

Lindsey n'aurait pas dû quitter son lit, encore moins se trouver là debout au bord du bassin lunaire. Mais elle n'allait pas laisser partir Bud sans être là, sans tenir le bout du F.O., pour lui parler pendant toute la plongée.

Elle grimaça quand Monk lui posa sur les yeux les lentilles sclérotiques de contact, en expliquant que ce n'était pas pour les protéger du fluide respiratoire, qui était inerte, mais pour lui permettre de voir. Elles plaçaient sur les pupilles une minuscule bulle de verre incompressible qui servirait de lunettes; ainsi il garderait la vue claire pendant toute la plongée et la remontée. C'était une pensée optimiste.

Lindsey regarda Bud enfiler le scaphandre en se marmottant les instructions pour désarmer l'ogive nucléaire. On lui fit les piqûres, qui le calmèrent en le rendant un peu flagada. Il était assis, tenant Beany dans sa main comme si le rat était un porte-bonheur; Beany avait fait cela, après tout, et n'en était pas mort. Le rat se haussa et frotta son museau sur le nez de Bud. Puis Monk lui tendit le masque à oxygène pour l'aider à s'hyperventiler. Il rendit Beany à Hippy et respira profondément dans le masque.

Il regarda le clavier incrusté dans la manche gauche de la combinaison. C'était fou, avoir une communication F.O. et, pourtant, être obligé de taper à la machine ! Il interrogea Monk.

– Alors je vous entendrai mais je ne pourrai pas vous parler ?

– Le fluide empêche votre larynx d'émettre des

sons, expliqua Monk, et il passa entre Lindsey et Bud pour prendre le casque. Excusez-moi. Ça va vous paraître un peu bizarre.

C'était la litote la plus malhonnête que pouvait exprimer Monk, mais il se doutait bien que Bud connaissait la vérité. Respirer du liquide, c'était pire que l'enfer. On ne pouvait accepter de faire cela que dans les très grandes occasions. Pour sauver le monde, par exemple.

– C'est le moins qu'on puisse dire. Faut que je vous avertisse, je suis une dactylo lamentable.

Bud essayait le clavier, tapait sur les touches. Tout était paré. Il n'y avait plus rien à attendre. Il regarda Monk, Lindsey, de nouveau Monk.

– La minute de vérité, dit-il. Bon, allons-y !

Ils lui glissèrent le casque sur la tête.

– Doucement ! s'exclama Lindsey.

Comme s'il lui appartenait, comme si elle ne voulait pas qu'on le lui abîme. Elle donnait des instructions pour la mise en place. Enfin quoi ! Jamais elle n'avait mis ce casque, elle n'avait aucune expérience mais elle savait rien qu'à le voir comment il devait être ajusté. C'était tout à fait naturel pour elle de commander. Ainsi était-elle. La personne responsable.

Le casque était bien verrouillé. Elle regarda Bud à travers le masque, entrouvrit les lèvres pour dire quelque chose mais ne parla pas. Il l'entendit quand même. Le fluide allait se répandre à l'intérieur. Elle n'entendrait plus sa voix avant qu'il remonte. Peut-être plus jamais. Elle fut sur le point de pleurer, tenta de se retenir, mais comprit que c'était impossible. Il essuya une larme sur sa joue du revers de son énorme gant. Même avec ces grosses mains de carton blanc, il pouvait être tendre.

Il se tourna vers Monk et parla d'une voix forte, pour qu'ils puissent l'entendre malgré le masque.

– O.K., envoyez la musique.

Monk tendait le bras et sur le devant de la combinaison il ouvrit le système.

– Ça y est.

Quelqu'un ouvrit une autre valve, par-derrière. Le fluide se déversa dans le casque. Bud se pencha pour regarder affluer le liquide. Monk lui parlait comme un dentiste cherchant à calmer un enfant effrayé par la seringue de novocaïne.

– Détendez-vous, Bud, restez calme, calme, calme...

Mais tout cela n'était qu'un bruit de fond. Lindsey était devant lui, elle levait deux doigts, montrait ses propres yeux. « Bud, regarde-moi, regarde-moi. » Le fluide recouvrit la figure de Bud. Monk reprit ses instructions :

– Ne retenez pas votre respiration, laissez-vous aller, respirez normalement.

Il n'inspirait toujours pas. Il entendait Monk mais ils ne comprenaient pas. Il était déjà passé par là, dans le creux de la vague, en coulant à des kilomètres de tout secours, épuisé, terrifié, il n'avait plus de forces, il ne pouvait plus retenir sa respiration mais il le fallait sinon il allait mourir. Je ne peux pas faire ça. Je ne peux pas. Je ne peux pas respirer ça. Il avait les yeux rivés sur Lindsey. Elle était là. Il n'était pas dans l'océan. Il n'allait pas mourir. Il pouvait respirer, il le devait, il savait que c'était possible. Alors il respira.

Immédiatement, son corps se révolta, un spasme le secoua et il chancela. Ils le saisirent, le soutinrent.

– C'est parfaitement normal, assura Monk d'une voix autoritaire, pour lui imposer le calme.

– Normal, ça ? s'écria Lindsey.

Jamais elle n'avait vu Bud perdre le contrôle de lui-même, sursauter, céder à la panique. Elle était terrifiée. Mais Monk la rassura.

– Soutenez-le, simplement. C'est tout à fait normal, ça va passer dans une seconde. C'est parfaitement normal. Nous respirons tous du liquide pendant neuf mois, le corps s'en souvient.

C'était vrai. Bud se calmait. Il respirait, il allait bien quand il expirait. L'inhalation était plus difficile, provoquait des haut-le-cœur. Lindsey était toujours devant lui et lui faisait signe : « Regarde-moi, regarde-moi ! » Il obéit et continua de respirer. À chaque inspiration, cela devenait moins pénible. Le fluide était épais, étranger, faisait un effet bizarre en pénétrant dans ses poumons. Mais ce n'était pas comme l'eau de mer. Pas si froid. Pas si brûlant. Plus lent que l'air, mais ça marchait. Il recevait de l'oxygène.

Lindsey ramassa le casque à écouteurs du F.O.

– Est-ce que tu m'entends ? demanda-t-elle.

Il leva le pouce.

– Essaie ton clavier, Bud.

Il souleva son poignet gauche et tapa sur les touches. D'un doigt, naturellement, mais comme c'était toujours ainsi qu'il tapait à la machine, il était assez rapide. Lindsey se retourna sur l'écran de contrôle où le message apparaissait.

DRÔLE D'EFFET

FAUDRA QUE TU ESSAIES

Elle le regarda de nouveau, en riant un peu.

– C'est déjà fait.

Il lui sourit à travers le fluide teinté. La lumière à l'intérieur du casque lui donnait un teint jaune maladif.

– O.K. Tu es prêt ? demanda-t-elle.

Il hocha la tête.

– Allons-y, dit Monk.

Ils l'aidèrent à se mettre debout. Le scaphandre était lourd. Jammer et Catfish l'aidèrent à marcher à reculons vers le bassin. Hippy descendit dans l'eau, approcha sa figure contre le masque pour que Bud l'entende et cria :

– J'ai reprogrammé la puce de Petit-Monstre exactement comme Gros-Monstre. Il t'emmènera là-bas tout droit. Il te suffit de ne pas le lâcher.

Bud acquiesça. Il avait compris. Il savait.

Hippy lui saisit la main. Bud regarda Jammer qui lui souriait. Des encouragements. Au revoir.

Bud se tourna vers les autres, au bord du bassin, et leva une main. Adieu à tous. Puis il saisit le sommet de Petit-Monstre, le mit en marche et laissa le Rov le tirer dans l'eau.

Il atteignit le fond de la mer, absorba l'impact en fléchissant les genoux et marcha vers le bord du précipice, remorqué par Petit-Monstre. Tout au bord il s'arrêta et se retourna. Il vit tous les autres entrer dans le poste de contrôle. Lindsey s'assit devant le grand hublot d'observation. Agita la main. Alors il fit demi-tour et plongea dans l'abysse.

Petit-Monstre n'était pas d'une grande puissance mais il le tirait tout droit, aidé par la gravité. Bud voyait défiler la paroi plus vite qu'il ne l'aurait cru. Il resta le plus près possible, tout en évitant les risques de collision. Petit-Monstre connaissait le chemin, il n'y avait qu'à le laisser faire. Les lumières de *Deepcore* disparurent. Il n'avait plus que celles de Petit-Monstre, du clavier, de son masque et de sa torche de plongée. Aucune ne portait bien loin. Jamais il ne s'était senti aussi seul.

Il tapa :

PEUX PAS VOUS VOIR

Lindsey lui répondit immédiatement :

– Nous sommes ici avec toi, dit-elle. (Sa voix s'éloigna un peu. Elle s'était détournée du micro.) Quelle est sa profondeur ?

Puis elle revint, d'une voix plus forte; on lui avait répondu. Hippy, probablement, qui observait les informations venant de Petit-Monstre par le F.O.

– Tu es à neuf cent soixante-quinze mètres, annonça-t-elle. C'est superbe.

Ses lumières se reflétèrent soudain sur une surface métallique brillante. L'épave de la grue de l'*Explorer*. Bien sûr, elle était encore suspendue là, comme un yo-yo de quarante tonnes au bout de l'ombilical.

GRUE D'OCCSION
BONNE AFFAIRE

Là-haut dans *Deepcore,* tout le monde rit. C'était bon de savoir que Bud pouvait encore plaisanter. Le compteur de profondeur continuait de baisser.

– Mille quatre cent cinquante mètres ! s'écria Hippy.

– Mille quatre cent cinquante, répéta Monk. C'est officiel.

Lindsey reprit le micro :

– Bud, d'après Monk, tu viens de battre le record de plongée pour le scaphandre de profondeur. Je parie que tu ne pensais pas à ça quand tu t'es levé ce matin !

AVERTIR GUINNESS

Hippy annonça ce que disait le compteur :

– Un kilomètre six cents et toujours avec le sourire !

La paroi défilait à toute vitesse. Bud n'avait plus l'impression de tomber. C'était la paroi qui bougeait, pas lui. Il était absolument immobile, au centre du monde, et la roche passait sur une courroie de transmission.

Le seuil suivant fut de deux mille six cents mètres. Monk sut qu'il était temps.

– Demandez-lui les effets de la pression. Frémissements, problèmes visuels, euphorie.

Lindsey transmit au micro :

– L'enseigne Monk veut savoir comment tu te sens.

GFROID

Elle répliqua d'une voix enjouée :

– Chochotte, va !

ML MAINS TREMBLE

Monk couvrit le micro de sa main.

– Ça commence. Le système nerveux est le premier touché.

– Continue de parler, Lindsey, dit Une-Nuit. Qu'il entende ta voix.

– Quelle est sa profondeur ?

– Plus de vingt-sept mille.

– Bud ? Tu es à plus de vingt-sept mille mètres, annonça-t-elle au micro.

Une-Nuit la regarda d'un air agacé et couvrit le micro.

– Non, *parle*-lui !

Cette fille ne savait donc rien ? N'était-elle pas sa femme ? Ne savait-elle pas *parler* ?

Lindsey comprit mais elle était intimidée, tout à coup. Il y avait un public autour d'elle. Ce n'était pas une conversation privée. D'ailleurs, même quand ils étaient seuls elle ne lui parlait pas facilement. Alors elle fit ce qu'elle put. Elle plaisanta.

– Euh, Bud... Dis donc, tu es noté sur l'orthographe, autant que sur la construction des phrases. Alors un peu de concentration, s'il te plaît !

Mais il n'y avait pas de quoi rire. Personne ne riait, elle moins que tous les autres. Elle devait retenir l'attention de Bud, le distraire. Elle était la seule à pouvoir le faire mais uniquement si elle parlait de quelque chose qui lui tenait à cœur. Et ce n'était pas facile, devant tout le monde.

– Tu te souviens de notre excursion à moto ? Quand nous avons traversé l'Oregon sur la Honda ? Il m'a fallu huit jours pour me démêler les cheveux mais je n'ai jamais été aussi heureuse. Jamais je n'ai été aussi... libre !... Ah, Dieu, pardonne-moi de n'avoir jamais pu te dire tout cela en face. C'est pitoyable. Il faut que j'attende que tu sois seul dans le noir, gelé, avec près de trois kilomètres d'eau entre nous. Pardonne-moi, pardonne-moi, je suis ridicule, je dis n'importe quoi.

COMME TOUJOURS

TU PARLES TROPP

Elle hocha la tête. C'était vrai. Mais c'était aussi une taquinerie. Elle croyait le sentir sourire. Tendrement. Comme s'il disait : « Ce n'est pas grave, je sais, mais je suis heureux de te l'entendre avouer. »

– Le fond est encore à plus de deux kilomètres, dit Une-Nuit.

Sa lampe de plongée implosa et il sursauta. Mais ce n'était pas dramatique, il avait encore le projecteur de Petit-Monstre.

– Trois mille six cent cinquante mètres ! annonça Hippy. Dieu, je ne peux pas croire qu'il fait ça.

Il paraissait surexcité. Comme s'il regardait des cascadeurs à la télévision, comme si c'était du cinéma. Mais c'en était trop pour Lindsey. Elle couvrit le micro.

– S'il vous plaît ! Taisez-vous !... Bud ? Comment te sens-tu ?

Pas de réponse.

– Bud ?

LZ DRBQ PS FORT

– Il perd les pédales, diagnostiqua Monk. Parlez-lui. Gardez-le avec nous.

– C'est la pression, Bud. C'est normal mais tu dois écouter ma voix. Tu dois te... concentrer, d'accord ? Écoute bien ma voix.

TUT EN VA

– Le signal baisse, murmura Une-Nuit.

– Non. Non, Bud, je ne m'en vais pas. Je suis là !

– Éteignez tout ce qui ne nous est pas utile, dit Hippy. Catfish, éteins les lumières extérieures, on n'en a rien à foutre. Grouille ! Allez ! Go go go !

Il parlait comme Bud. C'était comme ça que Bud donnait des ordres. Tout le monde comprenait; quelqu'un devait faire le boulot. Quelqu'un devait être Bud, à présent, s'ils voulaient rester en contact avec lui tout en bas. Les lumières s'éteignirent à l'extérieur et à l'intérieur de *Deepcore.* Ils ne se virent plus que par le reflet des écrans de contrôle.

– Je suis là avec toi, Bud. Bud ! C'est Lindsey, je t'en prie, je suis près de toi.

C'était plus un essai de communication qu'un message. Mais il devait l'entendre. Il *devait* entendre sa voix.

– Cinq mille cent quatre-vingt-cinq mètres, dit Hippy.

– Dieu de Dieu, merde, c'est complètement cinglé ! s'exclama Catfish.

Plus de cinq kilomètres. Bud descendait là-dedans, où il serait écrasé, aplati comme une crêpe, rien que pour sauver des INT qui n'étaient même pas foutus de parler. Et aussi bien, qu'est-ce qu'on en savait, les INT vivaient peut-être à cent kilomètres de là. Bud allait mourir pour quoi ?

Lindsey commençait à craquer, ils le voyaient.

– Je n'arrive à rien, gémit-elle comme une enfant sur le point de pleurer.

Jamais personne ne l'avait vue dans cet état. Lindsey ne se conduisait pas comme ça. Ils étaient suffoqués de la voir si humaine.

Bud tremblait violemment, ses yeux se révulsaient, il avait du mal à ne pas perdre connaissance. Il essaya de taper un message mais en fut incapable. Il voyait des étincelles, des bribes de visions, il avait des mini-hallucinations. Il savait pourquoi, il savait que les synapses de son cerveau tombaient en panne, que ses cellules se déformaient, sous la pression. Mais ce n'était pas parce qu'il le savait qu'il pouvait l'empêcher.

Une décharge massive lui secoua le bras, il fut

assourdi par une onde de choc et tout s'éteignit; la paroi de l'abysse disparut. Il lui fallut un moment pour comprendre que l'enveloppe de pression de Petit-Monstre venait d'imploser.

Là-haut dans *Deepcore,* on devina immédiatement. Les écrans de contrôle de Hippy cessèrent toute indication.

– Ho ! Ho ! Holà ! Non ! cria-t-il aux appareils, tout en tournant des boutons et des cadrans. Non, me laissez pas tomber ! Allez ! Allez !

– Petit-Monstre vient de claquer, jugea Une-Nuit.

Il faisait noir. Absolument noir. Bud ne voyait pas la paroi, il n'y avait que la faible lueur du clavier à son poignet. La paroi était pleine d'aspérités, il risquait de se cogner, de s'accrocher. Il plongeait trop vite. Il lui fallait de la lumière.

Les fusées magnétiques. Il devait en avoir une. Là. Comment ça marche… Oui !

La lumière l'aveugla, si vive après l'obscurité totale. La paroi était là, il la voyait mais pas très nettement. Trop éblouissante. Il lâcha Petit-Monstre, qui ne servait plus à rien. Maintenant, il était comme un parachutiste en chute libre, le parachute en torche, sans contrôle.

Son pied heurta une corniche. Il rebondit de la paroi, roula sur lui-même, ricocha encore et tomba le long de la roche. Petit-Monstre roulait avec lui, mort mais dangereux, à présent. Bud ne pouvait maîtriser sa chute, il ne savait plus où était le haut ni le bas, il roulait sur lui-même. Il se cramponnait à la fusée éclairante et s'efforçait de se ressaisir, de se rappeler où il était et ce qu'il y faisait.

– Il peut encore y arriver, assura Monk.

Petit-Monstre n'avait fait que l'entraîner, d'ailleurs, l'aider à plonger tout droit. S'il ne perdait pas les pédales, Brigman trouverait facilement Gros-Monstre et l'ogive. Mais seulement s'il gardait tous ses esprits. Et ça, c'était du ressort de Lindsey. Il la regarda, lui indiqua le micro et elle comprit tout de suite. Un peu honteuse d'avoir besoin de quelqu'un pour lui rappeler son devoir.

– Je sais que tu te sens seul, Bud. Tout seul dans cette obscurité glaciale. Mais je suis là dans le noir avec toi, Bud. Tu n'es pas seul.

Parmi toutes les voix qu'il entendait, les hallucinations, il en distingua une, clairement. Une voix qui n'était pas un souvenir du temps où il avait dix ans, ou vingt ou neuf. La voix de Lindsey.

– Tu te souviens de cette fois, tu étais passablement ivre, tu as dû oublier, mais il y a eu une panne de courant dans le petit appartement que nous avions à Orange Street, et nous regardions notre petite bougie, et alors j'ai dit quelque chose de vraiment idiot, je ne sais plus, cette bougie c'est moi, ou... chacun de nous est tout seul dans le noir de sa vie.

Bud vit la flamme de la bougie danser au souffle de Lindsey. Il vit ses yeux derrière la flamme, qui le mettaient au défi de le nier. Elle poursuivit :

– Et alors tu as allumé une autre bougie et tu l'as placée à côté de la mienne en disant : « Non, tu vois, ça c'est moi, c'est moi », et nous avons regardé les deux chandelles et après nous... enfin, si tu te souviens, je suis sûre que tu te rappelles la suite... Bud ! Il y a deux bougies dans le noir. Je suis avec toi. Je le serai toujours, Bud, je te le promets.

La fusée s'épuisait. La lumière déclinait. Un petit point lumineux descendant le long de la paroi. Bud le vit, le regarda. Le point lui parlait avec la voix de Lindsey, lui disait qu'elle serait toujours avec lui. C'était un rêve. Il avait déjà fait ce rêve. Mais la voix semblait venir du petit écouteur dans son oreille. Il revit la lumière et se rappela où il était. Une fusée au magnésium. Il plongeait le long d'une falaise à la recherche de Gros-Monstre et d'une ogive nucléaire. Et Lindsey allait être éternellement avec lui. C'était vrai. Il pouvait compter dessus.

Lindsey était à bout d'émotion mais tremblait encore de peur. Bud ne répondait pas. Elle voulait rester éternellement auprès de lui, elle était sincère, elle le lui avait dit et peut-être ne l'avait-il pas entendue, il allait mourir sans le savoir.

Catfish lui prit gentiment le micro des mains et lui mit un bras fraternel autour des épaules.

– Comment ça va, partenaire ? Toujours avec nous ?... Reviens, parle-nous, Buddy, mon petit vieux.

Catfish était un très brave garçon, pensa Lindsey, mais c'était à elle de parler à Bud, c'était sa voix à elle qu'il guettait. Alors elle reprit le micro, s'efforça de parler posément, sans laisser percer sa crainte. C'était plus facile, avec le bras de Catfish autour d'elle. Elle n'était pas parmi des étrangers.

– Bud ? Parle-moi, Bud. Allez, du nerf. Tu es toujours en suspens ? Il faut me parler, Bud. J'ai besoin de savoir que tu vas bien.

MZ SENS MOEUX
LUMIER ENBAS

– Quel genre de lumière ? cria Lindsey, et elle se tourna vers Monk. Qu'est-ce qu'il raconte ? Il n'y a pas de lumière, là dans le fond.

LUMIÈRE PATOUT
MAGIFIQUE

– Il est en pleine hallucination, jugea Monk.

Bud n'avait aucune hallucination. Il plongeait dans le halo lumineux de la ville des bâtisseurs. Elle était encore trop loin pour qu'il distingue des détails mais elle lui paraissait immense et, après tant de ténèbres, c'était un soulagement de revoir des lumières, des couleurs mouvantes, une danse qu'il ne comprenait pas et qui, pourtant, avait un sens pour lui. Il savait que ce devait être eux, les Int. Il savait qu'il voyait leur habitat.

L'éclat de sa fusée éclairante était vaguement reflété par la paroi, sauf en un point au-dessous de lui où elle allumait un reflet beaucoup plus vif. Gros-Monstre. Il avait implosé aussi, comme Petit-Monstre, ses projecteurs s'étaient éteints mais le métal était encore assez brillant pour lui servir de phare.

Bud se rapprocha de la roche pour essayer de freiner sa plongée. Il la toucha d'une main et chaque contact, chaque friction réduisit un peu sa vitesse. Il finit par s'arrêter sur l'éperon où reposait Gros-Monstre. Il était arrivé à destination. Au-dessous, la paroi n'était plus à pic. Elle descendait en pente assez douce vers la cité lumineuse. Bud était près du fond de la Fosse des Cayman.

Il tâtonna sur le clavier à son poignet.

A GROS-MOSTRE

Monk saisit le micro.

– Épatant, Bud. Doucement, maintenant. Retirez le capot du détonateur en le dévissant dans le sens contraire des aiguilles d'une montre.

La fusée de Bud s'éteignit. C'était sa dernière. Il la jeta et prit un bâton de cyalume, le cassa. Le bâton diffusa une lueur d'un vert jaunâtre, beaucoup moins vive que la fusée, mais suffisante. Il trouva le capot à la base du cône, à l'endroit où il avait vu les Seals travailler, sur l'enregistrement vidéo pris par Hippy, par le hublot de la chambre de maintenance. Ses mains étaient engourdies, maladroites mais elles lui obéirent. Il lâcha le capot, qui se balança au bout de deux fils. Ces deux fils étaient très importants, il se le rappelait.

DEWISSE

– Parfait, dit Monk. Maintenant attention, Bud, il vous faut couper un des fils, le bleu avec la rayure blanche. Surtout pas le noir avec la rayure jaune.

COUPE MNTENANT

Les deux fils avaient l'air aussi gros que des canalisations, mais à des kilomètres, là tout en bas à côté de ses mains, au diable. L'ennui c'était que dans cet éclairage jaunâtre du cyalume, ils étaient absolument identiques. Le blanc était aussi jaune que le jaune, le bleu aussi noir que le noir. Des fils jumeaux, identiques. Et si on en coupait un on sauvait la ville des INT tandis qu'en coupant l'autre on la détruisait. Comment pouvait-il faire cela ? Commet allait-il choisir ?

Un des fils lui fit bon effet. Pas particulièrement bleu et blanc, il n'y avait aucune différence. Mais il savait simplement que c'était le bon. Pouvait-il se fier à une intuition ?

Non, ce n'était pas la question. La question, c'était : pouvait-il se fier à autre chose ?

Là-haut, dans *Deepcore,* tout le monde était figé. En attente.

– Est-ce que nous verrons l'éclair ? demanda Lindsey.

– À travers six kilomètres d'eau ? dit Monk. Je ne crois pas.

Bud coupa.

ENCORE ICI

Ils éclatèrent de rire, ils poussèrent des vivats. Catfish les ramena à la réalité.

– Économisez l'air, bon Dieu !

Monk parlait de nouveau à Bud :

– Que dit votre jauge d'oxygène liquide, Bud ?

ENCORE 10 MINUTES

Hippy vit tout de suite ce que cela signifiait :

– Il lui a fallu trente minutes pour descendre...

Lindsey s'affola.

– Quoi ? Dix minutes ?

Comment pourrait-il revenir à temps ? Avec la gravité contre lui, sans ROV pour le remorquer.

Peu importait. Il devait remonter. Il le devait. Elle le voulait.

– Laisse tomber tous tes poids et remonte immédiatement ! Tu entends, Bud ? Bud ! Ta jauge se trompe peut-être. Lâche tes poids et remonte tout de suite !

NON

– Non ? Non ! Ne me dis pas non !

CROIS QUE JEVAIS RESTER
UN MOMENT

– Tu vas revenir ici tout de suite, tu entends ? Largue tes poids, tu peux respirer, petit, nom de Dieu, Bud !

Il devait essayer de revenir, pour elle, comme elle était revenue pour lui.

TRO BEAU ICI

Lindsey se moquait bien de la beauté. Elle se mit en colère, elle s'emporta et cria aigrement :

– Tu m'as traînée hors de l'abîme insondable et maintenant tu vas revenir ici tout de suite, tu entends ?

Mais tu ne comprends pas, Lins. Je ne peux pas. Tu ne peux pas me commander de faire ce que je ne peux pas.

Elle le savait, bien sûr. Elle savait aussi que ce n'était pas juste, que c'était mal. Sa voix perdit sa sévérité, se brisa.

– Ne me quitte pas, ne me laisse pas ici, gémit-elle, et puis ce fut comme une prière. Mon Dieu, s'il te plaît, Virgil...

Il ne pouvait pas l'abandonner comme ça, sans un mot.

PLEURE PAS BÉBÉ
SAVAIS QUE C'ÉTAIT
ALLER SIMPLE
MAIS TU SAIS
DEVAIS VENIR

Elle pleura quand même, bien sûr.

T'AIME MA FEMME

Elle comprit que ce seraient les derniers mots de Bud. Que cela signifiait qu'il avait compris. Elle était sa femme, véritablement à présent, comme elle ne l'avait jamais été. Il ne lui restait plus qu'une chose à dire et ce fut seulement quand les mots franchirent ses lèvres qu'elle se rendit compte qu'elle n'avait encore jamais connu leur véritable signification, qu'elle ne les avait jamais sentis dans sa chair comme en ce moment.

– Je t'aime.

Il n'y eut pas de réponse.

Vivant

Durant toute sa plongée, ils avaient observé Bud. Leurs tentacules s'insinuaient dans son cerveau, exploraient sa mémoire, interprétaient ses pensées, ils entendaient tout ce qu'il entendait, ils ressentaient ce qu'il ressentait.

Pourquoi descend-il vers nous ?

Il vient parce qu'il a peur. Il redoute l'explosion de la tête nucléaire. Il craint qu'elle ne détruise notre ville. Il a peur que nous ne nous fâchions et ne punissions sa race.

Serait-il stupide ? Nous pouvons désamorcer cette bombe nous-mêmes !

Il ne le sait pas.

Jamais nous ne ferions du mal à sa race.

Nous en avons déjà fait, sans le vouloir. Là-haut, à la surface du monde, ils sont sur le point d'entrer en guerre, en partie à cause de nous. Et il croit que nous sommes ici au bord de la destruction, à cause de lui. Il risque tout ce qu'il est et tout ce qu'il a pour venir défaire le mal terrible que Coffey voulait nous faire. Qui est la plus noble créature, alors ? Lui ou nous ? Qu'est-ce que nous risquons, que mettons-nous en jeu, si nous les sauvons ?

Vous avez l'air de croire que les humains valent mieux que nous.

C'est vrai par certains côtés. Par d'autres ils sont infiniment pires. Humains et bâtisseurs, nous sommes *différents* mais nous devons quand même nous estimer en dépit des différences. À cause d'elles.

C'est difficile. Très difficile. Nous n'avons encore jamais pensé de cette façon, nous ne trouvons cela dans aucune de nos mémoires, même les plus anciennes, du premier de tous les mondes.

Alors observez Bud et Lindsey Brigman. Ils sont différents, aussi étrangers l'un à l'autre que nous le sommes par rapport aux humains, que les humains le sont par rapport à nous. Voyez comment ils font ce que je crois que nous devrions faire.

À un certain moment de la plongée de Bud, alors que la ville observait et écoutait, un esprit formé de dix mille esprits prit une décision. Les bâtisseurs passèrent à l'action.

Quand Bud atteignit la corniche près du fond de l'abysse, au lieu d'être impuissant et sans défense, avec un cerveau détruit, il fut envahi par les tentacules qui le pénétrèrent, l'explorèrent et le transformèrent, le restaurèrent, lui donnèrent la possibilité de vivre en un lieu où aucun humain ne pouvait vivre.

Les bâtisseurs lui indiquèrent quel fil il devait couper et le rendirent sûr de son choix. Ils le remplirent de sérénité à l'idée de demeurer dans la ville étrangère pour la visiter. Et finalement, alors que le dernier restant d'oxygène commençait à s'évaporer du fluide respiratoire, un bâtisseur lui fut envoyé.

Il était assis sur la corniche, adossé à la paroi. Il avait vu la ville de lumière et l'avait sauvée. Il y avait bien d'autres choses qu'il voulait faire dans sa vie, mais si elle se terminait maintenant elle aurait quand même valu la peine d'être vécue. Lindsey l'aimait. Il avait accompli tout ce qui était important pour lui. Et maintenant il se sentait fatigué, le fluide respiratoire ne le soutenait plus, l'oxygène liquide était épuisé. Il ferma les yeux.

Il vit de la lumière sous ses paupières. De plus en plus brillante. Il rouvrit les yeux. Tourna la tête pour voir.

C'était un ange qui venait vers lui, dans l'eau, comme l'avait dit Jammer. Étincelant, scintillant, lumineux, avec deux ailes dans le dos qui traînaient derrière lui.

Mais quand l'ange s'approcha il vit que ce n'étaient pas des ailes et que ce n'était pas un ange. Là où aurait dû être le corps, il n'y avait rien d'humain, rien même qui s'en approchait. Ce qu'il avait pris pour des ailes était un voile, une cape délicate qui flottait et ondoyait dans le courant. Non. C'était l'ondulation du voile qui propulsait l'apparition. Son corps et ses membres étaient transparents, comme une figurine de verre soufflé. Il regarda au fond de ses yeux et fut saisi par sa beauté.

Il n'avait pas peur. Il savait qu'il voyait un INT, pas un de leurs instruments, pas un artefact ni un véhicule, mais un des habitants de l'abysse. Et il savait qu'il était en sécurité, maintenant que l'être était là.

Bud tendit la main pour une salutation.

L'INT allongea un bras vers lui. Les minces doigts étaient fermes et forts, contrairement à la fragilité de leur aspect. L'INT fit lever Bud de la corniche et l'entraîna, comme Peter Pan entraînant Wendy pour son premier vol, au-dessus des derniers contreforts de la falaise sous-marine. Ils « survolèrent » des rochers et des écueils, vers la luminosité qu'il avait aperçue tout au fond.

Tout à coup, ce fut dans les ténèbres comme une explosion de lumière et toute la ville se déploya sous les yeux de Bud. C'était une immense structure symétrique, s'irradiant autour d'un centre comme si c'était un corps vivant ou une gigantesque machine. De la lumière glissait sur de minces fils qui devaient avoir vingt mètres d'épaisseur et qui pourtant paraissaient délicats et gracieux. Ils faisaient penser à des routes mais les voyageurs étaient des pulsations de couleurs. Bud vit d'immenses tours se dresser en élégantes spirales élancées, des arceaux et des arches reliés par des voiles impalpables.

L'Int et Bud descendirent de plus en plus bas et il vit bientôt des milliers de créatures aller et venir dans la ville. La plupart ressemblaient à son guide mais il y avait aussi beaucoup d'autres formes, des dizaines de formes différentes allant toutes à leurs affaires, avec détermination et intelligence. Il en vit qui s'arrêtaient et se touchaient en se croisant et il eut l'impression que dans cette ville tout le monde se connaissait si bien qu'en se rencontrant on devait manifester son affection.

Son Int le conduisit vers une des flèches. Quand ils redescendirent à sa base, Bud se rendit compte que cette tour faisait plusieurs centaines de mètres de haut. Il remarqua les détails, la décoration composée en réalité de centaines de structures plus petites qui se chevauchaient en reproduisant l'architecture des tours et des flèches et contenant encore d'autres constructions plus petites, comme si toute la ville avait poussé comme une plante, au lieu d'être construite. Même les bâtiments sont vivants, pensa-t-il. Toute la ville est vivante.

Ils s'approchèrent d'une des plus grandes ouvertures. Ce n'était ni une porte cochère ni un passage, mais elle s'ouvrait sur une courbe si lisse et régulière qu'il était impossible de savoir à quel moment on passait de l'extérieur à l'intérieur. Au lieu de ralentir avant d'entrer, l'Int accéléra comme s'ils étaient pris dans un courant, comme des globules emportés dans les veines jusqu'au cœur. À l'intérieur, ils se précipitèrent dans un dédale de tunnels tridimensionnels, non pas sombres et menaçants mais lumineux et pleins de vie, un endroit sûr, un lieu de mémoire.

Les tunnels se divisaient, et ils suivirent des tubes de plus en plus étroits, à une vitesse vertigineuse, pour déboucher enfin dans de grandes artères principales larges de cent ou deux cents mètres, pleines d'Int de toutes espèces. Et ils arrivèrent ainsi dans une salle moins vaste où ils se posèrent. L'Int lâcha la main de Bud et recula d'un mètre ou deux.

Bud regretta de ne plus avoir la main de l'Int dans la sienne. Le vol avait été exaltant et maintenant qu'il avait de nouveau les pieds sur le sol, il était seul, sans contact avec personne. Il n'avait pas peur mais se sentait solitaire, faible, insuffisant pour ce qu'ils entendaient lui faire faire. Physiquement aussi, il était affaibli, à demi épuisé. Il ne put rester debout; il s'assit en travers d'un ovale en renfoncement dont il ne devinait pas du tout l'objet.

Une division miroitante apparut dans l'eau, qui partagea la salle en deux, comme un rideau quasi invisible. Puis ce rideau se fendit et s'ouvrit, de plus en plus largement, et entre les deux parties de ce rideau... il n'y avait pas d'eau. C'était le partage de la mer Rouge, mais encore plus net, comme si la mer avait été coupée au laser. Le rideau passa au-dessus de sa tête et tout à coup Bud se trouva assis dans un court passage scintillant entre deux murailles. À plus de six mille mètres au fond de la mer des Caraïbes, il était tout ruisselant dans une poche d'air.

Pendant un moment, il ne comprit pas pourquoi ils faisaient cela. Puis il se dit que s'ils voulaient qu'il leur parle, il avait besoin de respirer de l'air. Il eut peur qu'ils ne sachent peut-être pas créer un mélange respiratoire qui ne le tuerait pas, à cette profondeur et sous cette pression, mais il chassa aussitôt cette idée. Bien sûr qu'ils savaient. Ils n'étaient pas indifférents à sa vie.

Il leva les mains, déverrouilla son casque et libéra sa tête. Le fluide respiratoire en coula. L'idée ne lui était pas venue que ce ne serait pas plus facile de cesser de respirer du liquide que de se résoudre à le faire. Il se cassa en deux, le corps secoué de spasmes alors que le fluide jaillissait de ses poumons. Pas étonnant, pensa-t-il, que les bébés hurlent quand ils doivent renoncer à l'eau de la matrice. Finalement, il reprit haleine en toussant et en crachant, et en respirant à grands coups, la bouche ouverte.

À la fin, tout de même, il se trouva assez bien pour se redresser et regarder autour de lui. Derrière la cloison d'eau miroitante il vit l'INT qui l'avait amené, avec d'autres, tous semblables à lui. Ils étaient sept, qu'il ne distinguait pas les uns des autres; leur inhumanité était telle qu'il était incapable de voir les différences, s'il y en avait.

Qu'attendaient-ils ? Qu'il indique qu'il pouvait parler, maintenant ? Il parla donc.

– Salut, dit-il. (Puis il se rendit compte que c'était plutôt désinvolte, que ces êtres étaient peut-être des ambassadeurs ou des personnages officiels, des membres de leur gouvernement; alors il se reprit :) Euh... enchanté de vous connaître.

Sa voix se répercuta en échos métalliques; il entendait le léger clapotis de l'eau en provenance des murs. Et puis celui qui était devant lui se mit à briller, avec des lignes horizontales et des points de couleur ici et là sur les lignes. Les motifs se précisèrent; c'étaient les lignes horizontales d'un écran raster. Il regardait un écran de télévision de six mètres.

– Vous regardez notre télé ? Qu'est-ce que vous cherchez à me dire ? Que vous savez ce qui se passe là-haut ?

C'était la solution qu'ils avaient trouvée au problème de la communication avec les humains, pour que celui-ci comprenne qu'ils lui parlaient et ce qu'ils disaient. Les humains se servaient de la télévision pour communiquer entre eux, les bâtisseurs pouvaient en faire autant en utilisant les mêmes émissions pour communiquer avec Bud Brigman. Quand ils virent dans son esprit qu'il avait compris, ils libérèrent les sécrétions chimiques de son cerveau et lui inculquèrent un sentiment de certitude. C'était la meilleure combinaison de parole humaine et de pensée des bâtisseurs qu'ils pouvaient imaginer.

En réserve dans l'immense mémoire de la ville, il y avait toutes les émissions que leurs glisseurs avaient captées et transmises, de l'espace jusqu'au fond de la mer. Mais c'étaient les émissions actuelles qu'ils voulaient montrer à Bud, les informations en direct. Ils devaient lui montrer ce qu'ils avaient décidé d'entreprendre, pour qu'il remonte et l'explique au reste de l'humanité. Comme Bud et Lindsey étaient à l'origine de leur décision il leur paraissait juste de le choisir comme messager.

Leur entreprise avait un objectif très simple : montrer à l'humanité que les bâtisseurs existaient, qu'ils étaient d'une puissance irrésistible, que s'ils le voulaient ils pourraient tout détruire et tout massacrer. Ils ne pouvaient pas amener toute l'humanité au fond de l'océan pour voir leur puissance et l'endroit où ils vivaient. Alors, tous ensemble, ils avaient décidé de porter l'océan aux humains.

Une vague. Un tsunami. Remontant de l'océan sans cause discernable, une gigantesque vague continue autour de chaque continent.

Ils firent voir les informations à Bud. Des savants perplexes interviewés au sujet de cette menace de raz de marée général. Non, nous ne savons pas ce qui a provoqué cette lame. Nous ne savons pas comment l'arrêter. Mais nous savons ce qu'elle va faire. Un mur d'eau de huit cents mètres de haut va s'abattre sur toutes les côtes de tous les continents et tout détruire sur son passage, sur des dizaines, des centaines de kilomètres à l'intérieur des terres. Non, il ne servira à rien d'évacuer les régions côtières, si vous êtes assez près pour être menacés, vous n'avez aucun espoir de vous enfuir à temps.

Bud écouta les nouvelles. Il comprit tout de suite ce qui causait la lame.

– C'est vous qui faites ça. Exact ? C'est ça que vous me dites ? Oui, d'accord, vous savez contrôler l'eau. C'est votre technologie. Mais *pourquoi* ?

Le gigantesque écran de télévision s'éteignit et se ranima. Cette fois, ce n'était plus de l'actualité mais de vieux reportages : un éclair aveuglant et puis le nuage en forme de champignon qui s'élevait. Le même film, répété de plus en plus vite, jusqu'à ce que tout se confonde dans un éblouissement terrible.

Bud pensa aux nouvelles qu'ils avaient entendues quand l'*Explorer* était encore avec eux. Les puissances nucléaires au bord de la guerre.

– Oh dites ! Vous ne savez pas si ça va réellement se faire ! Qu'est-ce qui vous autorise à nous juger comme ça, alors que vous n'êtes sûrs de rien ? Qu'est-ce que vous en savez ?

L'écran fut rempli de monstrueuses images de cruauté et de meurtre, des soldats américains dans la jungle du Viêt-nam, des enfants afghans tués par des jouets piégés jetés par les Russes, une voiture piégée à Belfast, des obus pleuvant sur Beyrouth, des cadavres poussés au bulldozer dans des charniers à Auschwitz; une image de l'humanité qui rendit Bud malade, un réquisitoire, une condamnation.

Il comprit ce qu'ils lui disaient. Et ce n'était pas que l'humanité était pourrie et méritait de mourir, mais tout le contraire. Ils répondaient à sa question en lui montrant que les INT savaient que cette fois la menace d'annihilation était réelle. Alors la vague était destinée à empêcher cela.

Malgré tout, Bud refusa de croire que c'était juste de détruire ainsi la moitié de l'humanité, avec quelques minutes d'avertissement à peine.

Pour lui répondre, ils rendirent l'écran aux actualités. La vague était visible des côtes; des caméras de télévision, sur les plages, enregistraient son approche. Au début, elle n'avait pas l'air si énorme mais les reporters donnèrent alors la distance. Elle devint haute comme un gratte-ciel, plus haute, montant à près de huit cents mètres, et elle n'était pas encore à son point culminant, elle avançait encore. Et son bruit, un rugissement épouvantable, couvrait même la voix des reporters; on n'entendait plus dans ce grondement que les cris de terreur des futures victimes. Finalement, même ces hurlements de panique furent couverts par l'incroyable bruit de la vague. C'était insoutenable à voir, à entendre...

Et puis, subitement, tout devint silencieux.

Le mur d'eau de huit cents mètres venait de s'arrêter. Retenu par des forces invisibles, inimaginables, il se dressait tout le long des côtes du monde, prêt à s'abattre, prêt à détruire... mais immobile. En attente.

La force capable de créer la vague était déjà terrifiante à imaginer. Mais la force capable d'*ar-*

rêter la vague, de la garder en place, de faire de milliards de tonnes d'eau une structure aussi stable qu'une pyramide de pierre... Le monde regardait la vague auprès de laquelle l'homme et ses œuvres étaient insignifiants et il était à la fois terrifié et saisi d'un respect quasi religieux.

Tout avait été dit. Ils avaient démontré leur puissance. Presque toute l'humanité en avait été témoin à la télévision. Personne n'oublierait.

Sans bruit, la vague se dissolvait, refluait, se résorbait et bientôt les mers et les océans retrouvèrent leur niveau habituel et il n'y eut plus le long des côtes laissées intactes que le doux froissement soyeux des petites vagues normales.

Bud regarda les bâtisseurs, essaya de comprendre.

– Pourquoi ? Vous auriez pu le faire. Pourquoi ne l'avez-vous pas fait ?

L'écran s'assombrit. Des lettres commencèrent à apparaître, épelant lentement des mots comme si quelqu'un de malhabile les tapait :

SAVAIS QUE C'ÉTAIT
ALLER SIMPLE
MAIS TU SAIS
DEVAIS VENIR

Et puis :

T'AIME MA FEMME

Bud ne comprenait toujours pas. Comment les mots qu'il avait adressés à Lindsey pouvaient-ils être la raison pour laquelle l'humanité avait été épargnée ? Il les relut, perplexe, intrigué. Pour toute réponse, les bâtisseurs s'inclinèrent devant lui, juste un instant. Un geste de respect envers leur maître.

L'équipage était toujours rassemblé dans le poste de contrôle. Le reste de *Deepcore* avait été condamné et ils faisaient passer le peu de tetramix qui restait dans cette unique chambre; pour économiser l'oxygène, ils bougeaient le moins possible, blottis sous des couvertures pour ne pas avoir trop froid. Bud avait accompli sa mission mais il ne reviendrait jamais. Ils le pleuraient tous mais savaient qu'il n'avait fait que les précéder de peu dans la mort.

Jammer mit une couverture autour des épaules de Schoenick, toujours ligoté parce qu'ils ne savaient pas de quoi il était capable, mais ils ne souhaitaient pas du tout le punir. De temps en temps, un de ceux qui souffraient le plus de la perte d'oxygène du tetramix plaquait pendant une minute ou deux un masque Drager sur sa figure et respirait profondément. Lindsey était assise un peu à l'écart, tassée sur sa chaise.

Soudain, l'UQC s'anima.

– *Deepcore,* est-ce que vous me recevez ? Ici le *Benthic Explorer,* à vous.

La voix de McBride leur fit l'effet d'un chœur céleste. On ne les avait pas oubliés. L'*Explorer* revenait les chercher.

Catfish faillit arracher du mur le micro de l'UQC.

– Ah merde, je veux ! On vous reçoit cinq sur cinq ! C'est gentil de vous joindre à nous. Comment va le cyclone, là-haut ?

– Eh bien, c'est bizarre. Tout à coup, c'est comme s'il s'était désintéressé. Il s'est subitement calmé, nous avons une mer d'huile et pas de vent. Mais il s'est passé un tas de choses très bizarres.

Pour le moment, Catfish ne s'intéressait pas aux bizarreries de la surface.

– Bon, vous êtes là. Vous feriez bien de vous dépêcher de nous envoyer un ombilical. Nous ne sommes pas dans une forme terrible, par ici.

Les quelques minutes suivantes furent assez affairées. Il fallait expliquer à l'*Explorer* ce qui s'était passé, l'étendue des dégâts et des avaries, ce qui leur restait comme ressources. Le personnel de soutien, à bord du navire, avait passé le temps durant la tempête à bricoler un système pour entrer en contact avec *Deepcore* dès qu'ils retrouveraient la station, s'il y avait encore quelqu'un à retrouver. L'espoir renaissait donc; ils allaient bientôt recevoir de l'oxygène.

Il y avait aussi un espoir d'une autre nature. McBride leur parla de la vague, leur raconta qu'elle s'était approchée de toutes les côtes du monde, était restée un moment comme en suspens et s'était retirée. Aussitôt, l'équipage de *Deepcore* devina que les INT y étaient pour quelque chose et ils expliquèrent à leur tour à McBride ce qu'ils avaient vu, le tentacule qui explorait *Deepcore,* la sonde d'eau révélant le même genre de maîtrise des mers qui, sur une plus grande échelle, avait produit la vague.

Deux heures après la reprise du contact, Catfish était à l'hydrophone et discutait des détails du plan de l'*Explorer* pour faire remonter l'équipe de *Deepcore* à la surface. Il y aurait les trois semaines de décompression, naturellement, alors on ne pouvait pas simplement envoyer un sous-marin les chercher.

– Mais alors ? demanda Catfish, comment allez-vous nous évacuer ?

– Il est question de faire venir le DSRV de Norfolk par avion, répondit McBride.

– D'accord, d'accord, je comprends. Ça prendra combien de temps?

McBride ne le savait pas. Pendant qu'il se renseignait, l'attention de Catfish fut attirée par une bousculade autour de l'écran de contrôle de la combinaison de grande profondeur. Hippy avait vu apparaître quelque chose. Des lettres se succédèrent et Une-Nuit s'écria :

– Ah merde ! C'est Bud !

VIRGIL BRIGMAN
REPREND L'ANTENNE

– C'est impossible, déclara Monk. Personne ne peut vivre aussi longtemps sans oxygène.

– Non, ce n'est pas impossible, protesta Lindsey.

Rien n'était impossible, elle le savait maintenant.

McBride revint à l'UQC avec la réponse mais Catfish n'écoutait plus.

– Six heures, Catfish. Catfish ? *Deepcore,* est-ce que vous me recevez ? À vous.

Catfish finit par comprendre que la boîte lui parlait.

– Attendez une minute, nous avons un message de Bud.

Tout le monde savait en surface, bien entendu, que le groupe croyait Bud mort. On savait aussi qu'il était descendu au fond de l'abysse où vivaient les INT, qu'il avait signalé des lumières, là-bas. S'il était encore en vie et avait quelque chose à raconter, on voulait le savoir aussi.

– Qu'est-ce qu'il dit ?

Lindsey prit le micro, se plaça devant l'écran et fit la lecture à haute voix.

J'AI DE NOUVEAUX
AMIS ICI
ILS NOUS ONT LAISSÉS
EN PAIX MAIS S'INQUIÈTENT
DE NOUS VOIR NOUS
FAIRE DU MAL LES UNS
AUX AUTRES
AVEZ-VOUS REÇU
LEUR MESSAGE

À peine la transmission de Bud était-elle terminée que *Deepcore* tout entière se mit à vibrer. Chacun se retint à ce qu'il pouvait, plus agacé qu'effrayé.

– Qu'est-ce que c'est encore que ça ? grommela Catfish.

Il ne leur manquerait plus qu'un tremblement de terre sous-marin, alors qu'ils étaient déjà perchés en équilibre sur le bord du précipice !

Lindsey garda la tête froide.

– Une-Nuit, va au sonar !

Quand Une-Nuit arriva dans la cabine, elle fut aussitôt assourdie par le bruit, dans le casque du sonar passif. Les écrans brossaient très clairement le tableau. Quelque chose remontait le long de la paroi.

– Qu'est-ce que c'est ? demanda Lindsey.

Une-Nuit n'en savait rien, jamais elle n'avait rien vu de pareil.

– Je ne sais pas, mais c'est énorme.

Un nouveau message de Bud apparut :

PAS DE PANIQUE
VOUS ALLEZ ADORER

Donc il était au courant et, quoi que ce fût, ce serait O.K. Le grondement devint de plus en plus fort et puis une luminosité apparut au hublot d'observation. Ils s'y précipitèrent tous, pour voir. Des centaines, peut-être des milliers d'INT se rassemblaient. Pas des porteurs ni des glisseurs mais les bâtisseurs eux-mêmes, sous leur forme naturelle. C'était la plus faible profondeur à laquelle ils pouvaient vivre et ils brillaient d'un vif éclat à cause des efforts qu'ils devaient faire pour conserver leur structure… et pour faire autre chose.

Ils introduisirent dans *Deepcore* dix mille tentacules, touchèrent et pénétrèrent les êtres humains. En bas, dans la ville, ils avaient exploré le corps de Bud et découvert les dangers de la décompression. Ils avaient donc effectué de simples mais profondes modifications dans toutes ses cellules et ils faisaient de même à présent dans les corps des autres. Les tentacules étaient invisibles mais cette fois leur contact se faisait sentir. Il y avait d'abord une brève douleur, une sensation de malaise alors que le corps se transformait, mais aussi une parfaite confiance et de la joie, communiquées directement dans l'esprit par les bâtisseurs.

Et *Deepcore* se mit à bouger.

La station n'avançait pas par ses propres moyens mais comme si un fort vent sous-marin la poussait, la soulevait et la portait par-dessus la fosse. L'équipage n'avait... *Nous* n'avions aucune crainte d'y tomber parce que juste au-dessous de nous il y avait la structure la plus incroyable qu'on avait jamais vue : une immense surface convexe mais pas unie, formée de filaments et de tissus apparemment organiques, avec des ondulations et des arêtes, des crêtes et des arches, et tout cela vivant, lumineux, multicolore. Sur les bords s'élevaient des tours immenses, des flèches en spirales, ondoyantes : le centre de la ville des INT que Bud avait visité. Normalement, la ville ne devait pas s'élever du fond de la mer avant que le moment soit venu de repartir dans l'espace, à la recherche de nouveaux mondes à coloniser. C'était l'arche des bâtisseurs, leur arche de Noé.

Elle s'éleva en soulevant *Deepcore,* tout droit vers la surface. En émergeant, elle cueillit aussi l'*Explorer* et le souleva hors de l'eau, ainsi que le destroyer de l'US Navy *Albany* et plusieurs autres bâtiments. L'eau coulait du sommet de l'arche comme un Niagara circulaire, en grandes cataractes. Et finalement, tout s'arrêta, en suspens dans les airs, les navires minuscules comme des jouets dominés par les tours de mémoire bordant toute l'arche.

Pour la seconde fois, nous ouvrîmes le sabord du sas du trimodule C. Mais cette fois, il ne conduisait pas dans les eaux glaciales des profondeurs. Cette fois ce fut de l'air qui nous accueillit; nous sautâmes sur la surface sèche de l'arche. Catfish passa le premier mais nous le rejoignîmes tous en plein soleil, libérés des ténèbres du fond de la mer.

– Nous devrions être morts, dit Lindsey. Nous n'avons pas décompressé.

– Notre sang devrait mousser comme un Coca-Cola tiède qu'on a secoué, murmura Catfish.

– Ils ont dû nous faire quelque chose, supposa Hippy.

– Oh oui ! s'exclama Lindsey. C'est bien certain !

Nous faire quelque chose ? Nous avons tous été touchés et transformés de plus de façons que je ne saurais le dire. Ceux d'entre nous qui sont restés avec eux sont les plus transformés. Ils peuvent nous transporter de notre atmosphère dans les profondeurs et remonter sans aucun danger pour notre corps. Nous pouvons respirer dans leur ville sous-marine, sans équipement d'aucune sorte. Mais ce sont là des miracles quotidiens pour nous, maintenant. Celui qui ne cesse de me surprendre, c'est le don de mémoire. Ils nous ont appris à percevoir la différence entre nos propres pensées et celles qu'ils nous inspirent; nous comprenons leur langage. Et ils nous ont donné les souvenirs des personnes qu'ils ont explorées, des morts et des vivants, Barnes et l'équipage du *Montana,* les marins russes, nos compagnons de *Deepcore.* J'ai *été* Bud quand il a plongé le long de la falaise, j'ai *été* Lindsey quand elle s'est noyée. J'ai éprouvé leur amour. J'ai senti la haine de Schoenick et de Coffey pour moi quand ils pensaient que je les avais trahis, j'ai souffert de la folie de Coffey dans son agonie.

Les bâtisseurs nous ont ainsi transformés parce qu'ils avaient besoin d'ambassadeurs entre les deux mondes, celui de la surface et celui des profondeurs, mais ils ne transformeront personne d'autre. Ils veulent que l'humanité reste humaine, autant que possible.

Ce fut ainsi que je me trouvais à la surface de l'arche des bâtisseurs quand Lindsey vit Bud surgir d'une espèce de portail, une crevasse dans une des arêtes. Il laissa tomber son casque, cria, agita la main. Lindsey s'élança vers lui mais s'arrêta soudain, comme intimidée. Ils s'étaient dit des choses, à l'heure de la mort... Ces choses-là seraient-elles toujours vraies en plein jour, dans la sécurité ?

Il sourit et fit les derniers pas pour s'approcher d'elle. Elle le toucha, avec précaution, pour une caresse ou une confirmation... Est-il réel ? Est-il à moi ? Et puis, d'un commun accord, sûrs d'eux-mêmes, ils éclatèrent de rire.

– Salut, Brigman, dit Lindsey.

– Salut, Mrs Brigman, répliqua-t-il.

Deux bougies, toujours séparées, mais vivant éternellement dans leur lumière mutuelle.

Épouvante

Depuis Edgar Poe, il a toujours existé un genre littéraire qui cherche à susciter la peur, sinon la terreur, chez le lecteur. Il a été illustré au cinéma par des films tels que Shining, L'exorciste, Carrie, La malédiction. *Ce sont les livres qui ont inspiré ces films, et d'autres ouvrages du même genre, que vous présente cette collection.*

ALMQUIST Gregg	**L'éveil de la Bête** 2574/4* Inédit
ANDREWS Virginia C.	**Ma douce Audrina** 1578/4*
BARKER Clive	**Livre de sang** 2452/3*
BINGLEY Margaret	**Au-delà de la mort d'Alice** 2520/3* Inédit
BLATTY William P.	**L'exorciste** 630/4*
BRANDNER Gary	**La Féline** 1353/4*
	Carrion 2705/4* (Décembre 89) Inédit
BYRNE John L.	**Le Livre de la Peur** 2633/4* Inédit
CAMPBELL Ramsey	**La poupée qui dévora sa mère** 1998/3*
	Le Parasite 2058/4* Inédit
	La lune affamée 2390/5*
FARRIS John	**La forêt sauvage** 2407/5* Inédit
HERBERT James	**Pierre de lune** 2470/4*
HOWARD Joseph	**Damien la malédiction II** 992/3*
JETER K.W.	**Les âmes dévorées** 2136/4* Inédit
	Le ténébreux 2356/4* Inédit
KAYE Marvin & GODWIN Parke	**Lumière froide** 1964/3*
KING Stephen	**Carrie** 835/3*
	Shining 1197/5*
	Danse macabre 1355/4*
	Cujo 1590/4*
	Christine 1866/4*
	Peur bleue 1999/3*
	Charlie 2089/5*
	Simetierre 2266/6*
	Le Fléau 2326/6*
	Différentes saisons 2434/7*
	Brume 2578/4* & 2579/4*
KOONTZ Dean R.	**Spectres** 1963/4* Inédit
	Le visage de la peur 2166/3* Inédit
LAWS Stephen	**La nuit des spectres** 2670/4* (Octobre 89) Inédit
LEVIN Ira	**Un bébé pour Rosemary** 342/3*
MAXIM John R.	**Les possédés de Riverside** 2654/4* Inédit
MONTELEONE Thomas	**L'horreur du métro** 2152/4* Inédit
NICHOLS Leigh	**L'antre du tonnerre** 1966/3* Inédit
	L'heure des chauves-souris 2263/5* Inédit
	Feux d'ombre 2537/6* Inédit
PIERCE Dale	**Le sang du matador** 2554/3* Inédit

RHODES Daniel	**L'ombre de Lucifer** 2485/**3★** Inédit
RUSSO John C.	**Panthère noire** 2233/**3★**
	L'appel du sang 2611/**5★** Inédit
SAUL John	**Corps étranger** 2308/**4★**
SELTZER David	**La malédiction** 796/**2★**
STRAUB Peter	**Shadowland** 2249/**6★** Inédit
	Le dragon flottant 2373/**6★** Inédit
STRIEBER Whitley	**Wolfen** 1315/**4★**
STRIEBER W. & BARRY J.	**Cat Magic** 2341/**6★** Inédit
TESSIER Thomas	**La nuit du sang** 2693/**3★** (Novembre 89)
TUTTLE Lisa	**Le couteau sacrificiel** 2181/**3★** Inédit

2657

Composition Communication à Champforgeuil
Impression Brodard et Taupin
à La Flèche (Sarthe) le 25 août 1989
1856B-5 Dépôt légal août 1989
ISBN 2-277-22657-2
Imprimé en France
Editions J'ai lu
27, rue Cassette, 75006 Paris
diffusion France et étranger : Flammarion